正在与作者交流的乌斯宾斯基教授

作者为乌斯宾斯基教授摄于其居所客厅一角

乌斯宾斯基教授在书房

2009年9月11日作者与乌斯宾斯基教授在其莫斯科市区居所书房合影

国家社会科学基金一般项目结项成果（15BWW034）

乌斯宾斯基结构诗学理论与批评方法研究

管月娥 著

苏州大学出版社
Soochow University Press

图书在版编目(CIP)数据

乌斯宾斯基结构诗学理论与批评方法研究/管月娥著.—苏州:苏州大学出版社,2022.2
国家社会科学基金一般项目结项成果(15BWW034)
ISBN 978-7-5672-1981-6

Ⅰ.①乌… Ⅱ.①管… Ⅲ.①乌斯宾斯基—诗学—研究 Ⅳ.①I512.072

中国版本图书馆 CIP 数据核字(2020)第 237133 号

书　　名:	乌斯宾斯基结构诗学理论与批评方法研究
著　　者:	管月娥
责任编辑:	周凯婷
装帧设计:	刘　俊
出版发行:	苏州大学出版社(Soochow University Press)
出 品 人:	盛惠良
社　　址:	苏州市十梓街1号　邮编:215006
印　　刷:	镇江文苑制版印刷有限责任公司
邮购热线:	0512-67480030
销售热线:	0512-67481020
开　　本:	700 mm×1 000 mm　1/16　印张:16.75(插页1)　字数:301千
版　　次:	2022年2月第1版
印　　次:	2022年2月第1次印刷
书　　号:	ISBN 978-7-5672-1981-6
定　　价:	68.00元

凡购本社图书发现印装错误,请与本社联系调换。服务热线:0512-67481020

 # 序

  2021年岁末的钟声即将敲响,站在新年的门槛上,感慨万千。回眸这极其不平凡的一年,新冠肺炎疫情的流行、世界经济的下行、国际局势的动荡等,人类面临着近数十年以来从未有过的挑战和危机,经历着健康和经济的双重压力,甚至生命都受到威胁。就在这病毒、寒冷等不断袭来的季节,我收到了管月娥博士发来的书稿《乌斯宾斯基结构诗学理论与批评方法研究》,应邀为不久将在苏州大学出版社出版的该书写序。

  虽然书稿本身不算太厚重,我作为她的博士研究生导师,对这部以其博士学位论文为基础,由国家社科基金资助研究的学术专著,也并不陌生,但在当今这种独特的社会环境中,则让我眼前为之一亮,兴奋起来。这显然不只因为该书是我国第一部研究俄罗斯著名符号学家、莫斯科大学鲍里斯·安德烈维奇·乌斯宾斯基教授符号学理论的学术专著,而且更在于乌斯宾斯基思想和理论在人类面临当下困境和挑战时的现实意义和价值。就如同巴赫金的对话思想已经超越了对陀思妥耶夫斯基小说创作中的"复调结构"的阐释,成为对社会科学研究具有普遍意义的一种思想和方法。

  在管月娥博士看来,乌斯宾斯基的诗学理论核心是"视点"。乌斯宾斯基的结构诗学理论是建立在文本内不同"视点"之间的相互联系之中。确实,在乌斯宾斯基之前,无论是苏联,还是欧美等西方国家,学界已有不少关于"视点"问题的论述,但关键在于,苏联境内的学者对"视点"问题的探讨,仅仅是他们研究某作家作品的一种批评手段,欧美等西方国家的学者则多在叙事学的框架内加以研究,而乌斯宾斯基不仅发现了文学艺术文本中存在不同层面的"视点",而且使之成为一种感知世界的独特视角,一种探索世界的研究方法。他既看到了"视点"在文本结构建构中的作用和意义,还把对"视点"问题的研究视域由文学艺术文本扩展到整个表达层和内容面,即具有语义特征的艺术种类的结构研究之中。由此延伸,

"视点"分析就可以从文学艺术层面,拓展至我们看待世界、处理事务、摆脱困境和走出危机的重要方法。

如果我们把整个世界视为一个巨大的文本系统,"视点"分析就是从不同的空间层面乃至延伸的时间层面,来揭示所需探讨的对象。从我国的符号学理论研究和符号学学科建设来看,"视点"的转换就是一个非常关键的问题。中国符号学界的学者大多是"外语出身",因此,大多数在译介和评价外国的符号学理论。然而,如果我们转换"视点",要建立符号学研究的中国学派,就必须从外国学者的"视点"来看,只有依托中国传统文化,以中国古代哲学思想为基础,才能够建立起我们的"中国学派"。国际学术界也更希望了解中国自己的符号学思想。也正因为如此,南京师范大学的符号学研究者们正在致力于此项研究,而管月娥博士的先生、具有深厚中国文化修养的扬州大学陈中副教授目前也已加入我们的团队。

当然,乌斯宾斯基"视点"理论的价值远远超出了符号学研究的层面,对我们如何解决当下的社会问题,也具有重要的启示。面对突如其来的新冠肺炎疫情,从病毒对人体健康伤害的"视点"来看,当然是严重危害了人类社会的公共安全,给人们的生活带来了诸多不便。然而,若是就逆向的维度或曰"视点"而言,也就是从人类抵御病菌和抵抗自然灾害的能力来看,这次疫情又是对人类社会的一次严峻考验,推动了人类社会公共卫生体系的完善,人类总结出了相当多的抵抗疫情经验,促使了网络和电子经济的发展,甚至为人类超越时空限制的交流,提供了新的模式。站在当下的时间"视点",我们无疑会认为,经济下行给人类社会带来了发展的危机,给我们脱贫攻坚造成了极大的困难。然而,如果从未来的时间"视点"回头看,或许这次疫情仅仅是人类社会发展中经历的一次坎坷,反而为未来的人类社会高速度发展,提供了更多可利用的契机。正如电视片《话说长江》片尾语所说:"站在长江岸边看长江,是一个个激流旋涡,而坐在飞机上看长江,是一江春水向东流。"不同的"视点"会导致不同的结论,人类的认识是随着"视点"的变化而变化的。这或许就是乌斯宾斯基诗学理论给我们最大的启示吧。

其实,我本人对管月娥博士的认识,也存在"视点"多次转换的问题。20世纪90年代下半期,她在南京大学获得硕士学位后,希望到南京师范大学外国语学院工作。我当时担任外国语学院的副院长和俄语教研室主任,从工作需要的"视点"出发,我自然更希望引进一位博士,特别是男性博士，无论是从哪个角度看，都不想引进一位女硕士。可是，受南京大学的朋友之托，就抱着试试看的想法，给了她一次试讲的机会。结果，就是这一次试讲，让我看到管月娥是一位非常优秀的教师。后来，她成了我的同事。但那个时期，我一直把她视为一位好老师，甚至把她的科研方向也定位在教学研究，根本没有想到她可以从事符号学理论研究。大约过了10年，为了改善教师队伍的学历结构，我当时作为外国语学院的院长，有责任培养年轻教师。我又抱着试试看的态度，招收她作为符号学方向的博士研究生。很快我的"视点"就发生了转换，我看到的不仅是一位好老师，而且是一位研究能力极强的年轻学者。她获得了研究乌斯宾斯基符号学理论的国家社科基金项目，又作为子项目负责人参与了由我主持的国家社科基金重大招标项目"东正教与俄罗斯文学研究"，具体负责"东正教与俄罗斯文论"的研究，揭示出乌斯宾斯基符号学思想与东正教文化之间的关系。我坚信，在今后的学术探索之路上，管月娥博士还会给我更多的惊喜，还会让我不断转换认知她的"视点"，因为学术探索是永无止境的。

管月娥博士的学术探索是艰辛的，可以说经历了无数的困难和挑战，但是她终于迎来了收获的季节，等待她的是又一个学术的春天，从她身上我看到了符号学研究的薪火相传和勃勃生机。无疑，我们正在经历着一个严酷的"冬天"，一个疫情与寒冷无情交织的"冬天"。但是人类社会美好的未来，一个充满希望和生机的"春天"正向我们走来。还是那句话，"冬天"到了，"春天"还会远吗？

国际符号学学会副会长　张杰
于南京师范大学国际符号学研究所
2021年12月11日

绪论 /001

第一章　乌斯宾斯基与塔尔图-莫斯科符号学派 /008

　　第一节　塔尔图-莫斯科符号学派发展历程的见证者 /009
　　第二节　乌斯宾斯基眼中的塔尔图-莫斯科符号学派 /011
　　第三节　塔尔图-莫斯科符号学派的独特研究风格 /016

第二章　乌斯宾斯基结构诗学理论建构的背景及其方法论特征 /022

　　第一节　乌斯宾斯基结构诗学理论产生的背景 /022
　　第二节　始终一贯的语言学研究方法 /024

第三章　乌斯宾斯基结构诗学理论研究的国内外现状 /030

　　第一节　乌斯宾斯基结构诗学理论在中国 /030
　　第二节　乌斯宾斯基结构诗学理论在俄罗斯及西方 /032

第四章　乌斯宾斯基结构诗学理论概述 /039

　　第一节　艺术文本"视点"结构的层面性 /039
　　第二节　不同"视点"之间的相互关系 /046

第三节　"视点"的主、客体对文本结构的影响 /047
第四节　不同种类艺术的结构共性 /049

第五章　乌斯宾斯基结构诗学理论建构的独特视角——"视点" /050

第一节　对"视点"问题的认识 /050
第二节　作为艺术文本结构共性问题的"视点" /054
第三节　客观世界—作者—文本—读者之间的桥梁 /056
第四节　视点层面划分的任意性与层级性思考 /059
第五节　文艺作品中"视点"表现的多样性 /063

第六章　乌斯宾斯基结构诗学理论的多元学术和文化"基因" /065

第一节　理论之根：欧陆结构主义语言符号学思想 /065
第二节　兼收并容：美国逻辑实用主义哲学符号学思想 /069
第三节　"国学"之养：巴赫金社会符号学与"复调"思想 /072
第四节　文化之源：俄罗斯民族独特的"聚和性"思维 /074

第七章　乌斯宾斯基结构诗学理论的批判继承性 /079

第一节　形式与内容研究的二元融合 /079
第二节　动态的意义结构生成系统 /081
第三节　开放的视点结构系统 /084
第四节　走向多维的诗学结构理论 /087
第五节　西方现代两大符号学思想的融合 /089

第八章 艺术文本结构与读者接受的时空视点 /095

第一节 读者视点在艺术文本结构建构中的作用 /095
第二节 时空视点与艺术文本的结构 /101
第三节 普希金的创作时空与文本叙述和读者接受的时空视点 /106

第九章 艺术文本中不同视点的语言表达机制 /111

第一节 不同层面视点的语言学表征 /111
第二节 《当代英雄》中主人公形象的视点分析 /122

第十章 莱蒙托夫《当代英雄》诗学结构的视点分析 /138

第一节 《当代英雄》独特的"蒙太奇"式叙事视点结构 /138
第二节 并非多余的"多余人"形象——"当代英雄"的悲剧性 /143
第三节 《当代英雄》艺术形式的视点解读——文化符号学视角 /146

第十一章 乌斯宾斯基与洛特曼：艺术文本结构理论比较 /157

第一节 文艺学家洛特曼与语言学家乌斯宾斯基 /158
第二节 洛特曼与乌斯宾斯基的结构诗学理论比较研究 /161

第十二章 乌斯宾斯基结构诗学理论与中国诗学 /173

第一节 中、西诗学研究范式的差异 /174
第二节 中、西诗学之对比与分析 /176
第三节 乌斯宾斯基结构诗学理论对中国诗学研究的启示 /184
第四节 中国传统诗学视域下的视点结构理论的局限性 /187

结语 /193

参考文献 /196

附录一： 乌斯宾斯基主要学术论著与论文目录 /212

附录二： 乌斯宾斯基主要学习与工作经历 /228

附录三： 文中所涉主要俄苏批评家及其论著索引 /230

附录四： 相关术语、概念的中俄文对照表 /244

后　记 /257

 绪论

作为作品形式要素的结构,包括作品各部分之间的内部组织构造和外在表现形态。任何一部艺术作品都是某种抽象结构的表现。"结构诗学",顾名思义,它是从结构方面对"诗学"(Poetique)进行阐释的一门学问。"诗学"这一术语,源于古希腊哲学家亚里士多德(希腊语:Αριστοτέλης,英语:Aristotle,前384—前322年)所著的《诗学》(原名直译应为《论诗的》)一书的书名。

《诗学》是亚里士多德的文艺理论与美学名著,他虽然将该著作限定为包含诸多内容的一个术语,但主要是其对悲剧和史诗等文学形式的探究。在《诗学》里,亚里士多德不但探讨了诗的种类、功能、性质,也探讨了其他艺术理论,以及悲剧、模仿等美学理论。实际上,亚里士多德已将"诗"放到了一般的意义上,即艺术。这就给"诗学"定了位,由此将诗学概念引入了美学,把诗学看作一般的文艺理论。正是从这部论著开始,亚里士多德获得了"诗学"的专利权。他奠定了传统诗学的概念,以后西方文艺理论界一直沿用这种广义的诗学概念。文艺复兴时期曾产生过大量的以"诗学"命名的文艺理论专著,这种现象一直延续到法国新古典主义的法典——布瓦洛的《诗的艺术》。到了19世纪,诗学逐渐分成了哲学的美学与运用历史方法的文学批评两个部分。前者是一种由先验的美学体系建立起来的诗学理论,它倾向于加强诗学的理论色彩,以取代以往的法规,其代表人物有鲍姆加登、黑格尔、叔本华、克罗齐等;后者则用历史主义的观点来处理诗学,这就是众所周知的文学理论。20世纪后期的印象派诗学曾产生了一种返回到传统诗学概念的倾向,例如艾略特与庞德的诗论。而当代的一些诗学理论,可以说是与语言学、社会学、人类学或心理学等学科概念的联姻,例如精神分析派、结构主义诗学等。总而言之,"诗学"是一个包含诸多内容的约定俗成的传统概念,它既包括了诗论,也包括了

一般的文艺理论甚至美学理论。本书所涉及的"诗学"是对广义文学的美学研究，是对"文学是什么"的解释。

"结构诗学"作为术语，初见于苏联学者诺尔科夫斯基和谢格洛夫合写的论文《论建立结构诗学的可行性》，并在 1962 年的"符号系统的结构研究"学术研讨会上被首次公开提出，意在将语言学和诗学联姻，关注文学艺术文本用以建构意义的符码。鲍里斯·安德烈维奇·乌斯宾斯基（Борис Андреевич Успенский，1937—）的结构诗学理论思想主要体现在其专著《结构诗学：艺术文本结构和结构形式的类型学》①（Поэтика композиции: Структура художественного текста и типология композиционной формы）（1970）中，他通过类型学的方法将诗学的研究对象扩展到包括文学艺术文本在内的更广泛的艺术文本范畴。

鲍·安·乌斯宾斯基的结构诗学理论既沿袭了俄国形式主义学派②的研究传统，注重对文学文本的形式研究，又把形式与内容有机地联系在一起，将文本结构视为意义的再生机制，同时还进一步揭示文本的"视点"转换是意义生成的重要因素。在对艺术文本的形式研究方面，始终把形式的形成过程同时看作内容展开的过程，通过对形式的客观把握，来展示作品所包含的社会思想和文化意义，避免了俄国形式主义将作品的形式与内容相对立的研究范式。

在《结构诗学》中，鲍·安·乌斯宾斯基以特有的方式向我们展示了艺术文本结构与审美效果之间的关系，以及影响艺术审美效果的因素。他主要以文学艺术文本的语言为研究基点，透过"视点"这一具有社会性特征的独特研究视角，对艺术文本结构进行了多维度的审视，既分析了文学文本内部不同视点之间的结构关系，又通过视点体现了文本结构与文本之

---

① 在本书中，以下所有涉及该作品的地方都简称为《结构诗学》。
② 俄国形式主义学派（Русская формальная школа）是 1914 年至 1930 年在俄罗斯出现的一种文学批评流派，包括"莫斯科语言学小组"和彼得堡"诗歌语言研究会"两个分支。其代表人物有罗·奥·雅各布森（Роман Осипович Якобсон，1896—1982）、维·鲍·什克洛夫斯基（Виктор Борисович Шкловский，1893—1984）、维·马·日尔蒙斯基（Виктор Максимович Жирмунский，1891—1971）、尤·尼·蒂尼亚诺夫（Юрий Николаевич Тынянов，1894—1943）、鲍·维·托马舍夫斯基（Борис Викторович Томашевский，1890—1957）、鲍·米·艾亨鲍姆（Борис Михайлович Эйхенбаум，1886—1959）、彼·格·博加特廖夫、维·弗·维诺格拉多夫（Виктор Владимирович Виноградов，1895—1969）等。他们提出了一系列具有原创性的概念术语，如"文学性""无意识化""陌生化""可感觉性""诗歌语言和日常语言"等，对以结构主义文论为代表的"形式研究"诸学派都具有重要的影响和启发意义。

外的社会文化环境，以及艺术审美主体之间的联系，使艺术创作—艺术文本—艺术知觉形成了一个整体，克服了传统结构主义诗学的内向性，并在对艺术文本视点结构的具体分析中探讨了艺术文本信息的形成与视点结构的渊源关系，进而最终完成了对"艺术语言"的形式化模式建构。

本书意在对鲍·安·乌斯宾斯基的结构诗学理论本身做较为深入细致的探索与研究。在研究中我们发现，乌斯宾斯基结构诗学思想的理论基础是多元的，但其根基是索绪尔结构主义语言符号学思想，既有对俄国形式主义思想的延续，也有对哥本哈根学派叶尔姆斯列夫（Луи Ельмслев，1899—1965）的语符学思想的继承，同时还吸收了美国皮尔斯（Charles Sanders Peirce，1839—1914）、莫里斯（Charles William Morris，1901—1979）等逻辑实用主义哲学的符号学思想和巴赫金学派的社会符号学与"复调"思想。乌斯宾斯基的结构诗学理论思想具有明显的批判继承性，他透过独特的研究视角"视点"，将艺术文本的形式与内容的研究融为一体，指出了艺术文本结构中所存在的不同视点类型和它们各自所蕴含的语义指向，以及不同层面视点之间的相互关系，揭示了艺术文本结构意义生成系统的动态性特征，同时还涉及了文本视点结构与描写对象，以及读者（符号解释者）之间的相互关系，改变了以往对艺术文本结构形式分析的封闭性和静态性。

本书在阐释乌斯宾斯基结构诗学理论价值的同时，还力图用此理论方法分析具体的文艺作品，避免理论空谈，如第九章和第十章专门尝试从不同的视角对莱蒙托夫的长篇小说《当代英雄》中的主人公毕巧林形象与艺术形式进行了视点结构分析，以揭示《当代英雄》独特的诗学结构及其复杂而深邃的文本意义的内在生成机制。

提到鲍·安·乌斯宾斯基，我们无法绕开塔尔图-莫斯科符号学派和尤里·米哈伊洛维奇·洛特曼（Юрий Михайлович Лотман，1922—1993）。乌斯宾斯基和洛特曼分别作为塔尔图-莫斯科符号学派的莫斯科符号学研究小组和塔尔图符号学研究小组的代表人物，都对艺术文本结构展开了具体的研究，虽然他们的研究传统和研究风格不完全一致，前者主要从语言学的视角出发，而后者则从文艺学的角度进行研究，但他们都是对俄国形式主义和索绪尔结构主义语言学研究传统的继承和发展。在结构诗学理论建构方面，乌斯宾斯基和洛特曼都采用了系统性和整体化研究方法，他们在形式与内容的关系、文本结构的内部研究与外部研究等方面的观点和想法都是一致的，但洛特曼的理论具有抽象的普遍性特征，而乌斯宾斯基的理论则较为具体，他通过具体的语言分析对艺术文本的结构从"视点"角度展开了较为详尽的论述。研究艺术文本结构的方法和途径有多种，视点结构研究只是其中一种。可以说，乌斯宾斯基的视点结构诗学理论是洛特曼结构诗学理论的具体化。

任何理论都不可避免地存在其内在的局限性。我们认为，乌斯宾斯基的结构诗学理论并未能真正从读者接受的视角来探讨艺术文本的结构，以建立艺术文本结构动态开放的历史观。他的结构诗学理论更多的还是对视点结构进行共时性研究，忽略了时间对读者接受的影响和读者在历时结构建构中的作用。本书第八章通过对普希金的代表作《叶甫盖尼·奥涅金》和《鲁斯兰与柳德米拉》的创作叙述与读者接受的时空视点分析，指出读者的历时动态接受也应该是视点结构研究的重要组成部分。同时，相较于中国传统诗学，乌斯宾斯基的结构诗学理论对艺术创作与审美感受的主体性的关注还不够，明显地受到以文本为中心的西方科学思维方式的束缚，但其在诗学理论建构方面的方法论创新思想和科学研究精神，为我国的文艺理论建设提供了有价值的借鉴。

20世纪是语言学的世纪。语言学领域所取得的丰硕成果已不断地渗透到哲学、历史、心理和文学等多个人文学科。语言学与文学的联姻，肇始于俄国形式主义。塔尔图-莫斯科符号学派作为俄国形式主义的追随者，他们的研究同样具有"文学语言学—结构主义"的研究特征。作为塔尔图-莫斯科符号学派的重要代表人物，乌斯宾斯基以语言学家的眼光，不仅运用了语言学的结构整体性和系统性方法，建构了基于视点问题的结构诗学理论，而且将语言学方法看作能对结构形式进行阐释的分析模式，通过思考被形式化的语言的特征来竭力实现形式化的目的。

本书在深入研究乌斯宾斯基的视点结构诗学理论的基础上，力图对该理论进行整体上的重新审视。需要强调的是，虽然乌斯宾斯基认为，视点是与语义相关的多个种类艺术文本的共性问题，不仅存在于语言艺术文本（文学作品）中，也存在于造型艺术文本（特别是绘画作品）之中，然而，由于对其他种类艺术文本知识了解的匮乏，本书涉及的主要是与文学艺术文本有关的视点结构问题。全书包括序、绪论、正文部分的十二个章节、结语、参考文献及附录和后记。

绪论部分主要概述了本书对乌斯宾斯基结构诗学理论思想展开研究的

基本观点和研究方法，介绍了各章的主要内容。

第一章介绍了乌斯宾斯基与塔尔图-莫斯科符号学派的渊源关系、乌斯宾斯基对塔尔图-莫斯科符号学派基本特征的看法及以塔尔图-莫斯科学派为主要代表的苏联符号学研究与美国和欧洲大陆的法国的符号学研究的不同。

第二章介绍了乌斯宾斯基结构诗学理论建构的时代背景和乌斯宾斯基学术研究的方法论特征。乌斯宾斯基的结构诗学理论是20世纪50—60年代苏联的解冻思潮和西方结构主义思潮影响下的时代产物。他的学术研究领域广泛，涉及语言学、斯拉夫学、文艺学、艺术学、文化史学和符号学等多个方向，但语言学研究方法论始终伴随他在所有领域的研究。

第三章主要介绍了乌斯宾斯基的结构诗学理论目前在中国、俄罗斯及欧美西方国家的研究现状。我国由于对该理论的了解较晚，虽然已有中译本，但目前主要是对视点问题感兴趣的从事叙事学研究的学者们比较关注，很少有学者对该理论本身的建构方法论予以重视；欧美西方国家到目前为止也还是多从叙事学的角度来看待和研究该理论；在俄罗斯国内也没能从理论本身对之加以研究，主要是用该理论对文本进行结构分析。

第四章对乌斯宾斯基的结构诗学理论做了简明扼要的介绍，以便对后续各章内容进行阐释。本章通过对乌斯宾斯基结构诗学理论的梳理，阐明了乌斯宾斯基对该理论思考的内在逻辑：在明确的研究目的，即从类型学角度基于视点问题探讨艺术文本结构的可能性思想指导下，从"视点"符号的语义、语构、语用等三方面分别阐发了文学艺术文本中所存在的不同视点类型、它们彼此之间的相互关系及影响文学艺术文本视点选择的因素，最后将视点结构问题推及其他种类艺术文本的结构研究。

第五章围绕视点问题在叙述中的普遍性和重要性，以及其定义的多样性等问题展开；随后论述乌斯宾斯基选择"视点"作为结构诗学理论研究的独创性，即不仅可以将不同种类的艺术联系到一起，拓展了视点问题的研究视域，而且是文学艺术的"四要素"客观世界—作者—文本—读者之间的桥梁；接着针对乌斯宾斯基指出的视点划分的任意性特征，提出了两种理解的可能性，即在乌斯宾斯基看来，对视点问题研究的方法论意义胜于指出不同视点层面本身的意义，或者是为了使艺术文本结构研究的对象，以及艺术文本基于"视点"的结构关系具有不确定性和不稳定性；最后就乌斯宾斯基提出的四种层面视点之间是否存在层级性提出了自己的看法。

第六章主要探讨了乌斯宾斯基结构诗学理论的多元学术和文化"基

因"，指出乌斯宾斯基学术思想的开放性与包容性特征。乌斯宾斯基的视点结构诗学理论可以说是西方现代符号学两大主要流派——欧陆结构主义符号学和美国以皮尔斯、莫里斯等为代表的逻辑实用主义哲学符号学思想，与巴赫金的社会符号学思想和复调小说理论的融合。同时，任何理论的建构都是在一定的文化土壤上对前人学术思想的继承。本章意在探讨乌斯宾斯基结构诗学理论的学术和文化渊源，以挖掘该理论建构的方法论基础。

第七章主要探索了乌斯宾斯基结构诗学理论的批判继承性，指出乌斯宾斯基结构诗学理论的研究是形式与内容的二元融合，将内容的研究寓于形式之中，而且文本意义的结构生成系统是多维、动态、开放的，将西方现代两大符号学思想融为了一体。

第八章针对乌斯宾斯基的结构诗学理论对读者接受的现实时空视点探讨的忽略，专门尝试讨论艺术文本视点结构与读者接受的现实时空视点之间的关系；接着从作家叙述的时空视点角度，比较普希金在不同时期创作的浪漫主义代表作《鲁斯兰与柳德米拉》和现实主义诗体小说《叶甫盖尼·奥涅金》的叙述特色，并从读者接受的时空视点角度，重新审视文学创作的现实性与真实性。

第九、十两章运用乌斯宾斯基的视点结构诗学理论对莱蒙托夫的《当代英雄》展开分析。第九章主要是分析不同视点层面在《当代英雄》中的语言表达机制，而第十章则是对《当代英雄》的主人公毕巧林形象和文本艺术结构形式进行视点分析，揭示该作品的艺术形式与俄罗斯民族文化精神之间的融合，以期为小说创作形式的意义分析探索值得借鉴的途径。

第十一章介绍了乌斯宾斯基与洛特曼的学术渊源和研究风格的差异，并对乌斯宾斯基的视点结构诗学理论与洛特曼的艺术文本结构理论进行比较，发现两位学者的结构诗学理论都是对俄国形式主义和索绪尔结构主义语言学理论的继承和发展，在主要理论观点方面基本保持一致，但洛特曼的理论具有抽象的普遍性特征，而乌斯宾斯基的理论则是通过视点这一独特研究视角对洛特曼理论的具体化。

第十二章主要通过对中、西方传统诗学研究范式和中、西方诗学特征的比较，论述乌斯宾斯基的结构诗学理论对中国当代诗学研究的方法论借鉴意义，同时分析在中国传统诗学视域下，乌斯宾斯基的结构诗学理论所存在的局限性，即艺术创作主体与审美主体的主体性的实际缺失，以文本为中心的科学思维方式的束缚，以及创作时空的意识形态环境限制。最后得出结论：在当今全球化的背景下，中、西方诗学只有建立"和而不同"的对话式沟通与交流机制，才是彼此发展的理想趋势。

本书的撰写，首先从大量阅读第一手的原始外文文献资料开始。虽然首次接触乌斯宾斯基的结构诗学理论是阅读中译本的《结构诗学》，但为了更加客观真实地还原理论本身，避免译者因某种原因对文本的误读，本研究主要以圣彼得堡阿兹布卡出版社 2000 年出版的俄文版《结构诗学》为研究依据，并参考了该书在 1970 年首次出版后苏联国内和西方学者对其所做的多篇俄文、英文评论。在弄懂外文原始资料的基础上，还对其中的部分文献进行了考证，并与乌斯宾斯基教授建立了电子通信联系，笔者在 2009 年赴俄访学期间还与其进行了面对面的交流，直接听取了他本人对自己作品及其理论的看法。同时，为了避免乌斯宾斯基本人由于 40 多年的历史距离和学术思想的变化所可能导致的对该理论的误释，笔者还参考了乌斯宾斯基与洛特曼的《通信集》中涉及结构诗学理论部分的有关原始信件。比如对意识形态问题的看法，在与乌斯宾斯基的交流中，他提到了当时政治意识形态对其写作的影响，而通过其与洛特曼的通信了解到，这里的"意识形态"与他当年写作时在作品中涉及的"意识形态"，具有不同的概念。因而，本研究带有实证的性质，并在实证的基础上，对所阅读的材料进行综合的分析与归纳及比较研究。

同时，为了避免我国对西方文论，包括俄苏文论的研究往往以理论批评为主，而很少重视用理论进行相关文本分析的缺憾，本书尝试运用乌斯宾斯基的结构诗学理论来分析普希金和莱蒙托夫的作品，将理论与实践进行有机结合，突出该理论的实用性。

本书最后一章对中、西方传统诗学研究范式所进行的比较研究，虽然不是本书的研究重点，但在此基础上对乌斯宾斯基结构诗学理论与中国传统诗学理论的比较分析，可以认知中、西方诗学研究各有所长与所短。完全的西方化并不是中国当代诗学的未来出路，只有中、西方诗学的相互借鉴，并进行独立的自我创新，才是全球化背景下人文科学领域，包括诗学领域发展的正确取向。

第一章
乌斯宾斯基与塔尔图-莫斯科符号学派

符号学作为一门认识论和方法论学科，它的诞生无疑改变了人们观察和认识世界及历史的方式。1994—1995 年，莫斯科格诺济西出版社（Гнозис）出版了一套"语言·符号学·文化（Язык. Семиотика. Культура）"丛书。该套丛书主要包括《洛特曼和塔尔图-莫斯科符号学派》《乌斯宾斯基选集第 1 卷：历史符号学·文化符号学》《乌斯宾斯基选集第 2 卷：语言与文化》，以及弗·尼·托波罗夫（Владимир Николаевич Топоров，1928—2005）的《俄罗斯精神文化中的神圣性和圣徒》和叶·谢·雅可夫列娃（Екатерина Сергеевна Яковлева，生年不详）的《俄语语言世界图景片段（空间、时间和认知模式）》等学术论著，它们代表了塔尔图-莫斯科符号学派（Тартуско-московская семиотическая школа）学者们的主要研究成果，反映了该学派发展和研究的主要特征。

谈到诞生于 20 世纪 60 年代的塔尔图-莫斯科符号学派，我们会很自然地想到该学派的创始人和领导者尤里·米哈伊洛维奇·洛特曼。我国学界对洛特曼及其学说的研究可谓广泛而深入，而该学派的另一重要领导人和创始者乌斯宾斯基在我国少有论及。本章主要介绍鲍·安·乌斯宾斯基的学术活动，回顾和分析有关该学派产生的政治文化背景、名称由来及学术研究的独特风格，同时从俄国文化发展史角度指出塔尔图-莫斯科符号学派是俄罗斯两极性文化发展碰撞与融合的产物。

第一节
塔尔图-莫斯科符号学派发展历程的见证者

鲍里斯·安德烈维奇·乌斯宾斯基是一位仍然活跃于国际学术界的苏联和俄罗斯著名的语文学家、符号学家、文艺理论家和语言文化史家,现为俄罗斯国立人文大学高级研究员和位于莫斯科的俄罗斯国立研究型大学高等经济学校(НИУ ВШЭ)语文学系语言符号研究实验室主任。目前,他还是俄罗斯自然科学院、欧洲科学院院士,奥地利、挪威等科学院外籍院士,国际视觉符号学协会和大不列颠斯拉夫中世纪文化研究协会的荣誉会员及国际符号学研究协会的成员。

乌斯宾斯基曾就读国立莫斯科大学(1955—1960),1963年通过副博士论文《结构类型学的某些问题(针对语法层面的语言类型描述)》答辩,1972年以题为《俄罗斯书面语发音——历史研究经验》的学位论文,获得莫斯科大学语文学博士学位。作为一位具有国际学术影响力的大师,乌斯宾斯基从1976年开始就参与国际符号学研究协会的工作。在1977年成为莫斯科大学教授之后,他就不断应邀到世界多所著名大学和科研院所讲学,如1978年就曾收到赴牛津大学任教授的邀请[①],并于1988—1992年在奥地利(维也纳大学和格拉茨大学)和美国(哈佛大学和康奈尔大学)任教。1992—1993年,他曾作为柏林科学院院士在德国工作一年,而自1993年开始的很长一段时间内,一直在意大利那不勒斯东方大学任教,同时从1997年开始还在意大利瑞士大学[②]工作。乌斯宾斯基教授学识渊博,治学严谨,他的研究范围和兴趣广泛,涉及语言学(理论和历史)、斯拉夫学、俄罗斯标准语史、文艺学(理论和历史)、艺术学(多指造型艺术)、拜占庭学、俄罗斯教会史、文化学和符号学等多个领域,至2019年已有近600部(篇)学术论著公开发表,其中包括27部有重大价值的专著[③],它们中的绝大部分被译成各种外文,令他在俄罗斯和欧洲享有盛誉。

乌斯宾斯基作为塔尔图-莫斯科符号学派仍健在且著述不断的学者,是

---

① 由于家庭原因此次未能成行。
② 位于意大利卢加诺市。
③ 这里的数据根据乌斯宾斯基本人提供的作品清单统计,具体专著名录详见附录一。

俄罗斯乃至世界符号学研究领域的巨匠。虽然有西方学者认为，如果离开了洛特曼，塔尔图-莫斯科符号学派的其他符号学家们，如乌斯宾斯基、维·弗·伊万诺夫（Вячеслав Всеволодович Иванов，1929—2017）、弗·尼·托波罗夫等人的研究工作将会是肤浅和表面的。然而，在塔尔图-莫斯科符号学派，不管是在学派的组织领导方面（举办学术会议、出版学术文集等），还是在符号学的理论建树上，没有乌斯宾斯基的通力合作，洛特曼将不会取得如此辉煌的成就，特别是在创作方面，两位学者进行了富有成效的合作，其中有 20 多篇系列论文是在密切的学术交往下共同创作的。作为塔尔图-莫斯科符号学派自始至终的组织者与领导者，乌斯宾斯基和洛特曼一起创办了 25 期《符号系统著作》（Труды по знаковым системам，1964—1992），并在克亚埃里克（1964、1966、1968）和塔尔图（1970、1974）先后举办了五期第二模式系统讨论会，即"夏季培训班"（Летняя школа）。

实际上，如果认为"符号系统的结构研究"讨论会（1962 年 12 月 19—26 日，俗称符号学讨论会）是塔尔图-莫斯科符号学派形成标志的话，那么乌斯宾斯基比洛特曼更早地参与了该学派的活动。这次讨论会是由苏联科学院刚成立结构类型学研究室（1961）的斯拉夫学研究所和控制论委员会联合在莫斯科举办的，大会议题围绕运用结构语言学和符号学研究文学、艺术、民俗、宗教、神话等展开，学者们积极探索用控制论的思想来解决人文科学问题的新方法，突破文论和语言学发展的相对僵化的局面。当时，乌斯宾斯基在科学院非洲所工作，他和彼·格·博加特廖夫（Пётр Григорьевич Богатырёв，1883—1971）、维·弗·伊万诺夫、弗·尼·托波罗夫、列·费·热金（Лев Фёдорович Жегин，1892—1969）、安·阿·托利兹尼亚克（Андрей Анатольевич Зализняк，1935—2017）等学者一起参加了这次讨论会，并递交了《作为符号系统的纸牌占卜》等三篇相关论文提纲。而洛特曼并没有参加这次讨论会，但此次会议的提要引起了洛特曼极大的兴趣，他亲赴莫斯科，与莫斯科学者洽谈学术合作，洛特曼的倡议得到了积极的响应。1964 年 8 月，来自莫斯科和塔尔图等地的数十位学者齐聚塔尔图大学的体育训练基地克亚埃里克，共同探讨将语言学和符号学的方法运用于多种人文科学研究。此次会议被称为"第二模式系统暑期研讨会"，即塔尔图-莫斯科符号学派的第一期夏季培训班。乌斯宾斯基和洛特曼相识于此次培训班的准备期间。此后，乌斯宾斯基不仅和洛特曼一起参与了各期的《符号系统著作》的组稿、审稿和出版工作及五期培训班的组织工作,还接受了洛特曼的邀请到塔尔图大学进行不定期的讲学并参与筹备建立塔尔图大学符号学实验室等一系列工作。他和洛特曼共同见证了整个塔尔图-莫斯科符号学派的发展历程。

第二节
乌斯宾斯基眼中的塔尔图-莫斯科符号学派

(一) 塔尔图-莫斯科符号学派的名称

产生于20世纪六七十年代的苏联符号学派并没有统一的名称,如塔尔图-莫斯科符号学派、莫斯科-塔尔图符号学派、莫斯科-列宁格勒-塔尔图学派、塔尔图学派等都是指该学派。佩·托罗普(Пеэтер Тороп,1950—)在《转折中的转折:塔尔图学派的历史》一文中指出:"塔尔图学派"突出的是学派成立的地点,"莫斯科-塔尔图符号学派"强调的是时间,"莫斯科-列宁格勒-塔尔图学派"表明学派的学术渊源,"塔尔图-莫斯科符号学派"则表示该学派是两种不同学术流派结合而成。① 而亚·康·日奥尔科夫斯基(Александр Константинович Жолковский,1937—)在1991年10月23日接受《独立报》采访时指出:"'莫斯科-塔尔图学派'是一个没有明确意义的混合术语。"② 笔者在莫斯科访学期间曾拜访过乌斯宾斯基教授,当向他提及中国学者一般多认为塔尔图-莫斯科符号学派是莫斯科学派与塔尔图学派的联合时,乌斯宾斯基认为,这种看法是欠妥的,实际上在俄罗斯符号学发展史上并未存在过莫斯科学派和塔尔图学派,莫斯科-塔尔图学派从来都是一个整体,而且这种联合带有虚拟的性质,没有任何法律效应,只不过该学派的参与者主要来自莫斯科和塔尔图。

(二) 塔尔图成为符号学研究中心的必然性

塔尔图只是苏联西部、濒临波罗的海的爱沙尼亚共和国境内的一座小

---

① 康澄. 文化及其生存与发展的空间:洛特曼文化符号学理论研究 [M]. 南京:河海大学出版社,2006:前言2.
② Г. Г. Почепцов. Русская семиотика [M]. М.:Рефл-бук,2001:666.

城市，它何以在国际符号学界如此知名？在作为首都的莫斯科与偏远的边境小城塔尔图、苏联科学院与塔尔图大学之间，不管是在影响力、信息化程度，还是对事件产生影响的可能性上都是无可比拟的。同时，在合作之初，塔尔图只有两三人参与，绝大多数学者来自莫斯科，莫斯科有充分的理由成为新的符号学思想的中心。实际上，在 60 年代苏联符号学发展之初有很多因素促成塔尔图成为苏联乃至世界符号学研究中心。乌斯宾斯基认为，这首先与塔尔图所处的社会、地理环境密切相关。六七十年代的波罗的海国家好像是微型化的西方世界，它吸引着向往"自由、民主、开放的另一个世界"的人们。同时，毗邻西方、远离政治中心的爱沙尼亚等波罗的海三国一直就以其相对宽松自由的学术氛围为苏联知识分子所向往，它也同样吸引着对符号学感兴趣的人们。而对于爱沙尼亚共和国来说，研究俄罗斯文化和文学可以看成是竭力反对当地资产阶级民族运动的意识形态任务。60 年代初，苏联处于赫鲁晓夫当权的解冻时期，渴望彻底摆脱"斯大林语境"的人们，在学术上已可以相对自由地发表意见。较之以前，学术环境渐为宽松，但在矛盾的赫鲁晓夫时代，虽已有了自由发表想法的可能，但在学术方面的政治环境非常不稳定，很容易左右摇摆，如"符号系统的结构研究"讨论会（1962），当局对它就评价不一。这样，处于权力控制边缘地带而学术氛围较为宽松的塔尔图和尤·米·洛特曼主动提出将塔尔图大学作为合作基地的邀请，很快吸引了对符号学感兴趣的人们，特别是处于权力中心地带的莫斯科学者们。第一期夏季培训班在塔尔图大学风景秀丽、远离居民点的体育训练基地克亚埃里克的成功举办，使得随后几乎每年一期的《符号系统著作》和两年举办一次的"夏季培训班"为苏联符号学研究者们所向往和期待，其中罗·奥·雅各布森曾参加了 1966 年的第二期夏季培训班，而米·米·巴赫金（Михаил Михайлович Бахтин，1895—1975）因为腿疾虽没能亲自参加，可始终关注学派的活动。当然，塔尔图大学能成为世界符号学研究中心之一，洛特曼功不可没，但乌斯宾斯基向我们指出，塔尔图-莫斯科符号学派在发展之初离不开当时塔尔图大学的校长费·德·克列门特（Фёдор Дмитриевич Клемент，1903-1973）的坚决支持，这是一位对真正的学者和真正的科学具有敏感度的物理学家。没有克列门特的支持，在当时的社会政治环境下，洛特曼将难以将塔尔图大学作为两地学者合作的基地。

(三)"第二模式系统"=符号学

"第二模式系统（вторичная моделирующая система）"是塔尔图-莫斯科符号学派提出的一个重要概念。该学派秉承符号研究的语言学传统，把人类创造的各种文化看作一种语言，或者是各具功能的多种语言的综合，是一种确定人与世界之间各种关系的体系，即任何一种自成体系的符号交际和关系体系。他们认为，符号世界包括三个部分：① 自然语言——第一模式系统，是对现实世界的一般模式化和基础，比如，俄语、英语、法语等；② 人工语言系统，比如，化学语言、数学语言、约定俗成的交通信号语言等，它们是"简化了的语言"；③ 第二模式系统，也被称为第二性语言，是建立在自然语言基础之上的文化结构，是现实中某些方面的具体模式化，比如各种艺术语言及神话、仪式等。艺术作品则是用第二性语言写成的文本。

然而，鲍·安·乌斯宾斯基告诉我们，"第二模式系统"概念诞生之初只是"符号学"的代名词，且产生颇具偶然性和戏谑性。它是由鲍·安·乌斯宾斯基的哥哥，同样对符号学感兴趣的莫斯科大学的数学教授弗·安·乌斯宾斯基（Владимир Андреевич Успенский，1930—2018）首次提出的。1964年夏，在第一届夏季培训班举办前，苏联社会的学术政治环境很不稳定，"信息""符号学""控制论""逻辑语义"等概念曾特别"引人注目"。显然，称夏季培训班为"符号学"培训班很不合适。正当洛特曼为夏季符号学培训班的命运担心时，弗·安·乌斯宾斯基在一次与洛特曼的散步中，他想起此前（1962）安·阿·托利兹尼亚克、维·弗·伊万诺夫和弗·尼·托波罗夫联合发表的一篇题为《某些模式化符号系统结构类型学研究的可能性》的文章，就开玩笑地建议洛特曼将培训班称为"第二模式系统"夏季培训班，并指出该名称的关键优点有："① 听上去富有学术味；② 完全令人费解；③ 在必要时可以解释清楚，因为模拟现实的第一系统是自然语言，而建立在自然语言基础之上的其他系统则为第二模式系统。"① 然而出乎弗·安·乌斯宾斯基意料的是，洛特曼欣然接受了他的建

---

① В. А. Успенский. Прогулки с Лотманом и вторичное моделирование [G] // *Лотмановский сборник*. Т.1. М.：ИЦ-Гарант，1994：106.

议:"令人费解并不是拙劣的模仿,而是深奥科学的特征。"① 洛特曼认为改名称是俄罗斯文化的重要特征之一:"俄罗斯文化史从一定角度可以作为换名谱系呈现,并且旧名称的取缔被理解为消灭'旧世界',而引进新名称则是'开天辟地'的行动。"② 所以将"符号学"改称"第二模式系统",也许洛特曼认为这正是登上另一学术高度的开始。

事实上,用"第二模式系统"术语来代替"符号学"这一简明的概念,更多的是为了模糊相关会议和文集的名称含义,给塔尔图-莫斯科符号学派寻求自由生存和发展的空间,以遮蔽当局的眼目,避免与权力话语部门发生意识形态方面的冲突。

(四) 与欧美符号学研究之别

20世纪60年代起,涉及人文、自然科学诸学科方法论基础和思维方式的结构主义思潮的兴盛,使得当代符号学几乎同时兴起于法国、美国和苏联。法国和美国分别继承了现代西方两大符号学流派的研究传统,巴尔特、格雷马斯等当代法国符号学理论家承继了以索绪尔、叶尔姆斯列夫为代表的欧陆结构主义语言学派的风格,而美国则继续沿着皮尔斯、莫里斯的实用主义符号学思想发展,属于哲学学派。苏联符号学发展的独创性源于在俄国传统的人文主义精神即早期的结构主义(俄国形式主义)和当代的控制论指导下的西方两大符号学潮流的混合,主要是研究作为符号系统的语言的符号学。莫斯科-塔尔图符号学派秉承俄国形式主义建立科学主义诗学的历史追求,一切从文本出发,表现了新实证主义的研究倾向,同时吸收了系统论、控制论和信息论等"老三论"的理论精华,以大量的分析实例论证了艺术中形式即内容的真理,同时通过对艺术文本结构形式的解构向人们揭示掌握艺术信息本身的途径。俄国诗学符号学的研究具有包容性,能使种种不同的、有时彼此互不相容的学术思想与观念学说"为我所用",同时又立足于俄国本土文化,定位于已有的西方两大符号学流派之外,从而建立了俄国特色的符号学研究体系。

在谈到世界三大符号学中心美国、法国和苏联的符号学研究时,鲍·

---

① В. А. Успенский. Прогулки с Лотманом и вторичное моделирование[G] // *Лотмановский сборник*. Т.1.М.:ИЦ-Гарант,1994:107.

② Ю. М. Лотман. Тезисы к семиотике русской куртуры[G] // *Ю. М. Лотман и тартуско-московская семиотическая школа*.М.:Гнозис,1994:410.

安·乌斯宾斯基认为塔尔图-莫斯科符号学派从总的符号学思想和基本分析方法上来看，他们继承和发展了索绪尔的思想，代表着符号研究的语言学倾向，其特点在于利用语言学方法并借鉴信息论与控制论等现代理论来研究非自然语言的符号语言系统，即作为人类文化的符号体系，或者现实的文化符号结构，寻找和描述各种可能存在的"第二模式系统"，一般不去讨论抽象的符号分析方法论，持的是符号系统观。索绪尔的符号学思想是从结构主义的角度出发，强调语言符号的共时性研究。在他看来，任何一个符号都是它所处系统的组成成分，因此，在确定符号意义时，我们决不能够把它与系统中的其他成分的联系割裂开来。符号意义是符号系统中诸种成分相互区分的结果。因而，系统性就成为研究符号的关键，也是研究语言体系的根本。

以皮尔斯为代表的美国符号学派的研究则摆脱了体系的限制。他们侧重对符号本身的研究，并分析符号和意义及接收者的关系。皮尔斯在产生符号意义的感性基础之上，将符号分为图像、指示和象征三种类型，并提出了两个相互交叉的"三元组合"，即"符号媒介""指称对象""符号意义"和"一级存在""二级存在""三级存在"，表现出明显的逻辑倾向。

至于法国的符号学研究，乌斯宾斯基教授认为，虽然他们和塔尔图-莫斯科符号学派一样在研究方法上都继承了索绪尔的语言学研究传统，但主要偏向于意识形态领域的研究。而同塔尔图-莫斯科符号学派 70 年代开始的文化符号学研究相比，虽然两者都热衷于意识形态的研究，但苏联文化符号学探究的是文化思想史中的意识形态内涵，即将符号与特定的文化意识形态内涵联系起来，比如，维·弗·伊凡诺夫和弗·尼·托波罗夫的神话符号体系、安·阿·扎利兹尼亚克所描述的道路信号的符号语言体系、维·弗·伊凡诺夫和尤·米·洛特曼所探讨的电影符号学体系等。乌斯宾斯基则一方面研究了宗教符号学体系，即描绘圣画的符号体系和用牌占卜的语言符号体系；另一方面又和洛特曼一起研究了文学语言符号体系。而以阿尔杜塞、克里斯蒂娃、德里达和福柯等为代表的法国符号学则表现为人文话语的意识形态批评分析实践，侧重人文话语中的表达面与内容面的关系研究。显然，前者的文化符号学更强调符号系统的体系性。

总而言之，塔尔图-莫斯科符号学派作为苏联符号学研究的主要代表，它的研究总体上是对索绪尔的结构主义语言符号学思想的继承和发展，集中探讨的是作为传达内容的机制的语言，以及这种机制所利用的某种基本的符号系统。无论是文学文本，还是文化现象，它们都被看成是一个类似于语言的系统，被从这一系统的内部和外部两个方面来加以揭示。不过，以洛特曼、乌斯宾斯基等为代表的塔尔图-莫斯科符号学派的理论家们，在借鉴索绪尔的语言学系统化方法来分析问题、解决问题时，始终在不断尝试超越索绪尔，他们，尤其是乌斯宾斯基，一直在努力摆脱纯语言学的研究方法。

第三节
塔尔图-莫斯科符号学派的独特研究风格

塔尔图-莫斯科符号学派作为苏联符号学研究的代表，是两种研究风格、两种学术思想的有机结合。从其产生的渊源关系来看，它是俄国形式主义的延续，以洛特曼为代表的塔尔图符号学研究者们是对彼得堡诗歌语言研究会研究传统的继承，而莫斯科符号学家们以乌斯宾斯基为代表，是对莫斯科语言小组研究传统的发展。塔尔图-莫斯科符号学派的独特研究风格反映了俄罗斯文化发展的历史特征。

（一）俄罗斯文化发展的两极性（биполярность）

乌斯宾斯基认为，俄罗斯文化发展在其历史中表现出了明显的两极性或双中心性（двуцентровость），即俄罗斯社会中始终存在彼此互相对立与排斥的两个文化中心、两种有明显差别的文化传统。"文化的双中心、两极性即源于两个文化中心的两种文化传统的共存是俄罗斯文化的一般特性，它决定了俄罗斯文化的类型学特征。"① 这种文化类型差别最初表现为基辅和诺夫哥罗德的对立，在十二三世纪的鞑靼蒙古侵占时期，则变成弗拉基米尔和诺夫哥罗德的对立。到了14世纪，莫斯科取代了弗拉基米尔的地位，相应地则变为莫斯科和诺夫哥罗德的对立。取代弗拉基米尔地位的莫斯科文化传统明显与基辅文化传统一脉相承，这样基辅和诺夫哥罗德的对立最

---

① Б. А. Успенский. К проблеме генезиса тартуско-московской семиотической школы[G] // Ю. М. Лотман и тартуско-московская семиотическая школа. М.: Гнозис, 1994: 268.

终变为莫斯科和诺夫哥罗德的对立。虽然诺夫哥罗德在莫斯科的不断压制下,到了16世纪已不复存在,但17世纪初基辅文化的再度繁荣,使我们又看到了两个文化中心、两种传统的对立。17世纪末莫斯科再次战胜了对手,可18世纪初出现了新的文化中心——圣彼得堡,最后则是莫斯科和圣彼得堡两个文化中心的对立和共存。这种对立与共存一直延续到20世纪,甚至21世纪的今天,人们在人文社会科学的某些领域仍能感受到两种文化类型的差异。

(二) 两种文化传统的碰撞与融合

我们知道,塔尔图-莫斯科符号学派主要由塔尔图大学的一批文艺理论家和符号学研究者,如尤·米·洛特曼、扎·格·敏茨(Зара Григорьевна Минц,1927—1990)、鲍·费·叶戈罗夫(Борис Фёдорович Егоров,1926—2020)、安·尤·切尔诺夫(Андрей Юрьевич Чернов,1953—)等和莫斯科大学以鲍·安·乌斯宾斯基为首的一批符号学研究者,主要由弗·尼·托波罗夫、维·弗·伊万诺夫、亚·摩·皮亚季戈尔斯基(Александр Моисеевич Пятигорский,1929—2009)等组成。从两地学者的研究活动中我们看到,他们都非常重视符号体系的研究,但在研究风格、学术观点和主张方面并不完全一致,具体地说,洛特曼及其同事们主要是从文艺理论和文艺史的研究开始,注重从体系内部来分析不同成分、不同模式、不同层次之间的相互联系,而乌斯宾斯基等莫斯科的语言学家们则多从语言学和语言史的研究入手,关注一体系与另一体系之间的关系和影响。

两地学者学术研究风格的差异正是源于莫斯科和圣彼得堡这两个文化中心在历史上人文思想发展的不同学术传统。莫斯科具有深厚的语言学传统,这与1915年诞生以罗曼·雅克布森为首的"莫斯科语言学小组"[①] 有关,而彼得堡悠久的文学传统则来自1916年在彼得堡成立的,以维·鲍·

[①] 莫斯科语言学小组(Московский лингвистический кружок,МЛК,1915—1924)是在莫斯科大学语文系学生的倡议下于1915年成立的"学会"组织,活动延续至1924年。首任会长是罗·奥·雅各布森(任职于1915—1919),后分别由米·尼·别捷尔松(Михаил НиколаевичПетерсон,1985—1962,任职于1920年)、布斯拉耶夫(Алексей Александрович Буслаев,1897—1965,任职于1921年)、格·奥·维诺库尔(Григорий Осипович Винокур,1896—1947,任职于1922—1924年)担任。

什克洛夫斯基为首的"诗歌语言研究会"①。从学术渊源上看,尤·米·洛特曼和夫人扎·格·敏茨都是列宁格勒人,文化教育属于列宁格勒文化传统,鲍·费·叶戈罗夫也是列宁格勒人,安·尤·切尔诺夫则是洛特曼的学生。而莫斯科的学者们因为莫斯科在历史上沿袭下来的语言学研究传统,多从事语言学的研究,并从语言学进入符号学,虽后来也有部分学者或多或少专门研究过文学,但他们的语言学立场、语言学兴趣始终是第一位的,"我们是用语言学家的眼光看世界"②。乌斯宾斯基在自己的论文《塔尔图-莫斯科学派的渊源问题》中强调了塔尔图-莫斯科学派对莫斯科语言学传统和彼得格勒文艺学传统的继承性。"如果莫斯科的学者们在一定程度上是研究文艺学的语言学家,那么塔尔图小组的代表们则是一定程度上从事语言学研究的文艺学家。"③

这种文化立场上的区别虽在合作的最初阶段相当明显,但两地学者在学术兴趣上的相互补充和相互影响使得各自都得到了完善和发展,如与文艺学的接触使莫斯科语言学家们对文本和文化背景即文本的功能条件产生兴趣,而与语言学家的接触决定了文艺学家对作为文本发生器,即文本产生的机制——语言的兴趣,并最终促成他们在 70 年代找到了共同的研究和发展方向——文化符号学④,将符号分析应用于整个俄罗斯文化史领域的研究。塔尔图-莫斯科符号学派对莫斯科语言学思想与彼得格勒文艺学思想的充分融合使其彰显了独特的研究风格,并最终在世界符号学研究王国中占

---

① 彼得堡"诗歌语言研究会"(Общество изучения поэтического языка, ОПОЯЗ,1916—1930),创始人为维·鲍·什克洛夫斯基,其成立时间有两种说法:一说成立于 1916 年,以纳杰日津大街 33 号聚会为标志;另一说为 1914 年,以什克洛夫斯基的第一本著作(16 页的小册子)《词语的复活》(Воскрешение слова)公开发表为标志。主要成员有鲍·米·艾亨鲍姆、维·马·日尔蒙斯基、列·彼·雅库宾斯基(Лев Петрович Якубинский,1892—1945)、尤·尼·蒂尼亚诺夫、叶·德·波利瓦诺夫(Евгений Дмитриевич Поливанов,1891—1938)、奥·马·布里克(Осип Максимович Брик,1888—1945)、维·弗·维诺格拉多夫等。1930 年什克洛夫斯基在《文学报》上发表了《给科学上的错误立个纪念碑》(Памятник одной научной ошибке)的文章,标志着该研究会活动的结束。

② Б.А. Успенский. К проблеме генезиса тартуско-московской семиотической школы［G］//Ю. М. Лотман и тартуско-московская семиотическая школа. М.: Гнозис, 1994: 266.

③ Б.А. Успенский. К проблеме генезиса тартуско-московской семиотической школы［G］//Ю. М. Лотман и тартуско-московская семиотическая школа. М.: Гнозис, 1994: 266.

④ 凝结了塔尔图-莫斯科符号学派文化符号学理论主要观点的重要论文《文化符号学研究纲要》于 1973 年以俄、英两种文字同时出版。这篇论文由乌斯宾斯基和洛特曼及塔尔图-莫斯科符号学派其他三位学者维·弗·伊万诺夫、亚·摩·皮亚季戈尔斯基、弗·尼·托波罗夫合著而成。这一年也被国际符号学界公认为是文化符号学的诞生年。

据了一席重要之地。

（三）艺术作品研究方法的二元融合

符号学是一门研究意义的科学。塔尔图-莫斯科符号学派将"文化"作为自己特定的研究对象，在他们看来："文化是由人类社会各集团获得、保存和传递的非遗传性信息总体。"① 文化既表现为记号系统或结构，也表现为信息传递系统。"它所关注的是对思想文化表层背后的结构性、因果性、意指性和社会支配性的关联方式这些现代典型的意识形态理论研究。"② 这样，他们的研究不可避免地与意识形态研究密切关联。

塔尔图-莫斯科符号学派企图发现文化历史发展中的基本观念模式，并以此为基础来译解各个历史时期的具体文化社会现象，他们所从事的是一种文化类型学研究。因而"苏联文化符号学研究既是一种历史现象分析，也是一种文化意识形态分析，分析的目的在于揭示文化底层隐蔽的'意识形态结构'"③。他们认为符号学应该而且可以反映出各时期文化代码的意识形态内涵，反对把艺术作品，特别是文艺作品的思想内容和艺术形式截然分开的批评方法，而将二元对立的艺术作品研究方法论即形式和内容的研究融合到了一起。可以说，他们在文学研究中带来了一场哥白尼式革命，既分析文学文本的内部结构，又分析文本和外部社会文化环境的关系，填平了文学的接受研究和文学的社会学研究同新批评的自主解释，以及内在解释之间的鸿沟。④

（四）塔尔图-莫斯科符号学派发展的主要特征

第一，语言、文学、文化等方面的交叉研究。代表苏联符号学研究主流的莫斯科-塔尔图符号学派形成于 1962 年的"符号系统的结构研究"学术研讨会上，该学派主要是塔尔图和莫斯科这两座城市的符号学家的联合。塔尔图-莫斯科符号学派理论家们的研究各具特色，观点和主张也并非完全一致。但总的来说，他们都将文学、艺术、文化、神话、宗教作为符号体系来研究，

---

① Ю. М. Лотман. Избранные статьи в 3 томах. Т.1: *Статьи по семиотике и типологии культуры*[G]. Таллинн: Александра，1992：46.
② 李幼蒸. 理论符号学导论［M］. 3 版. 北京：中国人民大学出版社，2007：613-614.
③ 李幼蒸. 理论符号学导论［M］. 3 版. 北京：中国人民大学出版社，2007：646.
④ ［荷］佛克马，［荷］易布思. 二十世纪文学理论［M］. 林书武，陈圣生，施燕，等，译，北京：生活·读书·新知三联书店，1988：50.

关注它们作为符号系统的建构、功能和意义等问题。以鲍·安·乌斯宾斯基为代表的莫斯科符号学小组，一般是站在语言学家的立场上来从事文学理论的研究，而塔尔图符号学小组则主要是从文学理论的角度来研究语言学。双方互为补充，后期基本上都转向了符号与文化联系的研究上。

第二，文化符号体系研究的转向。苏联符号学以塔尔图-莫斯科符号学派为主要代表，与西方的结构主义符号学不同。如果说后者的符号研究表现出的是逻辑倾向，那么前者则具有明显的语言学倾向。该学派在发展初期，学者们努力运用语言学方法寻找和描述各处可能存在的语言。值得注意的是，这里的"语言"已不再是狭义的语言学意义上的语言，而是符号学意义上的语言，专指任何一种自成体系的符号交际和关系系统。他们并由此提出了第二模式系统——构筑在第一模式系统自然语言基础之上的符号系统理论。20世纪80年代后期，塔尔图-莫斯科符号学派已从运用语言学方法探讨非语言学客体，即由对语言符号体系的研究转向研究作为研究对象的文化符号体系。他们关心的是符号研究的客体体系，即现实的文化符号结构，一般不去探讨抽象的符号分析方法论。例如，尤·米·洛特曼曾专注于电影语言和文学语言的研究，而鲍·安·乌斯宾斯基不仅研究过文学语言，而且研究绘画语言。在对新的、纷繁复杂的符号客体不断探索的过程中，该学派最终定位于文化符号学的研究，从而使得苏联符号学研究有着不同于国际上其他符号学学派的研究风格。他们所理解的文化是一种集体性的非遗传性记忆。"这种记忆可以通过自觉的教育方式获得，也可以由非自觉的行为准则体现出来，并最终决定着人与周围现实的关系。文化其实也是一种语言，或者是各具功能的多种语言的综合。因为语言不仅是一个交际的体系，而且是一个信息保存和组织的体系。"①

第三，宗教符号学研究的深入。从塔尔图-莫斯科符号学派的学者们后来出版的主要著作来看，他们越来越倾向于宗教符号研究。例如，鲍·安·乌斯宾斯基则深入研究了描绘圣画的符号体系和用牌占卜的语言符号体系。塔尔图-莫斯科符号学派对宗教符号学研究的深入，不仅表现在对宗教符号本身的研究上，而且更主要地反映在用宗教思维去看待艺术符号。

塔尔图-莫斯科符号学派无论是在苏联或当今的俄罗斯，还是在西方，

---

① Б. А. Успенский. Избранные труды（Т.1）: Семиотика истории. Семиотика культуры[M]. М.: Гнозис, 1994: 6.

都有较大的影响。它是在当时苏联特定的政治文化和意识形态背景下，受到苏联政治制度、文化政策、俄国思想传统和当代科学精神等多种历史因素的综合影响与制约而产生的历史现象。从俄罗斯当代文论的发展来看，他们在揭示艺术符号体系的结构方面做出了较大的贡献；而从与西方符号学文论的联系上来看，他们试图克服结构主义的理论缺陷，把艺术创作、艺术文本和艺术知觉作为一个系统来考察，深入探讨了艺术的符号性质和作为交流系统的特点。

我们相信，不管是在当今的俄罗斯，还是在符号学正方兴未艾的中国，以及世界其他对符号学感兴趣的国家和地区，有关塔尔图-莫斯科符号学派必将还会有更多的学者从不同的视角去介绍它、研究它，甚至发展它。而鲍·安·乌斯宾斯基作为该学派的创始人和重要的领导者，他的符号研究方法和对塔尔图-莫斯科符号学派的看法，有值得我们思考与借鉴之处。

第二章
乌斯宾斯基结构诗学理论建构的背景及其方法论特征

第一节
乌斯宾斯基结构诗学理论产生的背景

乌斯宾斯基的结构诗学理论主要体现在他的《结构诗学》一书中，该书完成于1966年，1970年公开出版。始终认为自己是语言学家的乌斯宾斯基着手对文艺学理论开展研究，这首先与他和塔尔图大学的文艺学家洛特曼的长期合作并受其影响分不开。不过，作为塔尔图-莫斯科符号学派的创始人之一和莫斯科符号学研究小组的主要代表人物，其学术研究传统的渊源可追溯到十月革命前后的俄国形式主义运动，同时与20世纪50年代苏联学术界发生的种种变革和60年代欧美诸国结构主义符号学的兴盛密切相关。

撇开评论性文章，乌斯宾斯基的第一篇学术论文《作为语言对应关系基础的语言类型学划分（对语言进行类型学划分时的语言标准结构）》公开发表于1961年，第一部学术专著《结构类型学原则》于1962年面世，可见，他的学术研究生涯发端于20世纪60年代初。

在20世纪50—60年代，苏联正处于赫鲁晓夫当权的"解冻"时期。随着批判个人崇拜带来的社会政治变动，思想理论的禁锢也稍有放松，人们急切地希望彻底摆脱"斯大林语境"，因而在意识形态领域出现了一些新思潮、新争论和新探索。控制论、信息论、系统论，以及符号学、结构主义语言学、机器翻译、人工智能和文化学等领域研究的新思维带来了新鲜的学术空气，学术环境较之以前也渐为宽松，在学术上已可以相对自由地发表意见。"解冻"思潮冲破了30年代中期至50年代初期社会文化艺术的萧条停滞状态，使苏联的文学艺术进入了继20年代的俄国形式主义运动以后的第二个发展期。在文艺学领域，开始重视艺术特点和艺术规律的研究，力图冲破庸俗社会学和教条主义及传统认识论的束缚。过去一度遭到批判的俄国形式主义者、弗·雅·普洛普（Владимир Яковлевич Пропп，1895—1970）和巴赫金的著作得以出版，得到重新评价。

文艺理论界开展了对现实主义的大讨论，试图打破单一的社会主义现实主义理论及其相应的批评模式。例如，由亚·伊·布罗夫（Александр Иванович Буров，1894—?）发起的50—60年代关于艺术审美本质问题的大讨论，使人们对文艺的意识形态本质论提出了疑问，开始认真思考文艺学的研究对象，并由此提出了文艺的审美本质，认为作品的艺术性高低是衡量作品审美价值的尺度，有关作品的形式问题再度引起批评界的关注。同时，在国际环境方面，"解冻"思潮也促进了东西方关系的缓和。60年代在西方国家独领风骚的结构主义思潮，以法国为中心，涉及人文、自然科学诸学科方法论基础和思维方式，成为20世纪西方当代文坛的一个重要文论流派，相关理论开始被陆续引进。

这种国内外社会意识形态的大环境，促使在1934年全苏第一次作家代表大会后被迫退出苏联文学论坛的一些被排斥的理论批评流派，又开始以新的面目出现。以1962年12月19—26日"符号系统的结构研究"讨论会为形成标志的莫斯科-塔尔图符号学派，正是当时苏联国内外社会意识形态大环境的催生物。这次会议由苏联科学院斯拉夫研究所结构类型学研究室和控制论学术委员会语言学分会共同举办。此次会议的29名参加者全是语言学家，共提交了39篇论文，涉及的主要议题有七项：① 作为一种符号系统的自然语言；② 书写符号系统的译解问题；③ 非语言交流系统；④ 艺术语言；⑤ 符号学模拟系统；⑥ 作为一种符号系统的艺术；⑦ 文学作品的结构和数学研究方法。从这些议题中可以看出，后两项与结构诗学直接有关，其中比较重要的论文有瓦·伊万诺夫的《列夫·维果茨基的〈艺术心理学〉概述》、尤·列科姆谢夫的《论美术中的符号学问题》、鲍·乌斯宾斯基的《论艺术符号学》和《切斯特顿作品中的符号学》、尤·谢格洛夫的《关于夏洛克·福尔摩斯侦探小说结构模型构建问题》等。值得关注的是，在这次会议上诺尔科夫斯基和谢格洛夫合写的论文《论建立结构诗学的可行性》不仅首次提出了"结构诗学"这一概念，而且明确地表达了苏联文艺学界对建立这门学科的普遍呼声，这预示着一个由语言学与诗学联姻而产生的新学科——结构诗学即将诞生。

不过，在赫鲁晓夫时代，虽已有了自由发表思想的可能，但在学术方面的政治环境非常不稳定，很容易左右摇摆。赫鲁晓夫对"解冻"及随后出现的批判浪潮的态度是矛盾的，他曾说过，当时苏联领导和他自己在走向解冻的同时，又有担心，生怕解冻引起洪水泛滥，局面难以控制，"因此我们似乎曾经阻止过解冻"①。事实上，乌斯宾斯基之所以以结构类型学方式完成对"视点"问题的探讨，与当时所处的时代背景有一定的关联。笔者 2009 年在莫斯科访学期间，曾就该问题与乌斯宾斯基教授本人交流过，他非常明确地谈到其中的一个原因，即避免触及敏感的政治意识形态问题。

第二节
始终一贯的语言学研究方法

鲍·安·乌斯宾斯基教授在学术研究领域坚守了 60 多年，学识渊博，其丰富的学术论著涉及语言学、斯拉夫学、文艺学、艺术学、文化史学和符号学等多个不同的领域和方向，但他始终认为自己是一位语言学家，语言学研究方法和对语言学的兴趣伴随他学术研究发展的不同阶段，使得他所涉足的研究领域相互之间有着有机且深层次的联系。

鲍·安·乌斯宾斯基出身于莫斯科一个知识分子家庭，父母都从事文学方面的工作。② 当他 1955 年成为莫斯科大学语文系学生时，他的哥哥弗·安·乌斯宾斯基已于三年前从莫斯科大学机械数学系毕业。③ 良好的家庭传统和莫斯科大学一流的学术研究条件、学术气氛为乌斯宾斯基学术事业的起步和发展提供了充足的物质和精神方面的食粮。莫斯科大学的学习

---

① Н.С. Хрущев. Воспоминания[G]// Избранные фрагменты. М.: Вагриус, 1997: 506-507. 另参见曹长盛，张捷，等. 苏联演变进程中的意识形态研究[M]. 北京：人民出版社，2004：226.

② 鲍·安·乌斯宾斯基的父亲是一位作家，母亲是法文翻译家。

③ 弗·安·乌斯宾斯基 1952 年毕业于莫斯科大学机械数学系，并于 1964 年获得数理博士学位，曾为莫斯科大学机械数学系教授，数理逻辑和算法理论教研室主任。他的研究兴趣广泛，不仅在自己的数学领域建树颇丰，而且在哲学、语言学、符号学和语文学等方面发表了相当数量的论文，详见其作品集《非数学方面的著作》（Труды по нематематике. М.: ОГИ, 2002）。他早年对机器翻译和符号学的兴趣在一定程度上影响了其弟鲍·安·乌斯宾斯基。塔尔图-莫斯科符号学派的重要概念"第二模式系统"正是由其首次提出（参见 В. А. Успенский. Прогулки с Лотманом и вторичное моделирование [G] // Лотмановский сборник. Т. 1. М.: ИЦ-Гарант, 1994: 106.）。

使乌斯宾斯基得以受到罗·奥·雅各布森①、维·弗·伊万诺夫②和彼·萨·库茨涅佐夫（Пётр Саввич Кузнецов，1899—1968）等前辈大家的近距离影响。其间他积极参加机器翻译讲习班③，并开始尝试学术论文的写作，曾分别于1958年、1959年与他人合作发表了两篇评论性文章，其中发表在《机器翻译和实用语言学》上的一篇（1959）正是和自己的哥哥弗·安·乌斯宾斯基一起合作完成。通过参加机器翻译讲习班，他还结识了弗·尼·托波罗夫、安·阿·扎利兹尼亚克、伊·亚·梅列楚克（Игорь Александрович Мельчук，1932—）、叶·阿·博卡列夫（Евгений Алексеевич Бокарёв，1904—1971）等著名学者，与他们的相识和经常性交往决定了乌斯宾斯基对结构语言学的兴趣。1960年，乌斯宾斯基从莫斯科大学毕业后，被留校在普通语言学和比较历史语言学教研室工作，并继续攻读副博士学位。1961年莫斯科大学将其派往哥本哈根大学由路易·叶尔姆斯列夫和伊莱·费舍尔·约根森（Эли Фишер-Йоргенсен，1911—2010）领导的语言学和语音学研究所进修，这不仅促成他完成副博士论文《结构类型学的某些问题》（1963），而且直接使他的语言学，甚至接下来的符号学研究烙上了哥本哈根学派④的印迹。1962年，为了继续在大学时代就已开始的语言类型学研究，并完成自己的副博士论文，他和自己未来的妻子卡·彼·科尔舒诺娃（Галина Петровна Коршунова，1937—1978）一起来到叶尼塞河流域（北西伯利亚）考察，以便接触在渊源和结构特征方面彼此不同的各种语言，乌斯宾斯基因此发现了最神秘的语言之一根特语⑤，这一点成了他引以为傲的成果之一。

乌斯宾斯基的学术研究发端于一般（普通）语言学，最早发表的学术论文均是探讨语言学，特别是结构语言学，如不同语言的结构类型等方面的问题。他在获得副博士学位后，曾于1963—1965年期间在苏联科学院非

---

① 罗·奥·雅各布森曾是鲍·安·乌斯宾斯基的老师。
② 1959—1961年维·弗·伊万诺夫曾领导苏联科学院精密机械和计算技术研究所机器翻译小组的工作。
③ 机器翻译在当时占据了莫斯科语言学研究的主流。
④ 丹麦哥本哈根学派，又称哥本哈根语言学会，以激进结构主义思想著称，是后索绪尔结构主义中心之一，由叶尔姆斯列夫于1931年发起成立。他遵循索绪尔普通语言符号学的传统，旨在建立一个"广义的语言学"，涉及文学、艺术、音乐及历史等许多学科。其代表作《语言理论导论》（1943）从哲学和逻辑学的角度阐述了语言学的理论性问题，明确提出语言的符号性质，是哥本哈根学派的理论纲领。
⑤ 使用该语言的人一共只有几百人，并且与地球上的其他语言没有任何种属关系。

洲所工作，从事非洲语言的类型学研究。1965 年，他因参与组建莫斯科大学附属的语言结构类型学和语言统计学跨系研究室①的工作而被调入了莫斯科大学，并在该研究室主持语言类型学小组的工作，同时开始他的教学生涯。②

对结构语言学的研究确立了乌斯宾斯基对符号学的兴趣。他从 1962 年开始积极从事该领域的研究，开启了其与尤·米·洛特曼合作的塔尔图-莫斯科符号学研究时期。在这方面，参加符号系统结构研究讨论会（1962）起了重要的作用，该讨论会在莫斯科-塔尔图符号学派诞生过程中具有里程碑意义。此次会议后不久，乌斯宾斯基就参与了该学派莫斯科小组的领导工作。他和洛特曼相识于 1964 年第一期夏季培训班的准备期间，此后他不仅和洛特曼一起见证了整个塔尔图-莫斯科符号学派的发展历程，而且两位学者进行了富有成效的合作，有超过 12 篇③的系列论文是在双方密切的学术交往下共同创作而成。不过，鲍·安·乌斯宾斯基对符号学的透视始终建立在语言学家的立场之上。正是这段时间，他还结识了罗·奥·雅各布森、彼·格·博加特廖夫、米·米·巴赫金、尤·瓦·科诺罗佐夫（Юрий Валентинович Кнорозов，1922—1999）、列·费·热金、伊·伊·伊维奇（Игнатий Игнатьевич Ивич，1900—1978）等学者，与他们的交往对其以后的学术发展产生了很大的影响。

对符号学的钻研从根本上扩展了鲍·安·乌斯宾斯基的研究兴趣：他开始着手艺术理论（圣像符号学）和文艺理论（艺术文本结构）等方面的研究。其间的《结构诗学》是乌斯宾斯基在这段时间的重要学术成果，它不仅是乌斯宾斯基在艺术理论方面研究的杰作，而且是塔尔图-莫斯科学派结构符号学研究的代表性著作，也是该学派正式出版的第一本专著。④ 它在 20 世纪俄国文学理论发展史上占有相当重要的地位，同时也是俄罗斯语文学领域进行结构形式描述的具有重大价值的最初尝试之一。鲍·安·乌斯宾斯基的结构诗学理论思想主要体现在该部作品中，在此书中结构符号学方法通过明晰的概念"视点"作为文学作品和其他种类艺术结构建构的基

---

① 该研究室后改名为计算语言学研究室。
② 在莫斯科大学语文系讲授语言类型学课程。
③ 该数据由乌斯宾斯基教授亲自给笔者提供的自 1958—2012 年他所有公开发表的论著清单统计而来。
④ Н. Б. Мечковская. *Семиотика：Язык. Природа. Культура*（3-е издание）[M]. М.：Академия，2008：86.

本因素表现出来，并与 20 世纪俄罗斯语文学领域，如米·米·巴赫金、瓦·尼·沃洛申诺夫（Валентин Николаевич Волошинов，1895—1936）、维·弗·维诺格拉多夫等的研究成果有机结合。《结构诗学》自 1970 年俄文版出版后，至今已被译成 12 种语言①在世界范围内发行。这是一部对艺术理论进行符号学研究的著作，也是到目前为止乌斯宾斯基最具世界影响力和唯一一部被译成中文的作品。此外，他还从事神话学、文化符号学和历史符号学的研究。

从 20 世纪 60 年代开始，乌斯宾斯基在从事普通语言学和符号学研究的同时，还开始了对斯拉夫学，首先是教会斯拉夫语和俄罗斯标准语史及斯拉夫语法思想史的研究。推动乌斯宾斯基在这一领域研究的是在阅读教会用书时对保存在某些封闭的教会团体（古老信徒派社团）中的古老发音的发现。对这一发音系统的研究直接促成了乌斯宾斯基 1972 年在莫斯科大学通过答辩的博士论文《俄罗斯书面语发音——历史研究经验》的完成。1973 年通过博士论文答辩后，乌斯宾斯基则开始被邀请在莫斯科大学语文系讲授俄罗斯标准语史课程。②

可见，在乌斯宾斯基的学术生涯中，语言学与其他多学科之间形成了互动的辐射。语言学为其在其他学科的研究提供了最基本的研究方法，而对其他学科的广泛涉猎则促使其对语言学这一学科的认识更加深入。乌斯宾斯基教授的学术研究虽涉猎广泛，然而一切都是随兴而至：对结构语言学的研究，很自然地导致乌斯宾斯基对符号问题的探讨；而涉足于符号学领域则拓展了乌斯宾斯基的研究兴趣和范围，由此开始从事艺术符号学，特别是圣像符号学的研究；为了研究圣像符号学，他又转向研究中世纪文化的守护者——俄罗斯古老信徒派③，因为只有该派才保存着古俄罗斯的圣像，并且保留了画圣像画的传统；在古老信徒派的教堂里，乌斯宾斯基意外地发现了教会用书特别的读法系统，这是起源于 11—13 世纪古老的教会斯拉夫语发音的特殊传统，从而开始着手探讨教会斯拉夫语，然后是俄罗斯标准语的历史，进而进入了斯拉夫学的研究领域。在探讨古老信徒派传

---

① 法语（1972）、英语（1973、1982）、德语（1975）、塞尔维亚语（1979）、匈牙利语（1984）、日语（1986）、伊利亚特语（1986，现代希伯来语，以色列的官方语言）、芬兰语（1991）、保加利亚语（1992）、波兰语（1997）、汉语（2004）、捷克语（2008）。此出版信息由乌斯宾斯基教授本人提供。
② 先是作为计算语言研究室的研究员，1977 年后作为俄语教研室教授。
③ 由于 17 世纪俄罗斯东正教会分裂而产生，不服从旧教。

统的过程中，乌斯宾斯基还产生了对文化史的兴趣，钻研过民族学和历史并转向对宗教现象的分析。在不同的学术研究阶段乌斯宾斯基研究的侧重点显然有所不同，但语言学的研究风格始终伴随其各个阶段的研究。可以说，乌斯宾斯基首先是一个语言学家，他的所有研究成果在一定程度上都离不开共同的研究方法——语言学方法，正是语言学方法论奠定了他整个工作的理论基础，他始终在用一个语言学家的眼光来看待世界。作为塔尔图-莫斯科符号学派莫斯科小组的领导者，他在《塔尔图-莫斯科符号学派的起源问题》一文中强调，莫斯科小组有别于塔尔图小组的主要特征在于前者主要从语言学的视角去研究文艺理论等一系列问题，而后者以洛特曼为代表则主要是从文艺学的角度展开自己的研究。

乌斯宾斯基在总结自己一生的研究时，曾指出，他的全部研究都是围绕着文化符号学（семиотика культуры）这个中心进行的，且他所理解的"文化"是一种集体性的非遗传性记忆。① 这种记忆可以是有意识的（包括通过自觉的教育方式外在地获得的行为活动方式），也可以是无意识的（如由非自觉的行为准则体现出来的行为规范），并最终决定着人与其周围现实的相互关系。在这一意义上，文化其实也是一种语言，或者是各具功能的多种语言的综合。② 语言不仅是一个交际的体系，而且是一个信息保存和组织的体系。语言是独特的过滤器，它不仅以一定方式组织我们所接受的信息，而且以同样的方式将信息的接受者统一成一体。换句话说，语言不仅仅是人与人之间的交际系统，它更是一般意义上的人和与其相对的周围现实环境之间的交际体系。符号学研究的对象就是人与世界的相互关系（包括人和其他人之间的关系），而在不同的文化中，外部世界给我们提供的信息是按不同方式进行组织的。所以，乌斯宾斯基指出："文化在广义的符号学意义上，可以理解为确定人与世界之间各种关系的体系。"③ 这一体系严格规定着人的行为，因为它决定着人在各种情况下该如何行事。同时，这一关系体系还决定着人如何塑造世界和人自身，即人所使用的语言不仅塑造着人的外形和人之外的客观世界，而且塑造着人内在的主观世界。这里

---

① Б. А. Успенский. *Избранные труды（Т.1）：Семиотика истории. Семиотика культуры* [M]. М.：Языки русской культуры，1996：4.

② 从这里可以看出，叶尔姆列夫所倡导的旨在建立"广义的语言学"的思想对其所产生的影响。

③ Б. А. Успенский. *Избранные труды（Т.1）：Семиотика истории. Семиотика культуры* [M]. М.：Языки русской культуры，1996：4.

所说的语言包括自然语言和广义的符号学语言。可以看出，乌斯宾斯基探讨的是作为传达内容的机制的语言，以及这种机制所利用的某种基本的符号系统。该种语言既使与人相对立的被理解的世界模式化，也模式化了理解的主体——人。

沿着乌斯宾斯基的学术研究轨迹，可以看出，他的文化符号学研究是从结构语言学的研究出发，继而运用语言学的方法去探讨非自然语言的符号语言系统，即塔尔图-莫斯科符号学派所提出的"第二模式系统"。他不仅研究了描绘圣画的符号体系和用牌占卜的语言符号体系，同时还和洛特曼一起研究了文学语言符号体系。他在文艺学领域的研究中心是对文学文本与文化关系的研究，注重对文本发生功能的条件的探讨。以他为首的莫斯科小组的研究风格直接影响了塔尔图小组的文艺理论家们，促使后者也特别重视研究作为文学文本发生器的文学语言，并且对文学文本形成的机制做细致的分析。显然，乌斯宾斯基的文化符号学研究大厦是从语言学的视角进行构建，并从文化符号学的角度来考察文学语言和其他文艺学问题的。

第三章
乌斯宾斯基结构诗学理论研究的国内外现状

鲍·安·乌斯宾斯基教授以其五十多年来在语言学、斯拉夫学、俄罗斯语文学、符号学和文艺学理论等方面卓有成效的研究,以及其广博的学术视野、精确而严谨的理论思辨,为俄罗斯当代人文学科的发展提供了丰富的理论资源。他的学术影响力不仅在俄罗斯、欧洲大陆和英美等许多国家都负有盛名,而且在中国近年来也受到越来越多学者的关注。

第一节
乌斯宾斯基结构诗学理论在中国

起初,我国学界对乌斯宾斯基本人及其学术思想的了解,更多的是源于对符号学研究兴趣的兴起,主要在当代世界三大符号学研究中心①之一的苏联塔尔图-莫斯科符号学派,以及其代表人物洛特曼的学术思想和学术成果的介绍和研究中有所涉及,比较早的有凌继尧教授(1987)的《塔尔图-莫斯科学派——记苏联符号学家洛特曼和乌斯宾斯基》和张杰教授(2000)的《走向体系研究的艺术符号学与文化符号学——塔尔图-莫斯科符号学理论探索》,这两篇文章部分地涉及了乌斯宾斯基及以乌斯宾斯基为代表的莫斯科研究小组的学术研究风格。

目前,乌斯宾斯基教授仅有一部学术专著《结构诗学》被我国学界翻译。在该书的译者序中,译者概述了乌斯宾斯基结构诗学理论的主要内容,认为乌斯宾斯基从"视点"概念出发,拓展了有关叙事学理论基本问题研

---

① 它们分别是法国、美国和苏联。

究的领域，并对某些传统研究范式予以了突破，同时对乌斯宾斯基具体的学术思想也有一定的介绍。①苏畅（2006）在《对视点问题的重新认识》中则对乌斯宾斯基的《结构诗学》一书做了较为详细的评述，认为乌斯宾斯基在仿佛纯形式的视点中，发现了评价、心理、时空、话语等多个视点层面，并在每一层面中发现了不同的意义指向，把形式和内容的研究联系在了一起，为形式主义分析和历史主义研究的结合提供了一条切实可行的途径。申丹教授在《叙述学与小说文体学研究》中，也对乌斯宾斯基的"视点"研究进行了评述，她指出"厄氏的理论在此书译为英文版后在西方评论界产生了一定的积极影响。但这一理论不注意将叙事眼光与叙事声音区分开来，甚至还模糊了作者与叙述者之间的界限，也产生了一些副作用"②，同时她也肯定了乌斯宾斯基对"叙事眼光"或"视点"的多方面的含义探讨。郑季文（2016）的《乌斯宾斯基与柄谷行人对"颠倒"的发现》将俄罗斯符号学家乌斯宾斯基与日本文艺批评家柄谷行人进行比较，同时认为这两位大师的思想均体现出结构主义，但他们并没有仅仅局限于结构主义。而涉及乌斯宾斯基的结构诗学理论并对之加以运用的有：谭君强教授（2004）的《论叙事作品中"视点"的意识形态层面》，论文中作者对乌斯宾斯基的"视点"与意识形态问题进行了阐发性研究；夏益群和蒋天平（2009）的《十九世纪俄国小说儿童叙事中的"视点"问题研究》，该论文运用乌斯宾斯基有关意识形态评价、话语特征描写、空间-时间特征描写，以及涉及描写主、客观心理等四个层面视点的分类思想，分析了19世纪俄国小说中的儿童叙事"视点"问题；王晓阳（2010）的《叙事视角的语言学分析》，也是运用乌斯宾斯基的四个层面视点分类法从语言学角度来分析叙事学中的核心概念之一"叙事视角"；颜文洁（2016）的《从乌斯宾斯基的符号学理论看〈金色笔记〉中的视点与对话》，依据乌斯宾斯基所提出的艺术文本机构中的视点理论，从外在视点、内在视点、重合视点三个方面对莱辛的长篇小说《金色笔记》不同层面的叙述视点进行了解读；安然（2019）的论文《艾丽丝·门罗小说中儿童叙事的视角研究》，以叙述视角为切入点，利用鲍·安·乌斯宾斯基和以色列文论家里蒙·凯南的叙述视角理论，对门罗作品中的儿童叙事现象进行了系统的梳理和归纳，着

---

① ［俄］乌斯宾斯基. 结构诗学［M］. 彭甄，译. 北京：中国青年出版社，2004：16-21.
② 申丹. 叙述学与小说文体学研究［M］. 北京：北京大学出版社，1998：211-212.

重从意识形态层面视角、时空层面视角和心理层面视角三个方面进行了解读与辨析；谢燕娟（2019）的论文《Б. А. 乌斯宾斯基视角理论下的俄罗斯文学作品汉译研究》以俄罗斯经典文学作品及其汉译本为语料来源，论述乌斯宾斯基视角理论对于文学作品阐释的适用性和指导性，对比原语文本和译语文本分析叙事视角在译例中的传达程度及功能效果，并在此基础上归纳概括出叙事视角下翻译文学文本的方法和原则。可以看出，目前中国学者中除了《结构诗学》的译者和苏畅对乌斯宾斯基的结构诗学理论本身感兴趣外，其他学者大多是从叙事学感兴趣的"视点"角度，特别是有关"视点"的分类问题出发，去解决或者分析叙事学中所碰到的问题。[①]

显然，相对于乌斯宾斯基教授的丰硕研究成果及其在国际学术界的地位，目前国内对他的学术思想的介绍和研究，可以说，还相当缺乏。与此同时，《结构诗学》的中译本尚存在许多有待商榷的地方。鉴于塔尔图-莫斯科符号学研究时期在乌斯宾斯基整个学术生涯中的重要地位，以及其在该时期的代表作《结构诗学》所具有的国际影响力和理论贡献，同时鉴于我国学术界目前的研究现状，本书的研究将主要限于对乌斯宾斯基教授的结构诗学理论本身做较为深入的探析。

第二节
乌斯宾斯基结构诗学理论在俄罗斯及西方

乌斯宾斯基的结构诗学理论思想基本体现在其专著《结构诗学》中。自1970年《结构诗学》俄文版发表至今，已有50多年的历史，其间除俄文版外还陆续被译成12种语言出版，并有许多知名学者为该书写了书评。[②] 虽然在苏联时期由于当时的意识形态环境等因素的影响，官方对该书的评

[①] 在笔者近年来发表的科研论文中，涉及乌斯宾斯基学术思想的有：1. 乌斯宾斯基与艺术文本结构的视点研究（2009）；2. 乌斯宾斯基的结构诗学理论及其意义（2009）；3. 乌斯宾斯基诗学研究的符号学方法探析（2010）；4. 乌斯宾斯基与塔尔图-莫斯科符号学派（2011）；5. 现实与真实之间：普希金创作叙述的时空视点分析（2011）；6. Boris Uspenskij and the Tartu-Moskow School of Semiotics（2012）；7. 情感性、对话性、多维性：毕巧林形象"当代性"的符号学透视（2014）；8. 东正教的"聚和性"理念与复调小说和结构诗学理论（2018）；9. 乌斯宾斯基的结构诗学：多元的学术和文化"基因"（2019）；10. Полифоническая соборность точек зрения в "Поэтике композиции" Б. А. Успенского（2020）。

[②] 目前能够查找到的前后有近40篇针对该专著的评论。

价非常审慎,但还是有部分学者,如 И. 古尔维奇(Гурвич И. А.)、Б. 科尔曼(Корман Б. О.)、В. 奥金佐夫(Одинцов В. В.)、Д. 谢加尔(Сегал Д. М.)、В. 谢苗诺夫(Семенов В.)等发表了很有分量的评论。尤·米·洛特曼也曾在 1967 年 11 月读了乌斯宾斯基在艺术出版社即将付印的书稿后,写过一篇内部评论,对该书的评价甚高①。然而,在苏联的版图之外,特别是在英美及其他欧洲国家,引起的反响远胜于其本土,有不少学者对此书发表了评论,如 D. 米洛斯拉夫、S. 沃尔夫、T. 托多洛夫、A. 舒克曼、S. 温迪、L. 捷普、A. 布莱姆、J. 达格尔、L. 福斯特、F. 哈罗德、I. 提杜尼克、T. 万科罗沃等。其中不乏著名学者所做出的正面积极评价,如 J. 达格尔指出,乌斯宾斯基的《结构诗学》展示了一种独特的描述叙述视点结构的方法论和分类法,为美国的批评家们提供了一种特殊的批评手法②;L. 福斯特认为,本书极大地推进了语言学方法在文学分析中的运用③。但 A. 布莱姆则对该书提出了批评,认为乌斯宾斯基对西方学者有关视点问题的已有研究缺乏了解④。

在《结构诗学》中,乌斯宾斯基主要以文学艺术文本的语言为研究基点,通过"视点"这一独特的研究视角,对艺术文本结构进行多维度的审视,从而完成了关于艺术文本结构类型学研究的基本构架。在乌斯宾斯基对视点问题做专门的探讨之前,在苏联本土,已有不少学者,特别是对民间故事感兴趣的人,论述过这方面的问题,而且已有一系列的著作对文学艺术中的视点问题做了研究,如米·米·巴赫金、瓦·尼·沃洛申诺夫、维·弗·维诺格拉多夫、格·亚·古柯夫斯基(Григорий Александрович Гуковский,1902—1950)等人的作品。这些学者首先指出了文学作品中视点问题的现实意义,同时也拟定了一些视点问题的研究路径,但他们研究的目标通常是分析某一作家的创作,即与该作家的创作有关的一系列问题。例如:巴赫金在《陀思妥耶夫斯基诗学问题》中对陀思妥耶夫斯基创作的复调⑤结构的探讨;维诺格拉多夫在《莱蒙托夫散文作品的风格》和《〈黑

---

① Ю. М. Лотман,Б. А. Успенский. *Пепеписка:1964—1993*[G].М.:Новое литературное обозрение,2008:80.
② J. Dagle. soviet semiotics[J]. *Novel:A forum on fiction*,1975,9(1):77-80.
③ L. A. Foster. Ред.:Успенский 1970[J]. *Slavic and East European journal*,1972,16(3):339-341.
④ A. Blaim. Boris uspensky:A reply[J]. *Journal of literary semantics*,1977(2):91-93.
⑤ 在乌斯宾斯基看来,"复调是意识形态层面视点表现的一种情形"。Б. А. Успенский. *Поэтика композиции*[M].СПб.:Азбука,2000:26.

桃皇后〉的风格》中，对莱蒙托夫的《当代英雄》和普希金的《黑桃皇后》叙述风格进行分析时，涉及视点问题及其类型①；而古柯夫斯基在《果戈理的现实主义》中曾暗示可以将视点划分为心理、意识形态和地理视点等②。可见，对视点问题本身的分析并不是他们的主要任务，而仅是他们研究某作家的一种手段。在乌斯宾斯基对视点问题进行研究的同时，尤·米·洛特曼也在做类似的研究，他曾在不同类型的作品中写过两篇有关视点多样性和统一性问题的文章，一篇是《第二模式系统中的意义问题》（1965），另一篇是《〈叶甫盖尼·奥涅金〉的艺术结构》（1966）。

在西方，除了对亨利·詹姆斯思想继承和发展的美国"新批评"学派外，涉猎该问题的主要是叙事学领域研究的专家和学者，例如，M. 巴尔、W. 布斯、G. 热奈特、W. 马丁，以及 R. 福勒和 T. 托多洛夫等。他们将视点问题更多地视为以小说为主的叙事文学作品中叙述技巧、叙述方位的选择，即叙事人站在何种角度，以什么方式来言事的着眼点。然而，乌斯宾斯基的研究目的则在于"基于视点问题，研究结构可能性的类型学"③。

艺术作品的结构分解方法有很多。乌斯宾斯基的《结构诗学》研究的只是其中的一种，该种方法与文艺作品叙述（或造型艺术作品塑造）的各种"视点"的确定有关。④ 乌斯宾斯基感兴趣的不仅仅是作品中可能存在的视点类型，而且更关注它们彼此之间的相互关系，如可否具有兼容性而同时存在，可否相互转化等，以及它们在作品中的功能。虽然在研究中某作家的创作经常作为例证的材料，但它们并不构成他研究的专门对象，因为他对视点问题的探讨是基于一般意义层面上的研究。因而，乌斯宾斯基于视点问题的结构诗学理论属于结构主义文论，与当代叙事学理论有着密切的联系，但又不尽相同。当代叙事学注重语言的表征，而结构主义则研究系统内在的构造。因此，乌斯宾斯基的研究既推动了当代西方叙事学的

---

① В. В. Виноградов. *Избранные труды：О языке художественной прозы*［M］. M.：Наука，1980：176-240. В. В. Виноградов. *Избранные труды：Язык и стиль русских писателей：от Карамзина до Гоголя*［M］. M.：Наука，1990：219-270.

② Г. А. Гуковский. *Реализм гоголя*［M］. M.：Государственное издательство художественной литературы，1959：200. 古柯夫斯基在该作品中不仅将叙述者作为一种形象，而且作为对所描述事情的某种视点来研究。他首次将视点问题作为某种文本构成原则提出，并认定它在作品组织中的决定性作用。

③ Б. А. Успенский. *Поэтика композиции*［M］. СПб.：Азбука，2000：17.

④ Б. А. Успенский. *Поэтика композиции*［M］. СПб.：Азбука，2000：9.

发展，又超越了它，其意义是显而易见的。

虽然研究结构问题的方法有多种，但乌斯宾斯基对自己的研究意图表述得相当明确。他认为，"视点"问题，即叙述展开、造型建构的角度，"是艺术作品结构的中心问题，它将各种差别甚大的不同种类艺术联系到一起"①，也就是说，其任务是从所提出的问题（即视点）的角度研究结构可能性的类型学。这样，他就相应地为结构上的研究画出了界限。同时，他还认为，"视点"问题同所有与语义（即作为所指的某个现实片段的指代）直接相关的艺术种类相联系，例如文艺作品、造型艺术、戏剧、电影等，虽然在不同的艺术种类中该问题可以有自身独特的表现。"他的研究并不仅仅像通常习惯的那样在一个领域内进行"②，从而扩大了"视点"问题研究的视域。像乌斯宾斯基这样将视点作为艺术文本结构的中心问题给予考察，并对视点问题做专门性研究，在世界范围内，到目前为止还无他人。乌斯宾斯基从视点问题切入，不仅研究了不同层面视点各自所包含的语义，而且详细论述了它们之间的相互关系，并通过对艺术文本结构的具体分析来探讨这些艺术文本信息的形成与视点结构的渊源关系。在乌斯宾斯基看来，每一种"结构可能性"都是"艺术语言"的一部分，因而在描述结构"语言"时，很明显，他是在试图建立"艺术语言"的形式化模式。Д. 谢加尔在评价乌斯宾斯基的结构诗学时写道："题材和方法的新颖使得《结构诗学》不仅对于文艺学和绘画理论，而且在更广泛的领域，如文化理论，其中包括工艺设计理论等方面成为宝贵的思想源泉。"③

然而，由于文艺作品的叙述几乎都与各种"视点"的确定直接相关，乌斯宾斯基的结构诗学理论经常被用来分析文本，表现出很强的实用性。例如，除了上文提到的中国学者夏益群和蒋天平的《十九世纪俄国小说儿童叙事中的"视点"问题研究》、颜文洁的《从乌斯宾斯基的符号学理论看〈金色笔记〉中的视点与对话》、安然的《艾丽丝·门罗小说中儿童叙事的视角研究》外，还有洪德华（Хон Дэ Хва，1995）在自己的副博士论文中，运用该理论分析了米·尤·莱蒙托夫（Михаил Юрьевич Лермонтов，

---

① Б. А. Успенский. *Поэтика композиции*[M]. СПб.: Азбука, 2000: 10.
② Г. Г. Почепцов. *Русская семиотика*[M]. М.: Рефл-бук, 2001: 703.
③ Д. М. Сегал. Новое исследование по структуре художественных форм[J]. *Декоративное искусство СССР*, 1970(10): 42.

1814—1941)不同时期的小说作品中的结构诗学①；利·尼·利哈乔娃（1975）在其副博士论文《作为艺术手法的叙述视点及其语言特征》中也运用该理论对具体文本做了阐释②。不过，目前对乌斯宾斯基的结构诗学理论探讨和研究得较多的，还是对视点问题同样感兴趣的西方叙事学研究者们。如德国汉堡大学的沃尔夫·施密特（Вольф Шмид）在自己的专著《叙事学》中指出，"乌斯宾斯基创造了新的视点模式，不仅填补了俄罗斯叙事理论的巨大空白，而且极大地推动了对视点问题特别关注的西方叙事学的发展"③。同时他认为，《结构诗学》的新颖之处在于该部作品研究了视点得以表现的不同层面。区别于传统叙事学，乌斯宾斯基划分出了视点表现的四个层面，而传统叙事学中的视点模式是单层面的。乌斯宾斯基的《结构诗学》为视点理论的发展做出了决定性贡献，他不仅运用新的视点模式丰富了叙事学，而且使视点问题的研究由文学拓展到其他具有代表性的艺术种类，如绘画、电影等。以色列学者里蒙-凯南（Rimmon-Kenan）在1983年发表的《叙事虚构作品》中指出，乌斯宾斯基的著作对国际叙事学产生了具有重大意义的影响。④ 她本人正是在乌斯宾斯基多层面视点分类的基础上提出了自己的分类方法，如划分聚焦的种类时，借用了乌斯宾斯基的内视点与外视点的区分；划分聚焦的各个侧面（感知层、心理层和思想层）时，借用了他的空间-时间特征、心理、意识形态评价等视点层面的区分；而聚焦的语言标记则借鉴了他的话语层面视点的语言特征分析；等等。

乌斯宾斯基所提出的视点多层面现象问题为叙事学的发展做出了宝贵的贡献。他的理论推动了其他视点多层面模式的产生，如亚普·林特维尔特在乌斯宾斯基视点分类的基础上，提出了自己的与乌斯宾斯基分类有部分不同的四种视点叙述层面：知觉-心理层面、时间层面、空间层面和语词

---

① Хон Дэ Хва. *Поэтика композиции в романах М. Ю. Лермонтова*：диссертация на соискание учебной степени кандидата филологических наук［D］. Санкт-Петербург，1995.
② Л. Н. Лихачева. *Повествовательная точка зрения как художественный прием и его языковая характеристика*：диссертация на соискание учебной степени кандидата филологических наук［D］. Ленинград，1975.
③ Вольф Шмид. *Нарратология*（изд. второе，испр. и доп.）［M］. М.：Языки славянской культуры，2008：113.
④ Shlomith Rimmon-Kenan. *Narrative fiction*：*Contemporary poetics*［M］. London：Methuen，1983：77-85.

表达层面①；华莱士·马丁在其《当代叙事学》中，称乌斯宾斯基用"不那么形式化的但同样具有启发性的方式讨论了同一问题"②。与此同时，他在将自己的论述分成三大部分③时，认为这三个范畴大致相当于乌斯宾斯基所讨论的三个层面：措辞的、时空的和意识形态的④。另外，还有很多著作，如荷兰叙事学家米克·巴尔的《叙述学：叙事理论导论》，英国文体学家罗杰·福勒的《语言学与小说》等都在这方面不同程度地受到了乌斯宾斯基诗学理论的影响。然而，乌斯宾斯基结构诗学理论的贡献不仅仅在于其提出的视点多层面划分法，他对视点进行多层面划分的目的是为了阐释基于视点问题的艺术文本结构。正如古尔维奇（Гурвич И.）在针对乌斯宾斯基的《结构诗学》而写的书评《研究的意图和意义》中写道：

> 为了实现预定的任务，乌斯宾斯基采用了对作品结构的各种现象和变体形式进行描述和分类的方法。描述尽量做到最大限度的完整性，在考虑到常见的情况的同时也考虑到了罕见的情况。既注意到宏观的描写特征，也注意到细节。各种"视点"的表现既做了单独的研究，也做了交叉和综合研究。成功地做了类型学概述，其完整性和逻辑性不可否认。⑤

而维·弗·伊万诺夫则指出："对于研究现代长篇小说具有特殊意义的是，从叙述的展开所依据的视角来对小说的结构加以考察。近来，这一由巴赫金所提出并由他在论陀思妥耶夫斯基的那部书里做了具体细致应用的研究长篇小说的方法，以技术上更为考究的形式得到了陈述：鲍·安·乌斯宾斯基的专著就是探讨这一问题，该书用更为专业的语言对小说中的视角交替原则进行了描述。"⑥。在巴赫金论陀思妥耶夫斯基的这部书里，视角

---

① Jaap Lintvelt. Essai de typologie narrative [G] // Le "point de vue": Theorie et analyse. Paris: Corti, 1981.
② [美] 华莱士·马丁. 当代叙事学 [M]. 伍晓明, 译. 北京: 北京大学出版社, 2006: 145.
③ 即：叙述的语言学特征——语法人称，时态和话语类型；有关叙事中的表现结构的晚近诸理论——叙述者与人物之间及人物互相之间的空间关系和知觉关系；从作为文化现象的语言这一角度来研究视点的批评家们。
④ 乌斯宾斯基在《结构诗学》中，将视点分为四个层面：意识形态、话语、空间-时间特征和心理等四个层面。
⑤ И. А. Гурвич. Замысел и смысл исследования [J]. Вопрос литературы, 1971 (2): 198-202.
⑥ [俄] 维亚切·符·伊万诺夫. 巴赫金关于符号、表述与对话的思想对于当代符号学的意义 [G] // 周启超编选. 俄罗斯学者论巴赫金. 南京: 南京大学出版社, 2014: 75.

问题并没成为技术性的或工艺学问题。

综上所述，乌斯宾斯基的艺术文本结构诗学理论不管是在其个人的学术生涯中，还是在俄罗斯及欧美国家等整个人文社科发展史中，都具有重要的意义，已在世界范围内得到了广泛的关注。该理论以"视点"这一独特的视角来具体阐释艺术文本的结构，突破了传统纯理论探讨的结构研究范式。然而，到目前为止，欧美等西方国家还是仅从叙事学的角度来看待和研究该理论；在俄罗斯国内也没能从理论本身对之加以研究，主要是用该理论对文本进行结构分析；在我国由于对该理论的了解较晚，目前即使是从事叙事学研究的学者，也主要是从西方学者的著作中对其稍有知晓，而对理论本身尚未能给予足够的关注，因而本书有意于在一定程度上弥补这方面的不足，较多侧重于对乌斯宾斯基的结构诗学理论本身的研究，重点探析该理论的视点问题，并揭示其在艺术文本结构符号系统建构中的意义。

第四章
乌斯宾斯基结构诗学理论概述

乌斯宾斯基的结构诗学理论，作为其整个学术研究成果的重要有机组成部分，是他早期对语言结构类型学研究的自然延续。对结构类型学研究的丰富经验，以及在塔尔图-莫斯科符号学派所提出的重要概念"第二模式系统"的直接影响下，乌斯宾斯基在构建其结构诗学理论时，从一开始就明确了自己的研究任务：研究与视点问题有关的结构可能性类型学，也就是说，他的结构诗学理论建构运用的同样是类型学的方法，只不过透过"视点"这一独特的研究视角，将以往的语言结构类型学研究对象从自然语言提升到了文化"语言"层面，即建立在自然语言基础之上的符号语言系统——文化结构。

第一节
艺术文本"视点"结构的层面性

分析艺术文本结构的方法有很多，而乌斯宾斯基结构诗学理论建构的独特之处在于选择了"视点"这样的切入点，其目的在于揭示视点问题对于艺术作品结构建构的意义。在乌斯宾斯基之前，视点问题不管是在苏联还是在西方都已为很多学者所关注。借助对这一问题的研究，他们或用来分析某个作家的具体创作，即作为研究某作家的一种手段，或用来探讨叙事学领域以小说为主的叙事文学作品中的叙述技巧及叙述方位的选择，因而对视点问题本身的分析并不是他们的主要任务。乌斯宾斯基基于视点问题在对艺术文本进行结构可能性的类型学研究时，综合了前人对视点问题的研究成果，首先根据揭示和确定视点的不同手段，大胆而明确地就最具有现实意义的文学艺术文本中的"视点"问题提出了其可能存在的四种层面类型：意识形态（评价）层面（идеология）、话语层面（фразеология）、空间-时间特征层面（пространственно-временная характеристика）和心理层面（психология）等，从而使得同一部作品的结构描写具有了多维性，即可以在不同的描写层面上被分解。

（一）意识形态层面视点

意识形态层面视点也可称为"评价"视点。它可以反映我们思想上对周围世界认识的一般体系，在文艺作品中最能体现作者的立场或观点，使我们了解作者在作品中是从何种视点出发来评价并在思想上理解他所描绘的世界。该层面探讨的是作品深层结构的东西，因而也是形式化研究最不易触及的。

一般说来，作品中意识形态视点的载体可以是作者本人[①]、与作者不吻合的讲述者或某个出场人物，因而在同一部作品中可能存在多种意识形态视点。根据不同意识形态视点之间的相互关系，意识形态层面的视点结构存在两种情形：独白型和复调型。在独白型结构中，作品中存在某个占主导地位的意识形态评价视点，该视点征服了作品中所有其他的评价视点，也就是说，如果该作品中存在某些与该主要视点不相吻合的其他视点，那么其他视点对某现象或某事件所做的评价必须服从于由该主要视点出发所做的评价。该主要视点相对于作品所描写的对象通常来自外部，而非来自事件的直接参与者。此时，其他评价视点的主体（人物）在此情况下则变成了由该主要视点出发所做评价的客体。但当一部作品中针对某被叙述事件存在几个原则上相互平等的独立评价视点，它们彼此互不隶属，也不存在任何抽象的可超乎某个主人公个体之外的意识形态立场时，此时的意识形态视点结构则为复调型。在复调型视点结构中，原则上是不可能出现类似独白型结构中的占主导地位的评价视点的。由此可见，巴赫金的复调结构思想实质上源于意识形态层面视点表现的一种情形。

从意识形态视点的表现方式看，其载体可分为现实的和潜在的两种。例如，当作者或讲述者从自己的人称进行叙述时，他们的视点可以直接在作品中被确定，而在其他情况下则须通过专门分析才能被区分出来；作为

[①] 这里的"作者"并非指超出某部作品之外的一般意义上的作者。因而，当论及"作者视点"时，也仅指作者在某个具体作品中组织叙述时所采用的视点，此时作者的论述可以明显地不是由自己的人称出发。

意识形态视点载体的主人公即出场人物也是这样，他可以对被描写的事件进行切实的感知和评价，也可以潜在地参与：事件好像是从该主人公的视点出发被加以描述。

从意识形态视点载体对所评价事件的参与与否，该层面视点还可分为内视点和外视点。当意识形态视点载体，即对所描写事件进行评价的主体，是事件的直接参与者或潜在的出场人物（虽没有参与被描写的事件，但完全加入了出场人物的圈子）时，此时的意识形态评价好像是从内部、而不是从外部被展现，表现为意识形态评价层面的内视点；在其他情形下，则为外视点。

意识形态层面视点的表现方式或表达机制主要运用固定修饰语及话语等语言手段。

（二）话语层面视点

当作者运用多样的语言描写不同的主人公，或者在描写时通过某种方式基本运用的是他人的或者是被替换的言语成分时，则艺术文本中的视点差别不仅表现在意识形态层面，而且表现在话语层面。作者对某个主人公的描写可以运用作者本人的视点、作品中另一个主人公的视点或者某第三观察者（既不是作者，也不是事件的直接参与者）的视点等。在一定情况下通过话语层面的视点能够考察作者对某主人公描写视角的变化。

被描写事件可能有许多见证者，如作者本人、事件的直接参与者或者其他的旁观者等，他们中的每人都可以以独白的直接引语（第一人称）方式做出属于自己的对其中某些事实的描述，这些描述将因描写主体各自言语特征的差别而彼此相区分。此时，被不同主体描写的事实本身可以相一致，也可以相互交叉并以一定方式相互补充，同时这些人还可以处于一定的相互关系中，并相应地对彼此进行直接的描写。

作者在组织叙述时可以时而运用这种，时而运用那种描述。当作者在文本中通过对他者话语运用的不同方式，将以直接引语形式出现的描述拼组到一起并转入作者话语层面时，此时则发生了一定的视角转换，即由一种视点转换到另一种视点。也就是说，他者话语可以对作者话语产生影响，使作者话语在他者话语影响下发生某种变体，从而与他者话语相类似。反之，他者话语也可能受作者话语的影响而与后者相类似。可见，在艺术文本的话语叙述层面，作者视点和人物视点之间的关系具有动态的可转换特征，有时甚至紧密地融合在一起，使我们在从主人公视点理解他的感受的同时也能听到作者本人的语调。

在话语层面同样存在内、外视点之别。当作者言语中出现对他者话语运用的各种情形，如直接引语形式、内部独白等时，则可以证明相对于被描写人物的内部视点的存在。

话语层面视点的多样性可以通过作者文本中专有名词和通常属于某个出场人物的不同命名的运用得以表现。说话人在组织叙述时，可以变换自己的视角，转为叙述参与者或未参与的其他人的视点，而究竟采用何种视点直接取决于说话人对作为谈话对象的人的态度。也就是说，当文学作品中作家或人物以不同的名字来称呼某特定人物时，该命名不仅标示出视点的生成，而且在一定程度上表达了对后者的价值判断。

（三）空间-时间特征层面视点

世间的一切存在都是时空的具体化，任何艺术文本的叙述也同样离不开具体的时空维度，因而叙述者的视点必然在空间或时间方面带有某种确定性。在文学艺术文本中则相应地表现为被描写的事件与描写的主体（叙述者）之间的空间-时间关系在语词方面的确定。

从空间角度看，叙述者（或作者）的位置可以与作品中某个特定的出场人物的位置一致，也可以不一致。当叙述者的视角位置与某个人物的视角位置吻合时，则表明运用了相对于该人物的内部视点；反之，当这种吻合缺失时，则说明相对于该人物的外部视点的运用。

在叙述过程中，当叙述者与出场人物的空间视角位置一致时，叙述者所处位置即特定人物所处的那一空间点，他们彼此好像"固定"在一起，有时叙述者甚至完全转变为该人物，并"接受"该人物的一切，如意识形态、话语、心理等。但也存在另外一种情形，即叙述者只是伴随人物，仿佛变成该人物的同路人，因而他的描写可以是非主观的，其视角与该人物的视角只是在空间特征方面相吻合，而在意识形态、话语等方面则与之不相一致。也就是说，叙述者并没有转变为该人物，他也可以对该人物进行描写。

叙述者与人物的空间视角位置不相一致的情形首先表现为连续的观察。此时，叙述者的视点由一个人物转向另一个人物，一个细节转向另一个细节，而整体的画面则来自这些个别描写的组合。也就是说，观察者在所描写的空间范围内不断地进行视点的变换，描写被分解为一系列的个别场景，其中每个场景的描写都有自身的空间视角位置。可见，虽然每个单独的画面是静态的，但这些场景的"总体合成"则传达了一种类似于电影画面组合所传达的运动。与此同时，进行描写的观察者的位置变换还可以通过另一种方式表达出来，它不是通过以整体可再现运动的多个个别连续静态场面的描写，而是通过运动的视角位置使物体由于该运动而产生特有的变形，从而对某个场景进行捕捉，就好像我们在快速前行的列车上对窗外景色的观察。

叙述者与人物的空间视角位置不相一致的情形还表现在：当作者描写有大量出场人物的某个场景时，在对出场人物进行描写前，往往首先需要对整个场景做综合的勾勒，给出总的看法，此时观察者的视点必须能对整个场景进行广泛的覆盖，这种视点被乌斯宾斯基称为"鸟瞰"的视点。该视点经常被用于对某个场景进行描写（叙述）的开头或结尾部分。还有一种空间视点被称为"哑场"，它是由某一相当远的位置出发所进行的概括性描写的特殊情形：出场人物的行为像哑剧一样被描写，人物可以被观察到，但他们声音无从传达。它表明了观察者位置的远距离。

从时间角度看，叙述者叙述的时间视点同样存在两种类型，即叙述者从自身叙述的现实时间点出发或者从某个人物所处的时间点出发。前一种情形运用的是作者本人的时间，该时间与任何出场人物个体的时间不相一致；而后一种情形说明，作为叙述出发点的作者时间与某个出场人物对所发生事件的主观时间判读相吻合。当叙述者的时间视角位置与他所描写对象的时间同步时，他好像是由行动参与者的"现在"出发进行叙述，此时运用的是内部的视点，而在作者运用回溯性的视角位置时，叙述好像不是由人物"现在"的视点，而是由他们"将来"的视点出发进行，则呈现的是外部的视点。

在叙述中作者可以根据描写对象的不同不时地改变自己的视角位置，连续地进入有时是一个人物，有时是另一个人物的时间视点之中，或者运用自己的时间位置。与此同时，对同一个事件或情节也可以由不同的时间视角位置进行描写，或者在不同的描写阶段运用不同的时间视点。

作为叙述者的作者视点在时间层面与人物视点有着本质的区别：作者能够知道人物尚不知的东西。因而，这里存在叙述者的双重透视，双重的叙述视角位置。当作者视点与人物视点共时，进入人物"现在"的视点时，作者及相应人物的视点相对于叙述而言是内部的，作者好像由被描写生活的内部来看待事物；但同时作者的视点又具有回溯性，他可能会突然向我们展示人物（作者视点载体）怎么也不可能知道的事情，好像从外面去看待被描写的事件，相对于叙述本身又是外部的。

作者组织叙述的时间视点可以借助于艺术文本中所运用的动词的时和体的语法形式来确定。这些语法形式不仅具有语言学上的意义，而且可以在诗学领域获得特别的意义，在许多情况下，语法时间的形式即作者组织叙述的时间位置表达手段。

当现在时的动词形式被运用的时候，则表明了同步共时的作者位置，作者好像与被描写的人物处于同一时间。这一手法的目的在于吸引读者进入所叙述的事件中，并使其处于故事主人公的位置。但现在时形式不是唯一的能够定位时间瞬间，传达叙述者视角位置共时性的语法形式，过去时未完成体形式也可以起着类似的功能。

过去时未完成体形式能够使描写好像从所叙述的事件内部进行，即从共时性的，而非回溯性的位置出发，直接将读者置于被描写场景的中心。此种动词形式表明，被叙述的整个事件发生在过去，但在这过去中，讲述人占据共时的位置。事实上，在这样的情形中存在与两种不同视点相对应的两种类型讲述人的重合：总叙述中的整体讲述者和具体场景中的局部讲述者，相对前者来说，事件属于过去，而对于后者，事件则发生在现在。因此，可以认为，过去时未完成体形式是回溯性与共时性视点的综合，表达了"过去的现在"的意义。可见，动词的未完成体形式可以造成一种持续的时间效应，使我们好像身处该行为之中，成为该行为的共时见证者。

（四）心理层面视点

心理层面视点与叙述者和所述内容之间的心理空间距离有关。当作者组织自己的叙述时，既可以"身临其境"，也可以"旁观者清"。当采用第一种叙述手法时，作者将自己置身于所叙述的事件之中或者将自己置于全知全能的观察者的位置，通过援引某出场人物个体的意识来再现该人物的内心状态，如情感、感觉和体验等，以及能主导人物行为，但无法从外部观察到的思维和动机。也就是说，该视点关注人物自身，明显带有主观性特征，与人物视点共时同步，因而可称为内视点。而第二种情形则要求作者将自己置身于所述事件之外，只运用他所知晓的事实，尽可能客观地描写事件。此时作者采用的视点带有回溯性特征，相应地可称为外视点。①

内视点在传达人物内心状态时，其标志性特征是感觉动词和一些专门表达内心状态的动词的使用，如"（他）想过……""（他）感觉到……"，"（他）认为……""（他）知道……""（他）想起……"但当这些动词前被加上一些专门的情态词，如"看来""显然""好像""似乎"等时，则可以将内视点转化为外视点。借助于这些情态转换词，描写人物内心状态的表达变为客观的描写，这些转换词也被称为"陌生化的语词"。

根据叙述时作者位置的变化与否，心理层面的视点结构在类型学上可分为四种：连续的"客观"描写、连续的"主观"描写、多样性的视点替换描写、多样性的视点共置描写。

前两种以叙述时作者位置的单一性为前提。第一种情形是心理层面视点结构表现得最为简单的情形。运用此结构的作品对所有事件都采用"客观"的外部描写手法，不涉及任何人物的内心状态。此种类型对于叙事诗特别具有典型性。在第二种情形中，作品中的整个活动是基于讲述人或某个人物的"主观"视点得以连续地描写。此时叙述可以由第一人称（讲述人视点）或第三人称（作品中某个确定人物的视点）出发进行。这种结构最常见于篇幅相对不大的短篇小说中。

后两种视点结构类型则反映了叙述时作者位置的多样性。作者在描写中运用的不是一个，而是几个视点，而且不同的视点在叙述过程中可以连续地彼此替换或者同时参与。第三种情形即多个视点连续的彼此替换情形。作者好像与众多出场人物中的某一个视点相结合，并参与行动，同时在自己的叙述中连续地由一个视点转向另一个视点，其中也包括作者在特定时刻所采用的自身独特视点。此时，整部作品的大文本从整体来看似乎被分成了由不同人物视点出发的系列个别描写，是多个小文本的并置，而非它们的综合。第四种情形在讲述同一场景不同参与者的所作所为时，他们的内心状态被同时描写。在此种情形中，叙述文本并不像第三种情形描述的那样被直接分解为由不同人物视点出发的独立片段，而是总体上由不同视点出发的描写的综合，而不是简单的并置。此时，叙述者并不是活动的直接参与者，但他不仅可以了解所有参与者的行为，而且了解他们所有的想

---

① 内、外视点的对立在不同视点层面中具有相当普遍的特征，但这里运用的主要是这两个术语在心理层面所具有的狭义。

法和感觉，可见作者采用了全见全知的观察者视点，使得对不同人物的描写有机地融为了一体。

由心理层面视点结构表现的四种可能性类型可以发现，作者的知识及其来源问题，即作者是否将自己置于总是知晓与被描写事件相关的一切的人的位置，或者对自己的知识加以一定的限制等，是决定心理层面视点结构类型的关键。

第二节
不同"视点"之间的相互关系

乌斯宾斯基的结构诗学理论是研究与视点问题有关的结构可能性类型学，因而对艺术文本中的视点进行类型学划分与阐释并不是其最终的研究目的，他感兴趣的是基于视点问题的艺术文本结构，即不同视点之间的相互关系。在对不同层面视点的分析中我们可以发现，视点与视点之间不仅具有多维的层面性区分特征，而且在每一个区分性层面上都可能存在内、外视点的对立，并且不同层面及同一层面的不同视点之间还存在互为渗透的内在联系和复杂的关系网络。叙述中被运用的视点彼此之间既可以形成组合关系，也可以形成聚合关系。

在不同层面的视点之间，像准直接引语这样用来表达人物话语特征层面视点的话语手段，在许多情形下可以作为表达意识形态视点的辅助手段，用来援引某人物的意识，而观察描写时对某人物主观意识的援引，又是心理层面视点的特征，同时在意识形态层面可以存在各种表现时间透视的可能性。

与此同时，作者在进行文学艺术文本的创作时，可以只由自己的人称或者只采用自己的某一个主人公的视点进行叙述。在后一种情形中，作者在描写某主人公的内心状态时，可以与自己的主人公一起在时间和空间上移动，同时运用该主人公的语言描写他所看到和感受的一切，并与他在意识形态评价方面保持一致。这样，作者的视角位置在心理、空间-时间特征描写、话语及意识形态评价等层面则完全接受了该主人公的视角。然而，艺术文本中不同层面视点的这种吻合在通常情况下不仅没有必要，也难得一见。某个视点在一个层面的表现并不一定要求其在另一层面也有所表现，不同分析层面的视点之间存在不相吻合的可能性。这种不相吻合的情形可以分别表现在意识形态层面视点与话语层面和心理层面视点之间及空间-时间特征层面视点与心理层面和话语层面视点之间。

当作者的叙述借助准直接引语由某个确定人物的话语视点出发进行时，在话语层面该人物则作为作者视点的载体出现，但在意识形态层面是作者视点的客体，即作者评价的对象。这时就会产生意识形态层面视点与话语层面视点的不相一致，这是因为准直接引语既是言语中的言语，又是关于言语的言语。而当作者在描写自己并不认同和接受的反面人物的内心状态时，则出现意识形态层面视点与心理层面视点的不吻合，作者运用了自身的意识形态视点，但在心理层面与人物的视点保持一致。

空间-时间特征层面视点与心理层面视点的不相一致：当作者与人物的空间-时间视点保持一致，即进入人物所处的空间-时间域中时，作者对该人物内心状态的描写却由其他旁观者的视点出发进行。此时作者虽然始终处在人物的身边，但并不运用他的感知。与此同时，当作者对该人物的描写在话语层面援引其他人物的视点时，则产生空间-时间特征层面视点与话语层面视点的不相一致。

同一层面的不同视点之间同样存在复杂的关系网络。在对某一叙述对象进行描写时，在同一视点层面下不仅可能有来自不同方面的视点，如来自作者本人的视点、与作者不吻合的讲述者的视点、不同出场人物的视点等，而且讲述者与人物视点还有可能产生重合，甚至替换的关系。同时，来自不同方面的视点所描写的事实本身可能相互一致或交叉，或者通过特定的方式进行相互补充，相互描写等。这种通过一定方式而形成的复杂关系网络可视为基于某一层面的视点结构。

第三节
"视点"的主、客体对文本结构的影响

视点问题是乌斯宾斯基结构诗学理论的着眼点，正是对这一问题的专门探讨使他的结构诗学理论突破了结构主义自我封闭的文本系统观，并在文学创作过程的四要素作家、作品、读者和客观世界之间建立了有机的联系。作为叙事学的专门术语而诞生的"视点"体现了叙事人的叙述角度和

叙述方式，直接决定了作品的文本构成原则和特征，也是作家的主体性在艺术文本结构建构中的重要表现。而乌斯宾斯基在建构自己的诗学理论时不仅看到了视点问题与作者和文本结构之间的关系，还强调了视点的选择对描写对象的依赖性和读者阅读阐释的视角对文本结构的影响。

作家在进行创作时，叙述者的视点选择不仅仅取决于描写的主体（作者），而且受被描写的客体限定。视点对描写对象的这种依赖关系在其不同的四个表达层面上都有所体现。在话语特征层面首先表现在对专有名词及一般的各种各样名称的使用方面。作者话语中对出场人物的任何称名，都是作者叙述时针对该人物所采用的视角位置标志，因而人物的言语特征自然与作者以谁的名义在说话有关，同时也一定与他所说的对象和情境有关。在意识形态层面主要表现在"固定修饰语"的使用。"固定修饰语"经常用来表达作者的意识形态视点，但它们的使用基本不由作者本人决定，而是受描写客体的制约：每当提到相应客体时，它们则必定出现。作品中对人物进行描写的空间-时间视角也同样不仅取决于作者的特色，而且取决于该人物的特性：一部分人物可以从某个固定的视点进行描写，而对其他人物的描写则可以由几个不同的视角位置出发进行。在心理层面，当作品中不同的人物通过不同的方式被表现时，如果一部分人物经常或者不时地被作为叙述者的心理视点载体出现的话，那么另一部分人物则只能从侧面，通过旁观者的眼睛来表现。

读者阅读阐释的视角对文本结构的影响主要表现在作者视角位置与读者（观众）视角位置不相一致的情形中，且这种不相一致是作者在构思范围内有意的预先设定。当作者视角位置相对于读者视角位置发生动态的变化时，这种不一致用于构成反讽的基础；反过来，当读者视角位置在作者的预料之中相对作者视角位置发生动态的变化时，此时由于读者视点所发生的动态变化而形成的某种结构通常对于喜剧作品具有典型意义，可以产生怪诞的艺术效果。由此可见，读者阅读阐释的视角对文本结构的影响不容忽视。

乌斯宾斯基基于视点问题从以上三个方面，即文学艺术文本中所存在的不同视点类型及其意义、不同层面和同一层面的不同视点之间的相互关系及读者等影响文学艺术文本视点结构的因素，对艺术文本结构的探讨是对美国符号学家莫里斯的符号分类思想的极好例证。莫里斯认为，任何符号系统的完整意义都来自三个方面，即所指意义（符号与所指对象的关系）、结构意义（符号与其他符号的关系）、语用意义（符号与解释者的关系）。与此同时，他还以这三方面的意义关系为基础，相应地把符号学划分为符义学（semantics）、符形学（syntactics）和符用学（pragmatics）三个分支。而乌斯宾斯基的结构诗学理论正是从"视点"符号的语义、语构、语用等三方面来分别阐发艺术文本的视点结构。

第四节
不同种类艺术的结构共性

乌斯宾斯基在对基于视点问题的艺术文本结构进行类型学研究时发现，视点问题不仅与文学艺术文本的结构有关，而且也与其他艺术种类，如造型艺术、戏剧、电影等的结构有关。它在与语义直接相关，具有表达面和内容面，即描写与被描写两个层面的艺术作品的结构研究中具有普遍性，可以将各种差别甚大的艺术种类相联系，是艺术作品结构的中心问题。但在不同的艺术种类中，其表现有所区别，如在绘画和其他造型艺术中，视点问题首先作为透视问题出现，而在电影中则表现为"蒙太奇"问题。

从文学艺术文本中视点得以表现的四个层面看，意识形态评价、话语特征和心理描写特征等三个层面在一定程度上可以说是为语词创作所固有，而空间和时间问题则将语词艺术与造型艺术统一起来。正是在空间-时间的特征描写层面能够发现文学与其他艺术种类之间存在最大的相似。

值得注意的是：同一描写对象的时空特征表现在不同的艺术文本种类中不一定吻合。作为语词艺术的文学艺术文本通常在时间方面表现得较为具体，而在空间方面的表现则可以具有充分的不确定性，因为对于文学作品而言，其中的任何空间关系，任何出现在我们视线中的整个现实图景都必须通过语词在时间方面绵延的连续性加以传达。而与之相反，造型艺术对空间特征的传达则具有相当程度的具体性。当某部文学作品所叙述的内容具有相当大的空间确定性时，则该内容的表现形式将有可能由文学艺术文本转化为绘画、戏剧等其他造型艺术文本种类。

第五章
乌斯宾斯基结构诗学理论建构的独特视角——"视点"

"视点"是乌斯宾斯基结构诗学理论中的核心概念，也是他建构结构诗学理论的基点。在乌斯宾斯基看来，视点问题是艺术文本结构建构的中心问题，因而对该问题的关注有助于我们加深对其诗学理论的认识，并使抽象的理论问题探讨变得具体化。

第一节 对"视点"问题的认识

"视点"实际上是人的"认知意向"，而人对客观世界的概念化认识则是人的"认知意向"与客观世界之间达成的一项协定。从不同视角出发的认知意向，就会与客观世界达成不同的协定。同一个客观世界的同一个面相，我们可以从多个不同的认知意向角度去观照它。每一次不同的观照，都会使它获得一种新的关联，一种新的意义。

据记载①，英国著名的历史学家沃特·罗利，1603年因受人诬告在伦敦塔被关押了13年，在此期间，他用了12年时间，克服了常人难以想象的困难写就了一部《世界史》，然而中途有一件事曾使他将已完成的手稿付之一炬。一天，他看见两个狱卒发生争执，罗利从头到尾目睹了这场争吵。此间，他的一个朋友来探监，恰好也目击了此事，于是向罗利提起了这件事。但罗利发现，他们两个人的观察，特别是对观察到的事物的描述大相径庭。同时，他还发现，两个人在狱卒谁是谁非的认识上，也截然相反。这件事

---

① 张世普. 历史的仲裁者 [J]. 廉政瞭望：综合版，2010（7）：65.

使罗利顿时心灰意冷——不同的主体对一件简单事件的理解竟然产生这么大的分歧，他又何以去描述与评判历史？这件事告诉我们：诸多客观存在的历史事实，用不着故意歪曲，仅仅是由于观察者视角的错位，就会观察到截然不同的场景，甚至令历史产生诸多荒诞。

因而，有学者认为，在叙述中原原本本的客观事实和现象是不存在的，叙述者所采取的观察参照点和描述语言将决定一个事实或现象以何种方式和面目呈现给我们。而对某个视点的选择是任何一种叙述的必要条件，"不可能有没有角度的叙述，也不存在没有叙述者的叙述"①。在很多叙事作品中，如果视点被改变，一个故事就可能变得面目全非，甚至无影无踪。事实上，"视点"是普遍存在的认知现象，在各种层次的语言活动中广泛存在，特别是对话语的表达和篇章的构建有十分重要的影响。

在文学理论中，视点问题可以追溯到柏拉图的有关史诗诗学风格的理论，并由此产生了以第一人称叙述的古老传统，解决了长期以来有关作者和主人公、作者和接受者、作者和叙述者等之间的关系问题。而"视点"作为术语则由托马斯·李斯特（Thomas Lister，1800—1842）首先提出，该术语主要针对的是小说作者叙事的角度或视角，即叙事人站在何种角度，以什么方式来叙事的着眼点。此后，视点问题成了现代叙事学，特别是小说等文学艺术文本的经典问题。然而，只有在20世纪，视点问题才受到文艺理论家和批评家的关注。目前，有关叙事的最激烈争论几乎都涉及视点问题，可以说，它是任何一位叙事学家都无法回避的问题。"现代文学是一种视点文学，它愈来愈为区分什么是来自作者的、什么是明言来自作者的和什么是应该归于人物的问题而备受困扰。"② 在欧美等西方国家，亨利·詹姆斯是最早对视点问题进行详细讨论的作家之一，他对叙述角度非常感兴趣，认为"小说之家并不是只有一扇窗户，而是有千百万窗户，尽管窗户式样各异，大小不等，小说之家的所有一切窗户都是朝着人生场景打开的；小说作者从小说之家的无数窗口观察到的人生场景广阔无垠，小说作者选择主题的机会也多得不可胜数"③。遗憾的是，他并没有就该问题做专

---

① Г. А. Гуковский. *Реализм Гоголя* [M]. М.：Государственное издательство художественной литературы，1959：200.

② [法] 雅·奥蒙. 视点 [J]. 肖模，译. 世界电影，1992（3）：4-34.

③ [英] 珀西·卢伯克，[英] 爱·福斯特，[英] 爱·缪尔. 小说美学经典三种：小说技巧·小说面面观·小说结构 [M]. 方土人，罗婉华，译. 上海：上海文艺出版社，1990：4.

门性讨论，有关视点问题的论述基本都散见在他的小说评论专著，特别是他为自己的小说写的一系列评论性序言中，而他的朋友珀西·卢伯克（1879—1965）则第一次系统地对这一问题做了研究，他的《小说技巧》（*The Craft of Fiction*）（1921）可以说是对亨利·詹姆斯的创作实践和理论实践的总结。卢伯克认为，小说技巧中整个错综复杂的方法问题，都要受到角度问题的调节，也就是要受制于叙述者所站位置与故事的关系问题的调节。① 而在苏联，"视点"概念则最早出现于维·弗·维诺格拉多夫、米·米·巴赫金、格·亚·古柯夫斯基等学者的作品中，然而他们都没有给"视点"术语下过定义，因为分析"视点"并不是他们的专门任务。

在英文中，术语"视点"有多个表述，如 Facalization（聚焦），Point of view 或 Viewpoint（视点），Angle of vision（视角），Seeing eye（观察之眼），Filter（过滤器），Focus of narrative（叙事焦点），Narrative perspective（叙事视角）等。② 在俄语词典中，"视点"通常被称为"точка зрения"，与 Point of view 或 Viewpoint 意义相当。从这里可以看出"视点"术语的多义性，同时，视点问题的复杂性和多面性也显而易见。事实上，统一的"视点"术语并不存在。广义而言，视点是"角度、方法、态度"，在文学艺术中，可以理解为一种通过语言手段对现实进行描写的方法，而狭义上则表示作者进行观察的方位，但视点最常见的是被理解为作者的世界观，以及作者（叙述者）在对有关主人公和所描写事件的叙述中所表现出来的对待周围现实的态度。因而，"视点"可被理解为对现实进行艺术表现的一种手法，它与作者的认识方法和他对世界的理解方式有关。该术语还被用来分析和批评文艺作品，以便向读者展示事件传达的方法。美国新批评派文艺理论家克林斯·布鲁克斯（Cleanth Brooks，1906—1994）和罗伯特·潘·华伦（Robert Penn Warren，1905—1989）认为视点有两种意义：第一，与作者的观点和思想有关，也就是说，作者（叙述者）看待事物的观点、立场和态度；第二，与叙述方法有关，即叙述者对事物的感知角度。③ 我们认为这里还存在第三种意思，即叙述者与所述事件之间的关系。这三种意义

---

① ［英］珀西·卢伯克，［英］爱·福斯特，［英］爱·缪尔. 小说美学经典三种：小说技巧·小说面面观·小说结构［M］. 方土人，罗婉华，译. 上海：上海文艺出版社，1990：180.
② 申丹. 视角［J］. 外国文学，2004（3）：52-61.
③ Л. Н. Лихачева. *Повествовательная точка зрения как художественный прием и его языковая характеристика*：диссертация на соискание учебной степени кандидата филологических наук［D］. Ленинград，1975：14.

彼此之间存在直接的联系，并共同形成"视点"这一整体概念。乌斯宾斯基对艺术文本中四种视点层面，即意识形态评价（作品中被表达的作者的观点与看法）、空间-时间特征（作者对自己的主人公和正在发生的事件进行观察的空间位置和时间坐标）、心理（作者洞察主人公的想法与心迹的途径和对想法与心迹进行描写的方法）和话语特征（作者对人物言语的表达特征体现）等的划分正体现了视点的这三种意义。

由于视点术语不是单义的，因而，对"视点"问题的研究就具有多种阐释的角度或方法。如艾布拉姆斯认为"视角表示讲述故事的方式——作者通过建立一种（或多种）模式向读者展示构成虚构作品叙事部分的人物、对白、行为、背景和事件"①；雷蒙·凯南将视点问题称为"聚集"，她认为"故事是由叙述者用词语表达出来的，这种表达必须经过某个'折射点''透视''视角'的中介作用，它必然表现在文本之中"②；在华莱士·马丁看来，"视点是构成一个人对待世界之立场的一组态度、见解和个人关注"③；米克·巴尔则认为"聚焦是'视觉'（即观察的人）和被看对象之间的联系"④，因而，这种经由视觉所呈现出来的诸现象与视觉本身之间的关系是一种动态的关系，它无疑将受到众多因素的影响，如一个人对于感知客体的时空位置、物理环境、对于客体的原有认识及感知的精神心理态度等，都将影响聚焦者对客体形成并传达给他人的图像，其偏向性是不可避免的；从上文我们还得知，珀西·卢伯克认为，视点，就是角度问题，是叙述者与故事的关系问题，而整个错综复杂的小说创作方法问题都要受到角度问题支配……

然而，不管对视点问题阐释的角度如何变换，它始终与作者的创作风格、作者选择的叙述方位、作者与叙述者的相互关系，以及替代作者进行叙述的叙述者对叙述的态度等有关。作家在创作叙述风格不同的系列作品时，作家自我表现的方式也是不一样的，尤其是在不同的体裁特征作品中，作家将会寻找对不同的主人公和事件进行描写的角度或方法，因而，视点

---

① [美] 艾布拉姆斯. 文学术语词典 [Z]. 吴松江，主译，朱金鹏，朱荔，崔侃，等，参译. 北京：北京大学出版社，2009：463.
② [以] 雷蒙-凯南. 叙事虚构作品：当代诗学 [M]. 赖干坚，译. 厦门：厦门大学出版社，1991：83.
③ [美] 华莱士·马丁. 当代叙事学 [M]. 伍晓明，译. 北京：北京大学出版社，2006：148.
④ [荷] 米克·巴尔. 叙述学：叙事理论导论 [M]. 第二版. 谭君强，译. 北京：中国社会科学出版社，2003：119.

问题直接决定了作品的文本构成原则和特征,是作者的主体性在艺术文本结构建构中的重要表现。"正是叙事视点创造了兴趣、冲突、悬念,乃至情节本身。"① 乌斯宾斯基正是基于视点的这种结构性特征和对视点概念理解的多角度性来建构自己的结构诗学理论的,该理论的中心范畴是"视点"。在他看来,构成文本世界的任何事实和事件都不可能自行表现,而必须借助于叙述者的阐释和选择的特定视角来反映,而由于视角选择的差异,文本的结构也会相应有所变化。因而,他设想,"如果能够划分成各种不同的视点,即作者的不同叙述方位,并从这些视点进行叙述(描写),研究它们之间的相互关系(如它们是否具有兼容性,即能否同时存在;一种视点是否可能转化为另一种视点等,这也与文本中某个视点的功能运用研究有关),则艺术文本的结构就可以描述"②。

第二节
作为艺术文本结构共性问题的"视点"

一般说来,"传统意义上的诗学分广义和狭义两种。前者即指文学理论和艺术哲学;后者则指研究文艺作品内部结构和组合规律的一门学科"③。乌斯宾斯基的结构诗学理论是基于视点问题研究结构可能性的类型学,因而,应属于广义的诗学范畴。

视点问题从其产生之日起就一直是现代叙事学,特别是小说等文学艺术文本的经典问题。它是叙事人站在何种角度、以什么方式来言事的着眼点。然而,叙事"是一种人类在时间中认识世界、社会和个人的基本方式"④,而并不仅仅是文学,特别是叙事文学的特权。乌斯宾斯基认为,视点问题直接与具有语义特征,即具有表达和内容两个层面(描写和被描写的对象)的艺术文本联系在一起。"可以毫不夸张地说,'视点'问题与所有与语义(即作为所指的某个现实片段的指代)直接相关的艺术种类相联系,例如文艺作品、造型艺术、戏剧、电影等,虽然很明显,在不同的艺

---

① [美] 华莱士·马丁. 当代叙事学 [M]. 伍晓明,译. 北京:北京大学出版社,2006:128.
② Б. А. Успенский. *Поэтика композиции* [M]. СПб.:Азбука,2000:16.
③ 张冰. 苏联结构诗学:文学研究的符号学方法 [J]. 俄罗斯文艺,1991(2):65-70,77.
④ [美] 华莱士·马丁. 当代叙事学 [M]. 伍晓明,译. 北京:北京大学出版社,2006:274.

术种类中该问题可以有自身独特的表现。"① 可见，这里的"艺术（的）"和"文本"两词具有较为宽泛的意义，对它们的理解应不限于语词艺术的领域。"艺术（的）"应理解为英语中"artistic"一词的对应意义，而"文本"则应看作任何一种在语义上被组织起来的具有连续性的系列符号。依乌斯宾斯基之见，"视点"不仅仅是新艺术的独有物，即使在相当古老的文本中也可能发现"视点"的运用。为了证明这一观点，他在列举了长篇经典小说中的例子的同时，还列举了民间文学中的例子，引用了古罗斯文献中的古代文献和中世纪的绘画。

因而，乌斯宾斯基的视点观是：视点问题不仅存在于语词艺术文本（文学作品），也存在于造型艺术文本（特别是绘画作品）之中，它是多个种类艺术文本的共性问题。他认为，在绘画和其他种类的造型艺术中，视点问题首先作为"透视"问题出现。造型艺术中的视点（视觉位置）问题直接与缩影、光线明暗等问题有关，同时在绘画作品，特别是圣像画中，还与内在观众（位于被表现的世界内部）和外在观众（外部观察者）的视点，以及对语义上重要和不重要的人物如何做不同的表现等问题有关。"比如，在绘画作品中，要塞的塔楼可以被展现在平面上，也可以表现为由中心向周围发散。有时在古老的绘画中对眼睛进行象征性描写，以此表现画面内部某个抽象的观众的视点。"② 电影艺术中的视点问题则体现为"蒙太奇"问题。在戏剧表演艺术中视点问题也同样具有现实意义，虽然在程度上不如其他艺术种类。当然，毋庸置疑，视点问题在文艺作品，特别是叙事小说中，表现得最为明显，也最具有现实意义。在文艺作品中，不仅有电影艺术中被广泛运用的"蒙太奇"手法，而且有绘画艺术中的视点多样性表现，而在结构方面，文艺作品与戏剧则有许多共通之处。不过，视点问题在与被描写对象的语义没有直接关联的艺术领域，如抽象派绘画、图案装饰、非造型的音乐、建筑等，并不如此具有现实意义，因为它们主要不是与"语义（семантика）"相关，而是与"语构（синтактика）"有关，对于建筑艺术来说，甚至还与"语用（прагматика）"发生联系。

乌斯宾斯基的视点观改变了人们此前对视点问题的看法，也超越了学术界一般所理解的"叙事视点"范围，将视点问题扩展至包括文学艺术、

---

① Б. А. Успенский. *Поэтика композиции* [M]. СПб: Азбука, 2000: 10.
② Г. Г. Почепцов. *Русская семиотика* [M]. М.: Рефл-бук, 2001: 703.

造型艺术、电影和戏剧等多个艺术领域，并将之运用于广义的艺术文本结构研究之中，使人们意识到，"原来，像绘画和文学这样差别巨大的艺术种类，竟然在许多方面具有相似的结构建构原则"①。视点作为艺术作品结构的中心问题，是文学和其他具有语义特征的艺术作品结构的基本构成因素，可以将相距甚远的艺术种类联系起来。

乌斯宾斯基对艺术文本结构所做的独到性研究，不仅对欧美的结构主义叙事学产生了重要影响，而且对其他种类艺术文本的结构研究也提供了全新的视角，拓展了结构诗学研究的视域。这种旨在探讨不同种类艺术结构共性和艺术作品一般组织原则的范式，使得关于"视点"的研究结论获得普适性的方法论意义，也使人们看到了探讨任何艺术文本结构组织规律性的一般结构理论的可能性，同时也说明了他的结构诗学是在广义的艺术文本整体框架内建构作为结构原则的"视点"类型学。

第三节
客观世界—作者—文本—读者之间的桥梁

20世纪的西方文艺批评大部分是分别围绕作者、作品（文本）、读者等某一中心来进行论述。批评家们或从作者的表现入手，或从作品本体出发，或从读者接受反观，也有从社会、历史、文化层面上纵观，但无论采用哪种单一的方式，都难以有效地建立作者—文本—读者及客观世界之间的有机联系。乌斯宾斯基的学术思想虽以结构主义为主导，但他并没有囿于结构主义文本观，即将文本视为孤立的封闭存在，割裂文本与创作主体和外部客观世界及读者之间的联系。结构主义的文本观不仅否定作者本人对文本的影响，认为作品完成之后作者就"死了"，而且不考虑读者的理解与接受。它采用的是就文本而研究文本的研究路径和思维方式，虽然推动了文本研究的深入，但其片面性也显而易见。②

乌斯宾斯基在建构自己的结构诗学理论时，似乎已意识到西方结构主义对文本研究的局限性，因而富有创见地以"视点"为切入点来探讨艺

---

① Д. М. Сегал. Новое исследование по структуре художественных форм [J]. *Декоративное искусство СССР*，1970（10）：42.

② 陆贵山. 现当代西方文论的魅力与局限 [J]. 外国文学评论，2008（2）：5-14.

文本的结构。作为叙述角度和出发点的"视点"绝不仅仅是一个单纯的技巧或形式层面的视觉问题。除了强调视觉眼光观看的角度外,"视点"更主要的是展现了感知或观念上的位置,而叙述的状况与事件正是按照这一位置被表现出来。可见,"视点"不只含有纯粹视觉的意义,它同时也意味着感知、思考、体味、看或可能看到的东西,因而,它很自然地包含着思想、意识、价值判断、观念形态等更深层次的含义,也就是说,还包含着思想的意义,或者说具有思想的功能。这种思想的功能,在视点及其对象之间能动地表现出来。① 例如:随着"百日"期间拿破仑因节节胜利向巴黎的不断挺近,可以看出巴黎的报纸也在不断地转换报道的视角②:

Корсикан 恶魔在 Жуан 海湾登陆(Корсиканское чудовище высадилось в бухте Жуан);

吃人野兽正向 Грасс 行进(Людоед идет к Грассу);

篡权者进了 Гренобль(Узурпатор вошел в Гренобль);

波拿巴占领了 Лион(Бонапарт занял Лион);

拿破仑正向 Фонтебло 挺进,终于……(Наполеон приближается к Фонтебло и, наконец…);

今天忠诚的巴黎期盼着皇帝陛下(Его императорское величество ожидается сегодня в своем верном Париже)。

从巴黎舆论界对拿破仑称呼的不断改变,不难感受他们对拿破仑接受的情感变化。同样,即使在日常的谈话中,我们也能体会到不同视点中所包含的思想与内容。当丈夫叫自己的妻子为母亲时,如:"你,母亲,快点加点茶来!"我们不难判断这对夫妇肯定有孩子,因为他这样称呼她,是站在自己孩子的视角。如果他们没有孩子,丈夫不可以这样称呼妻子。所以,可以说,"视点"是客观世界、文本作者、文本中的叙述者或人物及读者(接受者)之间联系的桥梁,是一个具有主体性、社会性和能动性的概念。

透过由不同视点构成的艺术文本结构,我们可以更深入地体会到,形式究竟为何物,形式与内容之间究竟是何种关系。我们知道,艺术来源于生活,又高于生活,是艺术创作者对其周围客观世界的能动反映。在艺术文本中,任何叙述总是有一定角度的,即我们所讨论的视点,它是叙述得

---

① 谭君强. "视点"与思想:可靠的叙述者与不可靠叙述者[J]. 创作评谭, 2005(2): 4-8.
② В. Семёнов. Что такое язык искусства [J]. *Знание-сила*, 1971(12): 41.

以展开的前提条件。视点的主体通常是从事叙述的叙述者，而不直接是文本的作者①，但任何一部叙事作品往往都自觉或不自觉地或多或少包含作者自身的思想、情感及心路历程等的影子，是贯穿在作品中的一种立场和观念，如对作品艺术世界的评价和对语言艺术的取舍态度等。作者不仅可以借助作品中的叙述者、人物、事件等实现与读者的交流，甚至可以实现与自身思想的交流。同时，作者对客观世界反映的方式，即叙述者的确定、视点的选择等，也都由真实意义上的作者所决定。而艺术文本中的叙述者是视点的形式载体，视点的思想功能正是经由叙述者的叙述得以实现。也就是说，隐含作者并不承担叙述的任务，但他的思想和意识形态立场，以及一整套创作思想规范是作品思想意义的来源，同时，通过叙述者的叙述视点，隐含作者可以起到对读者的指导作用。值得注意的是，叙述者与作品中的人物并不完全一致。根据托多洛夫的观点，叙事作品中的叙述者与人物之间存在三种关系，即叙述者>人物、叙述者=人物、叙述者<人物。遗憾的是，像托多洛夫这样的结构主义者一般不承认作品文本之外的创作主体，罗兰·巴尔特则干脆断言"作者已死"，而实际上，谁也不可否认作者对整个作品、作品中的故事、人物及作品的接受者——读者的影响。可见，形式是思想知觉方式的具体化，形式如作品自身一样，不是封闭的，而是开放的。同时，形式本身也不完全受制于内容，与作者的创造、读者的接受有一定的关系。

乌斯宾斯基正是通过"视点"，即描写的主体（作者）进行叙述的位置②，来强调叙事人对艺术文本结构的影响，说明文本结构的构成离不开作者的参与③。在他看来，作者对叙事视角的选择是情节的组织、意蕴的传达和结构的构建等的决定因素。同时，乌斯宾斯基在探讨视点对描写对象的依赖关系时，特别强调了另一种描写原则的存在：它的确立不仅取决于描写主体，而且取决于被描写的对象——客体。这一点在话语、意识形态、时空和心理等四个层面的视点上都有所表现。这正如汉语中的俗语所言："见人要说人话，见鬼要说鬼话。"在对客体进行描写时，我们的视角要因

---

① 文本作者，也称为"隐含作者"，"作者的第二自我"或者"作者的一个'隐含的替身'"，是化解于作品，体现于文本中的作者，与生活中的真实作者有别。

② 乌斯宾斯基在其结构诗学理论的建构中，并没有严格区分作者、隐含作者和叙述者，三者经常混用。

③ Б.А. Успенский. *Поэтика композиции*[M]. СПб.: Азбука, 2000: 16.

时因地并随着对象的改变而改变。同时，乌斯宾斯基还透过语用方面的视点研究，独到地指出了基于读者的作品建构的可能性问题，即通过预设读者的阅读行为，使其进入作者的意图之中，以此来强调读者在艺术文本结构建构中的作用。这样，当视点表达叙述者（或隐含作者）进行叙述时，读者的主体性也在被建构。不过，这种读者参与还是一种作者的预设，属于艺术构思的一部分。这一点说明了基于文本的结构主义思想对乌斯宾斯基的束缚，他还没有真正意识到读者在艺术文本结构建构中强大的能动性。

然而，毋庸置疑的是，乌斯宾斯基通过"视点"这一独特的研究视角，将艾布拉姆斯所提出的艺术过程中相互关联的文学"四要素"——作品、艺术家、世界和读者紧密地联系到一起，打破了20世纪西方文艺批评多以作者、作品、读者等某一中心来进行论述的局限性，使艺术创作—艺术文本—艺术知觉形成了一个整体，克服了俄国形式主义批评理论的诸多欠缺，使艺术文本的结构研究走出自我封闭的孤立体系，考虑到了描写对象和读者对视点选择和整体结构的影响，考虑到了文学与一定的社会生活的联系和人的意识形态因素对文本结构的影响。独特的研究视角使文学艺术文本的结构研究不再囿于对客体做语言表征的分析，而是把它放在社会话语的大背景下去考察。同时，他还克服了形式分析与创作主体的对立，突出了作者对文本结构作用的主体性。

第四节
视点层面划分的任意性与层级性思考

（一）视点层面划分的任意性特征（произвольность）

乌斯宾斯基在《结构诗学》的引言中指出，"将尝试划分视点一般能得以表现的基本领域，即视点能够被确定的各种研究层面。这些层面我们将设定为'意识形态层面''话语层面''空间-时间特征层面''心理层面'等"[①]。但随后他即指出：

这里应该指出的是，该种对视点层面的划分方法不可避免地具有

---

① Б. А. Успенский. *Поэтика композиции* [M]. СПб.: Азбука, 2000: 18.

某种任意性特征。被列举的视点研究层面与相应的用于揭示视点可能有的一般方法相符合。在研究我们的问题时，我们认为这些研究层面是基本的，但它们不会排除发现某种新的、与上述视点层面不完全相等的层面的可能性；准确地说，较之以下提供的详细说明，在原则上上述视点还有可能存在另一种详细化说法。换句话讲，该视点清单并不是全面的，没有声称具有绝对的性质。这样，某种程度的任意性在此是不可避免的。①

可见，乌斯宾斯基对视点层面类型的划分并没有找到特别的规律，他的成就在于能在前人研究的基础上发现并总结出了视点得以表现的一般层面与方法。令人钦佩的是，他坦率地承认了这种视点类型划分的任意性。但这里的任意性我们可以从两方面理解。其一，对视点问题研究的方法论意义胜于指出不同视点层面本身的意义。他的理论在世界上不仅推动了其他学者的视点多层面模式的产生，更重要的是向我们提供了一种艺术文本结构研究的独特视角和方法，即尝试探讨艺术文本中可能存在的各种视点类型、彼此之间的可能性关系及它们在作品中的功能等，从而为文本意义在视点结构上的确定提供了可能。正如乌斯宾斯基所指出的那样，他对视点问题探讨的根本目的在于"研究与视点问题有关的结构可能性类型学"。其二，乌斯宾斯基所指出的视点层面划分的任意性特征，使得艺术文本结构研究的对象及艺术文本基于"视点"的结构关系具有不确定性和不稳定性。这里，他并不是认为自己的四个层面的视点划分有不正确或不妥的地方，而是强调对视点研究层面划分的相对性和未完成性，不排除其他研究者此后会发现任何新的视点研究层面的可能性，为后来的研究者留下进一步阐释的空间。而不同的视点解释可造成文本结构和文本意义的多元化，并产生多重解释的合理性和有效性。因而，他对艺术文本结构的研究是在一种动态的、开放发展的系统中进行的，这种多元、开放的动态系统观打破了传统结构主义二元对立的封闭思想，为艺术文本的视点结构研究提供了多元化的发展可能。从这一点也可以看出乌斯宾斯基学术研究的开放性态度，他没有为了自身理论的体系性而自我封闭。

---

① Б. А. Успенский.*Поэтика композиции*[M]. СПб.：Азбука，2000：18-19.

（二）多重视点划分的层级性思考

乌斯宾斯基在对视点进行多层面划分时，并没有过多地指出此种划分的理由，也没有过多地思考所划分的四个层面视点之间的层级关系，只是在有关意识形态层面视点的章节中指出，"意识形态层面是形式化研究最不易触及的，因而在分析该层面时有必要不得不在一定程度上运用直觉"①。他认为意识形态层面是属于作品深层复合结构的东西。

为了明确乌斯宾斯基划分四种层面视点的依据，我们尝试引入主、客体和它们之间相互关系的概念。首先，从主、客体和它们之间的相互关系可以确定，视点实际上是"主体对客体的一次性态度关系"②。例如：时间视点可以认为是主、客体之间在时间上的关系；空间视点说明了主、客体之间的现实空间关系；而心理视点我们认为是主、客体之间的另一种空间关系，一种抽象的心理空间关系，即主体在心理上是否将自己置于与客体的同一空间中；话语视点是主体和客体（主人公）之间的言语方式关系；通过类推的方式可以确定意识形态评价视点是主、客体在哲学、道德、政治等方面的立场观点关系。然而需要指出的是，我们认为评价视点与其他视点是属于不同层次的现象。评价视点是作者通过叙述者的叙述而体现出来的对作品中的人物和事件等的观点、立场和态度，而话语、时空及心理等层面视点则告诉我们叙述者是如何叙述的，这些观点、立场和态度是通过何种方式，采用什么样的观察感知角度表现出来的，因而，它们总是作为评价视点表达的"语言③"出现。评价视点所传达信息的复杂程度与时空、心理和话语等层面视点结构的复杂程度成正比。在艺术文本中，后三种类型视点是显在的语言表征，而意识形态视点则是潜在的。在意识形态视点层面上表现最明显的就是复调，此时多个视点同时并存，没有一个视点超乎另一个之上，它们的特征在彼此的相互评价（即意识形态）中体现出来。话语、时空特征与心理等层面视点都是手段，属于纯形式表达的层次，它们都为意识形态视点的表达服务，而意识形态评价层面则属于内容

---

① Б. А. Успенский.*Поэтика композиции*[M]. СПб.：Азбука，2000：22.
② Б.О. Корман.Размышление над "Поэтика композиции"（Б. А. Успенского）[G]// *Жанр и композиции литературного произведения*. вып. Ⅰ. Калининград，1974：20.
③ 按洛特曼的理解，任何为两个以上的个体之间的交际目的服务，运用以特殊方式有序化了的符号的系统，都可以称为语言。

层次,是作者创作思想内容的体现。

虽然乌斯宾斯基的艺术文本结构研究基于四种视点层面,是对文本形式的研究,但用叶尔姆斯列夫符号的两个平面理论对这一点可以加以解释。我们知道,叶尔姆斯列夫进一步发展了索绪尔的符号两分法,他将索绪尔的能指与所指分别重新命名为表达平面和内容平面,然后再把这两个平面分为形式和实质,这样就形成了内容—形式、表达—形式、内容—实质和表达—实质四个层面,也就是说,无论在表达面上,还是在内容面上,都有一个形式和实质的区分问题。但是,在叶尔姆斯列夫的语符学中,符号只包括两个层面:表达—形式和内容—形式,因为他认为实质是无形的,它只在符号意义上有形,即符号形式给予实质以形式。同时,叶尔姆斯列夫认为,形式层面是纯粹关系的系统,因而无论是表达层,还是内容层,其形式即结构之意。从这里可以看出,叶尔姆斯列夫的语言结构模式的一大特点:内容也有形式,也就是说,意义也是一个结构体系。

在乌斯宾斯基的结构诗学理论中,艺术文本的意义寓于多层面视点之间的复杂相互关系之中,即后者是艺术文本的表达面,前者是内容面。而在文本表达面中,话语、时空特征和心理等层面视点属于表达—形式,而意识形态层面视点属于表达—实质。同一层面视点之间的相互关系则又构成了该层面视点的表达面。最后,我们想通过下列图表说明艺术文本的视点结构:

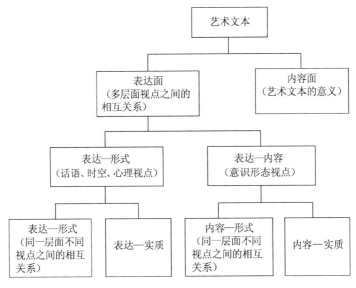

第五节
文艺作品中"视点"表现的多样性

在乌斯宾斯基看来,"艺术作品中视点划分的不同方法(即视点研究的不同层面)是与该作品结构分析的不同层次相适应的。换言之,根据揭示和确定视点的不同手段,对艺术作品结构进行描述时允许存在不同的方法"①。也就是说,不同层面视点存在的可能性将会带来艺术作品结构的多样性。

根据乌斯宾斯基的结构诗学理论,我们了解到,文艺作品中"视点"一般能得以表现的基本领域有意识形态评价、话语、时空的特征描写及心理等四个层面,而在不同的视点层面都存在犹如绘画艺术中的"内""外"视点。

在上述四个视点层面中,视点之间的区别将首先表现在某个视点载体如何评价其周围的现实,即意识形态评价层面。在该层面,我们能观察到体现作者(或叙述者)不同立场的视角位置的明显变换,例如,作品中主人公 A 可以从主人公 B 的视角给予评价,或者相反。原则上,这可以是在作品中被明显地或含蓄地表现出来的作者本人的视点,即作者在某个具体作品中组织叙述时所采用的视点,与作者不吻合的讲述者的视点或某个出场人物的视点等。如果评价载体是叙述者、与事件非直接相关或处于事件之外的人,则该视点是外部的,而如果评价载体是人物本身,则该视点为内视点。该层面将使我们了解到,从作品结构角度作者从何种视点出发来评价和理解他所描绘的世界。

而当作者透过具体事件,借助不同的主人公视角来表达自己对周围世界的看法时,我们不难发现不同的主人公还将因各自独特的言语特征而彼此相区分,如神甫们讲的是宗教语言,平民知识分子说的是平民知识分子的话,农夫有农夫的说话方式,而好出风头的人和江湖艺人说话则怪腔怪调、拐弯抹角,尽管此时被不同的人描写的可能是同一个或相互有关联的事实。此种现象表明在艺术文本中存在话语特征层面的视点差异。作者在

---

① Б. А. Успенский. *Поэтика композиции* [M].СПб.:Азбука,2000:19.

组织叙述时可以对他者话语采用不同的方式来表达，即作者可以运用他者的言语，叙述时不是从自己的人称出发，而是从某个话语方面已确定的讲述者的人称出发，此时叙述在措辞上不属于作者本人，作者与叙述者不相吻合。当作者（讲述者）的视点与某一个被描写事件的参与者，即主人公的视点一致时，该主人公则起着作者视点载体的作用，此时话语层面的作者与出场人物的视点融合，该视点为内视点；反之，当作者写实般地再现人物话语的外部特征时，作者运用的则是外视点。

然而，当我们讲述某个亲眼看见的事件时，有时会不可避免地陷入两难的境地：是仅仅客观介绍我们直接亲历的事实，还是再现当事人的无法从外部观察到的内心状态和行为动机呢？这里将涉及心理层面视点的选择问题。如果事件是由某个旁观者的视点出发，被尽可能客观地加以描写，此时运用的是外部视点；而当事件被从行为人自身，或者从能够洞察行为人内心状态的全知观察者的视点出发被加以描写时，被描写的则是这样一些原则上通过旁观而无法观察到的过程，如情感、思维、感觉和体验等，而这些过程旁观者只可以通过将另一个人的行为外部特征投射于自身的主观经验来进行猜测，换句话说，此时，所讨论的是相对于被描写人而言的某个内部视点。

有关时空层面视点的论述可参见第八章《艺术文本结构与读者接受的时空视点》中的有关内容。在时空层面同样存在内视点与外视点的问题。当叙述者与人物视点在时空上保持同步时，叙述者视点相对于叙述来说是内部的，叙述者仿佛由被描写的现实的内部去看待所发生的一切，在言语表述上通常运用动词现在时叙述形式；而当叙述者采用回溯性或未来的视点时，他的叙述视角则从他的将来出发或由现在向过去回溯，此时叙述者对所发生的事件仿佛是以旁观者的身份由外部去描写，即采用的是外部的叙述视点，此时叙述者多运用动词过去时或将来时叙述形式。

通过乌斯宾斯基根据揭示和确定视点的不同手段所划分的四个层面的视点，我们发现，他所研究的"视点"同样具有多义性。意识形态层面中的"视点"是"观点，态度"，而话语、时空及心理等多个特征层面上的"视点"则是"角度，方法"。实际上，这两者是不可分割的整体，是目的与手段的统一。运用乌斯宾斯基的视点结构理论，我们不仅可以从理论，而且可以从实践层面揭示艺术文本结构的内在生存机制。

第六章
乌斯宾斯基结构诗学理论的多元学术和文化"基因"

鲍·安·乌斯宾斯基是一位学术思想极其丰富,学术兴趣非常广泛的学者。他的学术成果虽涉及多个研究领域,但在研究中始终遵循语言学,特别是结构类型学和符号学的研究范式。同时,他的学术思想又是开放包容的,他的结构诗学理论可以说是西方现代符号学两大主要流派——欧陆结构主义符号学和美国以皮尔斯、莫里斯等为代表的逻辑实用主义哲学符号学思想,与巴赫金的社会符号学思想和复调小说理论的融合。同时,任何理论的建构都是在一定的文化土壤上对前人学术思想的继承。本章意在探讨乌斯宾斯基结构诗学理论的学术和文化渊源,以挖掘该理论建构的方法论基础。

第一节
理论之根:欧陆结构主义语言符号学思想

欧陆结构主义符号学思想是以索绪尔的普通语言学理论为基础。索绪尔作为现代语言学和符号学的奠基人,不仅扭转了语言学发展的方向,将语言研究从历史比较的桎梏中解放出来,找到了语言研究的本体——语言系统本身,而且注重对语言结构、系统和功能的研究,创立了一系列适用于社会科学研究的方法论,对20世纪的语言学及一般人文科学的发展产生了实质性影响。西方在20世纪60年代后形成的"结构主义诗学"正是他的符号学学说在文艺批评领域的运用。

乌斯宾斯基的学术兴趣广泛,在很多领域都有所建树,但他所有研究成果在一定程度上都离不开共同的研究方法——语言学方法,正是语言学研究方法论奠定了他整个学术研究工作的理论基础。作为塔尔图-莫斯科符号学派莫斯科符号学研究小组的主要代表人物,乌斯宾斯基早年曾就读并在相当长的时间内工作于具有深厚语言学传统的莫斯科大学语文系,他的学术兴趣与研究始于语言类型学,特别是结构语言学。

我们知道,莫斯科大学的语言学研究传统与形成于20世纪初的俄国形式主义学派的两个研究中心之一——"莫斯科语言学小组"密切相关。该语言学研究小组起初正是兴起于莫斯科大学,源于莫斯科方言学委员会下属的莫斯科大学历史语文系的大学生联盟,后经由雅各布森和特鲁别茨科伊等语言学家的领导和发展,在一定意义上成了布拉格结构主义语言学派的先驱。俄国形式主义学派认为文学研究的重点应是深入文学系统内部揭示文学的形式和结构。该学派虽是俄国具有原创意义的文学理论流派,但它主要采用的是索绪尔提出的共时性语言学研究方法,着眼于以形式分析为主的内部研究。

而形成于20世纪60年代,以建立在自然语言基础之上的第二模式系统为主要研究对象的塔尔图-莫斯科符号学派的两个主要研究小组——以尤·米·洛特曼为首的塔尔图大学的一批文艺理论家和符号学研究者组成的塔尔图符号学小组和以鲍·安·乌斯宾斯基为代表的主要来自莫斯科的语言符号学研究者们组成的莫斯科符号学研究小组——实际上分别是对俄国形式主义学派研究的两个中心——彼得堡"诗歌语言研究会"和"莫斯科语言学小组"的研究传统和研究方式的继承和发展。这两个小组虽然在研究风格、学术观点和主张等方面并不完全一致,洛特曼及其同事们主要是从文艺理论和文艺史的研究开始,注重从体系内部来分析不同成分、不同模式、不同层次之间的相互关系,而以乌斯宾斯基等为代表的莫斯科语言学家们则多从语言学和语言史的研究入手,关注某一体系与另一体系之间的相互作用和影响,但是他们都深受索绪尔结构主义语言学理论的影响,认同语言是封闭的结构系统及语言的共时性和历时性等观点。在对文学理论的研究上,塔尔图符号学小组主要是从文艺理论的角度来研究艺术的语言、艺术的符号信息系统,而莫斯科符号学小组则主要是站在语言学家的立场上来从事文学理论的研究。有关两地研究小组在研究风格上的差异乌斯宾斯基在自己的论文《塔尔图-莫斯科学派的渊源问题》中已做了精辟的诠释,这一点在上文已有提及。

事实上,乌斯宾斯基意欲建构视点结构诗学理论的想法产生于1960年年初，是与以洛特曼为首的塔尔图符号学小组紧密合作的产物。① 当年他在给洛特曼的信中写道，他想在塔尔图大学就艺术作品的符号学方法做一至两场讲座，并拟谈两点：一是对古代绘画进行符号学分析的可能性；二是对文学艺术作品进行符号学分析的方法。与此同时，他还指出这两种针对造型艺术和文学的方法都基于同一个原则，即研究作品中视点的多重性问题。

> 最近我在对文艺作品进行思考，想尝试从某个视点角度对具体文本（《战争与和平》《卡拉马佐夫兄弟》以及其他一些作品）进行分析。一般说来，这种想法一点也不新奇，我担心这一切或许都已被研究透了。我讲的是，我清楚记得我孩提时代的困惑，当我读到针对舞台上每个不同人物的想法描写时，我不能不思考，掌控现实（将一切描写得像真的一样）的作者，如果他是从某个主人公的视点描写一切的话，他从何得知另一个人想过什么？相应地，可以将人物分为从"外部"（客观）视点（通过客观事实或者别人的看法）被描写的人物和从"内部"被描写的人物，也就是说，描写了他们的内心状态（这不一定是主要人物）。接下来就可以根据对某类型人物的不同运用，研究文学建构的类型学。②

正是受到洛特曼文艺学研究思路的影响，作为语言学家的乌斯宾斯基产生了从艺术文本的语言着手研究其结构的想法，他富有创造性地选择了"视点"这一研究视角，构建了他的基于"视点"的结构诗学理论。而反映该理论主要思想的《结构诗学》问世的时间还早于同年出版的洛特曼的《艺术文本结构》（Структура художественного текста）。

乌斯宾斯基的学术研究，不管是在语言学，还是后来的符号学研究方面，都还同时带有哥本哈根学派的印迹。他在1961年攻读副博士学位期间，曾被莫斯科大学派往丹麦哥本哈根大学师从路易·叶尔姆斯列夫，并在其

---

① Ю. М. Лотман，Б. А. Успенский. Пеפеписка：1964—1993 [G]. М.：Новое литературное обозрение，2008：41-42.

② Ю. М. Лотман，Б. А. Успенский. Переписка：1964—1993 [G]. М.：Новое литературное обозрение，2008：41-42. 由乌斯宾斯基1966年年初给洛特曼所写的该封信的注4得知，根据在塔尔图所做的有关普通语言学和文本符号学讲座，乌斯宾斯基后来写了一篇论文《有关"说者（发话人）"和"听者（受话人）"区分的语言类型学问题》（收于专集：*To honor Roman Jakobson*：*Essays on the occasion of his seventieth birthday*. The Hague-Paris：Mouton，1967）和专著《结构诗学》。

领导的哥本哈根大学语言学和语音学研究所进修。在格雷马斯看来，叶尔姆斯列夫"是索绪尔真正的传人，或许也是唯一的传人。只有他才明白索绪尔的意图，并最终清晰地把它概括出来"①。

乌斯宾斯基称叶尔姆斯列夫是自己的恩师，认为自己一生不同时期的学术研究都深受其影响。作为语符学派的创始人，叶尔姆斯列夫在接受索绪尔的观点，认为语言是一种符号系统的同时，对语言的符号性质又有新的观察。通过对索绪尔结构主义语言学理论的研究，叶尔姆斯列夫发现，符号实体内部之间的关系具有科学现实性。他认为，"整体与部分的存在全凭其相互依存关系；整体受其部分之综合所规定；每一部分又受各部分之间、它与整体之间、它与更小部分之间的依存关系的综合所规定。就是说，一个整体不是由许多独立的实体构成的，而是由许多关系构成的；不是单个实体有什么科学现实性，而是实体的内部和外部的关系具有科学现实性"②。从这里不难看出，叶尔姆斯列夫在这一点上是与索绪尔的"语言是形式，而不是实质"的论断相一致的。同时，叶尔姆斯列夫认为，上述的这种依存关系不是一种，而是多种，因而语言的内在结构是一个由各级要素共同构成的关系网络，"形式"是结构关系，"实质"是体现形式的语言外的实体（一方面是声音，另一方面是意义）。语言学只研究形式，包括"内容形式"和"表达形式"③。叶尔姆斯列夫还强调，在认识语言系统的同时，还要认识语言背后的人和人类社会，以及人通过语言而掌握的知识领域，只有这样语言理论才能达成自己的既定目标：人类及宇宙。④乌斯宾斯基的结构诗学理论选择了具有人文社会性的视点问题作为研究对象，他对艺术文本中视点结构关系的探讨充分地体现了叶尔姆斯列夫的语符学思想。

索绪尔作为现代语言学和符号学的奠基人，他的思想构成了欧陆结构主义符号学思想的基础。对乌斯宾斯基的学术思想产生直接或间接影响的俄国形式主义学派和丹麦哥本哈根学派都与索绪尔的结构主义语言符号学

---

① ［法］弗朗索瓦·多斯. 从结构到解构：法国20世纪思想主潮［M］. 季广茂，译. 北京：中央编译出版社，2004：91.
② 刘润清. 西方语言学流派［M］. 北京：外语教学与研究出版社，2007：121.
③ "内容"和"表达"是叶尔姆斯列夫切分的语言成分的两个平面。这两种形式各有自己的最小要素，叫作"成素"。"表达形式"的成素是音位或音位特征，"内容形式"的成素是语义特征。
④ 刘润清. 西方语言学流派［M］. 北京：外语教学与研究出版社，2007：124.

思想有渊源关系。可以说，形成于20世纪60年代后，包括乌斯宾斯基的视点结构诗学理论在内的"结构主义诗学"，正是索绪尔的语言符号学思想在文艺批评领域的彰显。

第二节
兼收并容：美国逻辑实用主义哲学符号学思想

塔尔图-莫斯科符号学派研究的理论资源不仅可以追溯到俄国形式主义学派，以及同样传承索绪尔语言符号学思想的布拉格语言学派和法国结构主义思想。20世纪60年代初在苏联出现的控制论、机器翻译、人工智能，以及文化学研究的新思维等在一定程度上也影响了该学派的研究风格和研究范式。当时，由于"解冻"思潮的影响，苏联国内出现了较为宽松的学术氛围，放松了对思想理论的禁锢，同时，东、西方关系的缓和还推动了学术界对西方学术思想和理论的引入，掀起了对控制论、机器翻译和人工智能等领域研究的热潮。

乌斯宾斯基在莫斯科大学学习期间，机器翻译几乎占据了莫斯科语言学研究的主流，他深受当时正领导苏联科学院精密机械和计算技术研究所机器翻译小组工作的维·弗·伊万诺夫和毕业于莫斯科大学机械数学系从事数理逻辑和算法理论研究的哥哥弗·安·乌斯宾斯基的影响，开始积极参加机器翻译讲习班。而被认为是塔尔图-莫斯科符号学派形成标志的"符号系统的结构研究"学术研讨会（1962），正是由苏联科学院斯拉夫研究所结构类型学研究室和控制论学术委员会语言学分会共同举办的。因而，塔尔图-莫斯科符号学派可以说是俄国传统的人文主义精神，即早期的结构主义（俄国形式主义）和当代控制论结合的产物。该学派，特别是以乌斯宾斯基为代表的莫斯科语言学研究小组，由于一直关注人工智能和机器翻译等技术问题，他们在一定程度上吸纳了从逻辑角度进行符号研究的皮尔斯和莫里斯的符号学思想。这一派符号学由于逻辑和技术倾向比较强，直接影响了在二次大战中开始形成的控制论和信息论。

查尔斯·皮尔斯作为美国著名的哲学家、逻辑学家和实用主义的创始人，他关注符号的意指过程，认为符号是由代表项、对象和解释项三部分构成。符号的意指过程就是从代表项到对象再到解释项的一个完整的过程，这三者之间动态的反应产生了符号的意义。显然，皮尔斯肯定外部世界的存在，认为符号意义产生于外部世界与认知主体的相互作用，是一个动态、开放和人性的发展过程。受皮尔斯对符号的构成和意指过程思想的影响，乌斯宾斯基在构建自己的结构诗学理论时，不仅选择了"视点"这一具有主体性特征的独特符码切入，看到了作家叙述视角与艺术文本结构之间的关系，还强调了视点的选择对描写对象的依赖性和读者阅读阐释的视角对文本结构的影响。他的以文本视点结构为探讨主旨的结构诗学理论，强调文本是一个动态、开放的意义发生器，其语义场是在文本内外的各种不同视点意义相互交叉、影响与转化中形成。乌斯宾斯基正是对皮尔斯符号学思想中的解释项和符号意指过程具有动态、开放性特征观点的吸收，使得其结构诗学理论突破了传统结构主义诗学的系统窠臼限制。"传统的结构主义来自俄国形式主义原则：文本被作为一个封闭的、自足的、同步组织的系统。这个系统不仅在时间上隔绝了过去和将来，而且在空间上也隔绝了听众和一切处于它之外的东西。"①

鲍·安·乌斯宾斯基教授在与笔者谈到自己的结构诗学理论时，还特别强调了查尔斯·莫里斯的符号分类思想对其结构诗学理论建构所产生的影响。他说正是莫里斯的符号意义理论启发了自己提出了基于视点的符号结构所存在的三方面意义，即视点语义学、视点语构学和视点语用学。

查尔斯·莫里斯是美国哲学家，现代"符号学"创始人之一。虽然莫里斯的符号理论综合了来自多方面的学说，但从学理上来看，他的符号传播思想主要受美国符号学最主要的创始人查尔斯·皮尔斯和美国社会学家、社会心理学家及哲学家乔治·米德（George Herbert Mead，1863—1931）二人的影响。莫里斯的符号理论最突出的特色就是贯穿其理论始终的符用思想和行为学思想。莫里斯符号学的一个预设前提是符号过程离不开机体，机体总是处于特定的环境中。机体所处的环境与机体的符号过程互相影响，彼此依赖。通过观察机体在具体情境下的行为，辅以参考机体的自我报告等，莫里斯认为，可以对机体的符号过程或意义建构过程进行认识。

在符号学史上，查尔斯·莫里斯是一位承前启后的人物，也是世界上第一位正式提出符号学理论系统的行为主义符号学家。作为皮尔斯的学生，

---

① Ю. М. Лотман. Культура и взрыв [G] // *Семиосфера*. Санкт-Петербург：Искусство-СПБ，2000：22.

他的符号学思想与皮尔斯的一脉相承,同样认为任何符号都是由三部分组成的实体,即符号载体(代表项)、符号的所指(对象)及解释项,都属于实用主义哲学的范畴论和逻辑学,关心的都是符号的意义何以产生。但他把逻辑实证主义、传统的经验主义和实用主义有机地统一了起来,形成了他的"科学的经验主义",并创立符号学。莫里斯对符号做了广泛的理解,把"符号"说成是一切"有所指"的东西,它不仅包括语言中的符号,而且包括非语言的符号。符号过程,也就是意义过程,在莫里斯看来,是一个至少包括符号环境、符号载体、符号意指项、符号解释项及符号解释者等几个因素在内的有机过程,其本质是"一种关系"。符号学就是对这些关系进行研究的一门学科。他首次提出符号学包括符义学(semantics)、符形学(syntactics)和符用学(pragmatics)三个分支,其中,符义学研究符号和对象之间的关系,符形学研究符号和符号之间的关系,符用学研究符号和符号使用者之间的关系。① 莫里斯划定了符号学的学科分野,成为现代符号学学科建立最重要的推动者之一。他的符义学是研究所有意指关系中符号与外指称物间的关系;符形学是对有关符号组合的研究,它无关于符号的具体意指和其中的行为关系;符用学强调的是符号的运用过程或人与所使用符号的关系,是研究符号在人的意指行为中的起源、使用和效果的科学。符号学的这三个分支在语言学中分别被称为语义学、语法学和语用学,它们之间形成一种互补关系。符号学是三种学科的总括,是一切科学的"元科学"。

从符号三分法中各要素之间的关系来看,皮尔斯的符号学主要强调的是符号对解释者的影响。在他看来,符号就是任何能够带来原始刺激复原的给定的或经验的替代刺激。莫里斯的符号学是建立在皮尔斯创立的基于逻辑实用主义倾向的符号学基础之上的行为主义符号学。莫里斯的关注点主要集中在符号的用法方面,而皮尔斯则在解释项方面。也可以说,皮尔斯的符号学侧重的是思维意识的分析,强调的主要是解释项。而莫里斯的符号学则侧重在行为主义方面,他强调的是外部环境的作用,也就是语用学的部分。

莫里斯系统化的符号理论启发了一批包括西比奥克(Thomas A. Sebeok)、罗西-兰迪(Ferruccio Rossi-Landi)、佩特里利(Susan Petrilli)

---

① C. W. Morris. *Signs, language and behavior* [M]. New York: Braziller, 1946: 217-218.

等在内的符号学者,而正是在莫里斯符号关系三分理论的基础上,乌斯宾斯基提出了构成其结构诗学理论最重要最基础的视点语义学、结构学和语角学。

总之,乌斯宾斯基基于视点的结构诗学理论,虽然是以欧陆结构主义语言符号学思想为基础,然而正是他对以皮尔斯和莫里斯为代表的美国逻辑实用主义哲学符号学思想的吸收,确立了他的结构诗学理论建构的基本思路和方法,并使他在艺术文本结构研究的方法论上突破了传统结构主义的静态与封闭,从而建立了自己独特的动态、开放的符号系统观。

第三节
"国学"之养:巴赫金社会符号学与"复调"思想

乌斯宾斯基与巴赫金相识于 1963 年。作为学术上的老前辈,巴赫金对乌斯宾斯基的学术思想和研究方法论影响颇深。乌斯宾斯基在 1966 年年初着手建构基于视点的结构诗学理论时,已对巴赫金本人及其主要作品相当熟悉,这一点从其《结构诗学》中多次引用或提到巴赫金的两部作品《陀思妥耶夫斯基诗学问题》和《拉伯雷的创作与中世纪和文艺复兴时期的民间文化》可见一斑。①

乌斯宾斯基的结构诗学理论研究的中心任务是艺术文本基于"视点"问题的结构类型学,虽然整体上是对索绪尔结构主义语言学理论的继承,选择的是语言学的体系性与结构性研究路径,意在从艺术文本的整体结构上去把握艺术和文化现象,找到一种建构艺术作品和语言文化现象的体系与模式,然而乌斯宾斯基对艺术文本视点结构理论的研究在一定程度上又具有巴赫金的"超语言学"特征。所谓"超语言学",就是一门"研究语言和'文化'或'语言行为'这样一些人类活动关系的学科"②。我们知道,索绪尔在将人类的言语活动分为语言和言语之后,语言符号的研究就产生了两种不同的倾向:以研究"语境"和"言语"为主的话语学研究和以研

---

① Б. А. Успенский. Поэтика композиции [M]. СПб.: Азбука, 2000: 13, 16, 23, 25-26, 32-33, 39, 218, 221, 243, 273.

② [英]哈特曼,[英]斯托克. 语言与语言学词典 [Z]. 黄长著,林书武,卫志强,等,译. 上海:上海辞书出版社,1981:213.

究"规则"和"体系"为主的语言学研究。然而,在《普通语言学教程》中,索绪尔实际上将自己的研究对象主要锁定在了语言体系的内部关系研究上,而对言语的外部关系研究则相对地忽视。巴赫金学派的语言哲学强调了语言的社会现实性,指出"语言是社会评价的体系"①,将语言分析置于社会现实的语境之中,这种以研究言语为特征的语言学,走的是超越规则、体系的另一研究路径,因而是与当时盛行的索绪尔结构主义语言学理论相悖的。

在文学理论研究方面,巴赫金学派的重要贡献之一是将马克思主义学派的社会学理论与形式主义学派的文学本体论有机地结合起来。乌斯宾斯基在建构自己的艺术文本视点结构理论时,对巴赫金学派的学术思想采取了兼收并蓄的态度。乌斯宾斯基深受巴赫金的学术思想,特别是巴赫金关于陀思妥耶夫斯基诗学结构理论的影响。他的艺术文本视点结构理论将语言学所重视的词的物质性与社会学强调的词的观念性结合起来,为自己选择了具有语境性、动态性和意识形态价值性的"视点",作为艺术文本结构诗学分析的着眼点,从而把结构主义推崇的创作模式与社会学关注的社会意义相联系。"巴赫金的超语言学实际上是一种话语哲学,揭示了言语行为的哲学人类学本质,其宗旨在于呵护言语行为主体(人)的生命完整性"②,而"视点"问题则必然与言语行为主体——人的主体性相关。在巴赫金看来,真正的诗学理论不应是仅仅建筑在抽象的语言学基础之上,而应是超语言学的研究,即把语言与社会意识形态结合起来。

乌斯宾斯基的结构诗学理论同时也是对巴赫金复调思想和复调研究方法的继承和发展。在《结构诗学》中,乌斯宾斯基吸收了巴赫金的"复调"小说理论思想,创造性地将在叙事学领域得到广泛研究的"视点"问题作为艺术文本结构的研究视角,根据揭示和确定视点的不同手段,指出了艺术文本的结构可以由意识形态、话语、空间-时间的特征描写和心理等多个层面的视点构成,而在同一个视点层面上又可能存在多种视点,并且明确指出,"'复调'实质上是意识形态层面视点结构表现的一种情形"③,从而为艺术文本的审美批评提供了全新多维的"视点"批评路径,并在批评方

---

① [苏]巴赫金. 文艺学中的形式主义方法 [M]. 李辉凡,张捷,译. 桂林:漓江出版社,1989:166.
② 季明举. 巴赫金超语言学的斯拉夫主义哲学实质 [J]. 外语学刊,2011(4):91-95.
③ Б. А. Успенский. *Поэтика композиции* [M]. СПб.:Азбука,2000:26.

法上拓展了巴赫金的"复调"小说理论。

巴赫金的"复调"小说理论研究的是陀思妥耶夫斯基艺术文本中各个不同主人公思想的对话,即意识形态层面的"多声部"特征,这种对话只发生在同一视点层面的空间范围内。而乌斯宾斯基则认为,在艺术文本中不仅存在同一层面不同视点之间的对话结构,还可以有多层面的不同视点之间的对话,即视点与视点之间可以具有多维的层面性区分特征。因而,乌斯宾斯基的结构诗学理论建构的是一个多维立体、开放、自由而有机的视点对话统一体。

第四节
文化之源:俄罗斯民族独特的"聚和性"思维

乌斯宾斯基基于视点的结构诗学理论探讨的是艺术文本中不同视点之间的相互关系,强调各种视点之间相互作用所产生的整体效果,但他又运用现代科学的研究手段和术语,对不同视点进行了深入的剖析。该理论是集整体性与科学的精确性于一体的"多样性中的统一",是俄罗斯民族独特的文化精神和思维方式"聚和性(соборность)"特征的具体显现。

思维是人类大脑意识活动的统指,也是人类感知和认识现实世界的过程。在这一过程中,人们对客观对象进行概括分类,形成概念并运用概念进行判断、推理。"聚和性"作为俄罗斯宗教哲学最重要的核心理念之一,源于俄罗斯斯拉夫派领袖阿·斯·霍米亚科夫(Алексей Степанович Хомяков,1804—1860)最早提出并加以论述的一个东正教神学概念"соборность",具有特定的深刻的宗教哲学含义。霍米亚科夫认为:"'собор(教堂)'这个词不仅仅表达了许多人在某个地方有形的看得见的'会议、集会'的概念,还有更一般的意义,即这种集合的永久性观念,换言之,它体现了'多样性中的统一'思想。"① 因而,正是为了体现东正教会这一本质特征"多样性中的统一",霍米亚科夫提出了抽象化的神学概念"соборность",即"聚和性",以表明东正教会与天主教会("没有自由的

---

① А. С. Хомяков. Письмо к редактору "L'Union Chretienne" о значении слов "кафолический" и "соборный" по поводу речи отца Гагарина, иезуита [G] // *Полное собрание сочинений в 8 т*. Т. 2. М.: Университетская типография,1886:325.

统一"）、新教会（"没有统一的自由"）之间的根本不同。对霍米亚科夫来说，"соборность"已不具有"собор"所包含的客观实在意义①。"它是精神上的有机统一体，不是外表上的彼此联结。在该统一体内部，每个个体保有自身的个性和自由。该统一体是建立在无私的富有自我奉献精神的爱的基础上。"②"聚和性"突出了东正教会的精神性，"反映了俄罗斯民族东正教信仰的实质，即由内向外的和谐的精神有机体"③。"聚和性完全不是'各个组成部分的聚集'，而是一种整体性，这种整体性决定了俄罗斯民族精神气质的所有特征。"④

"聚和性"这一概念虽然是由霍米亚科夫作为俄罗斯东正教哲学的核心理念提出，但作为俄罗斯民族特有的群体性特征，"соборность"逐渐被赋予了较为广泛的内涵，以集体的某种价值观、思想和道德共同性为前提，具有越来越多的意义负载。事实上，在俄罗斯民族自我意识形成的过程中，"聚和性"特征并非完全源自东正教文化，而首先与俄罗斯民族生存和发展的特定自然地理环境息息相关。黑格尔在《历史哲学》一书中说："助成民族精神的产生的那种自然的联系，就是地理的基础。"⑤ 俄罗斯人的祖先东斯拉夫人来自喀尔巴阡山脉以北，维斯杜拉河和第聂伯河之间的东欧平原上的沼泽地，坐落在森林区和大草原的交界处，西北部寒冷地带茂密的森林和东南部一望无际的大草原决定了该民族生存的经济方式和外部环境。早期处于原始社会的东斯拉夫人盛行伐林耕作制，这种需要消耗大量劳动量的耕种方式使得个人或者单个家庭的生存仅靠自身力量难以为继，同时，为了抵御来自东南部开阔草原地带游牧民族的不断侵袭，俄罗斯人的祖先明白只有依靠更大的集体的共同劳作和对外族的抵御才能维持生存，于是在公元 7 世纪后东欧平原北部就出现了叫作"米尔（мир）"的村社（община）⑥。而到公元 9 世纪古罗斯国家形成之后，村社则逐步成为古罗

---

① См.: С. С. Хоружий. Алексей Хомяков: Учение о соборности и церкови [G] // Богословские труды. Сборник 37. М.: Издательский совет русской православной церкви, 2002: 157–159.

② Г. Я. Миненков. Соборность [Z] // А. А. Грицанов. (сост.) Новейший филосовский словарь. Минск: Изд. В. М. Скакун, 1998: 630.

③ 张杰. 陀思妥耶夫斯基小说创作艺术的"聚和性"[J]. 外国文学研究，2010 (5): 73–78.

④ В. В. Колесов. Жизнь происходит от слова ... [М]. СПб.: Златоуст, 1999: 136.

⑤ [德] 黑格尔. 历史哲学 [M]. 王造时，译. 上海：上海书店出版社，2001: 82.

⑥ 村社是俄国社会的一种独特现象，俄国几乎是从原始的部落状态直接进入封建社会，因此，原始的共同观念也得以保存下来，它成为俄罗斯文化中集体主义传统的源头之一。

斯国家农民从事经济活动的主要方式和俄罗斯社会最小的基层单位。这种俄罗斯民族独特的缘于寒冷森林地带的严酷环境而在生产劳动过程中自然形成的，以集体所有制为基础和血缘、地缘、宗教缘等为纽带的经济共同体——村社是在经济上崇尚自给自足与自由耕作的最基本的社会组织形式，具有整体的内部互助协作传统。霍米亚科夫的追随者尤·费·萨马林（Юрий Фёдорович Самарин，1819—1876）认为，"古代罗斯的社会和村社生活是聚和性原则的具体体现"①。"聚和性"理念在俄罗斯人的自我意识中占据独特的位置，强调人们彼此之间建立在自由的爱的基础上的有机内在统一和精神的一致性。可见，民族精神作为上层建筑的一种表现，它的形成、发展、定性、完善，离不开孕育和构成它的土壤——一定的生产方式。村社既是俄罗斯历史进程的社会细胞，又是民族精神生成的重要载体，其文化传统几乎贯穿于全部俄国历史，直至20世纪20年代末的苏联全盘集体化后才在俄罗斯大地不复存在。

然而，现如今俄罗斯的村社虽不复存在，但村社文化的精神保存在东正教。公元988年的罗斯受洗不仅仅是以基辅大公弗拉基米尔为首的统治者选择的结果，也契合了作为俄罗斯社会根基的村社文化精神，也许正是这一点使得村社中的农民（крестьянин）成了居民中最笃信基督教（东正教）的阶层。从词源看 крестьянин 一词来源于希腊语中的 christianos，即 христианин "基督徒"②。霍米亚科夫认为，"现实生活中的村社是理想的聚和性的原型"③。罗斯受洗后，强调平等、统一与整体性的东正教文化精神与俄罗斯村社文化精神相辅相成，两者的相互契合共同推动了俄罗斯民族文化精神的精髓——"聚和性"特征的形成。

民族文化的独特性决定了不同文化群体思维过程的差异。法国民族和心理学家累维-布律尔（Леви-Брюль，1857—1939）认为，要研究个体思维，必须分析该个体所属的文化特征。④ 通过分析特定群体文化中存在的共同观点或集体概念，我们可以确定属于该群体的个体的思维过程，因为人

---

① Н. Лосский. *История русской философии*［M］. СПб.：Азбука，2018：50.
② Н. М. Шанский，Т. А. Боброва. *Этимологический словарь русского языка*［Z］. М.：Прозерпина，1994：155.
③ А. А. Горелов. А. С. Хомяков: учение о соборности и русская община［J］. *Культура и общество*，2017（2）：92.
④ М. Коул，С. Скрибнер. *Культура и мышление：Психологический очерк*［M］. М.：Издательство Прогресс，1977：32.

的社会性特征决定了个体对周遭世界的理解、区分和思考过程不可避免地会带有所属民族文化的痕迹。在对乌斯宾斯基的结构诗学理论进行研究的过程中,笔者曾就该理论建构的方法论问题当面请教过乌斯宾斯基教授,虽然笃信东正教并对东正教圣像艺术有过深入研究,但他还是非常明确地否认了东正教的"聚和性"理念对其理论建构方法论的影响。然而事实证明,不同民族恒定的内在思维和表达方式可以通过潜在的文化传承而处于集体的无意识状态,也就是说,人类社会的行为,包括语言表达的模式,不一定都能为行为主体所意识,虽然它们在实际的生活过程中可能被非常一致的贯彻着。"这种模式化的无意识本质并非存在于种族或社会思维的神秘功能中,并在作为社会成员之个体的思维中反映出来,而只存在于个体对其时刻自动遵循的行为特征、界限、意义的典型无意识中。"①

"文本作为意义的发生器是一种烙有历史文化印记的思维机制。"② 俄罗斯民族独特的"聚和性"思维方式不仅对小说家的创作,也对理论家的理论建构方法论产生了影响。这一点在陀思妥耶夫斯基的长篇小说创作中有所体现,也促成巴赫金在对陀氏"多声部"创作风格的研究中提出了著名的"复调"小说结构理论,我们甚至可以在莱蒙托夫《当代英雄》的独特结构中找到"聚和性"特征的影子。乌斯宾斯基的艺术文本结构统一体是多层面的具有自身相对独立性的视点的自由而有机的"聚和",在批评方法上拓展了巴赫金的"复调"小说理论,使艺术文本的结构研究从一维的平面走向了多维的立体,推动了文艺批评理论的发展,而在思维层面则就如何实现多样性和统一性的融合问题,丰富和发展了俄罗斯民族的核心价值观——"聚和性"理念。

综上所述,乌斯宾斯基结构诗学理论的学术和文化"基因"是多元的。从其学术思想的渊源及发展过程看,欧陆结构主义语言符号学思想是其学术思想的根基,不管是对俄国形式主义研究传统的传承,还是对哥本哈根学派叶尔姆斯列夫的语符学思想的沿袭,都是建立在索绪尔结构主义语言符号学思想的大厦之上,是对其语言符号学思想的发展和延续。因而,从整体上看,乌斯宾斯基学术思想的基础是索绪尔在语言符号结构研究的基

---

① [美]爱德华·萨丕尔. 萨丕尔论语言、文化与人格[M]. 高一虹,等,译. 北京:商务印书馆,2011:312.
② 管月娥. 东正教的"聚和性"理念与复调小说和结构诗学理论[J]. 外国文学研究,2018(2):55-63.

础上所提出的系统观和整体观，注重研究对象的整体性、结构性和体系性。他从自己的合作伙伴、终生的挚友洛特曼那里吸收了文艺学研究的思想，以一个语言学家的眼光去审视文艺的符号，探讨艺术文本结构中作为传达内容机制的语言——视点，以及由这种机制所形成的艺术文本的视点结构符号系统。与此同时，乌斯宾斯基作为当今世界符号学研究领域的著名专家，能在世界符号学研究史上占有自己的一席之地，是与其开放的学术视野和兼容的学术思想分不开的。正是他对以皮尔斯和莫里斯为代表的美国逻辑实用主义哲学符号学思想和巴赫金学派的社会符号学思想的吸收，使他在艺术文本结构研究的方法论上突破了传统结构主义的静态与封闭，建立了自己独特的动态、开放的符号系统观。而俄罗斯民族文化独特的"聚和性"思维方式则使他进一步发展了巴赫金的"复调"小说结构理论。他的结构诗学理论建构的是一个多维立体、开放、自由而有机的视点对话统一体。

第七章
乌斯宾斯基结构诗学理论的批判继承性

乌斯宾斯基结构诗学思想多元化的理论基础说明，他的学术思想是开放包容、兼收并蓄的，然而他对这些理论并不是"拿来主义"的全盘接受，其结构诗学理论思想包含鲜明的批判继承性。"结构诗学"关注我们用以建构意义的符码，是语言学和诗学联姻的产物。"为了能够以最简单同时又是最复杂的方式描写一切符号学结构，须编制必要而充分的关系类型的清单。"[1] 乌斯宾斯基的结构诗学理论以视点这一独特的符码切入，在向我们指出艺术文本结构中所存在的四种视点类型层面的同时，还指出内、外视点是连接不同层面视点的一根轴线，也就是说，在不同层面的视点中都存在内视点和外视点的问题。这样，前者和后者则相应地构成了艺术文本视点结构中的纵向聚合和横向组合关系。

第一节
形式与内容研究的二元融合

乌斯宾斯基认为，"视点问题直接与语义（代表被表达对象——现实的某一片段）联系在一起"[2]。不同层面视点以及同一层面的不同视点在文本意义构成中都具有自身独特的语义特征。例如，意识形态视点可以揭示从某个人物出发对某些现象所作的评价；话语层面的视点可能来自作者本人、作品的主人公（所叙述事件的直接参与者或某一个旁观者等），他们中的每个人会根据自身的言语特征对某些事实给出自己的描写；空间-时间特征层

---

[1] Hjelmslev L. *Essais Linguistiques* [M]. Paris: Minuit, 1971: 80.

[2] Б. А. Успенский. *Поэтика композиции* [M]. СПб.: Азбука, 2000: 10.

面视点展示了叙述者与所述对象之间的时空关系；而心理层面的视点则告诉我们叙述者与所述内容之间的心理空间距离，是身临其境还是局外旁观；等等。

在讨论形式化研究最不易接近的意识形态层面视点①时，乌斯宾斯基认为，就结构意义而言意识形态视点展示了作者在作品中评价和在思想上理解他所描绘的世界的角度②。原则上，这可能是在作品中被明显地或含蓄地表现出来的作者本人的视点；也可能是与作者不吻合，即非作者本人的讲述者的视点；还可能是某个出场人物的视点；等等。也就是说，在对叙述对象进行说明时，可以出现几个不同的意识形态视点，以构成相当复杂的关系网络。在乌斯宾斯基看来，巴赫金的复调结构正是"意识形态层面视点表现的一种情形"③。此时，在该层面出现"有着众多的各自独立而不相融合的声音和意识"④，它们同时并存，没有一个声音超乎另一个之上，彼此的差别通过相互的评价（即意识形态）体现出来。同样，在其他视点层面也存在类似的复杂关系网络，如在话语层面，不同的人描写的事实本身可能相互一致或交叉，同时通过特定的方式进行相互补充，并可以在一定关系之中直接地进行相互描写等。这种通过一定的方法而形成的类似关系网络，正是基于相应层面上的该部作品的结构。

与此同时，乌斯宾斯基以莱蒙托夫《当代英雄》中毕巧林的个性描写为例，指出毕巧林的个性是通过作者（莱蒙托夫）、毕巧林本人和马克西姆·马克西姆维奇等人的眼睛提供给我们的。在这种情形下，马克西姆·马克西姆维奇是民众纯朴视点的载体，他的评价系统在与毕巧林的评价系统相对立的同时，就其本质并不与山民的视点发生冲突；毕巧林的评价系统与韦尔纳医生的评价系统有很多共同点，在绝大多数情形下甚至完全一致；但从马克西姆·马克西姆维奇的视点出发，毕巧林和格鲁希尼茨基也许存在部分的相像；对于毕巧林而言，格鲁希尼茨基却是与他不同的人；而梅丽公爵小姐起初将格鲁希尼茨基当成现实生活中的毕巧林……这样，

---

① 这里的"意识形态"应理解为该词的中性意义"思想上对周围世界认识的一般体系"。乌斯宾斯基认为意识形态层面的"视点"属于作品深层结构的内容，其关注的是从哪种视点出发，给出的是何种意识形态观。

② Б. А. Успенский. *Поэтика композиции* [M]. СПб.：Азбука，2000：22.

③ Б. А. Успенский. *Поэтика композиции* [M]. СПб.：Азбука，2000：26.

④ [苏]巴赫金. 陀思妥耶夫斯基诗学问题 [M]. 白春仁，顾亚铃，译. 北京：生活·读书·新知三联书店，1988：29.

作品中出现的不同视点（评价系统），在对毕巧林的个性描写中形成了相当复杂的矛盾体系（差别与一致），彼此之间也形成了一种相互交流的对话关系，这种对毕巧林个性的多视点描写增加了文本意识形态多重冲突的深度和复杂性，使得毕巧林的个性形象显得更加丰满而生动。通过对文学作品实例的分析，乌斯宾斯基不仅揭示了作品的形式结构与文本意义的关系，而且赋予视点结构研究以语境性，克服了形式主义唯形式研究的缺陷。

乌斯宾斯基对艺术文本结构的研究不是在内容与形式相割裂的意义上来谈论形式的因素，而是从对形式的客观把握中，展示作品所包含的社会思想和文化意义，把形式的形成过程同时看作内容展开的过程，并始终在二者相互融合、相互作用的情形下来认识和探索文本结构的生成机制，避免了俄国形式主义将作品的形式与内容相对立的研究范式。作品的思想内容是通过一定的艺术结构表现出来的，思想与结构的关系就如同生命与生命机体的关系。艺术文本的结构本身就含有意义，艺术形式的所有成分都是意义成分。正如生命乃是生物体结构本身所具有的功能一样，形式与内容并非二元对立，而是二元融合的关系。而且这种研究样式并不限于作品的既定形式，还包括作品的生成方式，是在一个包含创作准备到创作结果的动态系统中进行的。

第二节
动态的意义结构生成系统

乌斯宾斯基以文本视点结构为探讨主旨的结构诗学理论，强调文本是一个动态的意义发生器，其语义场是在各种不同视点意义相互交叉、投射与转化中形成，打破了洛特曼对艺术文本结构的静态研究模式。

他在对意识形态评价、话语、空间-时间的特征描写及心理等多个层面的视点问题做详尽分析的同时，受叶尔姆斯列夫的语符学思想影响，深知一个整体不是由许多独立的实体构成，而是由许多关系构成，如整体与部分之间、各部分之间、各部分与更小部分之间都存在相互依存的关系，而且上述的这种依存关系不是一种，而是多种，因而语言（包括广义的符号语言）的内在结构是一个由各级要素共同构成的关系网络，"形式"是结构关系。乌斯宾斯基在其视点结构理论中，强调了不同的视点都不具有独立意义，他们如同语言成分一样都处于与其他要素的关系之中，彼此之间存在复杂的内在联系。比如，在分析空间-时间层面上的视点时，乌斯宾斯基指出：

> 时间透视不仅可以在直接的结构描写任务层面上，而且可以独立地在意识形态评价层面上表现出来，就像话语方法可以作为独立的结构任务，也可以作为意识形态视点的辅助手段。这时，这些视点在作品中未必吻合。在意识形态评价层面上可以存在各种时间透视表现的可能性：一种情形是现在的和过去的事实，可以从将来的视点出发加以评价；另一种情形则是现在的和将来的事实，可以通过过去的视点而加以评价；最后，存在的第三种情形即一切都由现在的视点出发加以评价。①

与此同时，在论述作品中不同层面视点的相互关系时，乌斯宾斯基认为，在不同的视点分析层面，作品中被划分的视点有可能不相一致。② 比如，在下列情形中，当作品中的叙述由某个确定人物的话语视点出发进行，但结构的任务是由另一个视点出发对该人物进行评价时，则出现了话语层面和意识形态层面视点的不相一致。在话语层面该人物是作为作者视点的载体出现的，而在意识形态层面却作为作者视点的客体（作者评价的对象）出现。这种情形在准直接引语中较为常见。而在心理层面，虽然在很多情形中作者对人物进行"外部"或"内部"的描写是由作者对他的态度决定的，也就是说，当作者在原则上接受一部分人物的视点时，作者通常会对之采用"内部"的描写，而另一部分人物的视点，如果作者在内心里并不认同，或者甚至是不理解的，相应地，作者则不会将他们的视点与自己的视点等同（哪怕是暂时的），对这类人物的描写只能在外部描写层面进行，而他们的内心状态则不被描写。然而，在很多情形中，在将人物分成正面人物和反面人物的同时，与将其分成由内部的和外部的视点进行描写的人物之间并不一致，而是相互交叉，也就是说，作者可以在同等程度上既描写正面人物的内心状态，又描写反面人物的内心状态。③ 这样就产生了意识形态层面与心理层面视点的不相一致。这种不相一致还有可能在空间-时间

---

① Б. А. Успенский. *Поэтика композиции* [M]. СПб.: Азбука, 2000: 121.
② Б. А. Успенский. *Поэтика композиции* [M]. СПб.: Азбука, 2000: 173-174.
③ Б. А. Успенский. *Поэтика композиции* [M]. СПб.: Азбука, 2000: 177-178.

视点层面与话语视点层面及心理视点层面存在。当叙述在总体上同时运用彼此处于不同相互关系中的几个视点时，则将形成复杂的复合视点结构，此时"叙述中被运用的视点彼此之间既可以形成组合关系，也可以形成聚合关系"①。

在分析心理层面的内、外视点时，乌斯宾斯基认为，通过对"感觉动词"和"情态词"运用，内、外视点可以相互转化②。在这一层面，外部视点的表达通常可以通过两种方式进行，即对与描写主体无关的特定事实的援引，或对某一观察者看法的援引。前者的观察点原则上是不固定的，就像法庭记录中对当事人行为的描写一样，可通过句型"他做了……""他说……""他声称……"来有意强调描写的客观性，强调作者与所描写行为无关。而后者则通过"他似乎想……""他看来知道……""他好像觉得……"等句式表达对某个观察者的意见的援引。此时，观察者的视点可以是固定的，比如是某个参与或未参与行动的叙述者的视点，也可以是不固定的，如运用作品中多个人物的视点。而人物行为描写的内部视点则可以通过对其内心状态的援引实现，这种内心状态一般对于旁观者是无法体验的。此时叙述可通过专门的描写内心状态的词来实现，特别是感觉动词的使用，如"他想……""他觉得……""他认为……""他知道……""他想起……"等。它们是"内部的"视点运用的形式特征。但当文本中使用了能够表达旁观者视点运用典型特征的特别情态词③，如"看来、显然、仿佛、似乎"等时，人物的描写则由内部出发的视点转变成外部出发的视点。乌斯宾斯基认为，这种内、外视点在一部作品中的交替出现，可以构成艺术文本，特别是文学作品的"边框"④。

由此看来，乌斯宾斯基没有抽象地来泛泛谈论事物的本质，而是通过详细的语言表征分析，从事物具体的关系、具体的联系中来把握事物的本质。他非常重视不同视点之间的相互关系研究，并从联系的角度把结构诗学看成是由各层次视点有机统一而成的整体，不仅看到了不同层面视点之间相互融合与转换的关系，而且看到了同一视点层面中不同视点之间所存

---

① Б. А. Успенский. *Поэтика композиции* [M]. СПб.: Азбука, 2000: 182-183.
② Б. А. Успенский. *Поэтика композиции* [M]. СПб.: Азбука, 2000: 141-148.
③ 乌斯宾斯基称这些情态词为"陌生化的语词"（Б. А. Успенский. *Поэтика композиции* [M]. СПб.: Азбука, 2000: 146）。依笔者之见，这里的"陌生化"概念应该是指叙述者与叙述对象之间的心理空间距离的拉大，而与什克洛夫斯基的"陌生化"有别。
④ Б. А. Успенский. *Поэтика композиции* [M]. СПб.: Азбука, 2000: 234-243.

在的复杂关系网络。从乌斯宾斯基的分析中,我们可以感受到在共时系统中不同层面的视点研究虽趋向于不同的方向,并且服从不同的原则,但这种多样性并不意味着不一致、不调和。我们所意识到的主要不是这些区分,而是从这些被区分者的相互作用中所产生的整体效果。这也进一步说明了乌斯宾斯基对艺术文本结构不同层面视点的划分与透析只是结构诗学研究的途径,其目的在于从结构建构的符号关系学角度展现艺术文本的结构机制,阐释相应艺术文本信息的形成及其与各种其他的意义结构之间的关系,因为艺术信息意义的决定性因素是艺术文本的结构。

第三节 开放的视点结构系统

乌斯宾斯基的学术思想虽以结构主义为主导,但他并没有囿于传统的结构主义文本观。"传统的结构主义来自俄国形式主义原则:文本被作为一个封闭的、自足的、同步组织的系统。这个系统不仅在时间上隔绝了过去和将来,而且在空间上也隔绝了听众和一切处于它之外的东西。"① 传统的结构主义文本观认为,文本是一种自足的封闭系统,一个由一系列符号(能指)组成的明确的结构。它不仅否定作者本人对文本的影响,认为作品完成之后作者就"死了",而且根本不考虑读者的理解与接受。这种就文本而研究文本的研究路径和思维方式,虽然推动了文本研究的深入,但其片面性也显而易见:割裂文本与外部世界的联系。而乌斯宾斯基在对艺术文本的视点结构理论建构中,似乎已意识到传统的结构主义对文本研究的局限性,他通过强调视点对描写对象的依赖关系和语用方面视点的探讨,克服了传统结构主义文本研究的封闭自足性,打破了语言的"牢笼"。

(一) 视点对描写对象的依赖关系

视点问题作为叙事学的基本问题,长期以来一直被认为是叙事人由其出发进行叙述的位置,因而,不难理解作者对视点的选择和视点描写方式的影响。而乌斯宾斯基在自己的结构诗学理论中,富有创见地指出:

---

① Ю. М. Лотман. Культура и взрыв [G] // *Семиосфера*. Санкт-Петербург: Искусство-СПБ, 2000: 22.

某种描写原则（比如说，视点的选择）不仅仅取决于谁在描写，而且取决于被描写的对象，也就是说，不仅仅由描写的主体（作者）决定，而且受被描写的客体限定（这时，描写的客体可能是某个出场人物或者某种情境）。①

文本叙述视点的选择不仅仅取决于作者以谁的名义在说话，而且取决于他在说谁，或者在何种情境中说话。这一点在话语视点层面表现得最为明显。可以说，作者话语中对出场人物的任何称名，都是作者叙述时针对该人物所采用的视角位置标志。同时，针对不同的人物还可以使用不同的描写原则。譬如，一部分人物在作品中可以由几个视点出发进行描写，而对于另一部分人物，视点的替换则不具典型意义，或者甚至根本不可能。在这里描写原则本身完全取决于描写对象。例如，托尔斯泰笔下的娜塔莎·罗斯托娃几乎总是以"娜塔莎"（或者"娜塔莎·罗斯托娃"）出现，而尼古拉·罗斯托夫则不是这样。在作者的文本中，从他的亲属视点出发，他被称为"Nicolas""尼古连卡""尼古鲁什卡"；从他的团队同事或者上流社会熟人的视点出发，他是"罗斯托夫"；而他的家仆则称他为"年轻的公爵"……有时，作者还从侧面，像描写完全陌生的人一样对他进行描写。例如，在奥特拉德诺耶狩猎的场景中，托尔斯泰称他为"热情的年轻猎人罗斯托夫"。这里，托尔斯泰对娜塔莎的描写基本是由固定的视角位置出发，而他对尼古拉的描写则由多个不同的视角位置展开。

实际上，描写的语言手法对言语对象的这种依赖关系绝不仅仅局限于艺术文本的范围。在日常言语中同样可以观察到不同的语言学标志，如词汇的、语音的等，与言语所涉内容之间的联系。例如，当我们在谈论小孩或者属于他的某种东西时，经常会出现特别的语调、对孩子话语进行模仿的独特词汇，甚至是异乎寻常的语法。因此，言语对象在话语层面对语言特征的限制是显而易见的。

在意识形态视点层面，"固定修饰语"也可以说明这一点。一方面，它们可以用来表达作者的意识形态视点；另一方面，它们的使用主要的不是决定于作者本人，而是受描写客体的制约：每当提到相应客体时，它们则必定出现。例如，在汉语中，"熊"通常总是"笨"的，而"狐狸"总是"狡猾"的。也就是说，被描写的情境本身发源于描写对象，同时作者的意

---

① Б. А. Успенский. *Поэтика композиции* [M]. СПб.: Азбука, 2000: 200-201.

识形态视角则由描写的情境决定。

在空间-时间视点层面和心理视点层面,这种特征的表现较之前两个层面虽不明显,但同样可以举出类似的例子。例如,在圣像画中,较为重要的人物通常大部分被描绘成静止的形态,好像构成画面的中心,整个画面的建构则围绕该中心展开,而对于不太重要的人物则在动态中被描绘,并根据它们与该中心的关系而被确定。换句话说,较为重要的人物被从某个固定的视点进行描写,而对其他人物的描写则从各种不同的且相当随机的视点出发。① 这里,画面中人物的空间位置的分布以及描绘的方式都与其中人物本身的实际重要性有关。

(二) 读者在文本结构建构中的作用

乌斯宾斯基在强调艺术文本结构对文本的客观描写对象具有依赖性的同时,他还指出,通常情况下,艺术文本的作者进行描写的视点同时也是读者理解的视点,但也会出现作者视点与读者视点不相一致的情形。这种不相一致除了可能是有悖于作者意愿,由于作者未能成功达成预定结构目标而造成,或者是读者从作者没有考虑到的视点出发(这种可能性将随着读者与作者在时空距离上的增大而增加)的原因之外,还存在另外一种不相吻合的情形。该情形是由作者在自己的构思范围内,利用艺术形式所具有的引导和激发读者感受体验的功能而进行的有意预先设定。这种预先设定有时甚至还专门考虑到读者视点的某种动态变化。它们在作者创作中经常被用来作为造成反讽与怪诞等艺术效果的手段。② 这样,当视点表达叙述者(或隐含作者)进行意识形态评价时,读者的主体性也在被突显。

巴赫金认为:

> 每一种文学现象(如同任何一种意识形态现象一样),同时既是从外部也是从内部被决定的。从内部——由文学本身所决定;从外部——由社会生活的其他领域所决定。不过,文学作品被从内部决定的同时,也被从外部决定,因为决定它的文学本身整个地是由外部决定的。而从外部决定的同时,它也被从内部决定,因为外在的因素正

---

① Б. А. Успенский. Семиотика иконы [G] // Семиотика Искусства. М.: Языки русской культуры, 1995: 279-280.

② Б. А. Успенский. Поэтика композиции [M]. СПб.: Азбука, 2000: 207-211.

是把它作为具有独特性和同整个文学情况发生联系（而不是联系之外）的文学作品在决定的，这样内在的东西原来是外在的，反之亦然。①

乌斯宾斯基通过"视点"这一研究视角，指出了艺术文本结构对文本描写对象的依赖关系，并提出作者可以通过预设读者的阅读行为进行艺术构思的观点，使艺术文本结构的研究涉及了文本之外的客观对象世界，同时触及读者的阐释过程，已经超越了结构主义文本研究的界限，走出了体系的限制，使文本的形式研究与文化的语境研究联系了起来，是一种"超语言学"的研究，显示了艺术文本结构符号系统的开放性。这种研究方式不仅为结构诗学的研究提供了全新的视角，而且体现了研究方法论上的创新思想。

第四节
走向多维的诗学结构理论

鲍·安·乌斯宾斯基基于艺术文本叙述视点的结构诗学理论，可以说，是在东正教"聚和性"理念的启发下，对巴赫金复调小说理论的继承和发展。就在巴赫金新版的《陀思妥耶夫斯基诗学问题》（1963）问世后不久，乌斯宾斯基于1966年年初产生了从视点角度对文艺作品进行符号学分析的想法，并最终在1970年出版了其专著《结构诗学：艺术文本结构和结构形式类型学》。在这部作品中，乌斯宾斯基吸收了巴赫金的"复调"小说理论和瓦·尼·沃洛申诺夫、维·弗·维诺格拉多夫等大家的研究成果，大胆地提出了基于"聚和性"理念和多维视点的结构诗学理论，为艺术文本的审美批评提供了全新的立体化的批评路径。

乌斯宾斯基在对巴赫金"复调"小说理论进行研究的基础上，凭借对"聚和性"理念的独特理解，创造性地将在叙事学领域得到广泛研究的"视点"问题作为艺术文本结构的研究视角。根据揭示和确定视点的不同手段，乌斯宾斯基指出了艺术文本的结构可以由意识形态、话语、空间-时间的特征描写和心理等多个层面的视点构成，而在同一个视点层面上又可能存在

---

① [苏]巴赫金. 文艺学中的形式主义方法[M]. 李辉凡，张捷，译. 桂林：漓江出版社，1989：38.

多种视点，例如，在时空视点层面，叙述者的时空位置可以与所述事件发生的时空一致，也可不一致；而在心理视点层面，叙述者在叙述时可以从事件的参与者或旁观者的不同视角进行叙述。在乌斯宾斯基看来，艺术文本的结构可以由多层面的不同视点构成，而同一层面又存在不同视点的结构。视点与视点之间不仅具有多维的层面性区分特征，且各层面视点具有自身独立的意义，同时在每一个区分性层面上都有可能存在内、外视点的对立，并且不同层面及同一层面的不同视点之间还存在互为渗透的内在联系和复杂的关系网络。

依据乌斯宾斯基的视点结构诗学理论，"复调"实质上是意识形态层面视点结构表现的一种情形。在巴赫金的"复调"小说理论中，众多的各自独立而不相融合的声音和意识的"聚和"，可能存在于作者本人、与作者不吻合的讲述者或某个出场人物的视点之中。当一部作品中针对某被叙述事件，存在几个原则上相互平等的独立评价视点，它们彼此互不隶属，也不存在任何抽象的，可超乎某个主人公个体之外的意识形态立场时，此时的意识形态视点结构则为复调型。然而，巴赫金的"复调"小说理论始终聚焦的是陀思妥耶夫斯基艺术文本中各个不同主人公思想的碰撞，即意识形态层面的"多声部"特征。而这种碰撞或对话往往存在于同一空间范围内，巴赫金所理解的"聚和性"实际上是美与丑、善与恶、真与假等在同一空间纬度上的"多样性统一"。

在复调的话语层面，巴赫金注意到了话语意义存在于同一空间不同话语的对话之中，具有动态的开放性结构特征，而作为语言学家的乌斯宾斯基关注的是话语层面的语言表达特征，认为不同人物由于所处环境、社会地位、教育等方面的差异，他们对同一事件表达的语言特征是不一样的，从而形成了话语视点层面的"聚和"。同时，乌斯宾斯基还涉及了文本之外的读者视点对文本结构的参与，而巴赫金则很少涉及读者阅读的对话参与，也没有涉及不同层面的视点对话。这样，乌斯宾斯基就不仅不再像巴赫金那样，把"复调"局限在同一空间的层面，而且从多维角度拓展了东正教"聚和性"的理念，把原本在同一空间的"聚和"变为不同层面的立体"聚和"。

由此可见，乌斯宾斯基的结构诗学理论建构的艺术文本结构是一个多维立体的，由不同层面的视点构成的"自由而有机的统一体"，这些不同视点层面既有自身相对的独立性，彼此之间又互相联系和渗透，丰富了东正教"聚和性"思想的本质特征——"多样性中的统一"。该理论不仅在批评方法上拓展了巴赫金的"复调"小说理论，同时在思维层面上，也更进一步丰富了东正教的"聚和性"理念。

乌斯宾斯基的艺术文本结构统一体是多层面视点的自由而有机的"聚和"，他的研究已超越了巴赫金的"聚和性"复调统一体所研究的视域。他的基于视点的结构诗学理论，促使艺术文本的结构研究从一维的平面走向了多维的立体，不仅推动了文艺批评理论的发展，还在如何实现多样性和统一性的融合上，丰富和发展了东正教的核心理念——"聚和性"的内涵，反映了俄罗斯文学与东正教文化传统的双向互动关系。

第五节
西方现代两大符号学思想的融合

乌斯宾斯基通过视点这一独特的研究视角使艺术文本结构化，其透过视点的结构诗学理论兼收并蓄了以索绪尔为代表的欧陆结构主义语言符号学和美国逻辑实用主义哲学符号学两大学派的思想。苏联的符号学研究与以皮尔斯、莫里斯为代表的美国符号学研究有着本质的区别。苏联的符号学研究是建立在以康德的先验主义哲学为基础的索绪尔语言符号学基础之上，主要以塔尔图-莫斯科符号学派为代表，研究的是作为符号系统的语言①的符号学；而后者是研究符号的符号学，属于实用主义哲学的范畴论和逻辑学，他们关心的是符号的意义何以产生。然而，笔者在与乌斯宾斯基教授谈到有关他的结构诗学理论时，他首先指出了美国符号学家莫里斯的符号分类思想对其产生的影响。作为美国符号学学科的创立者，莫里斯是世界上第一位正式提出符号学理论系统的符号学家，他的符号学理论与皮尔斯符号学思想一脉相承。莫里斯继承了皮尔斯的符号学思想，同样认为，任何符号都是由三部分组成的实体，即符号载体、符号的所指及解释项。而他对符号学的一大贡献在于指出了由这三部分之间的关系所构成的符号学的三个方面的意义：所指意义（符号与所指对象的关系）、结构意义（符号与其他符号的关系）及语用意义（符号与解释者的关系）。这三种类型的

---

① 这里的"语言"已不再是狭义的语言学意义上的语言，而是符号学意义上的语言，专指任何一种自成体系的符号交际和关系系统。

意义都是同一单位（符号）语义结构的组成部分，具有不可分割性，它们的总和才是符号的完整意义。莫里斯是第一个提出语用学的，在此之前，皮尔斯只是提出了有关语用学的相关理论。这样，对符号意义的讨论不仅专注于符号本身的研究，同时还涉及了符号与符号使用者之间的关系。

乌斯宾斯基的睿智之处在于，他在探讨作为符号系统的艺术文本的视点结构时，借鉴了莫里斯的符号所存在的三方面意义关系理论，提出了艺术文本视点结构中所存在的视点语义学、视点语构学和视点语用学。具体表现在：

1. 视点语义学　乌斯宾斯基在《结构诗学》中认为，视点问题存在于所有具有表达面和内容面的艺术文本之中，直接与语义联系在一起，而且他在对艺术文本进行结构形式的视点分析时，指出艺术文本结构中存在不同的视点类型，即意识形态（评价的选择）、话语（语言材料的选择）、空间-时间特征描写（时空方位的确定）和心理（依靠某种叙述者或者人物的个人意识的感知传达）等四个层面的视点。他同时指出，不同视点在文本意义构成中具有自身独特的语义特征，如意识形态视点可以揭示从某个人物出发对某些现象所做的评价；话语层面的视点可能来自作者本人、作品的主人公（所叙述事件的直接参与者或某一个旁观者等），他们中的每个人会根据自身的言语特征对某些事实给出自己的描写。"结构建构的语义学研究的是视点与被描写的现实之间的关系，其中包括通过相应视点进行传达时，现实所受到的曲解变形"①，因为不同的视点在对同一个现实（或事件）进行描写时，每一种视点对现实的再现程度不可能一致，它们会按自己的方式对现实进行曲解，但不同的视点可以相互补充，使读者在总体上得到与有关被描写事实完全相符合的认识。因而，艺术文本中所存在的不同层面视点类型和同一视点层面来自不同方面的视点种类都具有各自的语义内涵。艺术作品中这类不同视点的结构组织问题正属于结构的语义学方面。这样，通过揭示艺术文本中不同层面视点的存在和构成相应层面的各种视点，展示每种视点自身所蕴含的语义指向，能为文本意义构成的确定提供可靠的途径。

我们知道，符号学方法的本质在于研究什么是"具有意义"的，乌斯宾斯基这种结构建构的语义学研究，透过视点这一独特视角，克服了形式

---

① Б. А. Успенский. *Поэтика композиции* [M]. СПб.: Азбука, 2000: 212.

主义纯形式研究的片面性,强调形式与内容的有机结合,体现了索绪尔的符号能指与所指不可分割的双面性特征。正如生命乃是生物体结构本身所具有的功能一样,形式与内容并非二元对立,而是二元融合的关系。

2. 视点语构学 "事物的真正本质不在于事物本身,而在于我们在各种事物之间构造,然后又在于他们之间感觉到的那种关系。"① 意义不会单独产生,甚至不是主要地由能指和所指之间的关系产生,而是由符号间的关系产生。在乌斯宾斯基的结构诗学理论中,结构建构的语构学研究的是参与作品结构建构的不同视点之间的相互关系,而与被再现的现实无关。莫里斯认为,世界是由符号组成的,整个世界就是由各种各样的符号子系统组成的一个大的、总的符号系统,任何符号都与同一符号系统的其他符号发生各式各样复杂的关系。乌斯宾斯基的基于视点的结构诗学理论阐释的正是不同视点之间的相互关系所构成的复杂的多层次艺术文本结构。而艺术文本结构的复杂程度,则与其所传达信息的复杂程度成正比。

乌斯宾斯基受索绪尔结构主义语言符号观的影响,强调艺术文本中不同的视点都不具有独立意义,他们如同语言成分一样处于与其他要素的关系之中,彼此之间存在复杂的互为渗透的内在联系。这种联系在艺术文本结构中,从视点角度表现在两个方面:

第一,同一层面的视点之间存在复杂的关系网络。例如,在讨论形式化研究最不易接近的意识形态层面的视点时,乌斯宾斯基指出:"这可能是作者本人的视点(它在作品中或显或隐地被展现出来);与作者不吻合,即非作者本人的讲述者的视点;任何一个出场人物的视点等。"② 也就是说,在对某一叙述对象进行说明时,可以出现几个不同的意识形态视点。他以莱蒙托夫的《当代英雄》中毕巧林的个性描写为例,指出毕巧林的个性是在错综复杂的不同人物视点所构成的复杂关系网络中形成,借助作者(莱蒙托夫)、毕巧林本人和马克西姆·马克西姆维奇的眼睛展示给我们。③ 这种对毕巧林个性的多视点描写增加了文本意识形态多重冲突的深度和复杂性。乌斯宾斯基还指出,当意识形态视点层面出现"有着众多的各自独立

---

① [英]特伦斯·霍克斯. 结构主义和符号学 [M]. 瞿铁鹏,译. 上海:上海译文出版社,1987:8.
② Б. А. Успенский. *Поэтика композиции* [M]. СПб.:Азбука,2000:22.
③ Б. А. Успенский. *Поэтика композиции* [M]. СПб.:Азбука,2000:23-24.

而不相融合的声音和意识①"时，则形成巴赫金所提出的"复调"结构。此时，多个视点同时并存，没有一个视点超乎另一个，它们的差别通过相互的评价（即意识形态）体现出来。

第二，不同层面视点之间存在相互联系与渗透的关系。比如，乌斯宾斯基在分析空间-时间层面的视点时指出过，时间透视不仅可以在直接的结构描写任务层面上，而且可以独立地在意识形态评价层面上表现出来，就像话语方法可以作为独立的结构任务，也可以作为意识形态视点的辅助手段。在意识形态评价层面上，可以存在各种时间透视表现的可能性：一种情形是现在的和过去的事实，可以从将来的视点出发加以评价；另一种情形则是现在的和将来的事实，可以通过过去的视点而加以评价；最后，存在的第三种情形，即一切都由现在的视点出发加以评价。从他的分析中，我们可以感受到在共时结构系统中，不同层面的视点研究虽趋向于不同的方向并且服从不同的原则，但这种多样性使我们意识到的主要不是这些区分，而是这些不同层面视点之间的相互作用所产生的整体效果。

另外，乌斯宾斯基在对艺术文本结构四个层面视点的关系进行阐释时，还指出了内、外视点对艺术文本整体结构的统领作用，即在任何一个视点层面都存在内、外视点的特征区别，而内、外视点在一部作品中的交替出现，则构成了艺术文本特别是文学作品的"边框"，显示了他对艺术文本结构研究的整体观和系统观。乌斯宾斯基从联系的角度把结构诗学看成是由各层次视点有机统一而成的整体，不仅看到了不同层面视点之间的相互转换和融合的关系，而且看到了同一视点层面中的不同视点之间所存在的复杂关系网络。这一点说明乌斯宾斯基对艺术文本结构不同层面视点的划分与透析只是结构诗学研究的途径，目的在于从结构建构的符号关系学角度，强调不同层面视点之间的联系，展现艺术文本的结构机制，从而进一步阐释相应艺术文本信息的形成及其与各种其他的意义结构之间的关系。

3. 视点语用学　结构建构的语用学研究的是与艺术文本的接受者——读者有关的作品结构问题。研究符号与其使用者之间关系的语用学理论，可以说是莫里斯对皮尔斯符号学理论中符号的三个关联物之一"解释者"

---

① ［苏］巴赫金. 陀思妥耶夫斯基诗学问题［M］. 白春仁，顾亚铃，译. 北京：生活·读书·新知三联书店，1988：29.

的发挥，认为符号表达的意义是其使用者解释的结果。任何一部作品生命价值的体现在于读者以各自不同的方式实现的阅读体验，读者的透视角度一如作者那样不可或缺。在《结构诗学》中乌斯宾斯基指出了受话人（读者或观众）与视点结构之间的关系，这种关系体现在艺术文本中视点结构的变化对读者信息接受的控制，以及对读者的价值判断和情感体验的影响。他认为，通常情况下，作者描写的视点同时也是受话人理解的视点，但也会出现作者视点与读者（或观众）视点不相一致的情形。这种不相一致，除了可能是有悖于作者意愿，由于作者未能成功达成预定结构目标而造成，或者是读者从作者没有考虑到的视点出发（这种情形随着读者与作者在时空距离上的增大而增加）的原因之外，乌斯宾斯基强调了另外一种不相吻合的情形，即它是在作者的构思范围内，由作者有意预先的设定而成。这种预设是产生讽刺效果的基础，特别可能出现在各种不同的喜剧作品中。①

不过，在阐明艺术文本结构与读者之间的关系时，乌斯宾斯基虽然考虑到了读者的因素，看到了读者对文本视点结构的影响，但他的视点语用学大体上还是囿于文本，因为这种结构只是作者的一种"召唤"，是作者利用艺术形式所具有的引导和激发感受体验的功能而进行的有意预设。就本质而言，它是从作者创作的历史语境出发，即从视点发生学的角度，而未能充分意识到读者对文本视点结构解读的能动性，真正从读者接受的动态历史语境出发，建立视点结构的动态历史观，因而使得文本—读者之间缺乏双向的对话精神。而艺术文本的生命力所在，正是由于文本接受者的无限能动的阐释。不过，正是这一点点读者意识显示出了乌斯宾斯基对艺术文本结构系统藩篱的突破，在当时显得弥足珍贵。

从控制论的角度来看，系统内外存在相互作用与反馈的关系，认识主体既是观察者，又是参与者，而且这种参与是一种反省性的参与。观察者会将自己所处社会的社会文化语境反馈回系统本身，使得系统永远处于动态的平衡之中。所以，艺术文本结构的视点语用学研究，应该考虑到处于不同时空的读者对艺术文本结构的积极作用，以及同一读者由于时空语境的差异对视点的接受理解所产生的变化，因为形式是思想知觉方式的具体化。

---

① Б. А. Успенский. *Поэтика композиции* [M]. СПб.：Азбука，2000：207-208.

综上所述，乌斯宾斯基的艺术文本视点结构理论融合了西方现代两大符号学流派的思想，打破了结构主义形式与内容的二元对立观，强调了艺术文本结构系统内不同视点之间相互融合与可转化的动态关系，以及读者对视点结构的参与，是文学理论研究领域的一场创新性革命。

第八章
艺术文本结构与读者接受的时空视点

视点问题自产生伊始就直接与作者（创作者）相关联，通常被认为是有关作者透过叙述者的叙述所表现出来的对周围客观世界认识的角度问题，它不仅能体现作者的世界观、作者对某一问题的具体态度和看法，同时也反映了作者对文本所涉问题的认识方法和途径。乌斯宾斯基在论述艺术文本的视点结构时，同样是主要基于作者的视点问题："当我们谈到艺术文本中的不同视点，以及描写时视点的动态变化时，我们指的是作者，也就是说，进行描写（叙述，描绘）的人的视点。换句话说，即提出了一个作者由谁的视点出发进行描写的问题。"[1] 然而这并不能否认读者视点的存在。要实现艺术文本结构意义的具体化，读者接受的视点问题是一个无法回避的问题。

第一节
读者视点在艺术文本结构建构中的作用

乌斯宾斯基认为，有关读者接受的视点问题之所以没有引起学者们的足够注意，是因为"在大多数情况下，描写人的视角位置与接受者的视角位置吻合，没有必要对它们加以区分"[2]。那么作者视角位置与读者视角位置能否始终保持吻合呢？

（一）读者视点与作者视点不吻合的必然性趋势

实际上，乌斯宾斯基在建构结构诗学理论的过程中已对上述问题做出

---

[1] Б. А. Успенский. *Поэтика композиции* [M]. СПб.: Азбука, 2000: 207.
[2] Б. А. Успенский. *Поэтика композиции* [M]. СПб.: Азбука, 2000: 207.

了否定的回答，并在一定程度上意识到，视点问题不仅仅是只与作者有关的问题，它还关系到读者从叙述中能够看到什么和应该怎么去看，而且还直接影响到读者对所述及的人物及其行为所做出的反应。艺术文本，特别是文学艺术文本，是通过语言来塑造形象、表达感情的艺术，它不能直接诉诸读者的感觉，读者必须调动自身的认识主体性，发挥想象和联想而形成形象。然而，面对同一文本，不同的读者在阅读时所产生的文本形象从来都不会吻合，因为人们在阅读时，大脑会不断地草拟属于自己的文本，对所阅读的材料进行再创造，补充或忽略他想看或不想看到的东西。读者的出现使阅读失去了文本自身的内在性。[①] 将文本转变成我们大脑中想象的作品世界，离不开视点。构成多彩世界的真实不是自然而然地呈现在我们面前的，而是依照一定的视点通过相应的阐释，视点将整体认识片面化。同时，由于不同的读者对文本认识的视角有别，其所形成的文本形象也必然有异，而且读者想象和联想的空间大小直接与文本结构的复杂性正相关，文本结构越复杂留给读者想象和联想的空间就越广阔。

我们认为，视点问题之所以通常被看作与作者叙述有关的角度问题，是因为该问题自被亨利·詹姆斯等小说家和小说理论家关注起，就一直与探讨作者创作的问题有关。作者对叙事视点的选择与确定，不仅是为了叙述的方便，更重要的是，它还体现着作者希望读者看到什么，或者取得何种文体上的效果的主观意图。可以说，作者视点与读者视点的一致是每个作者的理想期待，但实际上读者视点很难与作者视点始终保持一致。乌斯宾斯基在建构艺术文本的视点结构理论时，向我们提出了有关读者视点与作者视点不相一致的问题，并探讨了其中的一种情形，即作者在创作过程中，可以通过对读者视点的有意预先设定，使得读者（接受者）的视角位置与作者的视角位置产生背离。这种基于接受者视角位置（相对于作者视角位置）发生一定变化的文本结构建构方式在喜剧性作品中较为常见，它是产生反讽等艺术效果的基础。例如，有这样一则现代幽默：

> 一个人因为和妻子关系不和，去请教婚姻专家。专家问了他许多问题，也没发现他的问题所在。最后，专家问道：
> "接吻时，你有没有看到你妻子的脸？"
> "看到过一次。"

[①] Цветан Тодоров. Поэтика[G] // *Структурализм:"за" и "против"*. М.: Прогресс, 1975: 38.

专家问："情况怎么样？"

"她看起来很愤怒。"

这时，专家觉得他找到了答案，说："这正是你们的问题所在，接吻是两个人感情的交流，从心理学的角度来讲……对了，你是在什么情况下看到她愤怒的脸的？"

"哦，她在窗户外面……"

这个幽默故事反映了当前社会很多婚姻出现问题的原因之一——婚外情。作者通过预设读者的视点，即一个结了婚的男人接吻的对象通常是自己的妻子，使得读者一开始难以明白，为什么接吻时，他看到的妻子的脸是愤怒的，直到最后才意识到，作者要告诉我们的是，原来他妻子看到了他和别的女人在接吻。这里，叙述中正在发生的一切预先从一个视点被接受者接受，而接下来接受者出乎意料地发现，讲述者原来站的是另一种视角位置，应该由完全不同的另一个视点来接受。接受者（读者）视点像这样的类似变动经常出现在趣闻笑话中。

非常难能可贵，乌斯宾斯基在阐释艺术文本的视点结构时，已意识到了读者对文本结构的建构作用。不过，他的视点语用学大体上还是囿于文本，因为这种结构只是作者的一种"召唤"，是作者利用艺术形式所具有的引导和激发读者感受体验的功能，而进行的有意预设。他的艺术文本视点结构研究，就本质而言，还是从作者创作的历史语境出发，即从视点发生学的角度，而未能充分意识到读者对文本视点结构解读的能动性，真正从读者接受的历史语境出发，建立视点结构的动态历史观，因而读者与文本之间缺乏双向的对话精神。不过，正是这一点点读者意识使乌斯宾斯基突破了传统自足的文本结构系统观。

事实上，除了属于作者构思范围内的有意预设外，乌斯宾斯基还指出了读者视点与作者视点不相一致的另外两种情形：可能是由于作者主观意图没有实现的创作，即作者未能成功达成既定的创作目标，而造成有悖于作者意愿的不一致；或者是因为读者的接受未能从作者预料到的视角位置出发。① 遗憾的是，乌斯宾斯基未能就这两种情形，特别是后一种情形，加以深入讨论。

要想读者视点与作者视点始终保持一致，那么读者必须对艺术文本做

---

① Б. А. Успенский. *Поэтика композиции* [M]. СПб.: Азбука, 2000: 208.

出正确的理解和诠释,这首先意味着读者不仅要准确领会作者的意图,消除对作品的误解,还必须消除自己已有的主观性成见,力求做到客观地对待文本;其次,还必须克服时空的因素,重建作品当时的情境。这种不带任何个人主观性,同时还必须回到历史情境中去的条件,显然是不可能实现的,因为一个人不可能真正做到不带任何个人成见的绝对客观,他的所有知识都不可避免地会烙上所处时代的印迹,更不用说回到历史中。历史永远是过去时,不能重演。随着读者与作者在时空距离上的增大,他们之间对文本的视点不相吻合的可能性将越来越大。"当然,人们可以争论说,伟大作家向我们说的是永恒的人性,它完全独立于社会和文化变化。如果我们查看一下有关他们作品的历代解释的话,我们就会发现,实际的一致比我们可能期待的要少。而确实存在着的某些意见的类似则部分地源于文化的自然增生过程。在这一过程中,一些文学观念被编织成传统,而传统在很大程度上决定着我们看到什么。"①

乌斯宾斯基的结构诗学理论没能具体讨论时空的变化对读者接受视点的影响,并从读者接受所处的时空体出发来探讨艺术文本的结构,更多的还是对视点结构进行共时性的研究,而没有强调历时性,也没有更多地强调读者在历时结构建构中的作用。因而,他的结构诗学理论缺乏艺术文本结构动态开放的历史观。

(二) 视点结构的本质在于读者的接受

在康德之前的哲学体系中,不管是物质世界,还是精神世界,都被认为是绝对统一的创造,而且这个世界的内部次序是客观的、永恒的和绝对的,观察主体的理解不能给世界带来任何新的东西。而康德则给哲学带来了彻底的革命,他奠定了完全另一种哲学,一种依赖理解主体的哲学,强调主体的心意状态与客体内在精神结合的作用。我们认为,虽然结构主义者强调艺术文本内在的自足结构,认为文本意义寓于不同结构要素之间的相互关系之中,然而不可否认,艺术文本的意义或价值与其主体(作者与读者)之间存在密切的联系。

任何一部作品都是作者—文本—读者三位一体的统一体,而作者与读者是文本产生与意义最终实现的关键。就作者与读者的关系而言,文本意

---

① [美] 华莱士·马丁. 当代叙事学 [M]. 伍晓明, 译. 北京: 北京大学出版社, 2006: 163.

义实现的过程即两个同等重要的"我"（作者与读者）之间的对话。但作者的创作实践和作品的文本本身具有历史的稳定性，只有读者才是作者实现创作意图，使作品产生生命力的关键性因素。离开了具有主体能动性的读者的接受，任何文本的结构将永远是一种潜在的"召唤"结构，相应地，也就无法实现文本意义的完整性与具体化。可以说，读者是文本意义的唯一实现者。德国文论家和批评家姚斯从接受美学的角度指出，"在这作者、作品与大众的三角形中，大众并不是被动的部分，并不仅仅作为一种反应，相反，它自身就是历史的一个能动的构成。一部文学作品的历史生命如果没有接受者的积极参与是不可思议的"①。

艺术文本，包括文学作品，在被读者接受之前永远只是一个文本，一个意向性客体。从罗曼·英伽登的理论角度看，此时的文本同时又是一个多层次的"图式化结构"，在这个结构中，存在许多空白和"不确定领域"②。读者在阅读的过程中，会发挥自己的主动性，开放自己的创造力，不断调整自己的接受视点，并在与作者视点不断的对话过程中去重构文本，填补空白。这样，在文本的视点结构得到扩展的同时，文本的意义也实现了"具体化"。与此同时，文本则由意向性客体转化为审美对象。因此，文本的意义来源于读者不断调整的阅读视点的阐释，而文本潜在的视点结构越复杂，其意义的不确定性则越强。所以，弗兰克·克默德认为，"事实上，被我们看重到称之为经典的作品只是这样一些作品，它们，就像它们的流传所证明的那样，复杂和不确定到足以给我们留出必要的多元性"③。可见，读者本身是文本阐释多元化的最明显根源，因为每个读者都不可避免地会带给文本中的叙事一些不同的经验和期待。"我们每个人都有一个'脚本'——一个有关生活的叙事倾向于如何发展的总体概念——它作为我们的解释与行动的依据起着作用。"④ 这里的"脚本"可以理解为我们读者的接受视点。每部作品就像一处景色，在各个观者心中自有不同。

那么，从读者接受的角度，会不会导致眼中就会有一千个哈姆雷特的

---

① [德] 姚斯，[美] 霍拉勃. 接受美学与接受理论 [M]. 周宁，金元浦，译. 沈阳：辽宁人民出版社，1987：24.
② 朱志荣. 西方文论史 [M]. 北京：北京大学出版社，2007：375.
③ [美] 华莱士·马丁. 当代叙事学 [M]. 伍晓明，译. 北京：北京大学出版社，2006：169.
④ Frank Kermode. *The classic: Literary images of permanence and change* [M]. Cambridge: Harvard University Press, 1983: 121. [美] 华莱士·马丁. 当代叙事学 [M]. 伍晓明，译. 北京：北京大学出版社，2006：160.

极端个人主义扩张,使得艺术文本的客观性失却呢?实际上,文本阐释的不确定性并不是来自每一个具体读者的纯粹主观武断,而是受一定历史条件限制的历史集体因素的作用。"作品之所以遇到了不断变化的评价,与其说是因为个别读者随心所欲,不如说是因为一种时代性观点的嬗替,在历史条件的约束下,读者的判断往往不自觉地选择了接近的尺度,他们在改变文本以往意义的同时,也促成了一种新的颇具稳定性的标准。"① 所以开放性和不确定性并不是作品文本自身的特点,而是作品文本所处的历史过程的特点。正是由于不同时代读者阐释的视点不同,构成文本的视点结构也相应地发生变化。因而,文本结构系统的变化是与接受者对现实的感性认识的变化一致的。"文变染乎世情",但并不是社会政治、经济、文化直接作用于文本并造成其转变,而是借助读者这个中介,才显示出时代左右各种艺术文本发展的力量。

不难理解,这里的"读者"是一个具有集体性的类概念,而并不是指某个具体的特定个体。每个具体的读者都从属于特定的"读者群",可以是时代的、文化的,也可以是民族的、地域的……同一文本产生多重解释的缘由是各类"读者群"对特定文本的可能"期待层面"有所不同,因而,不同的艺术文本在时空上的传播优势相应地也有所不同。我们可以尝试将读者群分为"历时态"和"共时态"两种模式。在历时态模式下的读者群依附于时代的风尚,并随之变易、沉浮;而共时态模式下的读者群具有超时代的稳定性,体现出一个民族或一门艺术的基本原则,时代性的外部动荡不会从根本上影响这些原则。因此,时代性鲜明突出的作品,往往在短时间内能赢得大量读者,但因为文本受时代的限制与束缚,其可阐释的空间则有限,而艺术上的经典作品虽具有永久的"原则性",但因为缺乏现实的时代性,它们在横向传播上并不具优势,但从时间上可以吸引越来越多的读者。这样的文本,读者对其可阐释的空间则具有无限的延展性和绵延性,同时其阐释的内涵也具有无限的丰富性。

---

① 李洁非. 小说学引论 [M]. 南宁:广西教育出版社,1995:213.

第二节
时空视点与艺术文本的结构

世间一切，无论有无形迹，抽象或是具体，都必须以时间表征其变化，以空间显现其实在。人类对一切的追踪，其最终目的不过是追踪它的实在显现和变化。而时间和空间在人的认识过程中的意义，康德早在《纯粹理性批判》中的一个基本部分《先验美学》里将它们界定为任何认识（从最初的知觉和表象开始）所必不可少的形式。

（一）文学艺术文本中的时空体

文学艺术文本中的"时空体（хронотоп）"概念，是由巴赫金以爱因斯坦的相对论为依据，借用到文学理论中来的。巴赫金认为，在文学艺术文本中，"时空体"即"文学中已经艺术地把握了的时间关系和空间关系相互间的重要联系"。"在文学中的艺术时空体里，空间和时间标志融合在一个被认识了的具体的整体中。"[①]在文学艺术文本，特别是小说等叙事文本中，对构成情节的基本事件的组织，以及对这些事件的参与者——各种人物形象的塑造都有赖于时空体。"情节事件在时空体中得到具体化、变得有血有肉。"[②]

然而，虽然一切存在都是时空，都是时空的具体化，但对文学艺术文本中的时空探索，不同的学者各有侧重，有的对空间的关注超过了时间，有的对时间的重视又超过空间。巴赫金认为，"在文学中，时空体的主导因素是时间"[③]。但由于文学对现实的时空体的把握是一个复杂且断续的过程，因而人们在自身所处历史条件下只能对时空体的某些特定方面有所把握。作为俄国形式主义的继承者，塔尔图-莫斯科符号学派的代表们对艺术文本的研究大多偏向于空间方面，如托波罗夫在《空间与文本》一文中指

---

① ［苏］巴赫金. 小说的时间形式和时空体形式［G］∥钱中文主编. 巴赫金全集：第三卷. 石家庄：河北教育出版社，1998：274-275.
② ［苏］巴赫金. 小说的时间形式和时空体形式［G］∥钱中文主编. 巴赫金全集：第三卷. 石家庄：河北教育出版社，1998：451-452.
③ ［苏］巴赫金. 小说的时间形式和时空体形式［G］∥钱中文主编. 巴赫金全集：第三卷. 石家庄：河北教育出版社，1998：275.

出:"文本是空间的(即它具有空间特征),同时空间也是文本的(空间本身可以理解为一种传达)。"① 而洛特曼认为,艺术文本的意义取决于艺术文本的空间结构,也就是说,艺术文本的空间结构是揭开艺术文本意义生成之谜的钥匙。他提出艺术文本能通过有限的两维空间构成无限的三维空间,艺术文本具有空间模拟机制(механизм пространственного моделирования),它能模拟现实生活的"世界图景",即世界面貌最一般的方面。② 洛特曼对艺术文本的解读是在艺术整体的模式系统中,研究不同系统、不同结构层的各种要素及这些要素之间的相互关系,因而,他对艺术文本意义的把握主要是从空间维度出发。

乌斯宾斯基在研究艺术文本的视点结构时,也从时空角度分别做了阐释。在艺术文本结构中,视点是艺术家和欣赏者普遍关注的一种认知角度,它广泛存在于各种类型的艺术语言活动中。广义上,从时空角度它可以理解为在采用相关艺术手法条件下传达被描写的三维或四维空间的一种视觉体系,而"在文学艺术中,这相应地即是被描写的事件与描写的主体(作者)之间的空间-时间关系在语词方面的确定"③。乌斯宾斯基认为,在特定条件下叙述者的视点可以从空间或时间方面被加以确定,同时叙述者与人物之间存在各种不同的空间和时间关系。④ 也就是说,在具体叙述中,"时空体承担着基本的组织情节的作用"⑤。例如,当叙述者的空间视点与作品中特定人物的位置相吻合时,叙述者好像从该人物所处的位置出发对所发生的一切进行描述,此时叙述者可以完全变为某个人物或者作为其潜在的同行者。而叙述者与人物位置不相一致的情形则有连续地观察、"鸟瞰"、哑场,以及由运动位置出发而捕捉到的个别场面等一系列情形。与此同时,叙述者的时间视点可以与任何人物的时间概念保持一致,也可以从其自身所处的时间位置出发。当运用前一种方式时,叙述者可以根据所描写人物对象的变化而变换自己的时间位置,从而进入有时是一个人物,有时是另

---

① В. Н. Топоров. Прастранство и текст [G] // *Текст: семантика и структура*. М.: Наука,1983: 228.
② 康澄. 文化及其生存与发展的空间:洛特曼文化符号学理论研究 [M]. 南京:河海大学出版社,2006: 39-44.
③ Б. А. Успенский. *Поэтика композиции* [M]. СПб.: Азбука,2000: 101.
④ Б. А. Успенский. *Поэтика композиции* [M]. СПб.: Азбука,2000: 100.
⑤ [苏] 巴赫金. 小说的时间形式和时空体形式 [G] // 钱中文主编. 巴赫金全集:第三卷. 石家庄:河北教育出版社,1998: 451.

一个人物的视点当中。而在第二种情形中,叙述者的时间与任何出场人物的时间都不相一致。"时间位置的多样性可以通过不同的方式在作品中表现出来,换句话说,不同的时间位置可以依据不同的方式彼此相互结合。"① 比如:叙述可以在某个人物或者几个参与行动的人物的时间透视中进行,同时也在与人物视点不相一致的叙述者本人的透视中进行。当叙述者与人物视点处于共时(如由第一人称出发的叙述)时,此时叙述者视点相对于叙述则是内部的,叙述者仿佛由被描写的生活的内部去看待事物;而当叙述者采用回溯性或未来的视点时,仿佛由他的将来出发或由现在向过去回溯去看待事物,此时叙述者视点相对于叙述本身仿佛是由外部去看待被描写的事件。

这种叙述者与作品中人物在时空方面的不同位置,以及彼此相互结合的不同可能性,使艺术文本结构的复杂化变得可能,也就是说,不同的时间或空间角度可以使描写有多种表述的可能性,同样一些事件在叙述过程中可以由几个不同的时空视点出发去描写。同时,在一部作品范围内可能存在许多大小不等的时空体,各种时空体又可以相互渗透,可以共处,可以交错,可以接续,可以相互比照或相互对立,或者处于更为复杂的相互关系之中。

显然,乌斯宾斯基对时空视点结构的讨论具有空间性特征。在其结构诗学理论中,除了时空视点外,他还讨论了意识形态评价、话语特征及心理等多个层面的视点结构问题。他关心的是不同层面的视点及同一层面的不同视点如何构建艺术文本的整体结构,他的诗学研究范式是以共时性为旨归的语言学模式。但在对文学艺术文本中时空视点的不同可能性进行具体描述时,乌斯宾斯基认为,文学作品在传达时间与空间层面的特征时,与文学艺术文本首先联系的并非是空间,而是时间:文学作品在时间方面通常相当具体,但是在传达空间时,它可以允许充分的不确定性,因为语言的表达可以将空间转换为时间。② 任何空间的相互关系,即任何出现在我们视线中的现实图画,对它们所做的语言描写必须作为时间上延伸的连续性被传达出来。这是由文学艺术文本本身的特性决定的,因为文学作品的接受直接与记忆联系在一起,首先产生于时间的连续性中,因而是一种组

---

① Б. А. Успенский. *Поэтика композиции* [M]. СПб.: Азбука, 2000: 116.
② Б. А. Успенский. *Поэтика композиции* [M]. СПб.: Азбука, 2000: 131–132.

合性关系；而与之相反，造型艺术的接受首先产生于空间，而不一定在时间中，是聚合性关系。因而，只有当某部文学作品的空间特征描写的具体性程度明显，才相应地有可能将该部作品的内容由文学转换成绘画、戏剧或电影等造型艺术。

可见，乌斯宾斯基讨论的只是蕴含在具体艺术文本中的小时空体，这种时空体存在于文本系统内，决定着文学作品与作品所反映的实际现实生活之间的关系。它们是形式与内容融合的一个文本范畴，是具有"现实性"的时空体。在这样的时空体中，空间只是随着时间变化的过程，都是时间的具体化。然而，艺术文本不仅能通过其对现实生活"世界图景"的三维空间模拟而具有空间的性质，透过空间的第四维——时间，还可以使文本的空间结构具有无限的绵延性，从而使得其意义的生成机制具有无限的能产性。

（二）读者对艺术文本结构的时空视点解读

控制论告诉我们，系统内外存在相互作用与反馈的关系，认识主体既是观察者，同时又是参与者，而且这种参与是一种反省性的参与。观察者会将自己所处社会的社会文化语境反馈系统本身，使得系统永远处于动态的平衡之中，而且在不同的观察者之间也存在复杂的相互作用关系。所以，艺术文本结构的视点语用学研究应该考虑到处于不同时空的读者对艺术文本结构的积极作用。

人不仅具有认识能力，而且具有赋予意义的能力。艺术文本中所描绘的事实不可避免地会积淀从创建它的时代角度看没有意义的东西，而读者从自己的时代视角可以演绎出对于他所处时代富有意义的阐释，因而一切事实都会随着时间的流逝而异化、改变。艺术作品的经典性，不仅缘于其具有的强大记忆功能可以为我们描绘当时的时代，而且更主要的是因为其能随时间的流逝而异化和改变的能力，即其意义再生的机制，从而能使我们找寻到人类文化的现在和未来。

"真正优质的东西必然会有力量在时空上扩展。"[①] 任何艺术文本与现实世界之间都存在一种具有特殊创造性的大时空体，并在该时空体中实现它

---

① ［苏］巴赫金. 小说的时间形式和时空体形式［G］//钱中文主编. 巴赫金全集：第三卷. 石家庄：河北教育出版社，1998：363.

们彼此之间的互动式交流,而这种互动式交流的主体正是这些文本的接受者——读者。同时,"这一交流的过程本身就具有时空体的性质,因为它首先发生在历史发展中的社会性世界里,却又不脱离不断变化着的历史空间"①。在作品创作过程中,现实世界经由作者对其艺术地描绘,进入作品及其描绘出的世界,而在此后被读者创造性的接受过程中,作品及其中描绘出来的世界则又进入现实世界中,并丰富这个现实世界。作者创作完作品,他就失去对作品的控制作用。一部作品产生源源不断的生命力的真正力量来自处于不同时空中的读者,他们通过再现和更新作品,使得自身所处世界的时空特征与作品中所描绘出的世界之间不断地进行交流,犹如活生生的肌体需要不停地同它周围的环境进行新陈代谢一样,任何一部作品如果脱离了不断变化着的读者时空,它就会死亡。所以,从读者接受的时空视点角度看,任何文本的接受实际上是历时性与共时性的统一,"在历时性方面,同一部作品在不同的时代含有不同的理解和评价;在共时性方面,同一部作品在同一个时代被不同的读者阅读,理解和评价也不一样"②。同时,即使是同一个读者,由于时空语境的差异,对某个文本理解接受的视点也会有所变化。

形式是思想知觉方式的具体化,带有不同时空特征的读者对艺术文本的知觉方式——视点不可能相同。因而,构成艺术文本视点结构的所有元素——不同层面的视点和同一层面的不同视点,在变动不居的历史中必然经常改变着相互关系的模式。对艺术文本视点结构的把握只能是瞬时而具体的,是一场永远"无完结性"的对话。任何读者永远不能得出作品的终极意义,只能发现作品的某个受制于历史和读者个人心理状况的意义。艺术文本只是作者根据某种创作思想和创作目的,从一定视角对现实的艺术性再现,是极具个性的表达,其追求的理想境界是所指与能指的多重对应关系。它的价值不是它本身所固有的,而是产生于无数不同时空的读者对它不断阐释的过程中。

---

① [苏]巴赫金.小说的时间形式和时空体形式[G]//钱中文主编.巴赫金全集:第三卷.石家庄:河北教育出版社,1998:456.
② 朱志荣.西方文论史[M].北京:北京大学出版社,2007:373.

第三节
普希金的创作时空与文本叙述和读者接受的时空视点

乌斯宾斯基的时空视点观告诉我们，当叙述者与作品中的人物视点保持共时时，此时叙述者视点相对于叙述来说是内部的，叙述者仿佛由被描写的现实的内部去看待所发生的一切；而当叙述者采用回溯性或未来的视点时，他的叙述视角则从他的将来出发或由现在向过去回溯，此时叙述者对所发生的事件仿佛是以旁观者的身份由外部去描写，即采用的是外部的叙述视点。由乌斯宾斯基的时空视点观出发来看作家的创作时空与文本的叙述时空，我们可以认为，现实主义作家的创作实践与文本反映的现实之间保持的是共时性的内视点关系，即作家是对自身所处现实的再现，而浪漫主义作品不在于反映现实生活，它们对富于主观幻想性的内心世界的表现往往超过对客观世界的反映，因而其对现实的再现多采用未来的或者回溯性的外视点，并且不受任何现实的羁绊，所以不同的创作风格在一定程度上决定了作家叙述的时空视点。

（一）普希金创作叙述的时空视点

作为俄国文学史上继往开来的人物，19 世纪俄罗斯著名作家普希金（Александр Сергеевич Пушкин，1799—1837）的创作具有鲜明的特色。正如高尔基所言，"在伟大的艺术家们身上，现实主义和浪漫主义时常好像是结合在一起的"①，普希金就是这样一位伟大的作家，他不仅是 19 世纪俄罗斯浪漫主义文学的开拓者，更是这一时期俄罗斯现实主义文学的奠基人。

"任何一部文学作品都是以一定方式对现实世界（不管是物质的，还是观念的世界）的再现。而时间和空间是该世界存在的固有形式。"② 根据乌斯宾斯基的艺术文本结构的视点理论，文学艺术文本的形式构造，同样可以从时空角度，也就是由叙述者的时空视点和叙述者与人物之间的时空关系来加以确定。下面我们将运用该理论分析普希金在不同时期创作的浪漫主

---

① [苏] 高尔基. 俄国文学史 [M]. 缪朗山，译. 北京：中国人民大学出版社，2011：49.
② А. Б. Есин. Время и пространство [G] // Введение в литературоведение. Литературное произведение：Основные понятия и термины. М.：Высшая школа，1999：47.

义代表作《鲁斯兰与柳德米拉》(1820)和现实主义诗体小说《叶甫盖尼·奥涅金》(1823—1831),从时空视点角度比较普希金在不同创作风格的作品中的叙述特色,并从读者接受的时空视点角度,重新审视文学创作的现实性与真实性。

叙事童话诗《鲁斯兰与柳德米拉》是根据民间故事和传说创作而成,它是普希金的第一首浪漫主义长诗,标志着俄国浪漫主义文学发展的新阶段。在该部作品中,诗人把英雄史诗、壮士歌与浪漫传奇、童话情节融为一体,描写了基辅罗斯时期的基辅青年王公鲁斯兰与大公幼女柳德米拉的富有浪漫和传奇色彩的爱情故事。作者从独特的艺术视角,以基辅勇士鲁斯兰历尽艰辛,寻找被魔王掳走的未婚妻柳德米拉为线索,抒发了热爱生活、自由乐观的积极精神。诗人在反映生活和塑造形象时,作品中所描绘的一切,与作者创作所处的19世纪20年代的俄国社会现实毫无关系,而是以发生在久远的过去的传奇故事为背景。也就是说,在该部作品中,作者采用了回溯性的外视点,他选择的叙述视角是由他所处的现在向过去回溯,此时叙述者对所发生的事件仿佛是以旁观者的身份由外部去描写,即从创作叙述的时空视点角度看,作者采用的是外部的时空叙述视点。他描写的不是典型环境中的典型人物,而是通过对特殊环境中非凡人物的塑造,将主人公放到非现实的神话世界中,使他完全摆脱现实时空的束缚。可见,作者创作这部作品的目的不是直接地再现自身所处时代的社会生活,而是着力表达诗人自己的主观世界,并抒发自身强烈的思想感情。

然而,普希金的现实主义诗体小说《叶甫盖尼·奥涅金》则被别林斯基(Виссарион Григорьевич Белинский,1811—1848)赞为"俄罗斯生活的百科全书"[①]。凡是读过这部诗体小说的读者,一定会被其独特的叙述视角所吸引。叙述者"我"跟随奥涅金从首都到外省,从城市到乡村,感受式地再现了其亲历的俄国1819—1825年期间的彼得堡、莫斯科贵族上流社会和乡村的现实生活及其各种矛盾,对当时俄罗斯的国家经济制度、社会文化思潮、政治事件、世态人情、风土习俗、自然景色等做了广泛的全景式描写和评价,构成俄国社会的缩影。为了忠实于生活,让读者能够获得最真切的生活感受,叙述者甚至事无巨细地将"平凡""低级""粗俗"的

[①] В. Г. Белинский. *Полное собрание сочинений в 13 т*. [M]. М.: Издательство Академии наук СССР,1953—1959, Т. 7: 503.

日常琐事、生活习俗、农家生活场景等描绘出来,并发表感慨。洛特曼在评价《叶甫盖尼·奥涅金》的创作时,甚至认为普希金"不是将生活变成文本,而是将文本变成生活,不是让生活在文学中得到表现,而是使文学本身成为生活"①。普希金通过对整个时代各阶层的多方面生活的活动画片,再现了俄国19世纪20年代丰富的社会历史生活,作品中充满了历史现实的时代气息。显然,在这部现实主义风格的作品中,作者转换了叙述视角,采用了与叙事童话诗《鲁斯兰与柳德米拉》截然不同的时空叙述角度,即共时性的内视点。此时,叙述者仿佛由被描写的现实的内部去看待所发生的一切,也就是说,作者采用了第一人称"我"的叙述手法,使得叙述者与人物的视点处于共时,叙述者视点相对于叙述来说是内部的。

那么,是否因为作家在创作现实主义作品时,采用的是保持与现实之间的共时性内视点,作品的现实性与真实性就更强,而浪漫主义作品因其对现实的再现多采用"未来"的或者"回溯性"的外视点,就缺乏现实性和真实性呢?

(二)读者接受的时空视点与文学创作的现实性和真实性

我们知道,文学艺术文本的"视点"是具有多义性的,既可以理解为"观点,态度",也可以理解为"角度,方法"。前者可以体现作者的立场,作者与叙述者的相互关系及叙述者对所述内容的看法,而后者则能为读者欣赏和分析文学艺术文本提供可能的接受途径和空间切入点。事实上,无论是浪漫主义艺术的时空外视点,还是现实主义创作的时空内视点,最终都必须通过读者接受的时空视点实现文学文本的具体化。也就是说,读者作为阅读时空的现实活动的参与者与实践者,不可避免地要将艺术文本所表现的文本现实与其本人实际存在的现实进行各个方面的比较,并将自身所处的现实投射于文本的现实。

读者在阅读叙事童话诗《鲁斯兰与柳德米拉》时,自然是在一定的时空距离上,从外部对该童话诗进行回溯性的解读。由于各自身处的环境不同,读者所获取的文本意义也不可能完全一致。有的会认为,鲁斯兰与柳德米拉的故事很感人,人间存在真爱,但也有人会因为个人的失恋等原因,而怀疑人间是否存在真爱,甚至像柏拉图那样,把诗人视为骗子,要将其

---

① Ю. М. Лотман. *Пушкин* [M]. Санкт-Петербург:Искусство-СПБ,1995:453.

逐出理想国。当然，即使是认识大致相同，但具体对文本的感知也是不可能完全一样的。然而，无论怎样解读，读者都不难发现普希金那充满爱的炽热的心。人世间的真爱本质透过现象的遮蔽，由文本相对稳定地表现出来。浪漫主义作品侧重于对理想现实的内在表现，常被认为是一种想象性艺术，离现实社会和生活真实较远。然而，正是由于这一点，浪漫主义作品可以利用其独特的时空叙述视角，超越现实意识形态环境，使作品中所描绘的现实较少受作者创作时的现实时空限制与束缚，虽然作品的客观现实性不强，却更能够表现真实。所以，印裔英籍作家萨尔曼·拉什迪认为，"文学作品比现实的新闻报道更能够反映真实，神话等浪漫主义作品未必比现实主义作品更不真实"①。叙事童话诗《鲁斯兰与柳德米拉》与其说是对历史传说的再现，倒不如说是普希金借这一童话故事，向读者抒发自己对爱情真谛的感受。而不同时空的读者也在与普希金的不断对话中演绎并升华各自心中对爱情的认识与见解。

相反，在现实主义作品中，由于作者对社会现实再现的时空特征明显，一方面，作者的创作容易受到当时意识形态环境的左右，在一定程度上对真实性有所遮蔽，并相应地限制读者对文本真实性的挖掘；另一方面，由于作者创作的现实性太强，读者对文本的接受也较易受到自身所处时空的意识形态环境影响，从而使得不同的读者对文本的具体化程度产生偏差。比如，在对普希金现实主义诗体小说《叶甫盖尼·奥涅金》的分析中，在苏联时期，批评界由于受当时意识形态环境的影响，大多从文学与社会关系的角度来阐释该部作品，认为小说主要是通过塑造奥涅金这个19世纪俄罗斯社会的"多余人"形象，来反映19世纪上半期俄罗斯社会生活的方方面面。而如今，学术界主要关注的是小说的抒情性和批判性情感特征。2007年出版的《俄罗斯作家（1800—1917）辞典》（第5卷）在评价《叶甫盖尼·奥涅金》时，反复指出抒情性是这部诗体小说最主要的特征。②

实际上，社会历史发展证明，"奥涅金"在每个社会都可能存在。这部现实主义小说的真正意义在于能够把人类各个社会可能共同拥有的情感，如男女之情、玩世不恭、忧郁寡欢等，现实化地表现于文本，因为正是这

---

① 张杰，管月娥. 现实与真实之间：普希金创作叙述的时空视点分析［J］. 外国文学研究，2011（5）：65-71.

② С. И. Панов. Пушкин Александр Сергеевич［Z］// *Русские писатели 1800—1917: Биографический словарь*. Т. 5. П—С. М.：Большая российская энциклопедия，2007：201-202.

些情感才能够打动和感染不同时代的读者。读者对文本现实意义的具体化感受，来自文本中所表现的各种情感与自己所处现实环境的融合。共时性的内视点叙述则是其情感现实化的手段。可见，情感符号的表现并不是浪漫主义创作的专利，现实主义创作的价值或许也在于此。

从对普希金浪漫主义代表作《鲁斯兰与柳德米拉》和现实主义诗体小说《叶甫盖尼·奥涅金》的比较分析中发现，作家创作的时空与作品中所描写的现实时空是否共时，以及作者是否身处所描写的现实之中，影响着文学作品中现实性与真实性表现的方式和程度。同时，现实的未必就是真实的，这里有一个现象的真实性和本质的真实性问题。艺术表现的真实性不等于自然或现实的真实，后者所追求的是现象的真实，而真正的艺术创作看重的是完全不同于自然现实的另一种真实，它是对现实的"本质"的再现，既可以通过典型化，也可以通过理想化来实现。社会历史和现实的真实性不仅非等同于文学创作的真实性，甚至还很可能由于社会意识形态、历史学家个人的主观性等因素而遮蔽实际上的真实性。文学创作的真实性是一种以文本作为载体的本质性真实，它的显现需要消除历史现实性的干扰。

而文学描写的现实性实际上存在两种情形：一种是作者创作对客观世界反映的程度，另一种则是读者在文本接受时，将自身所处现实于文本的投射程度。浪漫主义作品的现实性，可以说主要不是来自作家创作的现实性，即作家对自身所处时代的社会现实的再现，而是更多地依赖于处于不同现实时空中的读者投射，因而浪漫主义作品中的现实性是一种具有动态变化特征的现实性。同时，缘于各类读者群对特定文本的可能期待层面有所不同，因而对同一文本现实性的阐释也会各有不同。

第九章
艺术文本中不同视点的语言表达机制

视点问题可以追溯到柏拉图的有关史诗诗学风格的理论。"视点"作为术语则由托马斯·李斯特首先提出,该术语主要针对的是小说作者叙事的角度或视角,即叙事人站在何种角度,以什么方式来叙事的着眼点。此后,视点问题成了现代叙事学,特别是小说等文学艺术文本的经典问题。然而,只有到20世纪,视点问题才受到文艺理论家和批评家的关注。该术语还被用来分析和批评文艺作品,以便向读者展示事件传达的方法。

第一节 不同层面视点的语言学表征

乌斯宾斯基的结构诗学理论是从"视点"角度研究艺术文本结构的类型学。他认为,艺术文本中存在多种层面的视点特征类型,如意识形态评价视点、话语特征层面视点、时间-空间特征层面视点和心理视点等。艺术文本的结构可以通过不同层面的视点和同一层面的不同视点之间的相互关系构成。"视点"是普遍存在的认知现象,在各种层次的语言活动中广泛存在,特别是对话语的表达和篇章的构建有十分重要的影响。乌斯宾斯基特别注重对艺术文本中不同层面视点的语言表征分析,以便通过具体的语言特点能够迅速地判断视点的类型。

叙述者所采取的观察参照点和描述语言将决定一个事实或现象以何种方式和面目呈现给我们,而对某个视点的选择是任何一种叙述的必要条件,不可能有没有角度的叙述,也不存在没有叙述者的叙述。艺术文本中的言语表达特征不仅仅取决于作者以谁的名义在说话,而且取决于他在说谁,或者在何种情境中说话。在通常情况下,描写的语言手法对言语对象的依赖关系最具有典型性，并且绝不局限在艺术文本的范围内。事实上，在日常言语的最普通条件下，我们不难观察到不同语言学标志（词汇的、语音的等）与言语涉及的内容之间的联系。例如，当我们谈论小孩或者属于他的某种东西时，经常会出现特别的语调、大体上特殊的语音（习惯称之为"对孩子话语的模仿"）、独特的词汇，甚至是异乎寻常的语法（比如，一般说来，指小后缀的使用在俄语中具有可选择性，而在此是必须的）。因此，言语的对象可以决定语言的特征。

以话语层面的例子来说明被运用的视点对描写客体的依赖关系则最为简单。在研究该层面时，我们曾指出，某个话语视点首先表现在专有名词，以及一般的各种各样的名称方面。换句话说，作者话语中对出场人物的任何称名，都是作者叙述时针对该人物所采用的视角位置标志。

在意识形态层面也可以观察到类似的依赖关系。这里首先可以援引民间文学中的"固定修饰语"。一方面，它们经常用来表达作者的意识形态视点；另一方面，它们的使用主要的不是决定于作者本人，而是受描写客体的制约：每当提到相应客体时，它们则必定出现。固定修饰语在这里进入一般的"礼节性的情境"中，该情境在叙事文学的叙述中与某个叙述客体有关。因而，被描写的情境本身发源于描写对象，同时作者的意识形态视角位置则由描写的情境决定。这样一来，对主人公的态度在此构成了源自主人公所处"位置"（用于广义）的功能，它并不直接取决于描写的主体，而是取决于被描写的事物。

作者相对于作品中人物的空间-时间视角位置，也完全可以这样不仅取决于该作者的特色，而且取决于该人物的特性：一部分人物可以从某个固定的视点进行描写，而对其他人物的描写则可以由几个不同的视角位置出发进行。

最后，在心理层面也可以对此进行仔细研究。正如我们观察到的那样，作品中不同的人物可以通过不同的方式被表现：如果一部分人物——经常或者不时地——作为心理视点载体出现（也就是说，作者运用了他们的感知），那么另一部分人则仅从侧面，通过旁观者的眼睛来表现。

意识形态层面是体现作者不同立场（视点）的最一般层面，该层面可以有条件地称为"意识形态的"或"评价的"，此时我们将"评价"理解为思想上对周围世界认识的一般体系。对该层面的探讨可以使我们了解作者在作品中从何种视点出发（在结构意义上）来评价和在思想上理解他所描绘的世界。原则上这可以是在作品中被明显地或含蓄地表现出来的作者本人的视点、与作者不吻合的讲述者的视点、某个出场人物的视点等。这样，我们所探讨的是可以称为作品深层复合结构的东西。

乌斯宾斯基认为，在意识形态层面对视点问题的研究最难以做到形式化。① 因而，在分析该层面时有时不得不在一定程度上运用直觉。对意识形态视点的表达存在一些专门的手段，但十分有限。意识形态视点可以理解为从特定的世界观出发而对事物所产生的看法，可以通过不同的方式传达，例如，民间文学中的固定修饰语就属于这样的手段。固定修饰语不依赖于具体的情景出现，这证明了作者对所描写的对象的某种确定的态度。例如，"狗皇帝卡林说过这样的一段话：'老哥萨克伊利亚·穆罗梅茨！……你别为弗拉基米尔大公效力。你为狗皇帝卡林效力吧！'"② 运用固定修饰语的例子还有，在19世纪的《基辅教会学院论著》从官方东正教教会的角度出发对维格河流域古老信徒派进行历史研究的作者这样写道："……首领安德烈死后，所有维格人……来到西米翁·基奥尼谢维奇那恳求他，希望他代替自己的兄弟在伪教会的主管事务中充当丹尼尔的助手。"③ 这样一来，作者在转述维格人的话时，却借他们的口说出修饰语"伪"，该修饰语，当然，不与维格人的视点一致，而是与他（作者）的视点相吻合，它表明了作者个人的意识形态视角。这正是民间文学作品中的那种固定修饰语。再比如，"上帝（Бог）"一词的写法同样也这样。在古俄语正字法中该词任何场合都是以大写字母开始，这与该词在何种文本中出现无关，而是表明该词是具有神圣意义的词，即使它指的是多神教的神，而非基督教的上帝，一般也写成这样。固定修饰语可能在被描写人本人的直接引语中出现，但它不属于说话者的言语特征，而是作者直接的意识形态视角的标志。在意识形态视点层面，有关"固定修饰语"的使用往往不能由作者本人决定，而是受描写客体的制约：每当提到相应客体时，它们则必定出现。正如在汉语中，"熊"通常总是"笨"的，而"狐狸"总是"狡猾"的。由此可见，被描写的情境本身发源于描写对象，同时作者的意识形态视角则由描

---

① Б. А. Успенский. *Поэтика композиции* [M]. СПб.: Азбука, 2000: 31.
② А.Ф. Гильфердинг. *Онежские былины, записанные Александром Федоровичем Гильфердингом летом 1871 года* [G]. Т.2. СПб.: Тип.Император.Акад.наук, 1896: 33.
③ Барсов Е. Семен Денисов Старушин, предводитель русского раскола XVIII в. (материалы для истории русского раскола) [J]. *Труды киевской духовной академии*, 1866, T. 1: 230.

写的情境决定。

意识形态视点经常通过某种言语（修辞）特征，即话语手段，被表达出来，然而它原则上绝不可以被简化为话语特征。有学者在研究巴赫金的陀思妥耶夫斯基作品"复调"特征的理论时认为，陀思妥耶夫斯基的世界"在形式上具有惊人的一致性"①。乌斯宾斯基认为，产生这种意见分歧的可能性本身的前提条件是研究者们研究了不同情况下的视点问题（即作品的复合结构）。陀思妥耶夫斯基的作品中具有不同的意识形态视点是毫无疑问的，然而视点的这一区分几乎在言语特征方面没有任何表现。陀思妥耶夫斯基的主人公说话非常单调，并且在同一层面通常用的是和作者本人或讲述者一样的语言。

当不同的意识形态视点通过各种话语手段表达出来时，便产生一个有关意识形态层面和话语层面的相互关系问题。不同的"话语"标记，即视点表达直接的语言学手段，可以用于两种功能：第一，它们可以用来说明这些标记所属人物的特征，这样某个人物（无论是主人公还是作者本人）的世界观可以通过对其言语的修辞分析而得以确定；第二，它们可以被用于具体指向文本中作者运用的某个视点，即指明被作者在叙述时所使用的某个具体视角。例如，作者文本中的仿直接引语情形，它们十分明确地指出了作者对某个主人公视点的运用。

第一种情形涉及的是意识形态视点，即有关一定意识形态视点通过话语特征进行表达的问题；而第二种情形则涉及话语层面，即有关话语视点自身的问题。第一种情形可以存在于所有以某种方式与语词相关的艺术种类中。事实上，在文学、戏剧和电影中常用说话人视角的言语（修辞）特征来进行意识形态视点评价。一般说来，意识形态层面本身对所有这些艺术种类来说是共同的，而第二种情形则是文学作品所特有的。因此，话语层面仅仅局限于文学领域。借助言语（特别是修辞）的特征可以援引在一定程度上具体的个人或社会的视角。如，报纸上常设专栏的标题经常是从某类社会群体（知识分子、军人、老工人、退休者等）的视角出发而被指定。对这些报纸专栏标题视角的研究可足以据其判断该社会生活一定时期的特征。试比较饭店里有关吸烟布告的不同文本，如"我们这里不吸烟"

---

① Волошин Г. Пространство и время у Достоевского [J]. *Slavia. Rocn.* XII. Ses. 1–2. 1933: 177.

"不准吸烟""禁止吸烟"等，以及相应的对此时出现的不同视点的援引（无人称的行政人员、警察、侍者总管等的视点）。但从另一方面来说，通过此种方式可以对某种世界观，即某种相当抽象的意识形态视角进行援引。

当作者用不同的语言描写不同的主人公，或者在描写时通过一定形式大体上运用他人的或者被替换的言语成分时，艺术文本中视点的差别不仅表现在意识形态层面，而且表现在话语层面。这时，作者可以从同一部作品中另一个出场人物的视点出发来描写某个出场人物，运用自己本人的视点或者采用某第三观察者（既不是作者，也不是事件的直接参与者）的视点等。同时，必须指出，在一定的情况下言语特征层面（即话语层面）可以是作品中唯一的能考察作者视角变化的层面。

这种作品产生的过程可以通过以下方式实现。比方说，被描写事件有许多见证者（其中可能包括作者本人、作品中的主人公，即所叙述事件的直接参与者或者其他的旁观者等），且每人都做出属于自己的对某些事实的描述，自然，这种描述是以独白的直接引语（第一人称）方式呈现。可以预见，这些独白将因各自的言语特征而彼此相区分。但此时被不同的人描写的事实本身可以相一致，或者相互交叉并以一定方式相互补充，同时这些人可以处于一定的相互关系中，并相应地彼此进行直接描写等。

组织叙述的作者可以时而运用这种，时而运用那种描述。此时，以直接引语形式出现的描述被拼组到一起并转入作者言语的层面。这样，在作者言语层面则发生了一定的视角转换，即由一种视点转换到另一种视点，这种转换在作者文本中是通过对他者话语运用的不同方式来表达的。我们来举一个这种视角变换的简单例子。假定讲述开始，正描写一个在房间中的主人公（看来，是从某个观察者的视点），而作者要说主人公的名叫娜塔莎的妻子正进入房间。这时作者可以写道：

1)"进来了娜塔莎，他的妻子"；
2)"进来了娜塔莎"；
3)"娜塔莎进来了"。

摆在我们面前的第一种情形是从作者或者旁观者出发的一般描写。与此同时，在第二种情形中则产生了内部独白，即变成主人公自身的视点（话语的），因为我们读者不可能知道谁是娜塔莎，因而相对于正在感受的主人公而言，他给我们提供的不是外部视点，而是内部的。最后，在第三种情形中，句子的句法结构形式既不与主人公的感受，也不与抽象的旁观者的感受相一致。此时很可能是运用了娜塔莎本人的视点。

这里我们可以运用所谓的句子"实义切分",即句子结构中"已知的(信息)"和"新知的(信息)"之间的相互关系来进行分析。在"进来了娜塔莎"一句中,"进来"一词代表已知的信息,并起句子逻辑主体的作用,而"娜塔莎"一词则代表了新知的信息,是逻辑的谓项。这样,句子的结构则与处于房间中的观察者接受的逻辑相一致(他先感受到的是有人进来了,然后才看到这个"人"是娜塔莎)。

与此同时,在句子"娜塔莎进来了"中,正相反,已知的信息是通过"娜塔莎"一词表达的,而新知的信息则是通过词"进来了"表达出来。因而,句子的建构是从一个人的视点出发,该人首先得知娜塔莎的行为正在被描写,而其他信息则来自下列事实:娜塔莎是进来,而不是做了别的什么。这样的描写首先出现在叙述时运用了娜塔莎本人视点的时候。

叙述时作者言语中可以只有一种视点被运用。这时该视点在措辞上可以不属于作者本人,即作者可以运用他者的言语,叙述时不是从自己的人称出发,而是从某个话语方面已确定的讲述者的人称出发,也就是说,"作者"和"讲述者"此时不相吻合。如果该视点不属于被叙述事件直接的参与者,那么我们涉及的则是在形式上最纯粹的所谓的民间故事现象。列斯科夫的中篇小说可以作为经典的例子。关于这一点列斯科夫本人的话具有典型性。

> 作者对话语的组织在于能够掌控话语和自己主人公的语言,不走题。我在自己身上努力培养这种能力并似乎能做到:我的神甫们讲宗教语言,平民知识分子说的是平民知识分子的话,农夫按农夫的方式说话,他们中的好出风头的人和江湖艺人说话则怪腔怪调、拐弯抹角等。我以个人名义用古老的神话故事语言讲话,在纯书面言语中则使用教会民间语言……我们所有人:我的主人公和我本人——有属于自己的声音。它在我们每个人身上被正确地设置,或者至少是努力……这种民间的、粗俗的和矫饰的语言,我作品中许多篇幅正是用此语言写就,它不是我的杜撰,而是从农夫、半知识分子、饶舌的人、装疯卖傻的人和伪君子那被偷听来的。①

---

① А. И. Фаресов. *Против течений: Н. С. Лесков. Его жизнь, сочинения, полемика и воспоминания о нем* [M]. СПб.: Типография М. Меркушева, 1904: 273-275.

在其他情形下，作者（讲述者）的视点则与某叙述参与者的视点一致。此时，对于作品结构来说最重要的是：是主要的，还是次要的主人公在起作者视点载体的作用。同时，这可能既是第一人称，又是第三人称的叙述。然而，重要的是该人称此时是作品中作者视点的唯一载体。

接下来将在话语层面探讨视点多样性表现的不同情形。为了以相对不太复杂的模式说明文本中话语视点表现的不同情形，我们将以作者文本中专有名词和通常属于某个出场人物的不同命名的运用为例。

必须指出，在形式上运用他者言语要素，比如说命名，来表达作者的视角变换，绝不是艺术文本特有的现象。它同样出现在日常生活的叙述活动和一般的口语中。说话人在组织叙述时，可以变换自己的视角，转为某些叙述参与者或未参与活动的其他人的视点。

从日常对话的言语实践中举一个最简单的例子。假设一个叫 X 的人正在和另一人 Y 谈论某个第三者 Z。Z 的姓假定为"伊万诺夫"，名叫"弗拉基米尔·彼得罗维奇"，但 X 通常称他"沃洛佳"，而 Y 习惯上叫他"弗拉基米尔"（在 Y 和 Z 交往时），Z 本人在这种情况下可以认为自己是"沃瓦"（我们假设这是他的乳名）。

在 X 和 Y 有关 Z 的谈话中，X 可以称呼 Z：

1)"沃洛佳"——此时 X 是从自身的视点（X 的视点）出发来谈论 Z，也就是说这里存在个人的态度；

2)"弗拉基米尔"——此时 X 是从别人的视点（Y 的视点）出发来谈论 Z，也就是说 X 似乎采用了自己谈话对象的视点；

3)"沃瓦"——此时 X 也是从别人的视点（Z 本人的视点）出发来谈论 Z，而在 X 与 Y 同 Z 直接交往时，X 和 Y 都不用这个名字。

4) X 可以将 Z 作为"弗拉基米尔·彼得罗维奇"来谈论，尽管 X 与 Y 当面用简名称呼他。这种情形虽不那么常见，但它也可以出现在更为简单的情形中：X 与 Y 当面称他"沃洛佳"，然而以"弗拉基米尔·彼得罗维奇"来谈论他，虽然他们中每个人都知道对方是如何称呼此人的。此时，X 则采用了抽象的旁观者的视点，也就是说，该视点既不属于谈话的参与者，也不属于谈话的对象。

5) 最后一种情形（抽象观察者，相对于该谈话是局外人的视点）更有可能表现在 X 用姓（伊万诺夫）来称呼 Z 的时候，此时 X 与 Y 可能与 Z 相识不久。

以上所列话语视点情形在现实的俄语言语实践中都可能出现。从这里不难看出，话语表述中采用何种视点与说话人对谈话对象的态度直接相关，并且具有很明显的修辞功能。

试比较，第三、第四两种情形，很显然，前者说话人的态度有一定的讽刺意味，而后者则强调对话语所涉及的人物的尊重。

话语层面视点的区别通常表现在作者通过不同的语言描写不同的主人公，或者在描写时通过一定形式运用他者的或者被置换的话语。而同一个人物的不同称名是话语视点多样性的最明显情形之一。苏联科学院院士、历史学家塔尔列在《拿破仑》一书中谈到了在"百日政变"期间，随着拿破仑向巴黎的推进，巴黎的报纸对被推翻的皇帝称呼的变化。相关的第一条报道称："科西嘉岛的恶魔在来儒昂湾登陆。"第二则消息称："食人魔开向格拉斯。"第三条消息为："篡位者开进了格勒诺布尔。"第四条为："波拿巴占领了里昂。"第五条则为："拿破仑向枫丹白露挺进。"最后第六条为："皇帝陛下预期今天出现在他忠诚的巴黎。"① 值得注意的是，这里随着被命名对象越来越接近命名者，其名称也发生了相应变化，正如在透视经验中客体对象的大小是由客体与观察者的距离决定的一样。

还可以举《上尉的女儿》中作为主人公称呼对视点依赖的例子。"我是带着先入为主的成见在看她的：施瓦布林为我描写过玛莎，上尉的女儿，他说她是个彻头彻尾的傻丫头。玛利亚·伊万诺夫娜在屋角里坐下，做起针线来。"② 这里主人公好像首先透过施瓦布林的眼睛在看，而对主人公本人来说，玛莎·米罗诺娃一直只是玛利亚·伊万诺夫娜。

通常类似的手法在报刊特写或小品文中也具有一定的典型性：对主人公的某种态度首先表现在如何对其命名，而主人公的发展则反映在命名的变化中。

此外，通过关注在姓氏之前或之后的首字母的状况，我们同样可以注意到对话语所涉人物视角的明显差异。试比较："А. Д. 伊万诺夫"和"伊万诺夫 А. Д."。毫无疑问，相对于该人物，后一种说法采用的视角要比前一种较为正式。

我们还可以在爱伦堡的回忆录中发现其对个人名字的类似使用。爱伦

---

① Е. В. Тарле. *Наполеон* [M]. М.: Государственное социально-экономическое издательство, 1939: 348.

② ［俄］普希金. 上尉的女儿 [M]. 曹缦西，智量，译. 南京：译林出版社，2000：355.

堡的作品通常具有明显的政论语体特征，他在介绍新的人物时，通常会说明其地位特征，并指出他的姓和名字及父称的首字母，换句话说，他好像在向读者介绍这个人。当该人物被介绍过之后，他就会直接用名字和父称称呼他，也就是说，作者和该人物已转到熟人的关系阶段，而读者只要将名字和父称与首字母相比较，就可以猜出，言语涉及的是同一个人。例如："五月，《消息报》的编辑 С. А. 拉耶夫斯基突然到我这来……斯特凡·阿尔卡季耶维奇说……"①　"……我去找我们的大使 В. С. 多夫加列夫斯基……瓦列里翁·萨韦利耶维奇非常了解法国。"②　"В. А. 安东诺夫-奥夫谢延科找到了我……弗拉基米尔·亚历山德罗维奇我革命前就认识。"③　等等。这样一来，爱伦堡通过对个人名字的独特使用，好像在重现相识的过程，使读者能够与他一道站到他本人的立场上。

类似的视点差别在下列情况下尤为明显：造成对立视点的名字在同一个乌斯宾斯基认为，句子中发生冲突。试比较俄国呈文或一般写给上层人士的信函开头的传统的形式：

鲍里斯·伊万诺维奇老爷：老爷，您的阿尔扎马斯领地叶克谢尼村最下等的孤儿，捷廖什卡·奥西波夫向您叩首请安！④

这里，在一个句子中出现了两个不同的人——信息的发出者和接收者，他们的视点在呈文中相对立，并且信息接收者的名字是从信息发出者的视点出发被给出，而发信者的名字，正相反，由收信人的视点出发被给出，也就是说，鲍里斯·伊万诺维奇·莫洛佐夫大贵族的命名是从呈文的发出者——他领地的农民捷·奥西波夫的视角出发被给出，而在捷连季·奥西波夫的命名中却呈现了呈文接受者鲍·伊·莫洛佐夫的视点。

这种信息的发出者与接收者之间视点的对立是类似情境中不可缺少的礼节，并且这种对立可以在呈文的全部篇幅中存在。试比较：

---

① И . Г.Эренбург. Люди, годы, жизнь: Воспоминания в трех томах[M]. Т.1. М .:Советский писатель，1990：545.

② И . Г.Эренбург. Люди, годы, жизнь: Воспоминания в трех томах[M].Т.1. М .:Советский писатель，1990：545-546.

③ И . Г.Эренбург. Люди, годы, жизнь: Воспоминания в трех томах[M]. Т.2. М .:Советский писатель，1990：100-101.

④ А. И. Яковлев（ред.）. Акты хозяйства боярина Б. И. Морозова в двух частях[G]. Ч. 2. М.; Л.: Изд-во Акад. наук СССР, 1945：133.

而我，在您老爷（信息发出者的视点——作者）那是一个奴仆，你的小人物（信息接收者的视点），关于这样的事我无权不写信通知您老爷（信息发出者的视点——作者）。①

在文学作品中，同一个人被用不同的名字来称呼，或者被不同的方式命名的现象十分常见，并且这些不同的命名经常在一个句子中或者直接在文本中的相邻之处发生碰撞。

显然，在所有包含这些情形的文本中都存在对几个视点的运用，即作者在突出同一个人物时运用了不同的视角，其中包括作者在此情形下运用作品中某些出场人物的视角，而这些出场人物与被命名的人物处于不同的相互关系中。

例如，在托尔斯泰的《战争与和平》中，拿破仑的名字经常突然变换清楚地表明由一个视点向另一个视点的转换：

两位皇帝下了马，握住了彼此的双手。拿破仑脸上堆着不快的佯笑，而亚历山大则表情温和地对他说着什么。

罗斯托夫眼睛一眨不眨……注视着亚历山大皇帝和波拿巴的每一个动作。②

这里对蒂尔西特会晤的描写明显地首先是从无人称的（或旁观者的）视点出发，然后是从罗斯托夫的视点进行的。

拿破仑与哥萨克拉夫鲁什卡的谈话描写也是类似这样构建的："但是当拿破仑问他，俄国人是怎么想的，他们是否将战胜波拿巴……"③ 这里，话语突然地转换到俄国人的视点，其中包括拉夫鲁什卡本人的视点，这是典型的仿直接引语。再如："翻译向拿破仑传达了这些话……波拿巴笑了一下"④，此时翻译或者旁观者的视点转瞬被拉夫鲁什卡的视点替换。

属于不同人物的他者文本元素的运用是在话语层面表达不同视点的基

---

① А. И. Яковлев（ред.）. Акты хозяйства боярина Б. И. Морозова в двух частях[G]. Ч. 2. М.; Л.: Изд-во Акад. наук СССР, 1945: 7.

② Л. Н. Толстой. Война и мир: Т.2[M] // Собрание сочинений в двадцати двух томах: Т.5. М.: Художественная литература, 1980: 154.

③ Л. Н. Толстой. Война и мир: Т.3[M] // Собрание сочинений в двадцати двух томах: Т.6. М.: Художественная литература, 1980: 140.

④ Л. Н. Толстой. Война и мир: Т.3[M] // Собрание сочинений в двадцати двух томах: Т.6. М.: Художественная литература, 1980: 140.

本方法。此外，仿直接引语问题也是一个值得专门研究的话题。

在分析心理层面的内、外视点时，乌斯宾斯基认为，通过对"感觉动词"和"情态词"的运用，可以表达相应的内视点和外视点。这一点在第七章的第二节已有涉及。我们知道，外视点的表达通常可以通过两种方式进行，即对与描写主体无关的特定事实的援引，或对某一观察者看法的援引。前者可通过句型"他做了……""他说……""他声称……"来有意强调描写的客观性，强调作者与所描写行为无关，而后者则可以通过"他似乎想……""他看来知道……""他好像觉得……"等句式来表达对某个观察者意见的援引。此时，观察者的视点可以是固定的某个参与或未参与行动的叙述者的视点，也可以是不固定的，如运用作品中多个人物的视点。而人物行为描写的内视点是对其内心状态的援引，这种内心状态一般对于旁观者是无法体验的。此时叙述可借助专门的描写内心状态的词来实现，特别是感觉动词的使用，如"他想……""他觉得……""他认为……""他知道……""他想起……"。它们是内视点运用的形式特征。显然，特别情态词"看来、显然、仿佛、似乎"等是人物描写由内部视点变成外部视点的语言形式标志。

根据乌斯宾斯基的观点，空间-时间特征层面视点是固定在空间时间坐标中确定的讲述人的位置，它可以与人物所处的时空位置相吻合，也可以从鸟瞰的视角，并且在两种情形中，叙述者的空间视点与人物视点相结合或者吻合。契科夫的短篇小说《大学生》中的第一句话可以作为时间视点的例子：Погода вначале была хорошая, тихая.① "Вначале"这个词表明了相对于狩猎活动，主人公已意识到时间流逝的感觉。可见，时间视点可以通过动词的时间形式来体现。

在《结构诗学》中，作为语言学家的乌斯宾斯基努力通过详细的语言表征分析，从事物具体的关系、具体的联系中来把握事物的本质。在乌斯宾斯基看来，艺术文本的结构可以通过不同层面的视点和同一层面的不同视点之间的有机联系来建构，而对视点表征的语言学分析是文本的形式与内容如何融合的一种手段。下文将尝试从多层面的视点角度分析莱蒙托夫的长篇小说《当代英雄》中的主人公毕巧林形象的构成及其意义形成机制，

---

① А. П. Чехов. Студент[G] // *Полное собрание сочинений и писем в 30 т. Сочинения в 18 т.*: Т. 8[*Рассказы. Повести*]. М.: Наука, 1977: 306.

以揭示艺术文本中不同视点的语言表达机制。

第二节
《当代英雄》中主人公形象的视点分析

（一）《贝拉》中的毕巧林

《贝拉》的故事是通过青年军官旅行者"我"与故事中的人物马克西姆·马克西梅奇两人之间的对话而展开的。作者从话语层面通过直接引语的方式，不仅再现了淳朴善良的马克西姆朴实的语言风格，更主要的是从马克西姆的视角揭示了毕巧林性格中的"不达目的不罢休"的倔强个性和冷漠与古怪。就整个故事叙述的心理层面视点而言，青年军官"我"的叙述采用了客观的外视点，而马克西姆虽是故事中的次要人物之一，但他的叙述采用了直接引语套直接引语的叙述方式，借助对话场景增强了马克西姆主观叙述的客观性，可以认为他的叙述也采用了外视点的方式。而从时间层面来看，马克西姆的叙述总体上采用的是回溯性的外视点，并不时地夹杂着共时性内视点和未来视点。如马克西姆对毕巧林怪异行为的描写：

> Его звали ... Григорьем Александровичем *Печориным*. Славным он был малый, смею вас уверить; только немножко странен. Ведь, например, в дождик, в холод целый день （这里省略了动词быть的现在时形式есть——笔者注）на охоте; все иззябнут, устанут—а ему ничего. А другой раз сидит у себя в комнате, ветер пахнёт, уверяет, что простудился; ставнем стукнет, он вздрогнет и побледнет; а при мне ходил на кабана один на один; бывало, по целым часам слова не добьёшься, зато уж иногда как начнет рассказывать, так животики надорвёшь со смеха.. .Да-с, с большими был странностями, и, должно быть, богатый человек: сколько у него было разных дорогих вещей!..①

---

① М. Лермонтов. *Герой нашего времени* [M]. СПб.: Азбука-классика, 2009: 37.

他叫……格里戈利·亚历山大罗维奇·彼乔林①。我敢向您保证，他是个十分出色的小伙子，就是脾气有点怪。比如说，不管是下雨天还是大冷天，他整天都在外面打猎，人家又冷又饿，他却无所谓。可是有时候，他坐在房间里，一刮风，他就说感冒了；护窗板一响，他就浑身发抖，脸色煞白；但他敢于当着我的面单独一个人去打野猪；有时候，他一连几个小时一声不吭，可是有时候说起故事来能叫人笑破肚皮。是啊，他的脾气真是古怪，他家里可能很有钱：他那里有多少各种各样的宝贝啊！……②

　　这里，过去时的动词形式"звали, был, ходил, бывало, был, было"等使得这段描写具有回溯性特征，说明这段话是马克西姆对过往事件的回忆；而省略掉的"есть"和"сидит, уверяет"等动词的现在时形式具有共时性特征，表明马克西姆在叙述时已把自己置身于当时的情境之中，增强了描写的形象性和真实感；同时，动词的完成体将来时形式"иззябнут, устанут, пахнёт, стукнет, вздрогнет, побледнет, добьешься, начнет, надорвешь"等是从现在出发的未来视点，强调了行为动作结果的必然性，彰显了马克西姆对毕巧林了解的深入程度。

　　而从马克西姆在叙述毕巧林对贝拉的追求过程之前所说的话中："有一件事我永远不能原谅自己：真是鬼迷了心窍，我一回到要塞里，就把我在篱笆旁听到的话一五一十地告诉了格里高利·亚历山大维奇，他笑起来（真是个狡猾的家伙），心里却在盘算着什么"③（莱蒙托夫 2006：96），我们可以看出，这里不仅有马克西姆对自我行为的意识形态内视点评价"鬼迷心窍"，表现了他对自己行为的后悔和自责之意，隐含着他对毕巧林在整个抢夺贝拉，而得到后不久又将她抛弃的行为的否定，同时也有对毕巧林的意识形态外视点评价，称毕巧林为"狡猾的家伙"，虽含有贬义，但在马克西姆的内心他不得不承认毕巧林的聪明与机智，这一点从这段话中马克西姆对毕巧林描写的心理层面视点也可看出。作者在这里采用了心理层面

---

　　① 该段引文出自上海译文出版社 2006 年版的《当代英雄》的冯春译本，在该译本中主人公 Печорин 统一被译成"彼乔林"，本文作者在引文中保留了原有译法，以保证对引文的忠实，此"彼乔林"即"毕巧林"。书中其他地方出现"彼乔林"，原因同此。
　　② ［俄］莱蒙托夫. 当代英雄［M］. 冯春，译. 上海：上海译文出版社，2006：89. 本章多处引用此译本中的译文，将不再一一列出，仅在文中标注，如：（莱蒙托夫 2006：页码）。
　　③ 此引文中的着重号为笔者所加。

内、外视点相结合的手法,先从马克西姆的外视点描写毕巧林听了"我"(马克西姆)话后的反应:"笑起来",接下来将马克西姆的视点转为全知叙述者的内视点,写他"心里却在盘算着什么"。从该段描写中我们还可看出,同样的内容从不同视点层面出发有可能存在内、外视点不完全吻合的情形。再比如,当谈到毕巧林施计,在贝拉的弟弟阿扎玛特面前不断谈论卡兹比奇的马时,马克西姆这样说道:

> Засверкали глазенки у татарчонка, а Печорин будто не замечает; я заговорю о другом, а он, смотришь, тотчас собьет разговор на лошадь Казбича.①
> 这个鞑靼小男孩的眼睛亮起来,而彼乔林仿佛没有看到。我把话岔开去,可他,你瞧,马上又把话拉到卡兹比奇的马上头来。(莱蒙托夫 2006:97)

这里的叙述在心理层面运用的基本还是客观的外视点,这一点从马克西姆对毕巧林的称呼"Печорин"和状语词"будто(仿佛)"可看出;"глазенки""татарчонок"等词的指小形式则体现了马克西姆的意识形态评价,表明马克西姆对阿扎马特的同情与隐隐的担忧,属于外视点;而从时间层面看,这里的视点比较复杂。根据乌斯宾斯基的观点,未完成体的过去时形式"Засверкали"是回溯性外视点与共时性内视点的综合,在结构意义方面它表明"过去的现在",如同现在时形式一样,好像是从事件的内部,即同步的视点,而不是回溯性视点进行描写,但该动词形式又影响读者直接进入被描写的场景中;而"замечает"用的是共时性的内视点,给读者的感觉是仿佛毕巧林就在读者和马克西姆的眼前;但接下来"заговорю"和"собьет"用的是完成体将来时的未来视点,这样的动词形式则从时间层面向读者昭示了马克西姆眼中毕巧林"不达目的不罢休"的执着性格,表明马克西姆想告诉"我":只要他马克西姆一谈别的事,毕巧林定会马上将话题拉回到卡兹比奇的马上来。有关毕巧林的这一性格特征,我们还可以直接从马克西姆的口中听到,毕巧林是一个"想干什么就干什么,显然从小就被妈妈宠坏了"(莱蒙托夫 2006:115)的人,这里马克西姆试图从自身有限的意识形态评价层面解释,毕巧林的"不达目的不罢休"的倔强性

---

① М. Лермонтов. *Герой нашего времени* [M]. СПб.: Азбука-классика, 2009: 46.

格是由从小家庭的溺爱造成的。

然而，作者在描写毕巧林得到贝拉爱情的四个月后对她所表现出的冷淡时，则通过马克西姆叙述的直接引语套直接引语的方式，从意识形态评价的内视点出发转述了毕巧林的第一次自白，恍若是毕巧林在对我们述说自己的内心世界："我的脾气不好①，是我所受的教育把我变成这样，还是上帝把我造就成这个样子，我不知道；我只知道，如果我是造成了别人的不幸，我自己也不会比别人幸福多少；……野姑娘的爱情并没有比贵妇人的爱情好多少，野姑娘的纯朴愚昧和贵妇人的卖弄风情同样使人生厌；……我可以为她献出生命，不过我跟她在一起还是会感到无聊……我是个傻瓜还是个坏蛋，我不知道；……我的灵魂已被人世损害，我的精神焦虑不安，我的欲望永远不会满足；……我的生活一天比一天空虚，我只剩下一个办法：出门去旅行。……"（莱蒙托夫 2006：113-114）在此自白中，毕巧林内心的彷徨和空虚及性格中的矛盾性初露端倪，此时的他不像在设计抢夺贝拉并赢得她的爱情时那么自信和充满目标感。但淳朴善良的马克西姆·马克西梅奇因为在出身、经历、思想等方面与来自彼得堡上流社会见多识广、思想丰富、风流倜傥的毕巧林相距甚远，他对毕巧林的内心表白注定是无法理解的，因而只能用"真不可思议"（莱蒙托夫 2006：114）来表明自己的看法。令马克西姆无法理解的还有：当毕巧林面对贝拉的死亡时，"他脸上没有任何表情"（莱蒙托夫 2006：119），"我多半是出于礼貌，想安慰安慰他，开口跟他说话，而他却抬起头来，笑了……他的笑声使我周身发凉……"（莱蒙托夫 2006：119），在马克西姆客观的心理描写外视点中，毕巧林的种种行为也给读者留下了疑问：面对曾经狂热追求的姑娘贝拉的死，为什么毕巧林会如此漠然？

（二）《马克西姆·马克西梅奇》中的毕巧林

在小说的第二部分《马克西姆·马克西梅奇》中，毕巧林的形象主要是通过青年军官旅行者"我"这个旁观者，对马克西姆与毕巧林会见时两人截然不同的表现的冷静观察和对毕巧林外貌和神态的描写而进一步展现出来的。在见到毕巧林前，马克西姆听说毕巧林要到客栈，"他的眼睛里闪耀着喜出望外的光彩"（莱蒙托夫 2006：123）；他对毕巧林的跟班说"我

---

① 此着重号同样为笔者所加。

和你家老爷是老朋友了""你要是去的话，就对他说，马克西姆·马克西梅奇在这儿；你这样对他说……他就知道了"（莱蒙托夫 2006：123）；马克西姆对"我"说："他马上就回来的！我到门口去等他……"（莱蒙托夫 2006：123）；当他等了好久始终不见毕巧林出现时，就对我说"看样子，他有什么事脱不开身"（莱蒙托夫 2006：124）；"他匆匆地喝了一杯茶，谢绝第二杯，又焦躁地走到大门口去"（莱蒙托夫 2006：124）；深夜，马克西姆还没等到毕巧林，"他把烟斗往桌上一扔，在房间里走来走去，拨弄着炉子，终于躺下来，可是不断咳嗽，吐痰，翻来覆去，闹腾了半天……"（莱蒙托夫 2006：124）；"第二天早晨，我醒得很早，但马克西姆·马克西梅奇起得比我更早。我发现他已经坐在大门口的板凳上。'要是彼乔林来了，请您派个人通知我……'"（莱蒙托夫 2006：124）。这里，通过"我"的观察和描写将马克西姆面对即将与老朋友毕巧林见面的情感历程展露无遗：由最初的喜悦、期待到对朋友的体谅，最后变成失望与伤心，但仍然心有不甘。而与马克西姆产生鲜明对照的是：当毕巧林来到客栈，"我"建议他再等一下就可以愉快地和老朋友见面时，毕巧林迅速地回答道："噢，对了！昨天有人跟我说过，可他在哪儿？"（莱蒙托夫 2006：126）一边是马克西姆几乎通宵达旦地不安等待，一边是毕巧林轻描淡写地似乎才想起。当马克西姆得知毕巧林到了客栈："我向广场转过身去，正好看见马克西姆·马克西梅奇拼命往这里奔过来……过了几分钟他已经跑到我们身边了。他气喘吁吁，豆大的汗珠从脸上滚下来，从帽子底下露出来的一绺绺潮湿的白发贴在额头上，膝盖在哆嗦……他想扑过去，搂住彼乔林的脖子，彼乔林虽然不失礼貌地微笑着，却极其冷淡，只向他伸出一只手。上尉愣了一下，但还是用两只手紧紧握住他的手：他一下子还说不出话来。"（莱蒙托夫 2006：126-127）显然，马克西姆的热情并没能融化毕巧林的冷漠。他与马克西姆见面没多久，也没说上什么话，就急着要离开，任凭马克西姆怎么挽留也不愿多待一会儿，而且分别时也是神情淡淡的，简单地挥挥手就算了事。

在对马克西姆与毕巧林整个见面事件的描写中，"我"主要从心理层面的外视点描写了马克西姆的行为和内心世界，只有"显然，毕巧林不把这事放在心上使老头儿有点伤心"和"他想扑过去，搂住毕巧林的脖子"的描写属于心理层面的内视点，但该视点几乎没有同外视点分开。作者对整个事件几乎完全采用这种心理层面的外视点描写手法，是想通过叙述者

"我"的客观叙述给读者提供对毕巧林形象没有任何预判的评判和想象空间。在话语层面,"我"则主要借助直接引语,运用话语层面内、外视点相结合的方法写实般地再现了马克西姆生动热切,而毕巧林淡漠的言语,以及马克西姆满怀期待而焦急等待的行为状态。这里,平民出身的老军官马克西姆·马克西梅奇心地单纯而善良,他的热情和期盼反衬出毕巧林性格的复杂和对老朋友的极端冷漠。在"我"眼中,马克西姆·马克西梅奇和毕巧林是完全不同的两类人,而在此时的马克西姆眼中,他和毕巧林还是一类人,是老朋友,这一点从他对毕巧林的跟班所说的话"我和你家老爷是老朋友了""你要是去的话,就对他说,马克西姆·马克西梅奇在这儿;你这样对他说……他就知道了"(莱蒙托夫 2006:123)中可以看出,同时这里的称谓"老爷""马克西姆·马克西梅奇"则利用了跟班的视点。从时间层面看,"我"作为马克西姆的旅伴,是马克西姆和主人公毕巧林会见过程的旁观见证者,但"我"的描写基本采用了回溯性的时间外视点,这种时间视点描写法同样是为了强调描写的客观性。

在《马克西姆·马克西梅奇》中有关毕巧林的肖像和心理特征的描写,基本也是通过第三人称的客观叙述得以展现,从而使得从内部揭示主人公性格特征的可能性受到明显限制。"我"采用了空间和心理层面的外视点,空间上采用了哑场的描写手法,而心理上则以旁观者的身份做了客观的描写。然而,即使"我"想最大限度地对人物进行客观描写,但一定程度的主观偏见在所难免。在描写中,"我"根据毕巧林的外貌猜到了他的某些特征:"他的步态随便而慵懒,但我发现,他并不摆动双手,这说明他的性格有点内向"(莱蒙托夫 2006:125)。但随后"我"立即说明对毕巧林性格的判断是建立在"我"观察基础上的个人观点,可能具有主观性。接下来,"我"从"他笑的时候,眼睛并无笑意"(莱蒙托夫 2006:126)确定毕巧林的性格可能具有多种特征,这既可能是道德败坏,也可能是过度忧郁的标志。而"我"再一次做了说明,"我所以想到这些,可能是因为我对他的某些生活细节有所了解……"(莱蒙托夫 2006:126);而在意识形态评价层面,"我"对毕巧林的看法非常吝啬:"听了上尉讲的故事,虽然他留给我的印象并不好,可是我觉得他性格中的某些特点还是很可贵的"(莱蒙托夫 2006:123-124)。从这里可以看出,"我"在试图按自己的方式形成对毕巧林个性性格的看法,但很明显这种认识是游离不定和矛盾的。然而,有一点毋庸置疑,即在《马克西姆·马克西梅奇》中,毕巧林的形象较《贝拉》

篇中显得越发具体而清晰。

（三）毕巧林日记中的"我"

在接下来的三篇日记中，叙述视点由整部小说的叙述者"我"转向主人公毕巧林。他在日记中毫无遮掩地袒露出来的心迹直接展示了他的生存方式和状态及对自我行为的评判。而"我"作为潜在的作者则保持了与主人公视点在任何层面的一致性。在小说的日记部分，毕巧林作为叙述主体可以从心理层面的内视点出发自由地表达自己的印象和感受，并在反省中解剖自身的心灵，而其他人物则从毕巧林的外部视点被描写。与马克西姆·马克西梅奇和"我"的叙述不同的是，毕巧林对其他人物的限制性外视点描写能够通过他的反省而超越这种局限性，并最终通过协调主观感受来了解与他完全不同类的人的感受，同时也展现出了自己内在的矛盾性情感。如在第一篇日记《塔曼》中，被留下来的盲童长时间地在岸边哭泣，这一哭泣引起了毕巧林对自身和他们命运的思索："我感到心情沉重。命运为什么要把我投入这伙清白无辜的走私贩子的平静生活中？我像一块石头被扔进平静的池塘，扰乱了他们的安宁，也像一块石头，自己差点沉到水里去。"（莱蒙托夫 2006：143）

《梅丽公爵小姐》在毕巧林的日记中占据了中心地位。在这里，通过他与格鲁什尼茨基、梅丽公爵小姐、维尔纳医生和维拉等人之间发生的一系列事件的描写，充分表现了主人公复杂的内心世界，同时毕巧林像在《塔曼》中一样完全掌握了叙述的时空和评价层面的视点。

格鲁什尼茨基从一开始就被毕巧林从心理和评价层面的外视点和时间层面的内视点所描写：

> Грушницкий — юнкер. Он только год в службе, носит, по особенному роду франтовства, толстую солдатскую шинель. У него георгиевский солдатский крестик. Он хорошо сложен, смугл и черноволос; ему на вид можно дать двадцать пять лет, хотя ему едва ли двадцать один год. Он закидывает голову назад, когда говорит, и поминутно крутит усы левой рукой, ибо правою опирается на костыль. Говорит он скоро и вычурно: он из тех людей, которые на все случаи жизни имеют готовые пышные фразы, которых просто прекрасное не трогает и которые важно драпируются в

необыкновенные чувства, возвышенные страсти и исключительные страдания. Производить эффект —их наслаждение;…①

格鲁什尼茨基是个士官生。他只服过一年兵役，却不改往日喜欢摆派头的习惯，穿一件厚呢军大衣，还戴一枚士兵的乔治十字章。他身材匀称，皮肤黝黑，长着一头黑发，看上去有二十五岁，其实未必满二十一岁。他说话的时候总仰着头，不时用左手捻捻小胡子，因为右手拄着拐杖。他说起话来又快又做作。有些人不管遇到什么场合，总能发表一些冠冕堂皇的套话，纯朴美好的事物不能打动他们的心，他们却能一本正经地装出一副天生具有非凡的情操、崇高的志向和受苦受难的样子，格鲁什尼茨基就是这样一个人。装腔作势以哗众取宠是他们的快乐……（莱蒙托夫 2006：147）

这里，毕巧林在介绍了格鲁什尼茨基的外貌后，立即运用了时间层面（现在时描写）的内视点及评价层面的外视点，对格鲁什尼茨基的性格本质做了评判。这种视点手法的运用，是以毕巧林与格鲁什尼茨基交往的经验和对他的长期了解为基础的。而接下来毕巧林对格鲁什尼茨基的描写则从心理和话语层面的外视点出发。通过对格鲁什尼茨基外部行为的直接描写证明了他对其性格特征描写的可信性。同时，直接引语的运用还为读者提供了对毕巧林进行直接评价的可能性。而毕巧林对格鲁什尼茨基的描写所采用的带有评价色彩的可笑形式，如："格鲁什尼茨基连忙借助拐杖作了个戏剧性的姿势"（莱蒙托夫 2006：150）；"格鲁什尼茨基拉拉我的手，暧昧而含情脉脉地瞧了她一眼，其实这种目光对女人是不起什么作用的"（莱蒙托夫 2006：153）；"格鲁什尼茨基装出一副很神秘的样子，他背着手走来走去，不理睬任何人；他的腿突然正常了，不再跛着脚"（莱蒙托夫 2006：160）；等等，以及毕巧林在描写格鲁什尼茨基每时每刻的行为和脸部表情时对其内心状态的准确把握则形象地再现了毕巧林既聪明睿智，又玩世不恭的个性形象。

毕巧林对格鲁什尼茨基心理状态的描写多从心理层面的内部视点进行。例如，当毕巧林问及格鲁什尼茨基和梅丽的有关事情时，毕巧林好像看透了他——"他一下子窘住了，犹豫起来：他想吹牛、撒谎，可是问心有愧，而要坦白说出真相，又怕没面子"（莱蒙托夫 2006：182）。在格鲁什尼茨基

---

① М. Лермонтов. *Герой нашего времени* [М]. СПб.: Азбука-классика, 2009: 102-103.

讲有关毕巧林和梅丽的坏话时，同样出现这种视点的类似运用情形。毕巧林之所以能这样准确地把握格鲁什尼茨基的心理，是与他对周围世界敏锐的观察力和超凡的洞察力分不开的。这种超强的对人的认识能力使他与格鲁什尼茨基之间彼此互不喜欢并在所难免地产生了冲突。正如毕巧林所言，"我完全看透了他，因此他不喜欢我"（莱蒙托夫 2006：148）；"我同样也不喜欢他：我觉得，总有一天我会和他狭路相逢，我们当中的一个肯定不会有好下场"（莱蒙托夫 2006：148）。然而，虽然毕巧林借格鲁什尼茨基狂热地爱上公爵小姐梅丽一事，最终通过谋划不仅破坏了对方的爱情，而且在"阴谋"的决斗中还消灭了对方的肉体，但毕巧林对自身的心理和话语层面的内视点描写："……我的心头像压着一块石头。太阳看上去很暗淡，我也不感到阳光的温暖"（莱蒙托夫 2006：221），我们了解到格鲁什尼茨基的死并未能给毕巧林带来丝毫胜利的喜悦，他的内心反而变得更加失落和空虚。这种失落和空虚的情绪正是毕巧林对自己旺盛精力宣泄后无聊的内心状况写照。

毕巧林对梅丽公爵小姐的描写则首先从心理和时间层面的外视点出发：

> В эту минуту прошли к колодцу мимо нас две дамы: одна пожилая, другая молоденькая, стройная. Их лиц за шляпами я не разглядел, но они одеты были по строгим правилам лучшего вкуса: ничего лишнего. На второй было закрытое платье*gris de perles*, легкая шелковая косынка вилась вокруг ее гибкой шеи. Ботинки *couleur puce* стягивали у щиколотки ее сухощавую ножку так мило, что даже не посвященный в таинства красоты непременно бы ахнул, хотя от удивления. Ее легкая, но благородная походка имела в себе что-то девственное, ускользающие от определения, но понятное взору.①

> 这时候有两位淑女从我们旁边经过，到矿泉井去：一位是中年妇女，另一位年纪很轻，身段优美，她们的脸被帽子遮住，我看不清楚，但她们装束极其高雅，身上没有一件多余的饰物！那年轻的身穿珍珠灰的高领连衣裙，娇嫩的脖子上围着轻飘飘的丝围巾。一双小巧的秀足穿着棕色的皮鞋，看起来是那么令人疼爱，连最不了解美的奥秘的人看了都会叹为观止。她那轻盈而优雅的步态表现出一种少女的风姿，

---

① М. Лермонтов. *Герой нашего времени* [М]. СПб.: Азбука-классика, 2009: 104-105.

既超凡脱俗，又楚楚动人。（莱蒙托夫 2006：149）

但随着维尔纳医生对有关伯爵小姐的事情的讲述，毕巧林开始理解公爵小姐在井边对格鲁什尼茨基温柔的缘由，以及小姐个性中的某些特点，因而两天后毕巧林在讲述梅丽小姐在这段时间的内心状态的改变时，他采用了心理和时间层面的内视点描写了她的内心世界：

> Княжна меня решительно ненавидит; ... Ей（这里省略了 быть 现在时形式——笔者注）ужасно странно, что я, который привык к хорошему обществу, который так короток с ее петербургскими кузинами и тетушками, не стараюсь познакомиться с нею.①
>
> 公爵小姐恨死我了；……她觉得大惑不解的是：像我这么一个和上流社会人士结交惯的人，跟她那些从彼得堡来的表姐妹、婶婶阿姨们又那么亲密，为什么不想办法去和她结识。（莱蒙托夫 2006：160）

随着了解的深入，毕巧林开始很有把握地在一定范围内从心理和时间层面的内视点描写梅丽的内心状态：

> Княжне начинает нравиться мой разговор; я рассказал ей некоторые из странных случаев моей жизни, и она начинает видеть во мне необыкновенного. Я смеюсь над всем на свете, особенно над чувствами: это начинает ее пугать. Она при мне не смеет пускаться с Грушинским сентиментальные прения ... .②
>
> 公爵小姐对我的话开始感兴趣；我对她说了我生活中的几次奇遇，她已把我看成一个非同寻常的人。我对世界上的一切都加以嘲笑，尤其是感情，这使她感到害怕。她当着我的面不敢同格鲁什尼茨基进行情意绵绵的谈话……（莱蒙托夫 2006：179）

但接下来梅丽公爵小姐对爱情的不安和怀疑则仅仅从心理和话语层面的外视点得以显示。这样的描写赋予了对她痛苦转述的悲剧性，如："公爵小姐闷闷不乐地坐在窗口，一看到我，边倏地站起来"（莱蒙托夫 2006：192）；"公爵小姐可爱的脸蛋上蒙着一层灰白色，她站在钢琴旁，一只手撑在圈椅的椅背上，手微微地颤抖着"（莱蒙托夫 2006：192）；"她抬起慵懒

---

① М. Лермонтов. *Герой нашего времени* [M]. СПб.: Азбука-классика, 2009: 116.
② М. Лермонтов. *Герой нашего времени* [M]. СПб.: Азбука-классика, 2009: 137.

而深情的眼睛望望我，摇摇头。她的嘴唇动了动，想说点什么，但说不出来，眼睛里噙满了泪水。她颓然坐到圈椅里，双手掩住脸"（莱蒙托夫 2006：193）；"她的嘴唇微微发白……"（莱蒙托夫 2006：202）；"她的大眼睛充满了一种难以形容的忧愁，仿佛要在我的眼睛里找到一点希望；她那苍白的嘴唇竭力想露出一点笑意，可是她办不到；她那双细嫩的小手放在膝头上，瘦得只剩下一层皮，连我看了都可怜她"（莱蒙托夫 2006：227）；"她向我转过身来，脸苍白得像大理石一样，只有一双眼睛闪动着令人惊奇的光彩"（莱蒙托夫 2006：227-228）。毕巧林由于自身视点的限制性，不可能完全知道梅丽公爵小姐的内心发生了什么事，就像在描写格鲁什尼茨基在决斗的最后一刻时一样。在决斗场景中，格鲁什尼茨基的行为展示没有太多的心理分析，毕巧林只是记录了他的面部表情、身势动作和言语："格鲁什尼茨基面对我站着，按照信号举起枪来。他的膝盖在发抖。他瞄准了我的额头"（莱蒙托夫 2006：218）；"突然他放下手枪，面如土色，回过头对他的副手说：'我不能'"（莱蒙托夫 2006：218）；"但我发现，他在忍着笑"（莱蒙托夫 2006：219）；"格鲁什尼茨基站在那里，低垂着头，阴沉着脸，惶惶不安"（莱蒙托夫 2006：220）；"他的脸唰地红了起来，眼睛闪着光。'开枪吧，'他回答，'我瞧不起自己，我也恨您……'"（莱蒙托夫 2006：220）。此刻，我们从毕巧林的描写中无法了解格鲁什尼茨基的内心发生了什么变化，但可以客观地明显注意到在格鲁什尼茨基性格中产生了毕巧林先前所未曾预料到的东西，这里毕巧林的视点同样受到了限制。

可见，在描写格鲁什尼茨基和梅丽公爵小姐的体系中，都遵循这样的原则：叙述主体在对某主人公的逐渐了解中，描写的视点由外视点向内视点转换，人物的心理得以从内部被揭示，但随后叙述主体发现自身视点的限制和被描写人内在秘密的不可揭示性，从而又转向了外视点，即在最悲剧的时刻，叙述主体由于自身视点的限制性，实际无法揭示主人公的内心世界。作者以此也暗示了毕巧林将无法靠他个人积极的行动来消解自身的苦闷和忧郁，因为其深层的原因是他个人所无法认识的。

对维尔纳医生的描写毕巧林采用了另一种叙述方法，即通过带有评价色彩的外视点，首先揭示维尔纳医生性格特征的本质："维尔纳在许多方面都是个很杰出的人。……他是个穷人，梦想成为百万富翁，可是他决不为金钱而越雷池一步。"（莱蒙托夫 2006：153）而在详细介绍完他的个性之后，毕巧林才对维尔纳医生的外貌进行描写，但这种描写不是当场瞬间的描写:"有些人的外貌初看之下,很不讨人喜欢,但是一旦人们的眼睛从他那五官不正的外貌上发现了他那久经沧桑和高贵的心灵的印记时就会喜欢他,维尔纳就是这样一个人"(莱蒙托夫 2006:154);"维尔纳身材矮小,又瘦又弱,像个小孩似的。……"(莱蒙托夫 2006:154)这种描写手法是基于毕巧林对维尔纳医生充分了解的基础上。在毕巧林看来,他和维尔纳医生甚至在世界观方面都几乎完全一致:"我们彼此几乎都知道对方心中的秘密,……我们能透过三层外壳看到对方每种感情的核心。……因此我们之间不可能交流思想感情,我们都知道对方想知道些什么,因此不想再知道些什么。"(莱蒙托夫 2006:155)但在格鲁什尼茨基死后,他们之间突然产生了极大的分歧,维尔纳对毕巧林的行为无法理解,对他来说,毕巧林已显得陌生:"不存在任何对您不利的证据,您可高枕无忧,如果做得到的话,再见。"(莱蒙托夫 2006:221)这一点通过维尔纳医生对毕巧林用"您"的称呼可以看出。在离别之际,毕巧林则采用了心理层面的内外视点相结合的描写手法:"他在门口站住,想跟我握握手……只要我表现出一点点这样的愿望,他准会扑过来搂住我的脖子的;可是我冷淡得像一块石头,他只好走了。"(莱蒙托夫 2006:225)这里,毕巧林的冷漠和怪异而令人捉摸不透的性格特征再次跃然纸上。

与此同时,在《梅丽公爵小姐》中,毕巧林作为叙述的主要主体,不仅观察别人,也观察自己,而这种观察采用的是反省式的心理层面的内视点。在反省中毕巧林记录了自己每时每刻的思想和情感,尝试解释自己情感产生的原因,并通过双重自我对自己的性格特征进行了矛盾性的剖析。而在话语和意识形态视点层面同样表现出了内视点的特征,如在六月三日的日记中,"我常常问自己,我为什么要这样顽固地追求一个豆蔻年华的少女的爱情呢?我既不想勾引她,也不想娶她为妻。我干吗像一个女人似的向她卖弄风情?……这就是一种真正的无休无止的情欲……这种情欲永远没有满足的时候"(莱蒙托夫 2006:180);"我这样煞费苦心到底是为了什么?是因为嫉妒格鲁什尼茨基吗?可怜哪,他根本就不值得我嫉妒。或许是一种难以战胜的恶劣感情在作怪,这种感情促使我们去破坏一个朋友的甜蜜的迷梦,以便在他走投无路来向我们求救的时候,可以沾沾自喜地对他说:……"(莱蒙托夫 2006:180);"真的,去占有一颗年轻的情窦初开的心,那真是无穷的快乐!……我觉得身上有一种贪得无厌的欲望,要把人生路上遇到的一切都吞食下去。我只是从个人利害得失的角度去看待别人的痛苦和欢乐，把它们当作维持自己精神力量的食粮。……而我最大的快乐就是让周围的一切听从我的摆布。让别人对我爱慕、忠诚和敬畏，岂不是拥有权力的首要标志？岂不是权利的最大胜利？平白无故地造成别人的痛苦和欢乐，岂不是满足我们自尊心的最甜蜜的食粮？什么叫幸福？幸福就是自尊心得到满足"（莱蒙托夫2006：180-181）。在这里，作者借助毕巧林叙述的话语和意识形态层面的内视点，揭示了毕巧林生活观的本质，即缺乏明确的生活目标和意义而注重过程和体验的虚无主义。

毕巧林对自身性格形成原因的解释本身具有矛盾性。他在向梅丽讲述自己的童年时，认为是周围的人把他变成了精神上的残疾人，并以此来解释自己个性的形成。依他的观点，他在最初具有善良的品质，但人们践踏了它们，嘲笑并侮辱它们，结果他就变成了人们先前想象的那种人。但在另一处反省中是另一种解释："在深谙人情世故之后，我便学会了处世的技巧，可是我看到别人不懂这些技巧也过得很幸福，还能不费吹灰之力享受我费了九牛二虎之力才得到的那些好处。于是我感到绝望了，这不是用手枪枪口所能医治的那种绝望，这是一种对一切都感到冷漠，对一切都感到无能为力的绝望，虽然表面上对人彬彬有礼，笑容可掬。"（莱蒙托夫2006：184）因而，毕巧林试图用来自他人的原因来解释自身缺点的矛盾性说法不能完全令我们信服，同时其反省的真诚性和可靠性程度也令人怀疑，况且在很多情形中，毕巧林只是袒露了自己内心的某个状态，并没有给它任何解释或者分析。但不管怎样，毕巧林在自己的日记中，逐渐揭示了自己的感情、性格、观点、行为特征和与周围人们之间的关系，以及这一切产生的过程。同时，读者对其了解也逐渐加深，虽然这种了解有明显的局限，因为毕巧林对于他自己来说，也仍是一个谜。双重自我的存在："一个确确实实存在着，另一个在不断思考、评判他的行为"（莱蒙托夫2006：213），注定他对自我的认识充满矛盾性，因为毕巧林的第二个"我"并没有达到上帝的全能全知状态，他在自己的叙述中不止一次地讲了自己的痛苦，却又找不到解释。故而毕巧林对自己的认识是有限的，他的分析的可信度也是有限的。可见，这里同样显示出了人物视点的限制性特征。

在《宿命论者》中，它的中心问题是定数或命运和毕巧林对待这个问题的立场。为了说明这个问题，出现了特别的人物乌里奇。对乌里奇的描写，不管是对其外貌、性格和行为及爱好的描写都运用了心理和话语层面的外视点，这种视点一直保持到乌里奇检验定数的存在。

在乌里奇身上发生了一系列事件之后，毕巧林思考了相信定数存在的自己这一代人和前辈们：

> 我想起一些古代圣贤，他们认为天上的星辰也参与我们这些渺小的人类为一小块土地或为某些臆想的权利而进行的争论，不禁感到好笑！……然而，他们认为整个天空连同那上面的无数星辰会忠贞不渝，怀着默默的同情注视着他们，这种信念曾给他们的意志增添了多么巨大的力量啊！……可是我们，他们可怜的后裔，却在这人世间东奔西走，没有信念，没有自尊心，也没有欢乐和恐惧，有的只是一想到不可避免的结局就不由自主地产生的揪心的忧虑；我们既不能为人类的福利，甚至也不能为自己的幸福做出巨大的牺牲，因为我们知道这是做不到的；……（莱蒙托夫 2006：233-234）

这里似莱蒙托夫本人的理解。在这一片段中，作者的世界观出现在毕巧林的视点中，超越了主人公视野的限制，就像稍后描写乌里奇被打死的场景一样，可以设想全知的作者的视点进入了毕巧林的视点，否则无法解释这一看似没有任何目击证人的事件的详细情况毕巧林是如何知晓的。但这种整篇作者世界观的渗透很快终止，叙述主人公的视角又重新封闭到自己的范围内。

还可以指出一个在功能上类似的因素，即他在与杀害乌里奇的凶手搏斗之后的思索："经历了这一切之后，一个人怎能不成为宿命论者呢？但又有谁确切知道，他应该相信些什么……而我们把感情的欺骗和理性的失误当作信念不也是常有的事吗？……"（莱蒙托夫 2006：238）最后一个句子像《贝拉》中讲述人所讲的一个情形：虽然十字山上的十字架是由亚历山大一世所立，但人们不相信这一事实，只相信十字架是由彼得一世所立的传说。虽然十字架上也有铭文，这里出现了一个信仰和事实的关系问题。人们相信的不是事，而是自己的信念，在这一点上军官旅行者和毕巧林的观点相似。比较乌里奇的死和十字山上的十字架，可以说，依作者的观点，信仰问题与事实无关，而是与个人的选择和他的信念有关，虽然事实存在，但人们始终不会相信。青年军官旅行者指出（莱蒙托夫 2006：108），尽管十字架上的铭文代表事实，但传说是根深蒂固的，弄得你真不知道相信什么好，而通常人们都不习惯于相信铭文，可青年军官对该问题最终并没有给出自己的答案。这一点与毕巧林的回答有异曲同工之妙——"我喜欢怀疑一切：这种想法并不妨碍性格的果断，恰恰相反，对我来说，即使前途渺茫，我也总是勇往直前。因为大不了是死，而人人都有一死，谁也避免不了！"（莱蒙托夫 2006：238）这样，毕巧林的意识和最接近于真正作者的青年军官叙述者的意识在此相接近。

从《当代英雄》描写的组织结构中可以看出，所有的叙述主体，除了前言中的作者外，都直接进入被描写的世界，是所描写事件的直接参与者或见证人，而正是存在几个叙述主体，才引起不同层面视点运用的改变。如在评价层面，正如乌斯宾斯基指出的那样，在《当代英雄》中作者没有赋予任何人有可起支配作用的视点的权利。① 从马克西姆·马克西梅奇的视点看，毕巧林、格鲁什尼茨基和青年军官旅行者是相似的人，而对于毕巧林来说，格鲁什尼茨基则是与之不同类的人，可他的评价体系与维尔纳医生的评价体系有许多共同之处。在这个系统中，就他们的受限制程度而言，实现了一种世界观对另一种世界观的独特的层级包孕关系，例如，作者＞青年军官旅行者＞毕巧林＞维尔纳＞格鲁什尼茨基＞马克西姆＞山民。根据这个系统，与毕巧林相比，作者与青年军官旅行者更接近，而比起格鲁什尼茨基，青年军官旅行者与毕巧林则较为相近等。所有这些相近是由各种各样的视点交叉现象形成的。

为了解释这种综合结构建构的基础，必须研究《当代英雄》真正作者的观点。在这部小说中，作者正如我们了解的那样，只是在整篇小说的序言中作为叙述主体直接出现，在其他部分，他将自己的权利转托给了人物（其中包括第二版中的青年军官旅行者）。作者赋予人物以用自己的话来谈论自己的可能性。因而《当代英雄》中的所有中篇里，基本的叙述形式是以"我"为第一人称的叙述，每个讲述者都有自己的经历、生活体验、世界观和性格，他们成了在具体艺术时空里存在的具体的人，因而不可避免地采取了针对其他人的观察角度。例如，从时空、评价和心理层面看，在基于对一个人长期观察而形成的总结性的特征中，每一个讲述者都在一定程度上深入人物的内心世界。马克西姆·马克西梅奇对阿扎玛特、卡兹比奇和山民的描写与毕巧林对格鲁什尼茨基、维尔纳、维拉和乌里奇的描写可以进行比较。

上面所说的人物在叙述中是作为叙述者早已熟悉的人物出现的，因而

---

① Б. А. Успенский. *Поэтика композиции* [M]. СПб.: Азбука, 2000: 24.

叙述者不难确定他们的性格，叙述方法取决于心理接近程度而变化。比起卡兹比奇，阿扎玛特对于马克西姆来说更为亲近，马克西姆对他的描写直接从内视点开始，同时他性格产生的基础也一下子可以确定，因而揭示得较为容易。而对卡兹比奇则首先由外视点来描写，接下来转述了有关他的传言，他的性格直到后来马克西姆根据经验才得以确定。

在毕巧林的日记中，我们找到了类似的推论，如对毕巧林来说，维尔纳比格鲁什尼茨基更亲近，因而他首先揭示了维尔纳性格的基础，接下来才描写他的外貌，而对格鲁什尼茨基和乌里奇的描写正好相反。再比如，对于青年军官旅行者来说，比起毕巧林，他对马克西姆较为熟悉，因而马克西姆的内心世界更多的是从内视点得到描写，而毕巧林则多从外视点被描写，而且他的性格也只能小心翼翼地加以猜测。

从以上对不同层面视点在文本中的表现进行分析可以看出，评价层面不仅确定了不同主人公形象在教育和世界观方面的层次等级，同时使所有人物都变成彼此评价的载体，他们的观点被客观化和平等化，没有人起着对其他人物终极评价载体的作用；而在话语层面，作者经常通过人物的言语表现自己的声音，人物与作者越亲近，他就更多地和作者分享他的（或者类似的）言语风格，但这不妨碍人物用自己的语言说话，在自己的直接表述中表现自己的个性；在心理层面，讲述者（青年军官旅行者、马克西姆·马克西梅奇和毕巧林）在描写别人时基本上采用的是外视点，而有关自己本人则在任何时间都从内揭示自己的心灵状态，但如果讲述者在描写其他人时运用他们的内视点，则受其人生处世逻辑的限制；在时空层面，特别是在时间层面，当叙述者在描写人物的性格和外貌方面的典型特征和上流社会社交界的典型现象，以及在描写短时间内主人公的心理状态和讲述者对主人公的迅速地内部描写有信心有把握时，通常运用内视点；当讲述人体验感受过去的事情像发生在说话时刻或写笔记的时刻时，他们也运用内视点。

总之，毕巧林的形象与性格产生于不同层面视点所形成的系统结构之中。根据巴赫金的对话理论，语义是出自人与人之间的相互对话及其语境，人们经由对话获得意义，这种对话可以是两者之间的，也可以是主体个人意识中内在矛盾的对话。因而，毕巧林的整体形象来自两个方面，即不同叙述主体所提供的毕巧林形象之间的对话和毕巧林自身反省的内在矛盾性对话。

第十章
莱蒙托夫《当代英雄》诗学结构的视点分析

长篇小说《当代英雄》(1840)是俄国19世纪著名作家莱蒙托夫的代表作,发表至今已有180年的历史。虽然其中的主人公毕巧林在俄国文学史中和文学评论家的笔下,早已成为约定俗成的一个社会"多余人"形象①,然而,毕巧林难道真的是他所生活的19世纪30年代和当时社会所弃的"多余人"吗?为什么莱蒙托夫的《当代英雄》出版后能立即引起俄国社会那么强烈的反响?作者何以将这样一位如此不道德并充满矛盾性的怪人称为"当代英雄"?"这仍然是一个令人困惑的未有定论之谜。"② 带着这种种疑问,我们试图运用乌斯宾斯基的结构诗学理论,从视点角度揭示《当代英雄》独特的诗学结构及其复杂而深邃的思想内容的内在生存机制,促使人们对文学作品的结构与结构构成的物质基础——语言材料之间的关系能有新的、更深入的理解和认识,并探寻其"多余人"形象中的非多余性。

第一节
《当代英雄》独特的"蒙太奇"式叙事视点结构

"技巧不单是叙述的辅助方面,或作者必须用以传达意义的必要的累赘,相反,是方法创造了意义的可能性。"③ 艺术作品的统一性和整体性是通过结构加以实现的,同时,各种结构手段也是读者对文学作品接受的促

---

① 任子峰. 俄国小说史 [M]. 北京:北京大学出版社,2010:132. 李赋宁总主编. 欧洲文学史:第二卷 [M]. 北京:商务印书馆,2004:341.
② В. М. Маркович. *Загадки лермонтовского романа*(Предисловие)[M] // М. Ю. Лермонтов. *Герой нашего времени*. СПб.:Азбука-классика,2009:6.
③ [美] 华莱士·马丁. 当代叙事学 [M]. 伍晓明,译. 北京:北京大学出版社,2006:133.

进因素。文艺作品的结构分析手法有很多，但"艺术构建主要的、特有的因素是描写对象以及言语单位的'呈现'方式"①。我们对《当代英雄》诗学结构的探讨将选择与艺术文本叙述的各种"视点"有关的结构方法。

莱蒙托夫的长篇小说《当代英雄》由五篇各自独立的故事构成，它们各自的描写对象之间并没有严格的逻辑限制，彼此除主人公毕巧林之外可谓互不相关，且事件的时空连接也很微弱。同时，小说的叙事结构并没有按事件发生的顺序，即塔曼奇遇→矿泉疗养区的爱恨情仇→N 要塞与山野女子的爱情悲剧→涉足左翼阵地／乌里奇中尉的宿命归宿＼→去波斯途中与马克西姆客栈重逢→殒命于波斯归国途中，而是通过叙述的时间顺序与事件发生的顺序的交错来形成小说的复合双重结构。在这部小说中，构成整部小说的情节结构胜过了故事情节本身。莱蒙托夫巨大的思想力正是通过贯穿始终的主人公毕巧林将不同"镜头"中的所有描写对象紧密而牢固地联结在一起，使得"一切部分都和整体相适应，每一个部分独自存在着，构成一个锁闭在自身内的形象，同时又作为必不可少的一部分，为整体存在着，来促成整体的印象"②。因此，构成小说的五篇故事（《贝拉》《马克西姆·马克西梅奇》《梅丽公爵小姐》《塔曼》《宿命论者》）"尽管内容似乎纯出偶然，不相连贯，我们却不能不按照作者亲自安排的次序来读它：否则，你们就只能读到两篇精彩纷呈的中篇小说和几篇精彩纷呈的短篇小说，却不会对长篇小说有所认识"③。这种结构直接表现了作者莱蒙托夫的思想过程和联想，同时也形象地再现出无法直接观察到的各种现象之间的本质联系，有助于深入把握世界的异质性和丰富性，以及矛盾性和统一性。这里，发生在不同时空的五篇故事的编排顺序借鉴了电影艺术中被广泛运用的"蒙太奇"式视点结构手法。

术语"蒙太奇"（源自法语 montage），义为"组装，剪辑"，诞生并确立于电影艺术的初期。苏联著名电影导演理论家爱森斯坦（С. М. Эйзенштен，1898—1948）认为，"蒙太奇"问题即电影中的"视

---

① ［俄］哈利泽夫. 文学学导论［M］. 周启超，王加兴，黄玫，等，译. 北京：北京大学出版社，2006：325.
② ［俄］别林斯基. 当代英雄（短评之一）［G］//别林斯基选集：第二卷. 满涛，译. 上海：上海译文出版社，1979：251.
③ ［俄］别林斯基. 当代英雄（短评之一）［G］//别林斯基选集：第二卷. 满涛，译. 上海：上海译文出版社，1979：225.

点"问题①。"蒙太奇,就是结构,它既是'剪',从素材中剪出所需要的镜头,也是'辑',把这些镜头连接成一个有机的整体:形式上完美,语义上通畅。"② 电影画面形式结构的要素,如电影拍摄画面和摄影视角的选择、相机移动的不同方式等,都明显地与该问题有关,它有时也被理解为电影艺术结构手法的总和,是电影艺术产生感染力的手段及其意义形成的基础。然而,当"蒙太奇"手法被转用到文学领域后,则"用来表示以描述的间隙性(离散性)和'碎片性'为显著特征的文学作品的建构方式"③。剪辑式"蒙太奇"结构在具有多重情节线索、由若干独立的"组合件"构成的文学作品中表现得较为明显,而莱蒙托夫的《当代英雄》采用的正是这样的建构方式。如果"蒙太奇"在该词的一般意义上(不局限于电影领域,原则上与各种不同种类的艺术有关)被理解为适用于艺术文本的"生产"(合成),那么艺术文本的"结构"则指的是相反过程,即对它的"分析"的结果。

从《当代英雄》的结构布局可以看出,发生在不同时空的五篇故事的叙述顺序的编排原则完全是为了服从更好地揭示主人公形象这一总的要求。作者借助多个叙事主体,即青年军官旅行者"我"、主人公马克西姆·马克西梅奇上尉和毕巧林本人的叙述,形成了一个故事套故事又套故事的嵌入式结构。"我"提供了故事框架,自始至终以一个旁观者的身份出现,没有作为故事中的人物参与到故事情节中去,只是故事真实性的见证者并提供了主人公毕巧林的最终结局,而真正的故事内容则由马克西姆·马克西梅奇和毕巧林所提供。三位叙述主体对主人公毕巧林玩世不恭的形象及其个性形成的内在逻辑顺序展开了由表及里、由浅入深的层层揭示,使读者对毕巧林这一"当代英雄"的形象有越来越清晰的认识。

《贝拉》一章中,毕巧林抢夺贝拉的荡人心魄的爱情故事由书中人物马克西姆·马克西梅奇讲述。马克西姆·马克西梅奇不仅叙述了他所亲历的整个故事过程,还不时地在叙述中表达了自己对事件主人公所作所为的看法,他的叙述为我们基本勾勒出了毕巧林"不达目的誓不罢休"的倔强个性形象的雏形,而青年军官旅行者"我"作为整篇小说的叙述者,在这里

---

① Б. А. Успенский. Поэтика композиции [M]. Пб.: Азбука, 2000: 12.
② 李稚田. 电影语言:理论与技术 [M]. 北京:北京师范大学出版社,2005: 183.
③ [俄] 哈利泽夫. 文学学导论 [M]. 周启超,王加兴,黄玫,等,译. 北京:北京大学出版社,2006: 341.

只是马克西姆·马克西梅奇叙述的接受者。但在《马克西姆·马克西梅奇》中,叙述者则由马克西姆·马克西梅奇转到"我"身上,通过"我"和毕巧林相遇时对毕巧林肖像的客观再现,以及"我"对毕巧林与马克西姆·马克西梅奇见面场景的描述,读者对毕巧林形象有了更为深入的认识。"我"的叙述和马克西姆·马克西梅奇的叙述相互交织,从而使得毕巧林的形象和性格中的一些特点,如冷漠和玩世不恭,较为清晰地展现在读者面前,同时激起了读者想进一步探究其性格成因的兴趣。

而后三篇《塔曼》《梅丽公爵小姐》《宿命论者》是以日记体形式,通过主人公毕巧林本人的自述,分别让我们了解了主人公在塔曼与一伙走私贩子的冒险经历,亲历般体验了他在伊丽莎白温泉与两个女人的感情纠葛及如何在决斗中杀死青年军官格鲁什尼茨基,同时还见证了宿命论者乌里奇中尉的宿命归宿。这些日记记录了毕巧林遇到贝拉之前的生活经历,不仅使读者有机会与毕巧林一起重温他所经历的一系列事件的发展过程,同时由于该叙述形式的隐秘性,毕巧林在日记中得以尽情倾诉内心最深处的思想活动,宣泄心中的矛盾情感。他对自己每一个行为所做的无情解剖,昭示了其矛盾的性格及其形成的心路历程,使读者看到了他人格上的分裂与内心幻灭的悲哀。至此,前两章中毕巧林的行为表现留给读者的许多想象空白得到了填补,马克西姆·马克西梅奇和青年军官旅行者"我"从自身限制性的有限视角所无法理解的一切也有了合理的解释。

很明显,《当代英雄》中毕巧林这一主人公形象的塑造过程是通过不断变换的"蒙太奇"式叙事视点和颠倒的时序得以实现的。不同的叙述主体马克西姆·马克西梅奇、青年军官旅行者"我"和主人公自己,都具有为读者描写另一个他所熟悉的普通人的权利和从自己的生平、生活经历和世界观出发的独特观察视角,他们分别从不同的时空存在,通过第一人称的叙述实现了对毕巧林的层层深入的认识:从朦胧的印象(马克西姆的讲述)到"我"(青年军官旅行者)的直面,最后到毕巧林的心灵自我解剖。而"形象不是横向的种种意素的化合或组合,而是一种纵向聚合的象征结构,游移不定,人物便没有确切的意义"①。以第一人称"我"为视角的叙述方法使所有的讲述人都具有相对的叙述自由,他们可以自由地选择话题和叙

---

① [法]罗兰·巴特. 神话修辞术:批评与真实[M]. 屠友祥,温晋仪,译. 上海:上海人民出版社,2009:13.

述视角，或者完全不讲也许是读者想知道的东西，在这一点上他们与创作者——作者相类似。例如，在《贝拉》中青年军官旅行者完全没有讲自己，我们只是猜到他可能是一位被流放者，并了解到他是一位喜欢记录的旅行者，读者应该容忍他视野的这种限制。青年军官旅行者的自由还表现在通过冗长的风景描写来控制《贝拉》的情节。而在《马克西姆·马克西梅奇》的开始部分，则采用了完全不同的另外一种决定："我不想用群山景色的描绘、空乏的赞叹，特别是那些从没经历过的人很难想象的景象和谁也不会看一眼的统计数字来烦扰你们。"① 这些都是青年军官旅行者选择的结果，在他自由的范围内。而马克西姆·马克西梅奇也利用了自己的自由，例如，他没有详细叙说山民的命运，同时他的生活构成了事件的必要的背景，这意味着讲述人按自己的兴趣和意愿选择了讲述的话题。在毕巧林的讲述中，我们同样也发现这种自由，甚至在揭示他的内心世界的时候，所有主体叙述的权利和可能性在原则上对等，使得有关主人公的相反观点的产生，以及不与任何一个已揭示的主观看法相一致的对"当代英雄"先验的形而上学理解成为可能。

同时，"有我之境，以我观物，故物皆著（着）我之色彩"②。不同的视角不仅透视出主人公的外貌和性格的不同侧面，而且使读者听到的不再是作者的客观讲述，而是直接来自主人公及各个人物的声音，在增强作品的真实性和生动性的同时，不同叙述者的不同视角对人物产生的不同印象还互相交织、补充、印证，使主人公形象更加丰满而富有立体感，同时使得整个故事也自然地进入与读者意识的对话之中，从而促进读者对毕巧林形象的认识趋向开放和多元化，读者可以有相当大的自由来独立地对每个人物做出评价。

实际上，从毕巧林等一系列俄国社会"多余人"形象的产生可以看出，19世纪别林斯基等人的文学批评实践明显偏向于文学作品的思想意义和社会功能的揭示。而20世纪初的形式主义学派又过于偏向技术技巧的另一端，他们竭力摆脱作品思想内容的羁绊，试图直接由作品的形式本身来揭示艺术的真谛。历史事实证明，这两种倾向都有失偏颇。乌斯宾斯基的结构诗学理论，基于视点这一独特的研究视角，将艺术作品的思想性融于对艺术

---

① ［俄］莱蒙托夫. 当代英雄［M］. 冯春，译. 上海：上海译文出版社，2009：121.
② 王国维. 人间词话［M］. 徐调孚，校注. 北京：中华书局，2009：2.

文本结构建构的机制与功能的揭示之中,为我们提供了一条兼顾两者的中间化道路。

第二节
并非多余的"多余人"形象——"当代英雄"的悲剧性

透过对长篇小说《当代英雄》中的几部短篇或中篇小说的多层面视点分析,可以看出毕巧林的形象是立体而充满矛盾性的。他的身上既有常人难以企及的过人秉性,如聪颖睿智、意志坚强、精力充沛、富有冒险精神,同时心地善良,然而"令人苦恼的停滞无为,对一切事情的厌恶,灵魂兴趣的贫乏,愿望与憧憬的不明确,无端的苦闷,随着内心生活的过剩而来的病态的幻想"[①] 又令人生厌。为了满足心灵的饥渴,发泄旺盛的精力,他到处寻找冒险刺激,在玩世不恭中浪费青春,在造成他人不幸的同时,自己也更加感到不幸。通读全篇后,读者就不难理解"当代英雄"毕巧林为什么在得到贝拉后又迅速厌倦。他对贝拉的征服只是为了显示自己的能力和寻求生活中新的刺激点,不甘于平庸的生活,继而证明自己还能有所作为,而并不是出于对贝拉真正的爱,所以也许贝拉的死对他来说更是一种解脱,因而他面对贝拉死亡时的表现同样可以理解。

作为俄国 19 世纪贵族青年的代表,毕巧林才华横溢,渴望有所作为,他既不愿与反动腐朽的统治集团同流合污,又无力超越自己的阶级局限性,因而他痛苦、消沉、愤世嫉俗、蔑视一切生活道德规范。然而,不幸的是,毕巧林对自己的种种损人又不利己的行为、对自己人格上的分裂是深深了解的。他有着敏锐的观察力和极强的分析批判能力,不仅对别人的行为和周围的世界有清醒的观察和分析,对自己的内心活动同样也有足够的剖析和批判。同时,他还不断地思考自己生活的意义和目的。例如,在去参加舞会的途中,想到自己准备在舞会上蓄意破坏格鲁什尼茨基与梅丽伯爵小姐的感情的想法时,毕巧林承认了自己身上另一个"我"的存在,并对第一个"我"进行了无情剖析:"我慢慢走着,心里闷闷不乐。我想,我活在

---

① [俄] 别林斯基. 别林斯基文学论文选 [G]. 满涛,辛未艾,译. 上海:上海译文出版社,2000:268.

世上，难道唯一的使命就是毁灭别人的希望吗？"① 而在和格鲁什尼茨基决斗前的那个不眠之夜，毕巧林更是对自己虚度的短暂一生做了一番痛心的回顾。他无情地批判自己没有崇高的理想，醉心于空幻而卑劣的情欲的诱惑。他清楚地知道，他的爱没有给任何人带来幸福，因为他从来没有为自己所爱的人牺牲过什么，他是为了自己、为了快活才去爱的。"我在脑海里回顾我的全部往事，不由自主地问自己：我活着是为了什么？我生在世界上有什么目的？……啊，目的肯定是有的，我肯定负有崇高的使命，因为我感觉到心灵里充满了使不完的力量，但我不知道这使命是什么；我沉溺于空虚而卑劣的情欲，我在这情欲的熔炉中锻炼得像铁一样冷酷和坚硬……"② 可以说，他的冷漠与玩世不恭是其内心的彷徨与无助和自觉的反省意识之间的矛盾的外在表现。

《当代英雄》是一部伟大的现实主义作品，但莱蒙托夫在该部作品中的现实主义表现手法与普希金在《叶甫盖尼·奥涅金》中的表现手法不同，他并没有直接反映当时的社会现实，而是通过对社会现实中的人的社会心理的揭示来反映时代的状况。莱蒙托夫通过对《当代英雄》中的主人公毕巧林性格特征的多层面、多视角的立体描写，意在揭示形成其性格特征的时代背景和环境。毕巧林生活的18世纪末19世纪初是俄国农奴制最反动的年代，但是欧洲自由资本主义迅速发展和日益壮大的时期。受后者影响，和欧洲许多国家的民众一样，俄国民众要求对旧有的社会制度及其关系进行革新的呼声也越来越强烈，但当时的俄国处于最黑暗的尼古拉一世统治时期。像毕巧林这样的时代青年们消极绝望，承受着空前的信仰危机和精神压力，但又不甘于现状，期望通过积极的行动来拯救自己和社会，所以迫切地需要明白个人存在的价值和意义。这一切在文学领域的反映表现为：无论是西欧还是俄国文学，面临的最重要问题都是塑造时代的英雄形象——先进的年轻人，并描绘此类英雄及其与所处社会的关系。

然而，莱蒙托夫塑造的"当代英雄"毕巧林，不是一般人所理解的英雄形象。他在小说的序言中告诉我们，"'当代英雄'确实是一幅肖像，不过不是某一个人的肖像。这幅肖像是由我们整整一代人身上发展到极点的

---

① [俄] 莱蒙托夫. 当代英雄 [M]. 冯春, 译. 上海：上海译文出版社, 2006：188.
② [俄] 莱蒙托夫. 当代英雄 [M]. 冯春, 译. 上海：上海译文出版社, 2006：210.

恶习构成的"①。因而,"毕巧林的肖像是病态的肖像,是社会可怕病症的肖像"②。开方得先问诊,要想治好任何病症,包括社会的病症,首先必须了解症结的根源。只有清楚自己的病症,才能对症下药。然而,在序言的末尾,作者又指出:"毛病一经指出,目的也就达到,至于如何医治,那只有上帝知道了!"③ 莱蒙托夫在这里似乎告诉我们,他只对社会的病症感兴趣,而医治它的愿望几乎没有,或者在他看来根本就没有办法来医治。但事实并非真的如此:在莱蒙托夫的悲观情绪中潜藏着一种有积极作用的情感,即对当时现实的否定和对斗争的渴望。莱蒙托夫通过对这个时代的代表人物的描绘完成了他对社会现实的批判。

"任何一个人只要想用与当代世界观不同的方法来看待生活,就可能并且应该等待着被划入反常人之列。这种划入没有一点关系,可能甚至是优秀的标志!"④ 毕巧林就是这样的人,他有着与同时代人不同的想法、感觉和愿望。大家所感到亲近和珍贵的一切,对于他来说,是不需要和格格不入的,虽然"他还和自己的过去有着某种程度的联系。在他身上还保留着孩提时代就已有的某种信念。一些过去的恐惧和愿望多少又在他身上复活。也许,他不止一次地苏醒过来,痛苦地意识到自己所处状况的可怕,并且力图回到自己的平静的过去"⑤。所以,他的结局注定是悲剧的。他虽然向前走着,但还不清楚等待他的将是什么,因为在那样的社会环境下还无法寻求最根本的出路。作者最终让毕巧林死在了从波斯归国的途中,这一安排同样反映了莱蒙托夫本人对时代出路的迷茫与困惑。

毕巧林是他所处时代的一面镜子,在他的身上有"整整一代人身上发展到极点的恶习",但他又与这一时代的代表"格鲁什尼茨基"们格格不入,他成了那个时代被边缘化的"多余人"。然而,在整个人类社会历史发展的长河中,他绝不是"多余"的,他是"当代英雄"。他的英雄性正是他的自我反省和解剖精神,虽然这种解剖和反省还缺少明确的行动目标,但

---

① [俄] 莱蒙托夫. 当代英雄 [M]. 冯春,译. 上海:上海译文出版社,2006:81.
② [俄] 舍斯托夫. 悲剧的哲学:陀思妥耶夫斯基与尼采 [M]. 张杰,译. 桂林:漓江出版社,1992:8.
③ [俄] 莱蒙托夫. 当代英雄 [M]. 冯春,译. 上海:上海译文出版社,2006:82.
④ [俄] 舍斯托夫. 悲剧的哲学:陀思妥耶夫斯基与尼采 [M]. 张杰,译. 桂林:漓江出版社,1992:10.
⑤ [俄] 舍斯托夫. 悲剧的哲学:陀思妥耶夫斯基与尼采 [M]. 张杰,译. 桂林:漓江出版社,1992:12.

这是社会"多余人"精神成长过程中不可逃避的阶段。同时，这种自我反省与解剖的精神也是构成他的悲剧性结局的原因。他是时代末日的觉醒者，正是他的清醒造成了他的孤独、忧郁和叛逆的个性。他虽然还没有找到明确的前行目标，但认定自己肩负崇高的使命，不甘心自己的无所事事，因此只好靠到高加索去旅游、靠参加对切尔克斯人的战争、靠豪饮和狎游来满足自己对事业的热望。他是旧时代的牺牲品，更是新时代的先知先觉者，从他身上可以看到新时代的曙光。难怪俄国革命民主主义者、著名的文学评论家别林斯基称莱蒙托夫的《当代英雄》为"一部洋溢着强大创作才能的泼辣、年轻而又华美的生命力的诗情作品"①。

以上分析进一步说明了乌斯宾斯基的多层面视点结构理论的实用性。借助该理论不仅有助于我们更加深入地理解莱蒙托夫的作品《当代英雄》创作结构的独特性，而且通过上一章对《当代英雄》文本的具体语言分析，使我们看到不同层面视点在具体文本中的语言表达机制，并在对多层面视点表述的具体语言解读中，形象地感受到毕巧林复杂个性特征的形成原因，从另一视角显现了当代英雄毕巧林身上充满悲情的英雄性。

第三节
《当代英雄》艺术形式的视点解读——文化符号学视角

文学作品的艺术形式通常是由内在的结构和外显的艺术语言两种形式因素构成，它不仅是文本内容的构建和存在方式，也反映了作者的世界观、对世界的认知视角和思维方式，长期以来一直是文学批评界关注的重要话题。事实上，文学作品的整个结构都属于"内容"的范畴，它本身就传递着信息，因为艺术文本结构的变化直接决定着艺术作品的内容和意义。

洛特曼认为，内容与形式的关系就像生命与生命体复杂的生理机制之间的关系，我们无法想象构成生命体主要特质的生命超越了其身体结构。艺术作品的"思想并非体现在某些，甚或是精选出的引文之中，而是通过整个艺术结构来表现的。研究者如不理解这一点，而企图在个别的引文中去寻找意义，就如同一个人，在知道了房子有平面图之后，为寻找平面图

---

① ［俄］别林斯基. 当代英雄（短评之一）［G］//别林斯基选集：第二卷. 满涛, 译. 上海：上海译文出版社，1979：224.

藏匿的地方而去拆毁房子的四壁一样。平面图非藏匿在墙里，而是体现在建筑物的匀称比例中。平面图是建筑物的思想，而建筑物的结构则是该思想的实现。文学作品的思想内容就是结构，在艺术中的思想永远是一个模式，因为它描绘了现实的形象。思想是在相应的结构中实现的，不存在超越结构的艺术思想内容，这一观点应该取代形式与内容的二元论"[1]。任何艺术作品结构的改变将给读者或者观众传递出不一样的思想。艺术文本是复杂建构起来的思想，它的所有元素都是有意义的。符号及其结构系统本身与意义是不可分割的。一个思想永远不可能在与之不相符的另一个形式中得以表达。否则，我们就无法理解为什么在同样的社会生活条件下却诞生出各种不同的文学作品。

鲁迅先生认为，俄国的文学从尼古拉二世时候起，就是"为人生"的[2]。然而，事实上，俄国文学从普希金时代开始就致力于以各种方式探寻生命的意义。由五篇独立中篇构成的长篇小说《当代英雄》是莱蒙托夫创作鼎盛时期的作品，问世至今已超过一个半世纪，它以其独特的艺术审美构造承载了作者对生命意义的求索。本节将尝试以鲍·安·乌斯宾斯基的视点结构理论为研究方法，深入揭示《当代英雄》的艺术形式与俄罗斯民族文化精神之间的融合，以期为小说创作形式的意义分析，探索值得借鉴的途径。

（一）聚和性：主人公形象建构的"三位一体"动态视点

艺术文本结构是作家创作时认识和表达世界的重要方式。乌斯宾斯基的结构诗学理论为我们解读艺术文本结构提供了新的视角——视点。他认为，根据揭示和确定视点的不同手段，艺术文本中存在多维度、多层面的视点，例如，意识形态视点、话语视点、空间-时间特征视点和心理视点等，并明确指出了这些视点的划分具有任意性特征。[3]

由五篇内容互不相干的独立故事构成的《当代英雄》，曾以独特的文本结构吸引了众多文学批评家的关注，但他们几乎都是从作家对毕巧林心理刻画的层层递进，去阐明这种结构的必要性和合理性。然而，在艺术文本

---

[1] Ю. М. Лотман. *Структура художественного текста. Анализ поэтического текста* [M]. СПб.: Азбука, Азбука-Аттикус, 2018: 20-21.

[2] 鲁迅. 南腔北调集 [G]. 北京：人民文学出版社, 1973: 14.

[3] Б. А. Успенский. *Поэтика композиции* [M]. СПб.: Азбука, 2000: 18.

中，任何叙述都是有一定角度的，即视点，它是叙述得以展开的前提条件。当我们运用乌斯宾斯基的"视点"结构理论去分析《当代英雄》的文本结构时，我们不难发现，有别于以往小说单向度、直线式的叙述方法，《当代英雄》的叙述视角是多元、立体的。构成长篇小说《当代英雄》的五部中篇，虽然都是"我"的第一人称叙述，但它们的叙述主体和叙述视角不一致。《贝拉》和《马克西姆·马克西梅奇》分别是马克西姆·马克西梅奇上尉和青年军官旅行者以第一人称"我"进行的叙述。《贝拉》中的毕巧林形象只存在于整个事件的间接参与和见证者马克西姆·马克西梅奇上尉的视点中，而《马克西姆·马克西梅奇》中青年军官旅行者是事件的完全旁观者，从他的视角展开的叙述只是对他从上尉叙述中了解的毕巧林形象的一种佐证和补充。只有三篇日记才是事件的直接参与者毕巧林的自我叙述。不同的叙述主体由于家庭出身、受教育程度以及所处社会环境等各方面的差异，面对同样的对象，他们的叙述视角和意识形态评价可能不相一致。意识形态评价反映我们思想上对周围世界的认识。作品中"意识形态评价视点的载体可以是作者本人、与作者不吻合的讲述者或者某个出场人物"①。《当代英雄》中，作者通过多个叙述主体"我"，不仅勾画出主人公外貌和性格特征的不同侧面，而且使读者听到的不再是来自作者的独白，而是直接来自主人公及各个人物的声音，在增强作品真实性和生动性的同时，也激发了读者参与人物对话，共同构建作品主人公形象的冲动。从视点角度，艺术文本的整体结构可以体现在文本中不同视点相互作用、相互补充而形成的复杂关系中。②乌斯宾斯基认为，在《当代英雄》中作者没有赋予任何人可起支配作用的视点的权利。③不同叙述主体从不同视角对主人公毕巧林产生的不同印象互相交织、补充、印证，在使其"完整形象"更加丰满而富有立体感的同时，在空间上也形成了具有多个叙述主体，呈开放性特征的视点对话结构。这种结构体现了俄罗斯民族东正教文化精神独特的"聚和性"特征——"多样性中的统一"④。莱蒙托夫的创作思维方式显然在一定程度上受到了这种民族文化精神的影响。

---

① Б. А. Успенский. *Поэтика композиции*［M］. СПб.：Азбука，2000：22.
② Б. А. Успенский. *Поэтика композиции*［M］. СПб.：Азбука，2000：171-173.
③ Б. А. Успенский. *Поэтика композиции*［M］. СПб.：Азбука，2000：24.
④ А. С. Хомяков. Письмо к редактору "L'UnionChretienne"о значении слов "кафолический" и "соборный"по поводу речи отца Гагарина, иезуита［G］// *Полное собрание сочинений* в 8 т. Т. 2. М.：Университетская типография, *1886：325.*

其实,"视点"不仅是不同空间的静态透视,而且更是时间变化的动态认知。俄罗斯宗教文学批评家们认为,真理存在于"三位一体"的"万物统一"之中。不过,这里的"三位一体"已不再是纯粹的在俄罗斯人内在个体心灵生活中占据特殊位置的"圣父、圣子和圣灵"的"圣三位一体(Святая тройца)",它已被俄罗斯白银时代著名的哲学家、宗教文化批评家谢·尼·布尔加科夫(Булгаков С. Н. 1871—1944)从哲学角度赋予了新的内涵,即"物质(客体)、精神(主体)和存在",这"三个各具特定位份的概念,完全同具一个本体"。它们之间的关系类似于句子的一般形式"我是什么",其中的"我"表示主体,"什么"表示客体,而"是"则表示存在。主体、客体和存在是不可分割的"三位一体"。"在谢·尼·布尔加科夫的眼中,艺术形象是一个由存在联系着的主客体共生整体。这个'三位一体'的共生整体越复杂、越充满矛盾,其艺术性就越强。"① 而建立在"视点"之上的艺术文本结构则具有这种"三位一体"的特征。"视点"是一个具有主体性、社会性和能动性的概念,它可以在客观世界、文本作者、文本中的叙述者或人物及读者(接受者)之间架起联系的桥梁。世间的一切存在都是时空的具体化。乌斯宾斯基认为,视点具有时间和空间性特征。② 随着时空的位移变化,主体(精神)对客体认识的视角也会有所不同,因而主体所认识的客体存在则会发生相应变化,有时甚至产生完全相反的认识。比如,《当代英雄》中马克西姆·马克西梅奇上尉对主人公毕巧林的看法变化:从初识觉得毕巧林有点"怪",到认可甚至赞赏毕巧林在抢夺贝拉并赢得她的芳心过程中所表现出来的"聪明"与"足计多谋",再到后来看到毕巧林对待贝拉的爱情和对待与他自己友情的"任性"和"薄情寡义"。可见,在不同的时间点和不同的事件中,马克西姆·马克西梅奇上尉对毕巧林的意识形态评价视点是动态变化的。

莱蒙托夫所塑造的毕巧林形象,在任何一位单独叙述主体的视角中都是片面而不完整的。正是对发生在不同时空中的事件所采用的多元叙述视角,才使得该形象在他者和自我话语的构建中充满了复杂和激烈的精神与现实的矛盾,交织着善与恶、理智与非理智、美与丑的斗争。毕巧林多面的性格特征体现了俄罗斯人灵魂的内在复杂性。

---

① 张杰,等.20世纪俄苏文学批评理论史[M].北京:北京大学出版社,2017:114.
② Б. А. Успенский. *Поэтика композиции* [M]. СПб.: Азбука,1886:100.

(二) 弥赛亚: 叩问灵魂的视点焦聚

莱蒙托夫的一生都在痛苦地寻求自己生命的意义和目标。作者用"当代英雄"来为他的小说命名,实际上是在用肯定的语气来表达他对同时代优秀贵族青年毕巧林寻求人生意义的心灵求索过程的体察与认同。"在莱蒙托夫之前,没有一个文学形象像毕巧林这样承载了作者本人精神探索的深层矛盾和痛苦,这样原原本本地反映其在当时的迷茫和绝望。"① 别林斯基曾在 1840 年给瓦·彼·鲍特金(Василий Петрович Боткин,1812—1869)的信中指出,毕巧林形象是莱蒙托夫的"自画像":"毕巧林——这完全是他自己"②。借助该部作品,莱蒙托夫想要回答的是生命意义、人的使命以及人存在的基本价值等问题。

在《当代英雄》中,作者通过多个叙述主体的视角再现了毕巧林具有"聚和性"特征的"三位一体"动态形象。然而,在乌斯宾斯基看来,艺术文本中的"视点"不仅仅可以表达叙述者的意识形态评价,还可以被看成是对现实进行艺术表现的手法,因而还存在话语视点、心理视点和时空视点等。③ 构成《当代英雄》小说整体的五部中篇,在结构上并不是平等的。从心理层面视点角度看,在主人公形象塑造方面这种结构的安排实现了叙述主体视角由外向内不断深入的结构转换,体现了作者创作的意旨:再现毕巧林对自身心灵的审视与拷问,实现其对自我灵魂的救赎。

心理层面视点与叙述者和所述内容之间的心理空间距离有关。乌斯宾斯基认为,作者在建构文本时,针对被描写事件,可以通过援引某个出场人物的意识来进行描写,即运用某个明显是带有主观性特征的视点,该视点关注人物自身,因而可称之为内部视点;或者,让叙述者置身于所述事件之外,只是运用他所知晓的事实,尽可能客观地对事件进行描述,此时采用的视点可相应地称之为外视点。④ 由此看来,构成《当代英雄》五部中篇的前两篇是对主人公毕巧林性格特征的旁白,作者采用的是外视点的叙述手法,而后三篇采用了日记体形式,是主人公对自我内在心迹的袒露和

---

① 金亚娜. 奇崛艺术世界的宏远历史投影:纪念莱蒙托夫 200 周年诞辰 [J]. 俄罗斯文艺,2014 (3):23-321.

② В. Г. Белинский. *Полное собрание сочинений в 13 т.* [M]. Т. 11. М.: Издательство Академии Наук СССР, 1956:509.

③ Б. А. Успенский. *Поэтика композиции* [M]. СПб.: Азбука, 2000:138-139.

④ Б. А. Успенский. *Поэтика композиции* [M]. СПб.: Азбука, 2000:138-139.

直抒，采用的叙述视点完全是内在的。通过这种由外视点向内视点转换的艺术审美构造方法，莱蒙托夫将对毕巧林形象塑造的视角聚焦于主人公自我救赎意识的不断觉醒过程。为了突出毕巧林对生命意义求索过程中所经历的矛盾和斗争，作者在话语层面视点运用了一系列主人公直接引语的反问句式，形象地再现了毕巧林对人生由迷茫到反思与求索，最终实现自我灵魂救赎的全过程。

俄罗斯文学具有神性的维度，能够直入人的灵魂，正面透视人的阴暗面，以人的沉沦为起点，实现对堕落生命的拯救。"弥赛亚"意识是东正教精神的本源之一，在俄罗斯民族意识中，它意味着拯救。而人神合一的上帝形象，使俄罗斯人民相信上帝存在于自我之中，每个人不仅对他人、社会，甚至全人类负有"弥赛亚"的救赎使命感，更重要的首先是自我灵魂的救赎。毕巧林身处尼古拉一世统治的那个黑暗时代，他不愿意融入所处的社会，因而他的行为无法得到"常人"的理解。但他在任性与抗争的同时，却常常不自知地给他人带来伤害。然而，毕巧林每次在对他人造成伤害之后，都能够对他人的不幸有所体察，并不断地思考：活着是为了什么？生有什么抱负？他需要找到自己生命存在的真正基础，找到他所真正需要的精神食粮，他对自我行为的反思几乎存在于他的每一次行动，并随着小说情节结构的安排逐渐深入。

在《贝拉》中，面对马克西姆·马克西梅奇对他对待贝拉的行为前后变化的不解和恼火，他只是不得已在心理层面向上尉做了内视点的心灵告白："如果我是造成别人不幸的原因，那我自己不幸的程度也不亚于别人。"① 显然，他很清楚自己给贝拉带来的伤害。在此，作者借毕巧林的口道出了主人公所面临的人生困境：无解的空虚与苦闷！他不甘于沉沦和堕落，渴望自我救赎，但此时的他还不知如何行动，"我只剩下一个办法：旅行"②。

在《塔曼》中，毕巧林没想到自己随口一句"我要是认真起来，去向司令官报告呢？"③ 的话，就吓跑了女走私贩子，断了房东老婆子和小盲人的谋生手段，这使他的心里非常的难受和懊悔。如果说在《贝拉》中，面对上尉的谈话，毕巧林对自己的行为更多的还只是辩解的话，那么在《塔

---

① М. Ю. Лермотов. *Герой нашего времени* [M]. СПб.: Азбука-классика, 2009: 64.
② М. Ю. Лермотов. *Герой нашего времени* [M]. СПб.: Азбука-классика, 2009: 65.
③ М. Ю. Лермотов. *Герой нашего времени* [M]. СПб.: Азбука-классика, 2009: 95.

曼》中面对小盲人坐在岸边长久的哭泣，他已开始自觉的反思："为什么命运要让我闯入靠自己劳动谋生的走私贩子的宁静生活中来呢？"① 在《梅丽公爵小姐》中，毕巧林在追寻生命意义的道路上更是不断地对自己进行心灵的拷问，他几乎对自己每一次"为所欲为"的破坏行为都进行了深刻的反思和否定。对自己不爱梅丽公爵小姐却追求她，意欲破坏格鲁什尼茨基对她的追求的行为，他常常问自己："我为什么要如此执拗地去猎取一个我无意勾引、也永远不会同她结婚的少女的爱情呢？我像女人一样卖弄风情有什么意思呢？""我这样操心，究竟因为什么？因为嫉妒格鲁什尼茨基吗？"②"难道我活在世上的唯一使命就是破坏别人的希望？"③ 这种发自内心的灵魂叩问，开启了他对自我的救赎和对生命意义的思考。在与格鲁什尼茨基决斗前的夜晚，毕巧林回顾自己一生时问自己："我为什么活着？我生下来带有什么目的？"随即他就自己的问题做出了明确的自答，并否定了自己走过的人生，"目的肯定是有的，而且赋予我的使命肯定很崇高，因为我能感觉到我心中充满无穷的力量；但我猜不透这一使命，我只能迷恋于空虚无聊的情欲诱惑；……丧失了追求高尚的热情，这可是人生最美好的精华"④。当毕巧林和格鲁什尼茨基决斗并置对方于死地，回到要塞后，他回首往事，不时问自己："为什么我不愿走命运为我开辟的、有安宁与祥和等待着我的那条道路呢？"他给到的回答是："不可能！我不会安于这种命运！我就像一个生长在海盗船上的水手，他的心灵已经跟风暴与搏斗结下不解之缘。"⑤ 从毕巧林对人生意义思考的心路历程，我们可以看到，他由最初的完全迷茫与不知所措，到越来越相信自己生有所用，相信自己被赋予崇高的使命并渴望斗争。要知道，一个人如果完全陷入世界的无意义之中并被它控制，是不可能知道这种无意义性，也不可能为生命的无意义而痛苦，从而去寻找生命的意义的。

毕巧林在双重自我不断较量与评判中，对自己的所作所为进行了质疑与否定，明确了自己不与所处的上层社会同流合污的决心，唤醒了自己救赎他人和社会的使命感，虽然还不清楚这个使命是什么，然而"这种寻求

---

① М. Ю. Лермотов. *Герой нашего времени* [M]. СПб.：Азбука-классика，2009：99.
② М. Ю. Лермотов. *Герой нашего времени* [M]. СПб.：Азбука-классика，2009：138.
③ М. Ю. Лермотов. *Герой нашего времени* [M]. СПб.：Азбука-классика，2009：148.
④ М. Ю. Лермотов. *Герой нашего времени* [M]. СПб.：Азбука-классика，2009：171.
⑤ М. Ю. Лермотов. *Герой нашего времени* [M]. СПб.：Азбука-классика，2009：191.

本身就是我所寻求的东西的实在性在我心中的表现"①。在《宿命论者》中，毕巧林的行为第一次没有对他人造成伤害，他在自身直觉意识的导引下终于将对自我和他人的救赎使命付诸行动。

莱蒙托夫通过对毕巧林形象的塑造，将俄罗斯文学引向了对人内心世界的关注。他赋予了毕巧林个性化的语言特色，将描写视点聚焦于主人公对自我内在心灵的不断审视与拷问，一方面揭示了这一文学形象自身的复杂性与矛盾性，同时也在具体的话语语境中艺术地呈现出了其超越个体的精神价值。

（三）意识觉醒：摆脱宿命的直觉视点透视

艺术文本的意义与其结构的复杂性密切相关。作为俄罗斯文学史上第一部具有哲理意义的小说，《当代英雄》完美的结构手法在很大程度上胜过了故事情节本身。在构成《当代英雄》的五部小说中，最早问世的是发表于1839年3月的《贝拉》，同年11月《宿命论者》发表，整部作品则见于1840年4月。从事件发生的时间看，它们的顺序应是《塔曼》—《梅丽公爵小姐》—《宿命论者》—《贝拉》—《马克西姆·马克西梅奇》，但作者并没有按照这一顺序来安排整部小说的结构，而是采用了由外视点向内视点不断深入的叙述主体结构。然而，与《塔曼》和《梅丽公爵小姐》一样同为毕巧林日记的《宿命论者》为什么被作者莱蒙托夫作为长篇小说的结束篇？这一话题至今仍然值得进一步讨论。

单从主人公形象塑造的角度看，通过马克西姆·马克西梅奇上尉在《贝拉》中带有个人视角的评述和《马克西姆·马克西梅奇》中青年军官旅行者对上尉与毕巧林旅店偶遇事件的旁观叙述，以及毕巧林在《塔曼》和《梅丽公爵小姐》两部日记体小说中的自我心迹袒露，毕巧林形象已在不同叙述主体的内、外视角下较为完整地展示出来，而《宿命论者》在主人公形象的塑造方面并没有带来更多新的内容，毕巧林在其中主要是叙述者，并不具有多少角色意义。但苏联评论家伊·维诺格拉多夫认为，"相对于长篇小说核心的独立而有意义的部分，《宿命论者》绝对不是无足轻重的添头。在由多部中篇构成的《当代英雄》的整体结构中，在某些方面它甚至占据了关键位置。如果没有这一部分，小说不仅在表现力上有所缺失，而

---

① ［俄］弗兰克. 俄国知识人与精神偶像［M］. 徐凤林，译. 上海：学林出版社，1999：209.

且在其他很多方面也将失去其内在意义。整个叙述的逻辑和结构的建构过程都是一步步逐渐为这一最后的关键环节出现作铺垫的。《宿命论者》结束长篇小说,像独特的拱顶石,支撑着整个穹顶,给整体以统一性和完整性……"[1]那么《宿命论者》在整部小说的结构中究竟起了什么样的作用?

俄罗斯文学艺术地体现哲学思想探索的传统始于莱蒙托夫的毕巧林形象。通过毕巧林这一不甘堕落而不断进行自我反省与救赎的优秀贵族青年形象,莱蒙托夫探索了生命存在的意义和人的使命与价值等问题。《当代英雄》可以说是主人公毕巧林的一部跌宕起伏的自我内在灵魂救赎史,"弥赛亚"的救赎意识渗透在整部作品中。从主体叙述的心理视点角度看,三篇日记都是主人公毕巧林的内视点叙述,但我们不难看出,《宿命论者》与前两篇日记的叙述风格是完全不一样的。前两篇日记中毕巧林对自身行为的内视点透视充满了理性的反思,而《宿命论者》中作者则将整个叙述视点聚焦于主人公非理性的直觉意识觉醒。作者一开始有关符里奇宿命定数的描写,并不是为了证明宿命论的存在,而是为了让我们体会到一种有别于现实理性世界的直觉感知。作者在提出人的生死有无定数的问题之后,不相信定数存在的毕巧林却在符里奇苍白的脸上看到了死的阴影,因而预言符里奇的死期已到。虽然符里奇用装上子弹的手枪对自己脑门射击而侥幸未死,但在回家的路上还是被醉汉劈死了,似乎人的命运确实在一种神秘力量的控制之中,不可抗拒。子弹明明在枪膛且没有受潮,却打了哑枪,然后偏偏是夜归的符里奇被醉汉撞上,且就因为多了一句嘴。所有这一切都很难用理性去解释。

理性与直觉是两种方向相反而又相互依存的生命功能。理性具有形式化的、外在的、时空性的特点,无法真正揭示生命的奥秘,而直觉是人的本能,它是内在的、指向生命本身的、与生命有机结合的力量。因而,"只有直觉才能把我们引向生命的深处"[2]。通过主人公毕巧林对待定数问题由不相信到相信的前后看法变化,以及他对符里奇之死预感的应验,作者暗示了涌动在毕巧林生命中的真正的内在动力——直觉意识的觉醒,这是人的生命过程中用任何力量都无法遏制的生命力,从而强调了主人公对生命的认识由外在的理性走向了更加深层次的内在的非理性。在文本结构方面,

---

[1] И. Виноградов. Философский роман Лермонтова [J]. *Новый мир*, 1964 (10): 217.

[2] Bergson. *Creative Evolution* [M]. London: Palgrave-Macmillan, 1911: 176.

乌斯宾斯基认为，由于视点划分的角度和方法不同，艺术文本的视点结构具有多层面性特征。因而，从视点角度看，在毕巧林形象的塑造方面，主人公的三篇日记虽然同属于内视点的叙述，但在对生命意义的认识与反思方面，前两篇日记则属于理性的外视点，而《宿命论者》是非理性的内视点。对毕巧林直觉意识觉醒的描写反映了莱蒙托夫的哲学观受到了俄罗斯唯心主义哲学流派的神秘主义认识论影响。

神秘主义认识论在俄罗斯源远流长，其核心思想起源于希腊正教，认为现实是理性所不能认识的，只有通过神秘的直觉才能得到认识，因为万物的基元不是物质，而是超自然的精神和上帝。有别于西方天主教基督的客体存在，东正教的基督是主体，他内在于人的心灵，神人合一的基督耶稣形象被俄罗斯民族认为是人类精神世界追求的终极理想。在东正教"人是按照圣像和上帝的相似形象被创造出来的，他的生命的意义在于通过认识和自我完善去追求神灵"[①]。

谢·尼·布尔加科夫认为，人所具有的超理性和超验的特殊直觉能力具有神秘性，它能使我们产生和精神世界、神的世界进行交往的内在感悟，以及对我们自然世界的内在认知，即神秘体验。[②] 而尼古拉·别尔嘉耶夫（Николай Александрович Бердяев，1874—1948）更是直接指出，"神秘主义是精神的人的觉醒，精神的人比自然人或心理上的人更清楚和更明锐地看见实在"[③]。它虽然是精神领域的、不可见的神圣体验，但具有力量，能够改变世界。毕巧林依靠自身所获得的带有神秘性的直觉体验，预言了符里奇之死，也验证了他对凶手和自己命运的判断。面对右手握着手枪，身旁放着血糊糊的马刀，躲在镇边空房子里杀死符里奇的醉汉凶手，在众人无所适从的时候，毕巧林透过凶手惶惶不安的眼神，凭直觉告诉自己，凶手并没有多大的果敢劲儿，因而决定试试自己的命运。他在其他人的协助下，揭开护窗，跳进窗去，枪声在他的耳朵上方响起，子弹打掉了他的肩章，而他逃过一劫，生擒了凶手。毕巧林之所以能生擒凶手，完全得益于他觉醒的直觉意识使他做出了正确的判断。在整部小说中，他终于第一次

[①] 金亚娜. 俄罗斯神秘主义认识论及其对文学的影响[G]//金亚娜集. 哈尔滨：黑龙江大学出版社，2012：10.

[②] [俄]布尔加科夫. 东正教：教会学说概要[M]. 徐凤林，译. 北京：商务印书馆，2005：179.

[③] [俄]别尔嘉耶夫. 精神与实在[M]. 张百春，译. 北京：中国城市出版社，2002：137.

在行动中没有给他人带来伤害，实现了对自我和他人的救赎，体现了他生命存在的价值。

毕巧林经过对他人和自己命运的试验和思索，最终得出了"我虽然爱怀疑一切，但这种意识倾向并不妨碍性格的果断，而正相反，对我来说，即使前途未卜，我也总会更加勇往直前，因为没有什么比死亡更糟糕，而死谁也免不了！"①的结论。事实上，一切怀疑真理是否存在的人，内心都有他不怀疑的真的东西，因而毕巧林喜欢怀疑一切恰恰是他精神意识觉醒的标志。"生命的真正动力不是外在的东西，而存在于生命本身之中。这种东西是用形式化的形而上学方法，或者功利色彩的东西无法表达的，它只有在人的生命过程中，通过活生生的生命过程才能揭示出来。"②

《宿命论者》不仅结束了毕巧林的日记，也完成了整个小说的闭环。作者通过对主人公直觉意识的探究，实现了其创作的真实意图，向所有人提出了人的生命意义及其价值如何实现的问题。莱蒙托夫相信内在精神的力量，认为一切向内的深入都是对自我的扩大。"人离开外表向内走得越深，他自己就会变得越开阔，他就会获得同他人和整个世界生命的自然和必要的联系。"③

乌斯宾斯基的视点结构理论不仅为我们解读艺术文本结构提供了独特的方法论视角——视点，让我们认识到形式的"内容"意义，更重要的是乌斯宾斯基在建构该理论时，明确地指出了艺术文本中视点的不确定性和开放性，因而为艺术文本的多重视点阐释提供了可能，也为文本阐释者挖掘文本中可能存在的视点打开了无限的想象空间。《当代英雄》以其独特的艺术审美构造承载了作者对生命意义的求索。作者通过多视点的叙述主体结构，不仅构建了毕巧林"聚和性"的"三位一体"动态形象；还通过由外向内不断深入的视点结构转换，形象地再现了毕巧林对自身内在心灵的审视与反省，以及自我救赎的"弥赛亚"精神；而对主人公直觉意识的探究，则实现了其对生命意义和价值认识的视点由理性走向非理性的突破，反映了俄罗斯民族文化精神所具有的非理性主义特征，从而使得小说的整体结构呈现出开放态势，文本形式意义得以释放。毕巧林这一艺术形象体现了人类现实生活与崇高信仰和真理求索的精神之间的相互融合。

---

① М. Ю. Лермотов. *Герой нашего времени* [M]. СПб.: Азбука-классика, 2009: 202.
② 尚新建. 重新发现直觉主义 [M]. 北京：北京大学出版社, 2000: 109.
③ [俄] 弗兰克. 俄国知识人与精神偶像 [M]. 徐凤林，译. 上海：学林出版社, 1999: 237.

第十一章
乌斯宾斯基与洛特曼：艺术文本结构理论比较

提及塔尔图-莫斯科符号学派，鲍·安·乌斯宾斯基和尤·米·洛特曼是无论如何也无法绕开的两个重要人物。没有他俩的共同努力，以塔尔图-莫斯科符号学派为主要代表的苏联符号学研究，就不可能在世界符号学研究的版图上与法国和欧美的符号学研究形成三足鼎立之势。有学者认为，离开洛特曼，塔尔图-莫斯科符号学派的其他符号学家们，如鲍·安·乌斯宾斯基、维·弗·伊万诺夫、弗·尼·托波罗夫等人的研究工作将会是肤浅和表面的，但事实证明，如果没有与乌斯宾斯基的通力合作，洛特曼不管是在学派的组织领导方面，还是在符号学的理论建树上的成就，都不会如此辉煌。自1964年8月在第一期夏季培训班，即"第二模式系统暑期研讨会"准备期间相识，直到1993年洛特曼去世，两位学者在学术上进行了富有成效的合作，共计有20多篇系列论文是在密切的学术交往下共同创作完成的。乌斯宾斯基作为一位语言学家能够对文学理论展开研究，正是受到了以洛特曼为首的塔尔图符号学研究小组的文艺学家们的影响，与此同时，他的研究也对洛特曼的结构文艺符号学有着积极的意义。体现乌斯宾斯基结构诗学理论思想的专著《结构诗学——艺术文本结构和结构形式的类型学》与洛特曼的《艺术文本的结构》于1970年同年出版。因而，为了进一步认识乌斯宾斯基的结构诗学理论特点，很有必要与洛特曼的结构诗学理论进行比较研究。

第一节
文艺学家洛特曼与语言学家乌斯宾斯基

虽然尤·米·洛特曼与鲍·安·乌斯宾斯基都是塔尔图-莫斯科符号学派的主要领导人物，但该学派其实是在 20 世纪一二十年代兴起的俄国形式主义影响下的两种文化传统、两种语文思想的结合。他们分别来自塔尔图符号学研究小组和莫斯科符号学研究小组，两个小组在符号学研究的出发点上是不相一致的，所走的研究道路也不相同。

洛特曼及其同事们的学术研究深受彼得堡诗歌语言研究会研究传统和研究风格的影响，主要从文艺理论和文学史的研究开始，而乌斯宾斯基等莫斯科的语言学家们则继承了莫斯科语言学研究小组的传统，他们的研究首先从语言学和语言史的研究开始。虽然两者都非常重视符号体系的研究，但不同的是前者更注重从体系的内部来分析不同成分、不同模式、不同层次之间的相互联系，而后者则更关注一体系与其他体系之间的关系和影响。

鲍·安·乌斯宾斯基是一位在语言学研究领域成绩斐然的大家，他的研究涉及普通语言学、语言类型学、语言史等多个方面，已出版的有关语言学方面的学术专著有：《结构类型学原则》（1962）、《语言结构类型学》（1965）、《教会斯拉夫语发音的古老体系（俄罗斯礼拜发音史）》（1968）、《从俄罗斯教名史谈起（针对俄罗斯标准语和口语形式中合乎教规的专有名词重音史）》（1969）、《用母语写成的第一部俄罗斯语法——祖国俄罗斯语文学的前罗蒙洛索夫时期》（1975）、《斯拉夫古代语文学探索（尼古拉·米勒里季斯基的东斯拉夫祭祀仪式中多神教遗俗）》（1982）、《基辅罗斯的语言状况及其对俄罗斯标准语史的意义》（1983）、《从 18 世纪至 19 世纪初俄罗斯标准语史谈起——卡拉姆辛的语言纲要及其历史根源》（1985）、《俄罗斯标准语史（11—17 世纪）》（1987）、《俄罗斯标准语史概论（11—19 世纪初）》（1994）、《11—12 世纪俄罗斯标准语史》（2002）、《历史语文学概论》（2004）、《俄语语法中的"部分"和"整体"》（2004）、《我说：语言和交际空间》（2007）、《涉及特列季亚科夫斯基的俄语和俄罗斯文化史论著》（2008）等。虽然乌斯宾斯基的学术研究范围除语言学外，还涉及文艺学、艺术学和文化符号学等，但他始终认为自己是一位语言学家，并曾反复强调自己与洛特曼观照世界的角度差别，认为自己主要是用语言学家而不是文艺理论家的眼光来看待世界的。他最早发表的学术论文均是探讨有关语言学方面的问题，并曾多次强调指出，正是对语言学问题的研究，形成了他分析问题和解决问题的独特视角和方法。事实上，从他对结构诗学理论的探讨，也不难看出他作为语言学家的研究风格。乌斯宾斯基在《塔尔图-莫斯科符号学派的起源问题》（1994）一文中指出，区分莫斯科符号学小组与塔尔图符号学小组的主要标志就看他们研究的主要视角是语言学，还是文艺学。①

虽然在塔尔图-莫斯科符号学派，他的名声相较于洛特曼稍有逊色，但他在学术领域的著述之多，影响之大，完全可以与任何一位具有世界声誉的当代俄罗斯语文学家相提并论。也正是在乌斯宾斯基及其同事们的努力下，莫斯科大学始终秉承语言学研究传统，并在20世纪六七十年代成为苏联的一个重要的符号学研究中心，与以洛特曼为代表的塔尔图符号学研究小组共同形成了塔尔图-莫斯科符号学派。作为莫斯科符号学研究小组的主要代表，他的理论与洛特曼的学说相互影响，相互借鉴与融合，已成为苏联符号学理论的两个重要组成部分，很难截然分开。

从研究方法论上看，乌斯宾斯基与洛特曼都采用了结构主义系统化的研究方法，重视对文本结构的系统化分析，但洛特曼更偏重于对文学文本的结构分析，而乌斯宾斯基则主要侧重语言文本的结构探讨。同时，他们都重视在历史发展的过程中来研究文学、语言和文化的变迁，即洛特曼关注文学史的研究，而乌斯宾斯基关心语言史的探讨，并在后期共同转向了文化符号学方向，探索符号与文化史的关系。在洛特曼把文学和文化研究体系化的直接影响下，乌斯宾斯基也努力把文化看作一种语言体系，或者是各具功能的多种语言的综合。他认为，只有以此为基础，才能来谈论文化符号学的问题。

然而，乌斯宾斯基对文化体系的研究立场与洛特曼完全不同。洛特曼的研究主要是站在体系的内部来细致地分析文学、文化等系统的结构与层次，并且探究它们的历史变迁，而乌斯宾斯基则主要是站在体系之外来透视语言、文化等的关系系统，分析语言和文化信息的发生机制及语言和文

---

① Б. А. Успенский. К проблеме генезиса тартуско-московской семиотической школы [G] // А. Д. Кошелев. (сост.) Ю. М. Лотман и тартуско-московская семиотическая школа. М.: Гнозис. 1994: 265-278.

化系统的历史变迁。①

在乌斯宾斯基看来,语言不仅仅是一个交际的体系,还是一个信息保存和组织的体系。语言是一个独特的过滤器,它以一定的形象来组织我们所得到的信息,并用同一形象来联系所有的信息接收者。所以,语言不只是人与人之间交际的体系,还是人与周围现实联系的体系。也就是说,当我们肯定只有人类才拥有语言时,也认可了只有人才能使自己从其周围的现实中分离出来并与它建立联系。所以,只有人才拥有文化。可见,乌斯宾斯基对语言的研究已经走出了语言体系本身,他探讨的是语言与人、环境、文化等相互之间的关系系统。可见,乌斯宾斯基的文化符号学研究的是人与世界的关系,包括人与他人之间的关系,因为在不同的文化中,外部世界给我们提供的信息是按不同方式进行组织的。比如,在对宗教文化现象进行研究时,乌斯宾斯基非常重视宗教行为与外部世界的关系研究,即宗教活动与人的其他活动的关系,并且探讨人的宗教行为发生的原因,而洛特曼始终注重体系内部的结构关系研究,关心的是宗教符号体系内部的结构,即体系内部不同宗教符号之间的相互联系与依存关系。当乌斯宾斯基开始探讨非自然语言的符号语言系统,即所谓的"第二模式系统"时,虽然已经开始摆脱纯语言学的研究方法,但他始终保持了从语言学的视角来观照事物的习惯。

乌斯宾斯基对文艺学问题的探讨同样遵循上述的研究立场。他从语言学的视角来构建文化符号学,从文化符号学的角度来考察文学语言和其他文艺学问题。以他为代表的莫斯科符号学研究小组在文艺学领域的研究中心是对文学文本与文化关系的研究,并且特别注重对文本发生功能的条件的探讨。他们的研究影响到以洛特曼为代表的塔尔图符号学研究小组,使得塔尔图符号学研究小组的文艺理论家们也开始重视研究作为文学文本发生器的文学语言,并且对文学文本形成的机制作细致的分析。总之,乌斯宾斯基从语言学角度观照事物的习惯为其文学批评理论的研究提供了独特的方法论视角。

分别以洛特曼和乌斯宾斯基为代表的塔尔图-莫斯科符号学派的两个研究小组,虽然都注重符号体系的研究,但在研究风格和特征方面的差异还是比较明显的,这不仅与他们的学术发展渊源有关,也明显地反映在他们

---

① 张杰,康澄. 结构文艺符号学 [M]. 北京:外语教学与研究出版社,2004:140.

各自不同的研究目的上。塔尔图符号学研究小组以诗学的探索为目的，坚持从文艺学家的视角来从事艺术符号学的研究，而莫斯科符号学研究小组则以文化追溯为根本，从语言学的视角来探讨文化现象，努力建构独特的文化符号学体系。因而，可以说，洛特曼主要是一位文艺学家的艺术符号学家，而乌斯宾斯基则主要是一位语言学家的文化符号学家。

第二节
洛特曼与乌斯宾斯基的结构诗学理论比较研究

作为塔尔图-莫斯科符号学派的领导者和塔尔图符号学研究小组的代表人物，洛特曼的所有研究都是从文艺学家的视角出发。他早年在文艺学界主要是以研究十二月党人以前的文学思想运动和普希金而著称。到了20世纪50年代后期，由于解冻思潮的影响，苏联国内的自然科学研究领域出现了一些新的学科和研究方向，系统论、信息论、人工智能等研究的新思维、新方法对人文和社会科学的研究方法论产生了巨大的冲击，加上20世纪60年代西方结构主义思潮的影响，洛特曼开始运用结构主义和符号学理论来探讨文艺学问题，以此打破了苏联传统的文艺社会学研究方法。针对文学文本的内部结构问题，洛特曼的基本观点认为，艺术文本是由艺术形式与艺术内容有机地结合在一起的，是形式和内容的统一体。同时，他还把内部结构的研究同外部的社会文化语境联系起来，从而开辟了文学理论研究的新天地。他的研究被西方学者认为是在文学研究领域的一场哥白尼革命。[①] 洛特曼的结构文艺符号学思想主要体现在《结构诗学讲义》《艺术文本的结构》《诗歌文本分析：诗的结构》等著作中。《结构诗学讲义》是洛特曼在塔尔图大学开设的用结构方法讲授诗学的课程讲稿，于1964年出版，后来通过修订、补充，于1972年出版了《诗歌文本分析：诗的结构》。1970年问世的《艺术文本的结构》被认为是塔尔图学派史上的一座分水岭，它的出版标志着该学派发展过程中青春期与成熟期之间短暂的区别。这两本专著，特别是《艺术文本的结构》，奠定了以洛特曼为代表的苏联结构诗学的理论基础。

---

① ［荷］佛克马，［荷］易布思. 二十世纪文学理论［M］. 林书武，陈圣生，施燕，等，译. 北京：生活·读书·新知三联书店，1988：50.

洛特曼的结构诗学理论源头也是以索绪尔为代表的结构主义语言学和俄国形式主义。索绪尔的结构主义语言学强调语言的内部结构研究，该思想和西方 60 年代兴起的结构主义思潮对洛特曼的结构诗学研究产生了深刻的影响。而俄国形式主义对洛特曼的结构诗学的影响则更为直接。洛特曼早年曾在俄国形式主义的大本营之一——彼得堡大学学习，师从著名的俄国形式主义大师艾亨鲍姆、日尔蒙斯基、普洛普、古柯夫斯基等，直接受到了这些理论家们的思想影响。同俄国形式主义者一样，洛特曼重视运用语言学方法研究文学，重视文学的文本，重视作品的形式和结构，但他的结构诗学又不完全等同于西方的结构主义和俄国形式主义，他从一开始就注重克服结构主义自身难以克服的缺陷，即反历史主义和反人文主义性质，更重视各种艺术手段和形式之间的联系，重视艺术形式和意义的关系、艺术文本和社会文化环境的关系等。洛特曼一方面不再以社会为中心来看文艺，而是以艺术为中心来看社会；另一方面又没有将文艺隔离于社会之外，而是高度肯定文艺与社会生活的密切关系。这一转换，既跳出了内部研究的窠臼，又避免了外部研究的缺憾，成功地将艺术文本的内部机制与外部客观世界联系起来，并加以理论化，从而填平了外部研究与内部研究之间的鸿沟。

洛特曼的艺术文本结构理论对文艺批评实践产生了重要导向，即把批评家的注意力从注重艺术文本中信息的性质，引向注重艺术文本承载无尽信息的特殊机制。他试图用一种系统的结构观念来看待艺术文本，但他又突破了西方结构主义只分析艺术文本内部结构，把自己封闭于文本之中的孤立性、封闭性、静态性，指出了艺术文本和非艺术文本的密切联系，主张把艺术文本结构置于更广阔的社会历史文化语境之中，进行更全面、深入和更有动态性的研究。洛特曼认为，专门研究文艺的结构符号不会妨碍对文艺内容、意义及其社会诗学价值等问题的探讨，也不会把文艺与社会现实活动的联系相互割裂。符号及其结构系统本身与意义的问题就是不可分割、相互联系着的。洛特曼的结构诗学研究，不仅仅是文艺学研究方法的一种创新，还包含了他对文艺学研究对象和建立科学的文艺学的深入思考，这种思考始于 20 世纪初的俄国形式主义，洛特曼的思考是对他们的继承和发展。

洛特曼的结构诗学研究将内容与形式、结构与历史、科学与人文相结合，其独特的理论贡献有两个方面：一是把艺术文本看成是一个有机的结构，并揭示艺术作品意义生成的机制；二是提出了艺术文本和非艺术文本的概念，明确提出不仅要分析艺术文本的内在结构，还要把它放在更大的结构之中，放在社会历史文化语境之中加以分析。洛特曼的结构诗学克服了形式主义孤立研究技巧和形式的弊病，把艺术文本看成是一个完整的结构，结构的各个组成部分是相互联系和相互作用的整体；克服了形式主义把形式和内容加以割裂的弊病，强调形式和内容的紧密联系，认为作品的任何形式和结构都是有意义的，作品的思想内容是从整个艺术结构表现出来的。

乌斯宾斯基的研究兴趣广泛，而始终认为自己是一位语言学家的乌斯宾斯基对结构诗学理论的研究，可以说，是以洛特曼和乌斯宾斯基为代表的塔尔图-莫斯科学派的两个研究小组长期合作的结果。乌斯宾斯基的结构诗学理论思想主要体现在他的专著《结构诗学》（1970）中。该书一经问世，即在苏联和西方学术界引起广泛关注，自1970年至今已被译成12种语言在多国发行。乌斯宾斯基对艺术文本结构进行探讨的所有问题都是围绕着"视点"展开。"视点"是乌斯宾斯基结构诗学理论中的核心概念，也是他建构结构诗学理论的基点。在托马斯·李斯特首先提出这一术语时，主要论述的是小说作者叙事的角度或视角，即叙事人是站在何种角度，以什么方式来叙事的着眼点。而乌斯宾斯基则非常富有创见地将以往仅仅在叙事学领域得到探讨的"视点"问题，首次用来探讨艺术文本的结构。他的基于"视点"的结构诗学理论使得抽象的艺术文本结构问题的探讨变得具体化。可以说，该理论对世界，特别是西方的文艺理论的发展产生了深远的影响。为了对乌斯宾斯基的视点结构诗学理论有更为深入的认识，很有必要将该理论与他的合作伙伴和终生挚友洛特曼的结构诗学理论进行比较。

（一）艺术创作内容与形式的统一

有关文艺学的研究对象问题一直是许多文艺学家们思考的话题。早在20世纪初，俄国形式主义者就尖锐地提出了该问题，他们认为文艺学应当有自己独立的区别于其他学科的研究对象，即"文学性"①。在俄国形式主

---

① "文学性"的概念由雅各布森于1919年首次提出。俄国形式主义认为，文学之所以为文学在于它的"文学性"，"文学性"在于它的形式，主要是指语言形式，而与作品中的社会历史内容无关。

义被批判之后，普洛普、维果茨基（Лев Семенович Выготский，1896—1934）、巴赫金等苏联著名的文艺学家们都对此问题有过自己的探讨：普洛普在对民间故事的研究中尝试将结构研究与历史研究相结合；维果茨基的文艺心理学对艺术作品的结构和审美反应之间的关系进行了研究；巴赫金则对复调小说中小说体裁结构的特点与狂欢化文化之间的关系做了阐释。

20世纪60年代，洛特曼是在新的历史条件下，继续对文艺学研究对象问题的思考的。他认为传统文艺学割裂了作品的形式、结构与社会思想内容之间的联系，认为文学艺术作品是一个系统、一个结构，应当从文学艺术作品的结构中去寻找作品的思想意义。文学艺术作品的思想不是外在于作品的结构，而是通过作品的一定的结构形式表现出来。洛特曼进行结构诗学研究的一个根本出发点就是要把科学思维注入文艺学的研究。通过对艺术文本结构的研究来达到对艺术创作内容与形式的统一认识是洛特曼结构诗学理论的一个明显特征。我们知道，构成生命体主要特质的生命如果超越了其身体结构，是无法想象的。为了直观形象地呈现文艺作品的思想与结构之间的关系，洛特曼把内容与形式的关系比喻为生命与复杂的生理机制之间的关系。① "文学作品的思想内容是结构，结构也就是思想内容，在艺术中的思想永远是一个模式，因为它塑造了现实的形象。因而，超越结构的艺术思想内容是不可思议的。"② 洛特曼认为，结构是艺术文本信息的主要载体之一。艺术作品的思想不可能存在于具体结构之外，形式与内容的二重性应当由"思想"和"结构"的概念来代替。思想在相应的结构之中得以实现，变动了的结构会把不同的思想传递给读者。一个思想永远不可能在与之不相符的另一个形式中得以表达。

研究任何符号体系的目的，最终是要确定其内容，而研究艺术更是不例外。在这个问题上，洛特曼纠正了俄国形式主义文论单纯注重研究艺术形式的理论偏差，把内容问题放在首位，提出了新的内容形式统一观，从此结束了内容与形式二元对立的历史，确立了艺术文本内容与形式不可分割的二元融合关系。在艺术作品中，既没有脱离形式的纯内容，也没有脱离内容的纯形式。

---

① Ю. М. Лотман. *Структура художественного текста. Анализ поэтического текста* [M]. СПб.: Азбука, Азбука-Аттикус, 2018: 20.

② Ю. М. Лотман. *Структура художественного текста. Анализ поэтического текста* [M]. СПб.: Азбука, Азбука-Аттикус, 2018: 21.

就艺术文本的内容与形式的关系而言，乌斯宾斯基和洛特曼的观点是一致的。但他通过艺术文本中的"视点"对该问题做了更加具体化的阐释。乌斯宾斯基《结构诗学》的中心范畴是"视点"。我们知道，视点是普遍存在的认知现象，在各种层级的语言活动中广泛存在，特别是对话语的表达和篇章的构建有十分重要的影响。在叙述中，原原本本的客观事实和现象是不存在的，叙述者所采取的观察参照点和描述语言将决定一个事实或现象以何种方式和面目呈现给我们。

乌斯宾斯基认为，对艺术文本结构进行研究的方法或者说切入点有多种，从"视点"角度对艺术文本的结构展开研究只是其中的方法之一。乌斯宾斯基在其专著《结构诗学》的绪论中指出，《结构诗学》的中心任务是"基于视点问题研究结构可能性的类型学"①。在乌斯宾斯基看来，在文学艺术文本中"视点"问题最具有现实意义，根据揭示和确定视点的不同手段，艺术文本中存在多个层面的视点，如意识形态评价视点、话语特征视点、时间-空间特征视点、心理视点等，而且每个层面视点都存在内、外视点之别。乌斯宾斯基还明确指出了自己这种划分的非绝对性，这样就为艺术文本的读者或者批评家提供了能动的视点挖掘和阐释的可能性。因为"视点问题直接与语义（代表被表达对象——现实的某一片段）联系在一起"②，所以不同层面视点和同一层面的不同视点在文本意义构成中都具有自身独特的语义特征，而艺术文本的结构正是由这些不同层面视点和同一层面的不同视点之间的相互关系构成。可见，乌斯宾斯基的结构诗学理论同样认为，形式即内容，内容寓于形式之中，两者共存于相互融合、相互作用的二元统一体之中。只不过乌斯宾斯基诗学理论中的内容与形式的二元统一是通过对具体艺术文本中的"视点"问题探讨而实现的。可以说，该理论为我们解读艺术文本结构、认识形式的"内容"意义提供了独特的方法论视角。

就"视点"在艺术文本结构建构中的作用，洛特曼认为，"在艺术结构要素中，很少有像'视点'那样直接地与建构世界图景的总任务相联系。在第二模式系统中，它直接与这样的一些问题，如文本创建者的位置、真

---

① Б. А. Успенский. *Поэтика композиции* [M]. СПб.: Азбука, 2000: 17.
② Б. А. Успенский. *Поэтика композиции* [M]. СПб.: Азбука, 2000: 10.

实性问题和个性问题，产生相互关系"①。这也在一定程度上证明了乌斯宾斯基结构诗学理论研究视角选择的睿智。

　　洛特曼结构诗学研究的主要出发点是把文学艺术看作一种语言，一种特殊的语言系统，这是他的结构诗学理论基点。而艺术语言——就传达者和接受者来说，是一个确定的、共同的抽象体系，这一体系使得交际行为本身成为可能。②艺术文本的语言实际上是世界的某种艺术模式。艺术模式最通常的是再现该意识所认识的世界形象，即将个体和世界（认识的个体与被认识的世界）之间的关系模式化，而这一目标将具有主客体性质。③任何一个作家对题材、风格或是艺术倾向的选择，其实也就是对语言的选择，表明他打算用这种语言与读者说话。这样，语言便进入了该时代、该文化、该民族或是该地区的复杂的艺术语言谱系之中。从这个意义上来说，语言的整个结构都属于"内容"的范畴，它本身就传递着信息。"如果说艺术传达建立起了某种具体现象的艺术模式，那么艺术语言则在更为一般性的范畴里为世界设立了模式，这种范畴作为更加一般性的世界的内容，对于具体的事物和现象来说又是一种存在的形式。"④ 洛特曼的结构诗学为艺术文本的语言确立了世界的构建模式，而乌斯宾斯基的结构诗学理论则为艺术文本的语言找到了一种艺术内容的传达模式——视点结构。语言所构建的世界模式比起传达模式更具有普遍性，而传达模式则更具有特殊性。

　　艺术文本的符号系统是一个分层次的复合系统，由从低级到高级的各个层次所组成，每一个层次都可以有意义，每个层次上所有的要素都含有变量，这些变量都可以包含意义，这些意义除了词汇意义外，还有历史文化、美学、宗教等多层面的意义，不可能用单一的代码进行解读。乌斯宾斯基的视点结构诗学理论为我们对艺术文本进行多维解读提供了可能。根据乌斯宾斯基的理论，艺术文本中存在多层面、多角度的视点结构子系统，它们相互交织、相互渗透，彼此在对立与统一的关系中，共同构成艺术文本的整体结构。比如，在不同层面的视点之间，像准直接引语这样用来表

---

① Ю. М. Лотман. *Структура художественного текста. Анализ поэтического текста* [M]. СПб.：Азбука，Азбука-Аттикус，2018：330.
② Ю. М. Лотман. *Структура художественного текста. Анализ поэтического текста* [M]. СПб.：Азбука，Азбука-Аттикус，2018：24.
③ Ю. М. Лотман. *Структура художественного текста. Анализ поэтического текста* [M]. СПб.：Азбука，Азбука-Аттикус，2018：329.
④ 张杰，康澄. 结构文艺符号学 [M]. 北京：外语教学与研究出版社，2004：62.

达人物话语特征层面视点的话语手段,在许多情形下可以作为表达意识形态视点的辅助手段,用来援引某人物的意识,而观察描写时对某人物主观意识的援引,又是心理层面视点的特征,同时在意识形态层面可以存在各种表现时间透视的可能性。也就是说,在艺术文本的大系统中存在无数的子系统,它们都对作品的意义发生作用,一个系统可能存在于另一个或几个系统之中,或者相互关联,或者相互排斥,对立统一于整个艺术文本内部。

(二)艺术文本的整体性与系统性

洛特曼在探讨艺术文本的意义构成时,运用了整体性和系统化的研究方法,他从内在联系的角度,将艺术文本的内容与形式看成是一个不可分割的有机整体,这一点与俄国形式主义者一样,深受索绪尔结构主义语言学的影响,重视系统的内部结构研究。

系统实际上是一种关系体系。"具有意义"这一概念本身指的是具有某种关系,即一定倾向性的事实。① 洛特曼认为,艺术文本是一个整体结构,是一个完整的系统,它不是各个结构要素的简单相加,艺术文本的结构分析不能停留于诸结构要素的分析,而要做系统的整体考察,着重分析各个结构要素之间的关系,揭示整体结构同各个组成部分的内在联系。艺术文本结构中各种要素之间的矛盾和冲突,对立和统一,是艺术文本意义生成的重要机制。艺术文本的整体大于部分,所提供的信息量要大于各部分所提供的信息量的总和。"结构的复杂性与信息传递的复杂性恰好成正比。信息的性质越复杂,用于传递信息的符号系统也就越复杂。"② 艺术文本的结构是一个由多种关系构成的组合。这种关系的组合并不是一些没有内在交叉的多层次结构,而是由各种结构相互交叉的复杂构造,并且同一要素可以多次进入不同的结构语境之中。乌斯宾斯基认为,由多层面的视点构成的艺术文本的整体结构体现在文本中不同视点相互作用、相互补充而形成的复杂关系中。③ 文本中潜在的视点选择的可能性越多,即可挖掘的视点层面越多,同一层面的视点越复杂,则文本所传递的信息量越大,它与世界

---

① Ю. М. Лотман. *Структура художественного текста. Анализ поэтического текста* [M]. СПб.: Азбука, Азбука-Аттикус, 2018: 329.
② [苏]洛特曼. 艺术文本的结构 [M]. 王坤,译. 广州:中山大学出版社,2003: 13–14.
③ Б. А. Успенский. *Поэтика композиции* [M]. СПб.: Азбука, 2018: 171–173.

的这种或那种模式的相关性就越突显出来，同时文本的艺术性也越强。

（三）文本结构的可转换机制

洛特曼在对艺术文本的符号系统及其构建机制进行研究与分析时，提出了艺术文本构建中的结构转换原则。他认为，由于相同的要素进入了许许多多的结构语境中，从而导致多结构性原则的构成。在艺术文本系统中，每一个结构都是在另一个或几个结构的背景下来实现自己的。也就是说，在艺术文本内部，"每一个层面、每一个结构部分，除了内在横向组合的结构外，都处于与其他的层面和子结构的某种关系中，对任何层面上的行为效果都不能从其孤立的描述中加以理解、不能从不考虑内在语义学的角度来理解，这种内在语义学是用另一种结构层面的手段对一种层面的要素进行重新解码"①。乌斯宾斯基在《结构诗学》中阐释以文本视点结构为探讨主旨的结构诗学理论时，他强调艺术文本结构系统内不同视点层面之间相互融合与可转化的动态关系，强调文本是一个动态的意义发生器，其语义场是在各种不同视点意义相互交叉、投射与转化中形成的。比如，在艺术文本中内、外视点的相互转化，由于从不同的视点层面去判断，可能分别属于内视点或外视点。

（四）文本结构与非文本结构

洛特曼认为，艺术文本是复杂的结构，它也是更大的结构系统的一部分。艺术文本的结构分析不能只局限在文本结构内部，应当考虑它同非文本结构的联系，也就是说，把它放在更大的文本和更大的结构系统之中，放在一定的历史、文化、心理语境中进行分析。只有这样做，才能对艺术文本有更深刻的理解和把握。

洛特曼不仅提出了文本结构和非文本结构的概念，而且指出两者是一个有机的统一体，认为"非本文结构作为一定层次的结构要素构成作品的有机组成部分"②。对艺术作品的理解，必须在文本和非文本结构的统一体内才能进行。洛特曼指出，艺术结构的外文本部分是艺术整体中充满意义的真实存在，而且，它比文本更不稳定，更为多变，具有许多人为的特征。

---

① 张杰，康澄. 结构文艺符号学 [M]. 北京：外语教学与研究出版社，2004：75-76.
② 彭克巽. 苏联文艺学学派 [M]. 北京：北京大学出版社，1999：262.

总而言之，艺术文本是以外文本部分为背景而向接受者传递信息的。借助它的帮助，读者可以把大量的非艺术信息转变为艺术信息，这就是艺术文本包容无尽信息量的根源之一。"意义"通过外部重新编码而形成。

有关文本结构与非文本结构的关系问题，在乌斯宾斯基的结构诗学理论中，他通过"视点"这样一个具有主体性、社会性和能动性的概念，在客观世界、文本作者、文本中的叙述者或人物，以及读者（接受者）之间架起联系的桥梁，在分析了文学文本内部不同视点之间的结构关系时，又通过视点体现了文本结构与文本之外的社会文化环境及艺术审美主体之间的联系，使艺术创作—艺术文本—艺术知觉形成了一个整体，并在对艺术文本视点结构的具体分析中探讨了艺术文本信息的形成与视点结构的渊源关系，并最终完成了对"艺术语言"的形式化模式建构。

洛特曼的结构诗学通过文本结构与非文本结构将艺术文本的内部研究与外部研究相结合。文艺作品是对世界模拟的一种方式。艺术文本作为传递信息的工具，是有序的文字符号的总和。它的产生与存在离不开与其相对的非艺术文本符号，它们是一对既相互对立又相互依存的统一体。洛特曼强调，艺术作品的整体结构是文本结构符号与非文本结构符号的关系系统，两者处于密切的联系之中，不可能单独存在。我们知道，任何艺术文本都只有在它所处时代的集体之中进行审美交际时才能实现自己的社会功能。艺术作品如若没有一定的文化环境和一定的文化代码系统，就好像用不懂的语言所写的碑文，是无法实现具体的交际活动的。洛特曼认为，艺术交际行为的可能性主要有以下四种：

1. 作家将文本作为艺术作品来创作，而读者也是这样来接受。

2. 作家不是将文本作为艺术作品来创作，读者却从审美的立场来接受它。例如，目前对古代和中世纪的宗教文本和历史文本的接受。

3. 作家创作了艺术文本，但是读者无论如何都不能够将它与任何一种艺术形式相联系，所以读者只好把它作为非艺术信息来接受。

4. 作家创作的是非艺术文本，读者也把它当作非艺术文本加以接受，这种情况常常可以遇到。①

在乌斯宾斯基看来，视点问题自产生伊始就直接与作者（创作者）相

---

① Ю. М. Лотман. Структура художественного текста [G] // *Об искусстве*. Санкт-Петербург: Искусство-СПБ, 2005: 272.

关联，通常被认为是有关作者透过叙述者的叙述所表现出来的对周围客观世界认识的角度问题，它不仅能体现作者的世界观，作者对某一问题的具体态度和看法，同时也反映了作者对文本所涉问题的认识方法和途径。但乌斯宾斯基认为，有关读者接受的视点问题没有引起学者们的足够重视，这是因为"在大多数情况下，描写人的视角位置与接受者的视角位置吻合，没有必要对它们加以区分"①。艺术文本的接受过程实际上是读者与作家进行对话的过程。无论怎样的读者，他们的阅读都不可能是消极的，而是对文本进行积极重构的过程。读者在自觉或不自觉地掌握艺术家的艺术模式时，也渴望能够理解生活和解释世界，因而他们阅读时意识中总会存在某种期待，这种期待是读者以过去的艺术经验和生活经验为基础的一种结构。因而，艺术交际的一个重要特点就是，读者的接受代码与艺术文本的信息传递代码是不可能完全一致的，这不仅与接受者个人的文化经验、心理结构的特点有关，也与其所处的社会历史文化氛围密切相关。读者在解读文本时，会很自然地把阅读的艺术文本与自身已经习惯的概念相联系，并在他所有的艺术经验中去选取与之相关的非文本结构，从而实现对艺术文本的解读。非文本结构的特征是由那些社会历史的、民族的和心理的、人类学的因素来确定的，这些因素便构成了人们认识世界的艺术模式。读者解码手段的可选择性越多，越复杂，艺术文本的信息量就越大，艺术性也就越强。洛特曼正是这样把艺术文本看成是一个多层次、多结构的符号系统，他不仅从共时性的角度探讨了不同层次和不同结构间的相互影响，而且从历时性的角度揭示了不同历史语境下的读者解码过程。在同一个文本中的语言和传达的信息价值要取决于读者代码的结构、他的要求及其期待视野的变化。

乌斯宾斯基提出了读者视点问题及读者对视点结构的参与，虽然这种参与是受文本控制的有限参与。任何一种存在都是在一定空间和时间上的存在。随着时间的绵延不断，读者理解同一艺术文本结构的社会和个人文化背景与文本作者创作的社会语境差异会越来越大，因而随着时间的推移，展现在读者面前的艺术文本结构的不确定性将增强。然而，乌斯宾斯基的结构诗学理论更多的是对视点结构进行共时性的研究，而没有强调历时性，忽略了时间对读者接受的影响，同时也没有更多地强调读者在历时结构建

---

① Б. А. Успенский. *Поэтика композиции* [M]. СПб.: Азбука, 2000: 207.

构中的作用。这一点上确实是乌斯宾斯基留给我们的一点缺憾。

洛特曼把人类的艺术活动看成是一种类似于语言活动的交际活动，艺术信息意义的决定性因素像语言那样，是艺术文本（语言）的构造，就如同人的思维主要取决于人的大脑的物质构造一样。艺术信息越复杂，传递它的艺术文本结构也就越复杂。艺术文本结构所转达的艺术信息，要远远大于原初的语言结构所传递的信息量。然而，洛特曼等人只研究艺术的语言、艺术的符号信息系统，却不去探讨这些信息的形成和渊源关系，把艺术语言从现实生活和艺术作品中抽取出来，进行静态的研究，缺乏从历史的角度来探索艺术语言的产生及发展变化，这不能不说是一个遗憾。洛特曼和乌斯宾斯基在论述艺术文本的结构时，都重视系统性研究和实证，但洛特曼等人的研究显然是以文学史的材料为依据的，例如，他在对普希金和卡拉姆辛等作家作品进行分析时，他的研究的出发点是从文学作品体系内部的结构关系来谈论的，也就是说，这些材料往往被洛特曼用来进行艺术体系内在构造的研究，而不是探讨体系形成的原因。而乌斯宾斯基在自己的研究中，已经注意到了这一方面，并取得了丰硕的成果。作为语言学家，乌斯宾斯基运用托尔斯泰、陀思妥耶夫斯基等经典作家作品中的大量例证，从视点角度说明作家怎样在语言的具体使用上来阐释、体现其结构观，也就是说从具体语料中寻找艺术文本结构的渊源。我们知道，语言在其自身内部就已经具有了各种风格的确定谱系，使得同一种传达的内容可以从各个实用的角度来叙述。语言的这种构造不仅以自身的模式规定着一定的世界模式，而且规定着观察者的视角。

如果说洛特曼还只是把语言看作文学文本的载体，那么乌斯宾斯基等人则看到了语言背后的文化。在乌斯宾斯基看来，文化是语言的载体，是语言赖以存在的基本环境，脱离文化系统的语言是不存在的。因此，尽管乌斯宾斯基仍然用语言学的系统化方法进行着研究，但是转向了文化体系的考察，把文化看成是一个广义的符号体系。人的一切行为都是由这一体系所规定的。语言不只是人与人之间交际的体系，而且是人与周围现实联系的体系。符号学研究的对象就是人与世界的关系，当然也包括人与他人之间的关系。乌斯宾斯基等莫斯科符号学派的理论家们把文艺学问题置于文化体系中来加以研究。他的独特的文化体系研究对文学批评理论的建设做出了积极的贡献。在以乌斯宾斯基为首的莫斯科符号学派的影响下，从近二三十年来塔尔图大学出版的符号学研究成果来看，文化研究占据了明显重要的位置。

乌斯宾斯基和洛特曼虽然分别属于塔尔图-莫斯科符号学派的莫斯科和塔尔图符号学研究小组,他们的研究传统和研究风格有所差异,但他们对艺术文本结构的基本观点是一致的。乌斯宾斯基的"视点"结构诗学理论是对洛特曼艺术文本结构诗学理论的具体化,洛特曼的理论具有抽象的普遍性特征,而乌斯宾斯基的诗学理论探讨的是艺术文本的结构类型学,只是艺术文本结构研究的方法之一,是普遍性中的特殊性表现,是对洛特曼理论的合理性与科学性最有力的证明。

最后,需要指出的是,乌斯宾斯基虽然和洛特曼一样,重视艺术文本的结构研究,但洛特曼的结构诗学探讨的主要是文学理论和艺术哲学,而乌斯宾斯基的结构诗学理论是基于"视点"问题研究结构可能性的类型学,属于广义的诗学范畴。他研究的"视点",也超越了一般所理解的"叙事视点"范围。乌斯宾斯基将视点问题扩展至所有艺术文本,包括文学艺术、造型艺术、电影和戏剧等作品,并认为视点是不同艺术形式作品结构的主要问题。他考察的是广义艺术文本中作为结构原则的"视点"类型学,是在艺术文本的整体框架内将视点问题视为各个种类艺术文本的具有共性的问题,虽然在不同的艺术文本结构中"视点"表现有所差别,如在造型艺术中其表现为透视问题,而在电影中则表现为蒙太奇问题。因而,"这里的'文本'理解应不限于语词艺术的领域,而应看着是任何一种在语义上被组织起来的具有连续性的系列符号"①。这样,乌斯宾斯基改变了此前学术界对视点问题的看法,并将之运用于广义的艺术文本结构研究之中,使得视点问题的研究不再局限于文学艺术文本,拓展了基于视点问题的结构诗学研究视域,使其具有普适性的方法论意义。

---

① Б. А. Успенский. *Поэтика композиции* [M]. СПб.: Азбука, 2000: 15.

第十二章
乌斯宾斯基结构诗学理论与中国诗学

20世纪是中西方文论大变革、大发展的时期,然而各自变革的路径和内涵大不一样。产生于20世纪六七十年代的乌斯宾斯基结构诗学理论和20世纪80年代中国改革开放后当代诗学理论的发展路径在一定程度上反映了中西方文艺批评理论发展的这一时代特点。

在现代工业革命和科学精神的影响下,西方文论的各种批评学派层出不穷,且日益呈现出专门化和单一化态势,逐渐成为一门"具有科学的严密逻辑、一套具有普遍性的术语和系统的原则的独特的学科"①。在西方现代科学主义和人本主义两大哲学流派基础之上,现代西方文学批评分别形成了内在批评与外在批评两类文学批评模式体系,同时,批评流派呈现出多元化与复杂化的格局。内在批评以文学作品或"文学性"、文学的结构为文学科学的研究对象,以形式主义、分析哲学和结构主义美学为基础,同时引进现代语言学的研究成果和分析模式,进行的是文学本体的分析研究,属于此类的有俄国形式主义文论、英美新批评、欧洲大陆的结构主义文学批评等。外在批评则以文学作品和作者、读者,以及社会文化的关系为文学科学的研究对象,如从事此类研究的批评流派有心理分析、原型批评、社会历史批评、文学阐释学、接受理论、新历史主义、后殖民主义、生态批评等。

与此同时,在改革开放和全球化的大趋势背景下,我国传统的诗学精神却日渐衰微,正承受着西方现代文艺思潮强势的权力话语的冲击。就中国当代诗学研究的现状看,一个无法回避的事实是中国当代诗学的研究正日渐西化。然而,对于文化而言,全球化意识不应该是全球思维的同一,而应是全世界各民族、各地区的思维和意识更加走向开放,趋向多元化。

---

① 赖干坚. 中国现当代文论与外国诗学 [M]. 厦门:厦门大学出版社,2003:206.

中国文论的价值不可由西方文论来衡定，它在整体上就是一种与西方文论迥然不同的理论形态。因而，中国当代新儒学的代表梁漱溟先生呼吁："倘然东方化与西方化果有调和融通之道，那也一定不是现在这种'参用西法'可以算数的，须要赶快有个清楚、明白的解决，好打开一条活路，决不能有疲缓的态度。"①

第一节
中、西诗学研究范式的差异

季羡林先生认为，"东西文艺理论之差异，其原因不仅由于语言文字的不同，而根本是由于基本思维方式之不同。只有在这个最根本的基础上来探讨东西文论之差异，才真正能搔到痒处，不至只作皮相之论"②。思维方式与人类文化相伴而生，可视为人类文化的核心。中国当代文论在形成、发展过程中，虽然深受外国文论，特别是西方近现代文论的影响，然而，无论是中国或西方的现代文论，都有其自身深厚的文化内涵和不同的生发流变路径。

西方文明源于对世界本原问题的探寻，体现着天人二分的文化精神。这种文化精神发端于古希腊的苏格拉底、柏拉图和亚里士多德的思想，特别是后两者的理论，他们的理论核心可以用同一个模式来表述，即"理念（普遍规律）—现实—艺术"。柏拉图把理念世界当作世界的本源，认为作为一般的理念存在于作为个别的具体现实世界之外，现实世界反映不了理念世界，艺术世界也无法反映现实世界，因此诗人的创作是骗人的，应该被逐出理想国。而他的学生亚里士多德则从朴实的唯物主义立场出发，批判了柏拉图的学说，认为一般存在于个别之中，不存在脱离特殊的一般，但同时又认为个别之中的一般决定着个别，并先于个别。可见，亚里士多德的唯物主义思想是不彻底的，同时带有客观唯心主义色彩，在一定程度上又重蹈了柏拉图的唯心主义观。然而，与柏拉图相反，他肯定艺术世界可以模仿现实世界，即艺术世界可以客观反映现实世界，据此，亚里士多

---

① 梁漱溟. 东西文化及其哲学 [G] //梁漱溟全集：第一卷. 济南：山东人民出版社，2005：337.
② 季羡林. 门外中外文论絮语 [J]. 文学评论，1996（6）：5-13.

德的学说在学界常被称为"模仿说"。由于柏拉图对艺术的否定,很显然,西方诗学理论主要是建立在亚里士多德的诗学理论基础之上。在亚里士多德看来,"模仿"是不同门类的艺术的共同特征,它们的差别仅在于"模仿所用的媒介不同,所取的对象不同,所采用的方式不同"①。"模仿"的目的在于将所要反映的事物精确地描绘下来,只要模仿得逼真,人就可以从中得到快感,得到审美享受。有时,栩栩如生的"模仿"甚至可以使丑化为美。可见,"模仿说"偏重叙事,强调叙事的时空体、逻辑性和完整性。亚里士多德开创的"模仿说"成为西方古典诗学的正源。可以说,西方诗学理论从亚里士多德的《诗学》开始,其取向就重在"模仿",强调对事物本来面目的客观把握和再现,因而体现出以认识论为主导的诗学传统,与此同时,文艺批评的思维方式则呈现出理性化特征,趋向于逻辑化和哲学化,重分析、思辨和逻辑推理。

中国古典文学批评的传统直接受先秦原始儒、道哲学思想的影响,以表现主观情感为指归的"物感说"为基础,呈现出诗性的思维方式,具体表现为以己度物的类比式思维、物我同一的整体性思维及直寻妙悟的直觉式思维。"物感说"的明确提出最早见于中国儒家经典之一《礼记·乐记》,认为文学艺术的产生,根源在于人对外在事物的感触,强调外界的"物"对心灵的触发与刺激,同时注重"情以物兴""物以情观"的意境营造,是人的思维直接把握事物本质的一种内在直观认识,也就是说,"诗道唯在妙悟"②。"物感说"要求真实地表现认识主体内在的情感志向,"诗"的目的在于"言志",偏重情、志的表达,因而,批评意识的主体性倾向是中国文学批评的一个特色,强调审美主体个体性的审美感受和人在艺术中的本体地位。

由此可见,中西诗学无论是从各自产生的文化根源,还是从思维方式角度,都呈现出完全不同的价值取向和批评方式,彼此存在明显的差异。西方文论相对于中国文论,并不具有普适性,因而完全用西方文论话语来言说、阐释和评介中国传统文论,对待当代西方文论模式一味采用"拿来主义"的移植方法,只会使中国当代文论失却民族的根性,成为他人的附庸。

---

① [古希腊]亚里士多德.诗学[M].罗念生,译.上海:上海人民出版社,2006:17.
② 郭绍虞.沧浪诗话校释[M].北京:人民文学出版社,1961:10.

实际上，每一种诗学体系都不可避免地具有自身的局限性和不完整性。正如厄尔·迈纳所指出的那样，"我们对某个方面的强调同时就隐含着对其他方面的忽略。我们获益的性质决定着我们受损的性质"①。人类认识世界的范式是多种多样的，而中西方在这方面存在明显的不同。西方从古希腊罗马开始就以科学思维为主，这种思维方式以逻辑论证为特征，强调科学性和实证性，注重对事物局部和深度的精确把握，所以西方文学批评多以解决某个主要矛盾为任务重点，从方法论上来说，与自然科学的研究方法，即科学归纳法一致。这种局部的研究虽然缺乏宏观整体性的把握，但是较为深入。而以中国传统文化重要组成部分的儒、道哲学为主导的东方，则以整体性的感悟为主，重视对世界的整体性把握，注重以直觉来体悟万物的统一性、相互联系及和谐相融的状态，认为世界是一个普遍联系的有机整体，不重逻辑分析，不以分解的方式，而善用概括模糊的方式来达到对认知对象的整体把握。受其影响，中国古典文论极其注重对文学作品的整体评价，多运用"神、韵、气、味"等模糊概念来解读作品，在认识方法上强调对认识对象总体上的感悟和领会，而相对不太侧重对研究对象的某一中心进行分析，这种批评思维方式是一种"整体把握"式的经验批评。较之西方的科学思维模式，中国式思维方式的不足之处显而易见，即"整体观伴以结构性弱点，一体化认知结构伴以狭隘的人伦技术化倾向，直观此类伴以不同层次过渡的模糊性"②。因此，中西诗学的传统思维方式应该相互借鉴、补充与会通。如果把中西方文学批评理论做一个简单的类比，西方文论可以比成"西医"，而中国传统文论则可以看成是"中医"，自然"中西医"结合是一条理想的途径。

第二节
中、西诗学之对比与分析

中、西诗学属于两种完全不同的体系，它们各自的研究模式彼此存在

---

① [美]厄尔·迈纳. 比较诗学：文学理论的跨文化研究札记[M]. 王宇根，宋伟杰，等，译. 北京：中央编译出版社，1998：27.
② 刁生虎. 老庄直觉思维及其方法论意义[J]. 安徽大学学报（哲学社会科学版），2002（5）：14-18.

差异，这一点已毋庸置疑。然而，它们为什么会散发出如此完全不同的斑斓色彩？其实，无论是中国还是西方的文学艺术及文艺理论，都是建立在一定的社会物质基础之上的。"在不同的占有形式上，在社会生存条件上，耸立着由各种不同的、表现独特的情感、幻想、思想方式和人生观构成的整个上层建筑。"① 一方水土养一方人，为了从根本上理解中西诗学之间的差异，我们有必要从产生中西文学艺术与诗学的社会历史背景及其文化特征谈起。

众所周知，西方文明起源于古希腊，而古希腊文明源于爱琴海区域的各岛屿和小亚细亚半岛的西部海岸地带。这里虽然土地贫瘠，但便利的海上交通和发达的海上贸易，促进了古希腊手工业、航海业的高度发展和商业的繁荣，最终形成了以雅典等工商业城邦为中心的古希腊社会经济的商业性特征。相较于古希腊文明，中华文明的发源地是黄河中下游地区，这里沃野千里，灌溉便利，为农耕创造了极为便利的条件，因而农业经济高度发达。同时，中国各地自然条件的差异，促进了以农业为主的多种经营和因地制宜的家庭手工业发展，形成了自给自足的自然经济，抑制了大规模的商品生产和商品交换的需求，重农轻商的社会经济特征明显。可以说，西方社会的商业性特征是区别于以农耕经济为主的中国社会的一个显著特征。

从古希腊到古罗马，帝国的扩张进一步促进了世界性贸易的开展和工商业城邦的兴盛。现代资本主义商品社会，正是西方数千年商业性社会发展的必然。而古代中国从东周后期开始直至清朝始终以农为本，重农抑商是中国统治者一贯采用的社会经济发展政策。尽管自汉代至清代，中国也曾有过商业的繁荣和城市的发展，然而一直处在重农政策的压抑之下。中西社会最根本的差异在于西方社会经济的商业性特点和中国社会经济的农业性特征。任何作为观念形态的文艺作品，都是一定的社会生活在人的大脑中反映的产物，因而，这种社会经济发展特征的差别对各自的文学艺术与诗学理论发展产生了完全不同的影响。

（一）模仿叙事与感物抒情

西方社会发展的商业性特征给文学创作提供了大量的素材，促进了西

---

① ［德］马克思，［德］恩格斯．马克思恩格斯选集：第1卷［M］．中共中央马克思恩格斯列宁斯大林著作编译局，编译．北京：人民出版社，1995：611．

方古代叙事文学的产生与发展。例如，著名的《荷马史诗》、埃斯库罗斯的悲剧《波斯人》、欧里庇得斯的悲剧《美狄亚》等都再现了商业社会海上冒险生活的历险与奇遇。这些叙事文学作品充满了惊奇与恐惧，具有典型的浪漫主义色彩。西方文论的"模仿说"、史诗的情节与典型，以及高度发达的浪漫主义都与自身独特的文学艺术实践相关。而日出而作、日落而息的古代中国农业性社会生活缺乏海上的冒险与神怪的威严，人们在田园山水间，享受着天伦之乐，感受人与自然的和谐交融，因而形成了以感物抒情为主的文学艺术传统则不足为奇。中国古代文学艺术以人间生活为基础，主要运用现实主义的题材，具有以感物抒情为主的表现性特征。这样一来，我们就不难理解，为什么中国古代文论钟情于抒情言志和意境神韵，而浪漫主义文学不很发达。

（二）酒神狂欢与情感节制

古希腊手工业和商业的兴起，促进了以工商业奴隶主为代表的民主制度的形成，而民主制反过来又极大地推动了商业经济的发展。在古希腊商业经济和民主政治中熏陶出来的西方人，崇尚个人的自由平等和个性发展，他们拒绝外在的人为约束，形成了以自我为中心，以私利为基础，以享乐为目标，充满冒险主义精神和勇于进取的开放性民族性格特征。这种民族性格特征在著名的希腊神话和《荷马史诗》中都有鲜明的体现。而文艺复兴运动则进一步强化了这种民族品格，这一点在文艺复兴时代享誉文坛的薄伽丘的《十日谈》和拉伯雷的《巨人传》等作品中可见一斑。而中国的农业型经济，则在血缘关系的基础上产生了与之相适应的宗法制度。在宗法关系网的牵制和重农抑商政策的压制下，中国的农业经济得到了不断的巩固。

与西方开放和注重个性自由的性格特征相反，封闭的农业型经济和严格的宗法政治将中华民族塑造成了安贫守旧和缺乏冒险精神的民族性格、提倡"天下为公""克己复礼"的自我牺牲精神和"匹夫不可夺志""贫贱不能移"的气节。在严格的宗法等级制度下，只有那些忠心不二的臣民、甘于贫贱的贤人、精忠报国的将士、循规蹈矩的谦谦君子，才是人们效法和歌颂的对象。这就使得西方文学艺术比较热衷于对个人英雄的赞颂，对私情的讴歌，而中国文学艺术则热衷于对忠臣义士的赞颂，对气节品格的讴歌。

中、西方民族性格的差异决定了他们不同的价值取向。这种价值取向的差异在文学作品和诗学中则表现为：虽然西方文学以叙事文学为主，西方诗学主张模仿现实，却又提倡情感的宣泄，提倡酒神般的狂欢精神，以便在情感的宣泄中获得心灵的解放，在酒神的狂欢中寻求审美的快感。而中国文学则主张"乐而不淫，哀而不伤"，中国诗学主张抒情言志，但又提倡节制情感，提倡文采的素淡和风格的含蓄。

（三）开放创新与封闭保守

商业社会的开放性特征和鼓励冒险、创新的民主政治反映在西方文学艺术与文艺理论上，则表现为勇于创新的精神。从亚里士多德对自己老师柏拉图文艺思想的批判开始，西方文论的创新特色在20世纪表现得可谓淋漓尽致，文学理论上的不同派别层出不穷，五花八门，例如，象征主义、表现主义、形式主义、精神分析批评、直觉主义、存在主义、新批评派、结构主义、诠释学、接受理论、符号学、叙事学、后现代主义、新历史主义、后殖民主义等不一而足。与西方相比，中国的农业性社会和宗法制政治，则具有根深蒂固的封闭性和保守性，因而中国的文艺理论则相对要保守得多，直至今天，"文必秦汉，诗必盛唐"之风仍不时刮起。

（四）天人对立与天人合一

中、西方社会不同的物质生产方式不仅决定了彼此不同的社会经济政治与民族性格特征，也形成了中、西方不同的人与自然的关系及其文化心理特征。

西方社会在从事以贸易为主的商品经济活动中，面对充满威力的自然界，人们很难完全把握自己的命运，只能在天人对立中乞求神灵的保佑。因此，古希腊社会的宗教气氛极其浓厚。苏格拉底认为，神统治着世界，具有无边的权力。柏拉图认为，世界是神创造的。亚里士多德则认为哲学家是与神最亲近的人。这种浓郁的宗教气氛，使古希腊的文学艺术与诗学都染上了浓厚的宗教迷狂色彩。古希腊的神话传说、荷马史诗及悲剧都鲜明地反映了这种宗教的迷狂。因此，无论是柏拉图的"迷狂说""美本身""理念论"，还是亚里上多德的"宣泄说""突转""惊奇"，以及悲剧的毁灭性结局的规定，都能从西方商业性社会经济生产方式及其文化中溯源。尼采的"酒神"精神源于柏拉图的"迷狂说"。在《悲剧的诞生》中，尼采认为具有宗教迷狂的酒神精神是诗的根本,现代艺术的唯一出路就是恢复这种酒神精神。西方的诗学大讲悲剧,大讲迷狂,是与西方社会的宗教性特征密切相关的。

西方社会在人与自然"天人对立"的关系中,一方面面对自然的威力,不得不祈求神灵的保佑,另一方面也迫使人们不得不去与可怕的大自然搏斗,用自己的智慧去战胜强大的自然界。为了征服大自然,就必须了解大自然,揭开其中的奥秘,这就是西方的自然科学比较发达的原因。自然科学的发达,必然对文学艺术和文艺理论产生影响。比如,毕达哥拉斯提出美的本质在于和谐,在于比例的对称和黄金分割;亚里士多德认为,美要符合有机体概念,要依靠体积与安排,这些显然都与自然科学的兴盛有关。宗教与科学,一个是非理性的迷狂,一个是尊理性的认知,看似水火不相容,然而两者为什么能够和谐地统一在古希腊乃至于整个西方社会文化里?"这种'二律背反'现象,其实正是古希腊商业经济社会所造成的自然与人类尖锐对立的合乎逻辑的产物:一边是大自然的可怕力量,迫使人们不得不在恐惧心情中乞求于超自然的力量,遂产生了浓厚的宗教意识;一边是生存的本能,促使人们千方百计地去认识大自然,用知识的力量去战胜大自然,遂产生了发达的自然科学。"①在天人对立中产生的宗教与科学,又在天人对立中达到和谐和统一。这也是清醒的"模仿说"与宗教的"迷狂说"能够协调地构成古希腊诗学有机整体的原因。"天人对立"还赋予了西方民族具有冒险和好奇精神的坚强性格特征。西方诗学所推崇的悲剧中毁灭的美感和西方美学所力倡的从痛感转化来的"崇高美",也都体现在天人对立中人类的伟大精神。不过,天人对立也造就了西方人容易走极端、易偏激的民族特征。因而,袁可嘉先生曾对西方文艺理论有"片面的深刻性与深刻的片面性"论断。

中国古代农业经济没有造成人与自然的尖锐对立,而是形成了人与自然的和谐,形成了"天人感应"的天人合一说。"民之所欲,天必从之。"②"天地与我并生,而万物与我为一。"③中国的神灵与英雄都是对人类友善而爱护的,如盘古开天辟地,女娲补天,伏羲教民结网,神农尝百草,后羿射日等,这些都是人与自然和谐关系的反映。因而,在中国古代的文学经

---

① 曹顺庆. 中西诗学比较 [M]. 修订版. 北京:中国人民大学出版社,2010:13-14.
② 王世舜,王翠叶译注. 尚书 [M]. 北京:中华书局,2012:431.
③ [晋] 郭象注,[唐] 成玄英疏. 庄子注疏 [M]. 北京:中华书局,2011:44.

典，如《诗经》里，很少有宗教神怪的描写，而是充满浓郁的人间生活气息。"两周以后，宗教在华族里，即使有时盛行，却不曾获得绝对支配的权威。"①

中国古代在自然科学方面虽取得过四大发明这样的辉煌成就，但在一个以小农自然经济为主的国家，自然科学却总是处于次要的地位，始终没有受到足够的重视。中国的自然科学研究，更多是为了搞"天人感应"的谶纬迷信服务，并不是为了真正去认识自然，征服自然。中国古人没有产生西方那种认识自然、战胜自然的迫切感，而是力主天人合一，听天由命。安贫、保守、克制成为中华民族的鲜明特征。这种民族特征，表现在文艺理论上，就形成了节制情感的"中和说"，要求抒情不要过分，要有节制，要"发乎情，止乎礼义"。在文采上，提倡质朴典雅，清丽恬淡，而在创作上，则反对标新立异，主张"原道、征圣、宗经"。中国古代的天人和谐的状况，虽没有导致宗教迷狂，但也阻碍了自然科学的发展。

天人合一的观念，使中国人很早就生发了对自然美的自觉意识。"如果说西方文学以震撼人心的悲剧冲突著称，那么中国文学则以启迪性灵的神韵意境取胜。这是各具价值的两种完全不同的美学特征。"② 中国古代文论中的"比德说""物感说""意境说""神韵说"，以及"象外之象""韵外之致""思与境偕""言近旨远"等都是对中华文学艺术基本特征的概括和总结。

西方的商业经济与天人对立的状况，迫使人们为求生存而去冒险，去寻求财富。竞争成了商业性社会人际关系的主要特征。古希腊人从不怀疑掠夺的正当性，东方的道义观念在他们身上了无踪迹。与古希腊相反，中国农业社会不但导致了天人和谐，也导致了以血缘家庭和家族为基本单位的人际关系强调以和为贵，以合作为基础。当西方人在神灵的偶像前祈祷时，中国人却在祖宗牌位前祭奠。宗庙社稷成了血亲最重要的向心力。"孝悌""仁义"成了宗法伦理道德体系的核心。因此，中国文学艺术与文艺理论始终没有脱离儒家伦理的轨道，唯美主义、形式主义的文艺在中国始终成不了大气候，而为政治而艺术，为伦理教化而艺术的风气，却有增无减。

---

① 范文澜. 中国通史：第1卷[M]. 北京：人民出版社，1978：149.
② 曹顺庆. 中西诗学比较[M]. 修订版. 北京：中国人民大学出版社，2010：17.

（五）思物与思我

商业性社会的外向性和开放性特征，形成了天人对立的人与自然关系，造成了西方人外向型的心态。人们最关注的是外在世界的构成，时间与空间、物质的形式、事物的比例等外在东西。

中国农业型社会自给自足的封闭性特征和在天人和谐中的怡然自乐造就了中国人内向型的心态。人们最关注的不是外在的时间与空间，外在物质世界的构成形式，而是自身内在的东西。因而，西方是向外探索的"思物"，中国是反求诸己的"思我"。虽然中西方的"智者"与"贤人"都提倡"多思"，如赫拉克利特的"思想是最大的优点"，笛卡儿的"我思故我在"，孔子的"三思而后行"，孟子的"心之官则思"。但他们"思"的方向和形式有着本质的区别。中国重"仁"求"德"，强调向内探求，向内思辨，寻求自我的良心善性，要做到"吾日三省吾身"①。而孟子则更热衷于内在主体思索，认为"万物皆备于我矣"②。因此，用不着去探索外在世界，而应当反求诸己，向自我内部下功夫。这种反身求诸己的内省式思辨，体现了中国古代思维的一大特征。它既是封闭型农业经济和宗法政治的产物，又是一种加强宗法伦理道德，巩固小农经济的思维模式。与中国相反，西方开放性的商业社会，造就了探索大自然奥秘的外向型思辨。这种外向型的"思物"，极大地推动了西方自然科学的发展，推动了西方商业经济的繁荣。中国的内向型心态与西方的外向型心态，都对各自的文艺与诗学产生了影响。内向型的心态，反映在文艺上则注重内在的气质神韵，而西方的外向型心态，反映在文艺上必然注重外在形象的模仿，认为美在形式上的和谐。外向型心态，使人在探索自然万物时，必然注重主观与客观、时间与空间、形式与内容、原因与结果等范畴和关系。外向性的"思物"形成了西方注重逻辑关系的分析性的思维方式。与西方相反，中国注重内向型的"吾日三省吾身"，使中国古人忽略了对客观世界构成规律、事物的时间与空间、原因与结果、形式与内容等范畴的深思，这造成了中国古代的逻辑分析式思维的缺失，但培养了中国人直觉的、感悟式的思维方式，追求在直观中的感悟。然而，直觉感悟式思维的产物则是概念的混沌。

---

① 陈晓芬,徐儒宗译注.论语·大学·中庸[M].北京:中华书局,2015:8.
② [宋]朱熹集注.孟子[M].上海:上海古籍出版社,2013:181.

西方偏重分析的逻辑思维和中国偏重感悟的直觉思维，分别对中西诗学产生了直接而重大的影响。西方诗学普遍运用分析性的逻辑思维，如创立"诗学"名称的亚里士多德，正是运用条分缕析的逻辑思维来建立他那庞大的诗学体系的。他在将艺术与其他学科区别开来的同时，指出了艺术与"理论科学""实践科学"的区别在于：艺术具有创造性。然后又将艺术分为工艺与美的艺术，即所谓"模仿的艺术"，它们的特点在于"模仿"。然后又以"模仿"所用的媒介不同、所取的对象不同、所采用的方式不同来区别诗与其他艺术及诗本身的各个种类（如史诗、悲剧、喜剧）的不同特征、不同规律和互相的联系。亚里士多德不但创立了这种广义的"诗学"，而且为西方诗学体系建立了科学分析的范例。现当代西方诗学，虽然也开始注重直觉思维，如柏格森的直觉主义、弗洛伊德的无意识学说等，但抽象的逻辑分析仍然是他们构筑理论体系的基本方法。而英美新批评、俄国形式主义、法国结构主义，以及符号学、诠释学乃至接受美学等的条分缕析之缜密烦琐的程度，恐怕让亚里士多德也自叹弗如。

中国古代文论是在审美直观中进行的自下而上的审美经验总结。无论是"妙悟""滋味"，还是"文气""风骨"，都与这种直觉思维密不可分。

中西诗学的差异还与中西语言文字的差异密切相关。西方的拼音文字十分注意分辨语法与词性，注意时态的准确和概念的清晰，因而，西方语言有助于细致的分析和演绎推论，但缺乏形象美感；而中国文字则是以形为主的表意文字，不太注意分辨语法和词性，且没有精确的时态、单数和复数、词性的区分，虽不利于演绎分析，但富于形象的美感，可以让人在生动而具体的形象中领悟。这种抽象的概念表述与具体的形象比喻，构成了中西诗学的一大差异。如中国司空图的《二十四诗品》是一种由具体的形象比喻组成的、象征性的讲究"滋味"的诗学理论，与德国康德的《判断力批判》正好相反，它是一种由抽象的概念表述组成的、分析性地运用"判断"的诗学理论。《二十四诗品》既是中国古代诗学理论著作，又是二十四首优美的诗。它用具体生动的艺术形象来阐发作者的文艺理论，从直观鉴赏的经验总结文艺的规律，以丰富的想象表征抽象的理论。这种形象性、象征性与讲究"滋味"的理论，是中国古代诗学理论的一大民族特色。它没有抽象的条分缕析，而是通过具体鲜明的形象去比喻和象征那些抽象的理论，将其化为直观可感的生动形象。这种象征性的"品味"，其优点显而易见，可以给人以亲切的深刻印象，让人在审美直觉中领悟艺术之真谛，然而明显缺乏概念的明确性和准确性,给人似是而非、模棱两可的感觉。

西方的诗学理论,不管是康德的《判断力批判》、黑格尔的《美学》,还是柏拉图之"理念"、亚里士多德之"模仿",都注重抽象的逻辑性和系统性的分析。西方诗学理论的这种特色,其优点在于概念的清晰、明确,能够将理论问题分析得深刻、透彻,能够比较全面而系统地阐述作者的美学思想,但与中国诗学生动而优美的喻性的理论相比,西方诗学抽象的概念表述,往往显得枯燥乏味,缺乏美感。

通过比较中西诗学理论,我们不难发现:中国诗学理论的优点,恰恰是西方诗学理论的缺点;中国诗学理论的缺点,则恰恰是西方诗学理论的优点。中国的外国文学理论研究者和爱好者,对西方文论和我国古代文论都有所了解显得尤为重要。一方面,可以有助于我们正确认识中国古代文论在世界文坛上的应有地位,不再妄自菲薄;另一方面,可以在知己知彼的基础上做到兼收并蓄,有助于构建具有中国特色的新的文艺理论体系。

第三节
乌斯宾斯基结构诗学理论对中国诗学研究的启示

西方现代诗学以认识论哲学为指导,在由现代形态走向后现代形态的过程中,既得益于自然科学,同时也深受其影响而显示出严重的不足。西方文论家由于对作者、作品、读者或社会历史文化层面等某一中心的强调,他们的研究方式和研究层面,或者研究的文化背景较为单一,他们深刻的理论分析和逻辑演绎却导致了艺术混沌美的缺失,从而很难有效地从总体上对诗学的整体框架进行艺术把握。因而,西方部分学者,如海德格尔、德里达等,在意识到这一点之后便开始转向主体研究,同时把目光投向中国古代诗学,以寻求新的文化资源。① 当代美国中国文学教授海陶韦(James R. Hightower)甚至主张西方学者应该研究中国文学及其理论,以弥补西方文论的缺陷。②

---

① 汪涛. 求本溯源:中西诗学体系辨析 [J]. 首都师范大学学报(社会科学版),2008(3):75-82.

② 高玉. 论当代比较诗学话语困境及其解决路径 [J]. 外国文学研究,2004(5):128-134,175.

乌斯宾斯基的结构诗学理论正是一种竭力突破西方传统文论科学思维范式的尝试，他采用了超越体系的整体与局部兼容并蓄的批评方法。此研究范式深受巴赫金的影响。他与巴赫金相识于1963年，在1966年年初创作《结构诗学》时，已谙熟巴赫金的学术思想，这一点在《结构诗学》中也多有体现①，而巴赫金对中国古代文学及批评理论有很深的造诣②。乌斯宾斯基的学术思想虽以结构主义为主导，但他在努力摆脱结构主义文本观，即不再将文本视为孤立的封闭存在，不再割裂文本与创作主体和外部客观世界以及读者之间的联系。乌斯宾斯基在建构其结构诗学理论时，选择了独特的具有主体性、社会性和能动性的概念"视点"，试图将作者、文本、读者及客体世界有机地联系到一起。他的研究不仅注重对文本中不同层面视点的深度分析，而且强调不同层面视点及同一层面不同视点之间的有机联系，在论述中自觉地把西方人擅长的科学逻辑思维与中国人擅长的艺术直觉思维相结合，从联系的角度把结构诗学看成是由各层次视点有机统一而成的整体，看到了各组成部分之间、每个组成部分与整体之间的联系，包含了深刻的辩证法思想。同时，在研究中，他还进一步指出，艺术文本视点结构的建构，不但有赖于作者的叙述视角选择，还与具体的描写对象及读者的阅读接受有关，力图使得艺术作品的内在研究与外在研究有机结合，努力实现艺术文本结构内外的整体性统一，试图打破以作者、作品、读者等某一中心来进行论述的局限性。乌斯宾斯基在宏观上借鉴了中国古典诗学研究的"整体观"，从而得到了方法论上的丰富和完善。他的研究将西方的"精确"与中国的"模糊"相结合，既有局部的清晰性，又有宏观的整体性。

显然，乌斯宾斯基基于"视点"的结构诗学理论，虽然特别注重各种

---

① См.: Успенский, Б. А. Поэтика композиции [M]. СПб.: Азбука, 2000: 13, 16, 23, 25-26, 32-33, 39, 218, 221, 243, 273, 331.
② 欲详细了解巴赫金对中国古代文学及批评理论的熟悉程度可参阅：张杰. 巴赫金与中国文学 [G] //张杰文论选. 上海：复旦大学出版社，2007: 151-154. М. М. Бахтин. Особенности китайской литературы и ее история [G] // А. Ф. Еремеев (отв. редактор). М. М. Бахтин: эстетическое наследие и современность: межвузовский сборник научных трудов (часть I). Саранск: Издательство Мордовского университета, 1992: 5-12. 事实上，巴赫金的学术思想不仅对乌斯宾斯基个人产生了影响，而且对整个塔尔图-莫斯科符号学派都有影响，如鲍·叶戈罗夫在《洛特曼的生平与创作》中曾指出塔尔图-莫斯科学派关于"文化"的思想，即"文化必须至少拥有两种符号语言的思想直接来源于巴赫金的对话思想"(Б. Ф. Егоров. Жизнь и творчество Ю. М. Лотмана [M]. М.: Новое литературное обозрение, 1999: 254.)。

视点之间相互作用所产生的整体效果，但又不同于中国传统的经验式批评，较其更具科学性。他运用现代科学的研究手段和术语，通过对不同视点的深入剖析，达到了一定的明晰性，克服了"模糊性"，是介于中西方之间的一种"中庸式"批评方法，为中西思维方式的互补提供了典范。

乌斯宾斯基中西兼容的"中庸式"结构诗学理论，在产生伊始就倍受当代西方文艺理论界的关注，也许这就预示着，当代诗学理论研究的"整体性"回归是未来诗学发展的趋势，但这种"整体性"应是"'科学化'的整体性"。我国的诗学研究不仅可以从乌斯宾斯基的结构诗学理论中汲取营养，更应该从其研究的方法论上受到一定的启发。因为只有实现中西文化的双重扬弃和超越，实现中西思维方式的相互借鉴与融通，我们的诗学研究才能开拓更为广阔的发展空间。

然而，随着我国改革开放的不断深入和全球化的影响，20世纪西方各种文艺批评理论被广泛地介绍到我国来，使得我国当代诗学研究朝向科学化、精确化的西方研究模式发展的倾向明显。与此同时，中国当代诗学研究者们在关注和推崇西方的各种文艺批评理论时，却使以艺术思维为主的"整体性"中国传统诗学研究风格在不断失却。

确实，我国传统诗学体系比较侧重文学的外部因素研究，相对缺乏对文学内部规律的探索，因而对文学作品的构成缺少精微的解析，也就是侧重于对文学认识功能的研究，较少分析文学的社会文化交际功能，更少研究文学文本的意义生成机制。同时，随着时代和社会的进步，我国文学创作的内容和形式日益显现出多样化的特征，文学语言也不断显露出觉醒和更新的端倪，原有的文学批评范式在一定程度上已难以适应新时代文学创新的步伐。而西方现代文论精确明晰的概念分析和谨严的理性逻辑，确实有助于我们有效地理解中国文论含混不清、微言大义的思想内容，使丰富的诗学内涵能够进入人们的思维深处，并建立学术话语的批判精神。但在西方现代诗学的研究者们开始汲取以中国传统诗学为代表的东方文艺批评理论的养分，寻求自身发展的新动力时，我们切不可盲目追捧西方的各种现代文艺批评理论，他们理性分析的气质、批判创新的精神和科学的研究方法论，只是我们重构中国现代诗学的可鉴资源。

厘清西方思想脉络的根本目的是为了更新中国学术传统。对乌斯宾斯基结构诗学理论的探究，与其说是给我们带来了一种新的诗学理论，还不如说是为我国当代诗学理论研究的方法论革新提供了借鉴。这种研究方法论上的创新思想和精神不仅对我国的文艺理论，而且对其他艺术文本的研究都有很大的启示。

第四节
中国传统诗学视域下的视点结构理论的局限性

事实上，任何一种理论都不可避免地会存在一些其自身无法摆脱的局限性，乌斯宾斯基的结构诗学理论自然也不例外。它在很大程度上虽然受到巴赫金"超语言学"思想的影响，在努力摆脱西方传统的科学思维模式，试图打破20世纪西方文艺批评多以作者、作品、读者或社会文化等某一中心来进行论述的局限性，使艺术创作—艺术文本—艺术知觉形成一个整体，然而他的整体性研究又是不彻底的，并没有完全摆脱其根深蒂固的语言结构主义思想的束缚，语言学研究方法如影随形，始终伴随其左右。

（一）艺术创作与审美感受主体性的实际缺失

在建构结构诗学理论时，乌斯宾斯基选择了具有主体性、社会性和能动性的独特研究视角"视点"，借助"视点"将艺术过程中相互关联的四要素——作者、文本、读者及客观现实世界紧密地联系到了一起，超越了俄国形式主义批评理论的诸多局限，如克服了形式分析与创作主体的对立，突出了作者对文本结构作用的主体性；考虑到了文学作品的结构与作品描写对象及一定的社会生活之间的联系；关注到读者（文本接受者）的视点选择和人的意识形态因素对文本整体结构的影响；等等。可以说，他的基于"视点"的结构诗学理论是一种努力超越文本结构系统限制的整体性研究。

然而，受西方偏重客观的科学思维方式影响，乌斯宾斯基的这种整体性研究是一种客观性整体性研究。而中国传统诗学的整体性批评是一种以直观感悟为主的主观经验批评，在直观感悟中，心与物直接对话，而无须以逻辑推理作中介，"古今胜语，皆由直寻"。同时，有别于西方文学创作、文学批评的高度职业化，中国古代的文学批评家往往集创作、批评于一身，因而，中国传统文学批评最常见的文本样式是诗话、词话、曲话等，或者直接以诗、赋、骈文的形式，通常是创作者对自身创作经验的总结。而在

20世纪的西方,在许多理论家看来,作品完成后,作者"就死了",作家失去了对自身作品批评的话语权。乌斯宾斯基的视点结构诗学理论研究的是文本中所存在的不同层面视点之间的相互关系,之所以能将作者与文本联系到一起,是因为其独特的研究视角,即"视点"概念本身与作者的关系,而非该理论自身意识到创作主体——作者的存在。

与此同时,在艺术文本的视点结构理论中,乌斯宾斯基虽然富有创见地提出了作者可以通过预设读者的阅读行为进行艺术构思的观点,使艺术文本结构的研究涉及了读者视点,并意识到了读者对文本结构的建构作用,然而这种结构是一种受作者创作活动制约的"召唤"式结构,是作者利用艺术形式所具有的引导和激发读者感受体验的功能而进行的有意预设,作为审美主体的读者是无法真正实现其主体性的。作者预设的读者实际上是一种全能理解的、理想的读者,是"复现作者的一种镜子里的映像"[1]。这种读者"对理想化的作品以及作者理想化的圆满构思,不可能增添什么自己的东西、什么新的东西"[2],他与作者本人处在同一时空体中,而且对作者来说他不可能成为另一个人。因而,在作者与这样的读者之间也不可能有任何的相互作用,因为他们不是两个声音,而是与作者自身相互等同的抽象概念。所以,就本质而言,乌斯宾斯基的艺术文本视点结构理论,还仅是从作者创作的历史语境出发,即从视点发生学的角度,而未能充分意识到与作者处于不同时空中的、作为审美主体的读者,以及其对文本视点结构解读的主体能动性,真正从读者(包括批评家)接受的历史语境出发,建立起视点结构的动态历史观,也就是说,读者(接受者)与作者以及文本之间尚未能建立起真正的双向对话机制。

反观中国传统诗学的整体性批评,它建立在诗性思维方式的基础之上,向来强调审美主体个体性的审美感受和人在艺术中的本体地位,而在乌斯宾斯基的结构诗学理论中,不管是创作主体,还是审美主体,他们的主体性实际上是缺失的。如果存在主体性的话,也是巴赫金所说的另一种主体性,即"结构主义中只有一个主体,就是研究者本人这个主体"[3]。

---

[1] [苏]巴赫金. 人文科学方法论[G]//钱中文主编. 巴赫金全集:第四卷. 石家庄:河北教育出版社,1998:385.

[2] [苏]巴赫金. 人文科学方法论[G]//钱中文主编. 巴赫金全集:第四卷. 石家庄:河北教育出版社,1998:385.

[3] [苏]巴赫金. 人文科学方法论[G]//钱中文主编. 巴赫金全集:第四卷. 石家庄:河北教育出版社,1998:391.

（二）以文本为中心的科学思维方式的束缚

乌斯宾斯基认为，"视点"问题是艺术作品结构的中心问题，他的结构诗学理论是基于视点问题，研究结构可能性的类型学。他主要以文学艺术文本的语言为研究基点，指出艺术文本中可能存在的四种视点类型，即意识形态视点、时空视点、话语视点和心理视点，不仅分析了不同层面视点所包含的语义指向和它们在作品中的功能，而且从具体的文学艺术文本，如《战争与和平》《卡拉马佐夫兄弟》等出发，详细分析了同一层面的不同视点和不同层面视点之间的相互关系，特别是后一种关系，如不同层面视点可否具有兼容性而同时存在，可否相互转化等。同时，在论述中，乌斯宾斯基受巴赫金"超语言学"思想的影响，努力将文本的内在研究与外在研究相结合，涉及了作者、读者及文本描写对象——客体世界对文本视点结构建构的影响，力图建立作者、文本、读者和客体世界四位一体的整体性结构观。

然而，从他的实际研究和具体文本分析中不难看出，他的结构诗学理论意在探讨艺术文本中客观存在的视点结构类型，建立一种基于视点的"艺术语言"的形式化模式，因此，他的研究注重逻辑分析和客观科学性，采用的是理性化的科学思维方法，类似于自然科学的研究手法，与中国传统诗学所擅长的诗性思维方式有着本质的差别，这一点最终导致他未能彻底摆脱俄国形式主义以文本为中心的语言学静态研究模式，并走出文本体系的限制。

例如，乌斯宾斯基在论述意识形态视点层面不同视点的相互关系时，他列举了莱蒙托夫《当代英雄》中不同叙述者对毕巧林个性的认识，认为作品中存在作者（潜隐的作者-叙述者）、毕巧林本人和马克西姆·马克西姆维奇等人不同的意识形态视点，而毕巧林的完整个性只有在这些人不同的世界观所形成的复杂关系网络中才得以全面展现，作品中构成叙述对象的事件和人只是被用来说明不同的世界观。显然，在这样的视点结构中，文本外的真实作者莱蒙托夫和不同时空中的读者是如何看待毕巧林的个性的，我们无从知晓。

在有关时空层面视点的阐释中，乌斯宾斯基首先明确，时空视点是"采用相应艺术种类的艺术手法条件下传达被描写的三维或四维空间的体系""在文学艺术中这相应地即是被描写的事件与描写的主体（作者-叙述者)之间的空间-时间关系在语词方面的确定"①。他通过分析大量的文学作品实例,详细分析了叙述者视点与人物视点一致和不相一致的各种情形。②不难看出,乌斯宾斯基的时空视点研究同样是局限于文本的有关叙述对象的具体时空存在,并未涉及作者的创作时空和读者的接受时空。然而,从时空角度,作者所描绘的世界不管如何现实,其时空体任何时候都不可能和作者所处的从事描绘的真实世界完全等同,而不同时空的读者在对文本的接受过程中更不可能回到文本所描绘的时空中去,他们只会将自己所处的现实时空与文本时空不停地进行交流,使作品所描绘的世界进入读者所处的现实世界并丰富这个现实世界,同时,现实世界也进入作品及其描绘的世界,从而使文本在不同时空读者的创造性接受过程中不断得到更新。因此,对文本外的时空视点,特别是读者阅读的时空视点研究,也许对研究文本的视点结构更具有价值,可惜在这一点上乌斯宾斯基只进行了以文本为中心的视点结构的形式分析研究。

乌斯宾斯基在心理和话语层面视点的分析中,同样存在这样的局限。在心理层面,有关内视点和外视点的划分和研究,都是基于文本内叙述者与被描写人物的心理关系而言。叙述者如果从旁观者的角度出发对人物进行描写,则持的是外部的心理视点,反之,叙述者如果通过援引描写对象的个体意识来进行描写,则持的是内部的心理视点。而话语层面视点的分析则完全囿于文本内的人物话语特征。

由此可见,乌斯宾斯基的结构诗学理论就其研究的宗旨而言,走的还是结构主义体系性的内部研究路径。他的艺术文本视点结构的动态性是一种系统内的动态,这种动态性建立在文本内各种不同视点意义相互交叉、投射与转化中所形成的语义场之上,也就是说,强调文本本身是一个动态的意义发生器。同时,他的文本视点结构的开放性也是不完全的,只是一种单向的开放,对文本外的作者、读者及客观描写对象的涉及,都是为了围绕文本这一中心,说明其视点结构,因为具有主体性的作者和读者,特别是后者,还无法实现自身的现实时空视点与文本内的时空视点之间的双向对话交流。然而,瑕不掩瑜,乌斯宾斯基的结构诗学理论对世界文艺理论批评和人文科学的发展,特别是在人文科学研究的方法论方面的独特性

---

① Б. А. Успенский. *Поэтика композиции* [M]. СПб.: Азбука, 2000: 100-101.
② Б. А. Успенский. *Поэтика композиции* [M]. СПб.: Азбука, 2000: 101-130.

意义是无可争辩的，而绝不是像苏联艺术出版社的社长所说的那样，与形式主义学派相比是向后倒退了一步。①

（三）创作时空的意识形态环境限制

乌斯宾斯基的结构诗学理论构思于1966年年初，成书于1967年年底。② 然而，该书的出版并不顺利，书稿自1967年底交到艺术出版社，直到1970年才得以与世人见面。在此期间，1969年9月，艺术出版社的主编基苏尼科（В. Г. Кисунько）曾要求乌斯宾斯基将有关意识形态视点章节中的所有"意识形态"（идеология）一词都替换掉，否则书就无法出版。乌斯宾斯基不得已，在该章节一开始就特地做了预先说明，强调意识形态视点层面中的"意识形态"一词应理解为该词的中性意义，即"思想上对周围世界认识的一般体系"③。在当时的基苏尼科看来，在俄语言语中某些词或者名称是绝对不能使用的④。由此看来，当时的社会政治意识形态环境对乌斯宾斯基的创作是有限制的。

在60年代初，苏联在赫鲁晓夫当政时期，"解冻"思潮确实给意识形态领域带来了一些新思维和新思潮，学术环境较前有所宽松。然而，勃列日涅夫在1964年10月上台之后，赫鲁晓夫时期国家航船的方向很快被改变，苏联意识形态领域发生了某些倒退和回潮。到1966年年初苏共二十三大前夕，领导集团的某些人主张改变对斯大林个人崇拜问题的评价和立场，苏联社会政治生活开始了向斯大林意识形态模式的复归。

笔者在与乌斯宾斯基教授就其结构诗学理论的某些问题进行交流时，曾问过他这样一个问题：为什么《结构诗学》这本书会借助"视点"来谈论艺术文本的结构问题，同时又为什么会写在60年代的中后期？他回答说，自1964年与洛特曼相识后，他深受作为文艺学家的洛特曼和他的夫人敏茨的影响，因而开始思考文艺问题，但他又不愿意在学术问题上触及与意识

---

① Ю. М. Лотман, Б. А. Успенский. *Пепеписка: 1964—1993* [G]. М.: Новое литературное обозрение, 2008: 168.

② Ю. М. Лотман, Б. А. Успенский. *Пепеписка: 1964—1993* [G]. М.: Новое литературное обозрение, 2008: 79.

③ Б. А. Успенский. *Поэтика композиции* [M]. СПб.: Азбука, 2000: 22.

④ Ю. М. Лотман, Б. А. Успенский. *Пепеписка: 1964—1993* [G]. М.: Новое литературное обозрение, 2008: 132-133.

形态思想有关的敏感问题①，而文艺问题又很难不涉及思想内容，这促使他选择了自己早就感兴趣的"视点"问题作为其结构诗学理论的研究视角，这样可以将内容寓于形式研究之中。所以，可以说，结构诗学理论也许还不完全是当时乌斯宾斯基真实的学术思想写照，主体性缺失和以文本为中心的研究范式可能只是他有意识地对当时意识形态环境的回避方式，因为高度政治化的环境对于人的思考力具有不可避免的威慑作用。

通过对乌斯宾斯基结构诗学理论的研究，我们不难发现，由于文化渊源的差异和由此而产生的根深蒂固的思维方式影响，中、西方诗学理论的完全融合实际上是难以实现的。然而，如巴赫金所言，"在两种文化发生这种对话性相遇的情况之下，它们既不会彼此融合，也不会相互混同，各自都会保持自己的统一性和开放性的完整性，然而它们都相互丰富起来"②。这种"和而不同"，建立在彼此相互对话基础上的文化交流，难道不是中、西方诗学在全球化背景下发展的理想趋势？

---

① 他表示，这也是他一开始就选择结构语言学作为自己学术研究对象的原因之一。
② ［苏］巴赫金．巴赫金文论两篇［J］．刘宁，译．世界文学，1995（5）：210-212.

# 结　语

写下"结语"二字，突然不知从何下笔，脑海中不时泛上巴赫金的一段话：

"世上还没有过任何终结了的东西；世界的最后结论和关于世界的最后结论，还没有说出来；世界是敞开着的，是自由的；一切都在前头，而且永远只在前头。"①

这几句话在不断地提醒笔者，对乌斯宾斯基结构诗学理论及其整个学术思想的研究还没完，一切结论还没有说出来，而对乌斯宾斯基这样一位仍活跃在世界学术舞台上的大家的研究还尚未真正开始，笔者只不过是偷窥了其学术冰山之一角，也许一角也称不上，只是一小点。为使乌斯宾斯基的学术思想和理论能在我国得到进一步的研究，笔者在此暂且起抛砖引玉的作用，"一切都在前头，而且永远只在前头"。

通过对乌斯宾斯基结构诗学理论的研究，笔者深深地体会到：

第一，对一名学者来说，开放的学术视界和兼容的理论立场将决定他学术研究的深度和广度。乌斯宾斯基的结构诗学理论以索绪尔的欧陆结构主义语言符号学理论为根基，不但继承了俄国形式主义学派，特别是莫斯科语言学小组的研究风格和传统，而且师承了哥本哈根学派叶尔姆斯列夫的语符学思想，同时，他还吸收了美国皮尔斯、莫里斯等逻辑实用主义哲学符号学思想，兼容了巴赫金学派的社会符号学思想。这一切决定了他理论视角的高度与宽度，并促使他能在前人学术研究的基础上有所创新。他的研究虽然建立在结构主义语言符号学理论的基础之上，但他打破了形式

---

① ［苏］巴赫金. 陀思妥耶夫斯基诗学问题［G］∥钱中文主编. 巴赫金全集：第五卷. 石家庄：河北教育出版社，1998：221.

主义唯形式研究的局限性和结构主义语言符号观的静态性及文本系统的封闭性。他通过对文本"视点"结构理论的建构，把形式与内容的研究有机结合，建立了文本内不同层面视点之间的动态意义生成系统，并且使该系统具有一定的开放性。他的理论既有对结构形态的静态研究，又有对结构生成的动态分析，同时还将对结构成分的微观研究与对结构网络的宏观研究相结合。

第二，不同的视域可能会形成不同的视像。乌斯宾斯基的结构诗学理论是建立在文本内不同视点之间的相互关系之上。在他之前，不管是在苏联境内，还是欧美等西方国家，已有不少学者对视点问题加以研究，但不同的是，苏联境内的学者对视点问题的分析只是他们研究某作家作品的一种手段，欧美等西方学者则多在叙事学的框架内研究，而乌斯宾斯基不仅发现了文学艺术文本中存在不同层面的视点，而且变换了研究视角，看到了"视点"在文本结构建构中的作用和意义，并在此基础上将对"视点"问题的研究视域由文学艺术文本扩展到整个具有表达层和内容面，即具有语义特征的艺术种类的结构研究之中。

第三，理论应成为文本分析的工具。乌斯宾斯基在对其结构诗学理论阐释的过程中，以语言学家对具体语言材料的敏锐把握，通过对托尔斯泰、陀思妥耶夫斯基等作家作品的大量具体分析，以不那么抽象化的形式详尽地分析了不同层面视点所包含的语义特征，以及同一层面的不同视点和不同层面的视点之间的相互交叉、相互转换的动态关系，因而，其理论具有很强的实用性。这种研究方法不仅有助于读者对其理论的理解、消化和吸收，而且有助于人们在实践中运用该理论加强对文本的分析。本书的第九章与第十章对莱蒙托夫《当代英雄》中的主人公毕巧林形象和该部作品艺术形式的视点分析，正是对乌斯宾斯基的结构诗学理论运用于文学文本批评实践的尝试。

第四，任何理论都不可避免地具有其内在的局限性。乌斯宾斯基在结构诗学理论的研究方法上，很明显受到了俄罗斯民族文化精神"聚和性"思想和谙熟中国古代文学及批评理论的巴赫金的影响，采用了超越文本体系的整体性批评方法。他努力尝试摆脱结构主义文本观，即不再将文本视为孤立的封闭存在，不再割裂文本与创作主体和外部客观世界及读者之间的联系，在论述中自觉地把西方人擅长的科学逻辑思维与中国人擅长的艺术直觉思维相结合。然而，他的整体性研究又是不彻底的，并没有完全摆脱其根深蒂固的语言结构主义思想的束缚，并将结构主义符号学的共时性研究与历史文化学的历时性研究有机地结合起来。具体表现在两个方面：一是在其艺术文本结构建构中，艺术创作与审美感受的主体性实际上是缺失的；二是未能最终彻底走出以文本为中心的科学思维方式的限制。当然，在 20 世纪 60 年代的苏联，这种局限很有可能是受到了当时意识形态环境的影响。这一点还有待于未来的进一步研究。

  社会现实的多元性和矛盾性为视点问题的研究提供了社会学的前提。乌斯宾斯基对多元化世界所具有的独特感受和体验，使他解读世界的天赋通过不同层次的视点表现了出来。他的结构诗学理论结合了中、西方诗学传统的研究范式，与其说是给我们带来了一种新的诗学理论，还不如说是对诗学理论研究的方法论革新。这种研究方法论上的创新思想和精神，相信不仅对我国的文艺理论研究，而且对其他艺术文本的研究都不无启发，这一点在一定意义上也是本书研究的目的和现实意义所在。然而，由于笔者目前知识结构的不完善，暂时对国内中国诗学理论的研究现状尚欠翔实的认识，因而在这方面的阐释还较为浮浅，不够深入，甚而可能不够精确，但问题的提出就是对目标的接近。

参考文献

俄文参考文献：

Бахтин, М. М. *Проблемы поэтики Достоевского*［M］. М.: Советский писатель, 1963.

Бахтин, М. М. *Вопросы литературы и эстетики*［M］. М.: Художественная литература, 1975.

Бахтин, М. М. *Эстетика словесного творчества*［M］. М.: Искусство, 1979.

Бахтин, М. М. Особенности китайской литературы и ее история［G］// А. Ф. Еремеев (отв. редактор). *М. М. Бахтин: Эстетическое наследие и современность* (часть I). Саранск: Издательство Мордовского университета, 1992.

Белинский, В. Г. *Полное собрание сочинений в 13 т.*［M］. Т. 7. М.: Издательство Академии наук СССР, 1953-1959.

Белинский, В. Г. *Полное собрание сочинений в 13 т.*［M］. Т.11. М.: Издательство Академии наук СССР, 1953-1959.

Виноградов И. Философский роман Лермонтова［J］. *Новый мир*, 1964 (10):210-231.

Виноградов, В. В. О языке Толстого［G］// *Литературное наследство*. Т. 35-36: Л. Н. Толстой. М.: Изд. Ан СССР, Ч. 1, 1939.

Виноградов, В. В. *Стилистика, теория поэтической речи, поэтика*［M］. М.: Издательство Академии наук СССР, 1963.

Виноградов, В. В. *Избранные труды: Поэтика русской литературы*［G］. М.: Издательство Наука, 1976.

Виноградов, В. В. Избранные труды: *О языке художественной прозы* [G]. М.: Наука, 1980.

Виноградов, В. В. Избранные труды: *Язык и стиль русских писателей: от Карамзина до Гоголя* [M]. М.: Наука, 1990.

Волошинов, В. Н. *Марксизм и философия языка. Основные методы социологического метода в науке о языке* [M]. Л.: Прибой, 1929.

Гуковский, Г. А. *Реализм Гоголя* [M]. М.: Государственное издательство художественной литературы, 1959.

Егоров, Б. Ф. *Жизнь и творчество Ю. М. Лотмана* [M]. М.: Новое литературное обозрение, 1999.

Есин, А. Б. *Время и пространство* [G] // Введение в литературоведение. *Литературное произведение: Основные понятия и термины*. М.: Изд-во Высшая школа, 1999.

Иванов, Вяч. Вс. *Очерки по истории семиотики в СССР* [M]. М.: Наука, 1976.

Кеселева, Л. Н., Р. Г. Лейбов и др. (ред.) *Лотмановский сборник* [G]. Т. 3. М.: ОГИ, 2004.

Колесов, В. В. *Жизнь происходит от слова ...* [M]. СПб.: Златоуст, 1999.

Кошелев, А. Д. (сост.) *Ю. М. Лотман и тартуско-московская семиотическая школа* [G]. М.: Гнозис, 1994.

Лермонтов, М. *Герой нашего времени* [M]. СПб.: Азбука-классика. 2009.

Лихачева, Л. Н. *Повествовательная точка зрения как художественный прием и его языковая характеристика*: диссертация на соискание учебной степени кандидата филологических наук [D]. Ленинград, 1975.

Лосский, Н. О. *История русской философии* [M]. СПб.: Азбука, 2008.

Лотман, Ю. М. О проблеме значений во вторых моделирующихсистемах [G] // *Труды по знаковым системам*, II. Тарту (Уч. зап. ТГУ. Вып.181), 1965.

Лотман, Ю. М. Художественная структура "Евгения Онегина" [G] // *Труды по русской и славянской филологии*, IX. Тарту (Уч. зап. ТГУ. Вып. 184), 1966.

Лотман, Ю. М. *Анализ поэтического текста* [M]. Л.: Просвещение,

1972.

Лотман, Ю. М. Тезисы к семиотике русской культуры[G] // А. Д. Кошелев. (сост.) *Ю. М. Лотман и тартуско-московская семиотическая школа.* М.: Гнозис, 1994.

Лотман, Ю. М. Лекции по структуальной поэтике [G] // А. Д. Кошелев. (сост.) *Ю. М. Лотман и тартуско-московскаясемиотическая школа.* М.: Гнозис, 1994.

Лотман, Ю. М. *Пушкин*[M]. Санкт-Петербург: Искусство-СПБ, 1995.

Лотман, Ю. М. Культура и взрыв[G] // *Семиосфера.* Санкт-Петербург: Искусство-СПБ, 2000.

Лотман, Ю. М. *История и типология русской культуры* [M]. Санкт-Петербург: Искусство-СПБ, 2000.

Лотман, Ю. М. *Воспитание души* [G]. Санкт-Петербург: Искусство-СПБ. 2005.

Лотман, Ю. М. Структура художественного текста[G] // *Об искусстве.* Санкт-Петербург: Искусство-СПБ, 2005.

Лотман, Ю. М. *Письма: 1940—1993* [G]. М.: Языки славянской культуры, 2006.

Лотман, Ю. М., Б. А. Успенский. *Пепеписка: 1964—1993* [G]. М.: Новое литературное обозрение, 2008.

Лотман, Ю. М. *Структура художественного текста. Анализ поэтического текста*[M]. СПб.: Азбука, Азбука-Аттикус, 2018.

Лукин, В. А. *Художественный текст* (2-е изд., перераб. и доп.) [M]. М.: Ось-89, 2009.

Махлина, Светлана. *Словарь по семиотике культуры* [Z]. СПб.: Искусство—СПБ, 2009.

Маркович, В. М. *Загадки лермонтовского романа* (Предисловие) [M] // Лермонтов М. Ю. *Герой нашего времени.* СПб.: Азбуга-классика, 2009.

Мечковская, Н. Б. *Семиотика: Язык. Природа. Культура* (3-е издание) [M]. М.: Академия, 2008.

Миненков, Г. Я. Соборность [Z] // *Новейший философский словарь.*

А. А. Грицанов. （сост.）Минск：Изд. В. М. Скакун. 1998.

Неклюдова, С. Ю. （ред.）*Московско-тартуская семиотическая школа. История, воспоминия, размышления*［G］. М.：Языки русской культуры, 1998.

Николаев, А. И. *Основы литературоведения：Учебное пособие для студентов филологических специальностей*［M］. Иваново：Листос, 2011.

Одинцов, В. В. Обсуждение кн. Б. А. Успенского "Поэтика композиции"［G］// *Стилистика текста*. М.："Наука", 1980.

Панов, С. И. Пушкин Александр Сергеевич［Z］// Николаев, П. А. （глав. ред.）*Русские писатели 1800—1917：Биографический словарь*. Т. 5. П—С. М.：Большая российская энциклопедия, 2007.

Пермяков, Е. В. （сост.）*Лотмановский сборник*［G］. Т. 2. М.：Изд-во РГГУ, изд-во "ИЦ-Гарант", 1997.

Почепцов, Г. Г. *Русская семиотика*［M］. М.：Рефл-бук, 2001.

Степанов, Ю. С. （сост）. *Семиотика：Антология*［G］. Екатеринбург：Деловая книга, 2001.

Тамарченко, Н. Д. *Теоретическая поэтика. Хрестоматия-практикум*［M］. М.：Академия, 2004.

Топоров, В. Н. Пространство и текст［G］// *Текст：Семантика и структура*. М.：Академия, 1983.

Успенский, Б. А. Лингвистическая жизнь Копенгагена［J］. *Вопросы языкознания*, 1962(3)：148-151.

Успенский, Б. А. О семиотике искусства［C］// *Симпозиум по структурному изучению знаковых систем：Тезисы докладов*. М.：Издательство АН СССР, 1962.

Успенский, Б. А. *Принципы структурной типологии*［M］. М.：Издательство Московского университета, 1962.

Успенский, Б. А. *Структурная типология языков*［M］. М.：Наука, 1965.

Успенский, Б. А. Проблемы лингвистической типологии в аспекте различения "говорящего" (адресанта) и "слушающего" (адресата)［G］// *To honor Roman Jakobson：Essays on the occassion of his seventieth birthday*. The Hague—Paris：Mouton, 1967.

Успенский, Б. А. *Избранные труды* (*Т.1*): *Семиотика истории. Семиотика культуры* [M]. М.: Гнозис, 1994.

Успенский, Б. А. К поэтике Хлебникова: Проблемы композиции [G] // *Избранные труды* (*Т.2*): *Язык и культура*. М.: Гнозис, 1994.

Успенский, Б. А. К проблеме генезиса тартуско-московской семиотической школы [G] // А. Д. Кошелев. (сост.) *Ю. М. Лотман и тартуско-московская семиотическая школа*. М.: Гнозис, 1994.

Успенский, Б. А. *Краткий очерк истории русского литературного языка* (*XI–XIX вв.*) [M]. М.: Гнозис, 1994.

Успенский, Б. А. Фонетическая структура одного стихотворения Ломоносова [G] // *Избранные труды* (*Т.2*): *Язык и культура*. М.: Гнозис, 1994.

Успенский, Б. А. *Избранные труды* (*Т.1*): *Семиотика истории. Семиотика культуры* [G]. М.: Языки русской культуры, 1996.

Успенский, Б. А. *Избранные труды* (*Т.3*): *Общее и славянское языкознание* [G]. М.: Языки русской культуры, 1997.

Успенский, Б. А. *Поэтика композиции* [M]. СПб.: Азбука, 2000.

Успенский, Б. А. *Семиотика искусства* [G]. М.: Языки славянской культуры, 2005.

Успенский, В. А. Прогулки с Лотманом и вторичное моделирование [G] // Е. В. Пермяков (ред.-сост.). *Лотмановский сборник*. Т. 1. М.: ИЦ-Гарант, 1994.

Успенский, В. А. *Труды по нематематике* [G]. М.: ОГИ, 2002.

Успенский, Ф. Б. *Miscellanea Slavica. Сборник статей к 70-летию Бориса Андреевича Успенского* [G]. М.: Индрик, 2008.

Хон Дэ Хва. *Поэтика композиции в романах М. Ю. Лермонтова*: диссертация на соискание учебной степени кандидата филологических наук [D]. Санкт-Петербург, 1995.

Хомяков, А. С. Письмо к редактору "L'Union Chretienne" о значении слов: "кафолический" и "соборный" по поводу речи отца Гагарина, иезуита" [G] // *Полное собрание сочинений в 8 т*. Т. 2. М.: Университетская типография, 1886.

Хрущев, Н.С. Воспоминания［G］// Избранные фрагменты. М.: Вагриус, 1997.

Чернец, Л. В. *Ведение в литературоведение Литературное произведение: Основные понятия и термины*［G］. М.: Вышая школа, 1999.

Чернобаев, А. А. *Успенский Борис Андреевич*［Z］// Историки России конца XIX —начала XXI века: Биобиблиографический словарь. В 3 т., Т.3. М.: Собрание, 2017.

Чудаков, А. П. *Поэтика Чехова*［M］. М.: Наука, 1971.

Шалыгина, О. В. *Проблема композиции поэтической прозы (А. П. Чехов-А. Белый-Б. Л. Пастернак)*［M］. М.: ООО "Образование 3000", 2008.

Шмид, Вольф. *Нарратология* (изд. второе, испр. и доп.)［M］. М.: Языки славянской культуры, 2008.

Эко, Умберто. *Роль читателя*［M］. М.: Издательство РГГУ, 2007.

Якобсон, Р. О. Лингвистика и поэтика［G］// Басин, Е. А., Поляков, М. Я. (ред.) *Структурализм "за" и "против"*. М.: Прогресс, 1975.

英文及其他语种参考文献:

Blaim, A. Boris uspensky: A reply［J］. *Journal of literary semantics*, 1977(2): 91-93.

Dagle, J. Soviet Semiotics［J］. *Novel: A forum on fiction*, 1975, 9(1): 77-80.

Foster, L. A. Ред.: Успенский 1970［J］. *Slavic and East European journal*, 1972, 16(3): 339-341.

Haard, Eric de. B. A. Uspenskij's Poetica Kompozicii［J］. *Russian literature*, 1981, 10(1): 79-90.

Harold, F. & Mosher Jnr. A contemporary Russian structuralist［J］. *Journal of literary semantics* (The Hague-Paris), 1976, 5(1): 31-37.

Hjelmslev, L. *Essais linguistiques*［M］. Paris: Minuit, 1971.

Kermode, F. *The classic: Literary images of permanence and change*［M］. Cambridge: Harvard University Press, 1975.

Morris, C. *Signs, language and behavior*［M］. New York: Braziller, 1946.

Prince, G. *A dictionary of narratology*［Z］. Lincoln: University of Nebraska Press. 1987.

Titunik I. R.B'achtin and Soviet Semiotics(A case study:Boris Uspenskij's Poetica Kompozicii)[J].*Russian literature*,1981,10(1):1-16.

Venclovo, T. Soviet Semiotics on Dostoevskij[J].*The American journal of semiotics I*,1982,(4):87-102.

中文参考文献:

艾布拉姆斯．文学术语词典[Z]．吴松江，主译，朱金鹏，朱荔，崔侃，等，参译．北京：北京大学出版社，2009．

埃科．符号学与语言哲学[M]．王天清，译．天津：百花文艺出版社，2006．

埃诺．符号学简史[M]．怀宇，译．天津：百花文艺出版社，2005．

奥蒙.视点[J]．肖模，译．世界电影，1992（3）：4-43．

布斯．小说修辞学[M]．付礼军，译．北京：北京大学出版社，1987．

白春仁．开拓结构与符号之路：洛特曼[J]．中国俄语教学，2006（3）：57．

巴赫金．陀思妥耶夫斯基诗学问题[M]．白春仁，顾亚铃，译．北京：生活·读书·新知三联书店，1988．

巴赫金．文艺学中的形式主义方法[M]．李辉凡，张捷，译．桂林：漓江出版社，1989．

巴赫金．巴赫金文论两篇[J]．刘宁，译.世界文学,1995（5）：210-212．

巴赫金．马克思主义与语言哲学[G]∥钱中文主编．巴赫金全集：第二卷．李辉凡，张捷，等，译．石家庄：河北教育出版社，1998．

巴赫金．人文科学方法论[G]∥钱中文主编．巴赫金全集：第四卷．石家庄：河北教育出版社，1998．

巴赫金．陀思妥耶夫斯基诗学问题[G]∥钱中文主编．巴赫金全集：第五卷．石家庄：河北教育出版社，1998．

巴赫金．小说的时间形式和时空体形式[G]∥钱中文主编.巴赫金全集：第三卷．石家庄：河北教育出版社，1998．

巴尔特．符号学原理[M].李幼蒸，译．北京：中国人民大学出版社，2008．

巴尔特．符号学历险[M].李幼蒸，译．北京：中国人民大学出版

社，2008.

巴特．神话修辞术：批评与真实［M］．屠友祥，温晋仪，译．上海：上海人民出版社，2009.

巴尔．叙述学：叙事理论导论［M］．谭君强，译．北京：中国社会科学出版社，2003.

别尔嘉耶夫．精神与实在［M］．张百春，译．北京：中国城市出版社，2002.

别林斯基．当代英雄：短评之一［G］∥别林斯基选集：第二卷．满涛，译．上海：上海译文出版社，1979.

别林斯基．别林斯基文学论文选［G］．满涛，辛未艾，译．上海：上海译文出版社，2000.

布尔加科夫．东正教：教会学说概要［M］．徐凤林，译．北京：商务印书馆，2005.

曹长盛，张捷，樊建新．苏联演变进程中的意识形态研究［M］．北京：人民出版社，2004.

曹靖华．俄国文学史：上卷［M］．2版．北京：北京大学出版社，2007.

曹顺庆．中西诗学比较［M］．修订版．北京：中国人民大学出版社，2007.

曹禧修．叙述学：从形式分析进入意义——文学研究方法论研讨之二［J］．文艺评论，2000（4）：21-30.

程正民．文本的结构和意义的生成：洛特曼的结构诗学［J］．文化与诗学，2012（2）：234-251.

崔少元．结构主义与亨利·詹姆斯的小说理论［J］．外语教学，2002（5）：26-29.

陈国恩，庄桂成，雍青，等．俄苏文学在中国的传播与接受［M］．北京：中国社会科学出版社，2009.

陈鸣树．文艺学方法论［M］．2版．上海：复旦大学出版社，2004.

杜桂枝·莫斯科-塔尔图符号学派［J］．外语学刊，2002（1）：1-8.

代显梅．传统与现代之间：亨利·詹姆斯的小说理论［M］．北京：社会科学文献出版社，2006.

刁生虎．老庄直觉思维及其方法论意义［J］．安徽大学学报（哲学社会科学版），2002（5）：14-18.

多斯．从结构到解构：法国 20 世纪思想主潮［M］．季广茂，译．北京：中央编译出版社，1999.

费伦，拉比诺维茨．当代叙事理论指南［M］．中丹，马海良，宁中，等，译．北京：北京大学出版社，2007.

弗兰克．俄国知识人与精神偶像［M］．徐凤林，译．上海：学林出版社，1999.

弗兰克，等．现代小说中的空间形式［M］．秦林芳，编译．北京：北京大学出版社，1991.

佛克马，易布思．二十世纪文学理论［M］．林书武，陈圣生，施燕，等，译．北京：生活·读书·新知三联书店，1988.

福勒．现代西方文学批评术语词典［Z］．袁德成，译．成都：四川人民出版社，1987.

福勒．语言学与小说［M］．於宁，徐平，昌切，译．重庆：重庆出版社，1991.

郭鸿．现代西方符号学纲要［M］．上海：复旦大学出版社，2008.

顾嘉祖，辛斌．符号与符号学新论［G］．南京：东南大学出版社，2006.

高尔基．俄国文学史［M］．缪朗山，译．北京：中国人民大学出版社，2011.

高玉．论当代比较诗学话语困境及其解决路径［J］．外国文学研究，2004（5）：128-134，175.

高迎刚．马一浮诗学思想研究［M］．济南：齐鲁书社，2006.

格雷马斯．符号学与社会科学［M］．徐伟民，译．天津：百花文艺出版社，2009.

格奥尔吉耶娃．文化与信仰：俄罗斯文化与东正教［M］．焦东建，董茉莉，译．北京：华夏出版社，2012.

管月娥．东正教的"聚和性"理念和结构诗学理论［J］．外国文学研究，2018（2）：55-63.

胡壮麟．走近巴赫金的符号王国［J］．外语研究，2001（2）：10-15，80.

黄玫．洛特曼的结构主义诗学观［J］．中国俄语教学，2000（1）：50-

53.

黄玫. 巴赫金与俄国形式主义的诗学对话［J］. 俄罗斯文艺，2001（2）：30-32.

哈特曼，斯托克. 语言与语言学词典［Z］. 黄长著，林书武，卫志强，等，译. 上海：上海辞书出版社，1998.

哈利泽夫. 文学学导论［M］. 周启超，王加兴，黄玫，等，译. 北京：北京大学出版社，2006.

黑格尔. 历史哲学［M］. 王造时，译. 上海：上海书店出版社，2001.

霍克斯. 结构主义和符号学［M］. 瞿铁鹏，译. 上海：上海译文出版社，1987.

蒋传红. 论鲁迅小说的视点和意识形态之关系［J］. 湖北社会科学，2008（4）：131-134.

蒋孔阳. 二十世纪西方美学名著选：上、下［M］. 上海：复旦大学出版社，1988.

蒋孔阳. 中国古代美学艺术论文集［G］. 上海：上海古籍出版社，1981.

加斯帕罗夫. 苏联60至90年代的结构主义诗学研究：关于洛特曼的《诗歌文本的分析》一书［J］. 王希悦，赵晓彬，译. 俄罗斯文艺，2003（3）：45-47.

季明举. 巴赫金超语言学的斯拉夫主义哲学实质［J］. 外语学刊，2011（4）：91-95.

季羡林. 门外中外文论絮语［J］. 文学评论，1996（6）：5-13.

金亚娜. 俄罗斯神秘主义认识论及其对文学的影响［G］//金亚娜集. 哈尔滨：黑龙江大学出版社，2012.

金亚娜. 奇崛艺术世界的宏远历史投影：纪念莱蒙托夫200周年诞辰［J］. 俄罗斯文艺，2014（3）：23-32.

康澄. 文本：洛特曼文化符号学的核心概念［J］. 当代外国文学，2005（4）：41-49.

康澄. 洛特曼的文化时空观［J］. 俄罗斯文艺，2006（4）：39-44.

康澄. 文化及其生存与发展的空间：洛特曼文化符号学理论研究［M］. 南京：河海大学出版社，2006.

卡西尔. 符号形式的哲学［M］. 关子尹，译. 上海：上海译文出版

社，2004.

卡勒．结构主义诗学［M］．盛宁，译．北京：中国社会科学出版社，1991.

莱蒙托夫．当代英雄［M］．冯春，译．上海：上海译文出版社，2006.

劳逊．戏剧与电影的剧作理论与技巧［M］．邵牧君，齐宙，译．北京：中国电影出版社，1989.

李幼蒸．历史符号学［M］．桂林：广西师范大学出版社，2003.

李幼蒸．理论符号学导论［M］．北京：中国人民大学出版社，2007.

李洁非．小说学引论［M］．南宁：广西教育出版社，1995.

李赋宁．欧洲文学史：第二卷［M］．北京：商务印书馆，2001.

李建中．中国文学批评史［M］．北京：北京大学出版社，2009.

李稚田．电影语言：理论与技术［M］．北京：北京师范大学出版社，2005.

李肃．洛特曼文化符号学思想发展概述［J］．解放军外国语学院学报，2002（2）：38-42.

凌继尧．苏联当代美学［M］．哈尔滨：黑龙江人民出版社，1986.

凌继尧．塔尔图-莫斯科学派：记苏联符号学家洛特曼和乌斯宾斯基［J］．读书，1987（3）：137-142.

凌继尧．美学和文化学：记苏联著名的16位美学家［M］．上海：上海人民出版社，1990.

［美］刘若愚．中国文学理论［M］．杜国清，译．南京：江苏教育出版社，2006.

刘润清．西方语言学流派［M］．北京：外语教学与研究出版社，2007.

黎皓智．俄罗斯小说文体论［M］．2版．南昌：百花洲文艺出版社，2001.

陆贵山．现当代西方文论的魅力与局限［J］．外国文学评论，2008（2）：5-14.

洛特曼．艺术文本的结构［M］．王坤，译．广州：中山大学出版社，2003.

赖干坚．二十世纪中西比较诗学［M］．南昌：百花洲文艺出版社，2003.

赖干坚．中国现当代文论与外国诗学［M］．厦门：厦门大学出版

社，2003.

梁漱溟．东西文化及其哲学［G］//梁漱溟全集：第1卷．济南：山东人民出版社，2005.

里蒙-凯南．叙事虚构作品［M］．姚锦清，黄虹伟，傅浩，等，译．北京：生活·读书·新知三联书店，1989.

雷蒙-凯南．叙事虚构作品：当代诗学［M］．赖干坚，译．厦门：厦门大学出版社，1991.

卢伯克，福斯特，缪尔．小说美学经典三种：小说技巧·小说面面观·小说结构［M］．方土人，罗婉华，译．上海：上海文艺出版社，1990.

迈纳．比较诗学：文学理论的跨文化研究札记［M］．王宇根，宋伟杰，等，译．北京：中央编译出版社，1998.

马丁．当代叙事学［M］．伍晓明，译．北京：北京大学出版社，2006.

马新国．西方文论史［M］．北京：高等教育出版社，2008.

南帆．问题的挑战［M］．福州：海峡文艺出版社，2008.

尼古拉耶夫，库里洛夫，格利舒宁．俄国文艺学史［M］．刘保端，译．北京：生活·读书·新知三联书店，1987.

彭克巽．苏联文艺学学派［M］．北京：北京大学出版社，1999.

任继愈．中国哲学发展史［M］．北京：人民出版社，1994.

任子峰．俄国小说史［M］．北京：北京大学出版社，2010.

热奈特．叙事话语·新叙事话语［M］．王文融，译．北京：中国社会科学出版社，1990.

索绪尔．普通语言学教程［M］．高名凯，译．北京：商务印书馆，2005.

尚新建．重新发现直觉主义：柏格森哲学新探［M］．北京：北京大学出版社，2000.

舍斯托夫．悲剧的哲学：陀思妥耶夫斯基与尼采［M］．张杰，译．桂林：漓江出版社，1992.

苏畅．对视点问题的重新认识：关于乌斯宾斯基的《结构诗学》［J］．南京师范大学文学院学报，2006（3）：21-25.

孙隆基．中国文化的深层结构［M］．北京：中信出版社，2015.

申丹．叙述学与小说文体学研究［M］．北京：北京大学出版社，1998.

申丹．视角［J］．外国文学，2004（3）：52-61.

申丹．叙事、文体与潜文本：重读英美经典短篇小说［M］．北京：北京大学出版社，2009．

申丹，王丽亚．西方叙事学：经典与后经典［M］．北京：北京大学出版社，2010．

托多罗夫．散文诗学：叙事研究论文选［M］．侯应花，译．天津：百花文艺出版社，2011．

童庆炳．文学理论新编［M］．3版．北京：北京师范大学出版社，2010．

谭家健．先秦散文艺术新探［M］．北京：首都师范大学出版社，1995．

谭君强．论叙事作品中"视点"的意识形态层面［J］．文艺理论研究，2004（6）：55-64．

谭君强．"视点"与思想：可靠的叙述者与不可靠叙述者［J］．创作评谭，2005（2）：4-8．

谭君强．叙事学导论：从经典叙事学到后经典叙事学［M］．2版．北京：高等教育出版社，2014．

乌斯宾斯基．结构诗学［M］．彭甄，译．北京：中国青年出版社，2004．

吴中杰．文艺学导论［M］．上海：复旦大学出版社，2002．

王国维．人间词话［M］．徐调孚，校注．北京：中华书局，2009．

王加兴．俄罗斯文学修辞特色研究［M］．北京：北京大学出版社，2004．

王加兴．中国学者论巴赫金［G］．南京：南京大学出版社，2014．

王立业．洛特曼学术思想研究［G］．哈尔滨：黑龙江人民出版社，2006．

王敏琴．亨利·詹姆斯小说理论与实践研究［M］．长沙：湖南人民出版社，2007．

王铭玉，李经纬．符号学研究［G］．北京：军事谊文出版社，2001．

王铭玉，陈勇．俄罗斯符号学研究的历史流变［J］．当代语言学，2004（2）：159-168，190．

王铭玉．语言符号学［M］．北京：高等教育出版社，2004．

王晓阳．叙事视角的语言学分析［J］．外语学刊，2010（3）：32-35．

汪涛．求本溯源：中西诗学体系辨析［J］．首都师范大学学报（社会科学版），2008（3）：75-82.

伍蠡甫，胡经之．西方文艺理论名著选编：上［M］．北京：北京大学出版社，1985.

谢燕娟．Б. А. 乌斯宾斯基视角理论下的俄罗斯文学作品汉译研究［D］．上海：上海外国语大学，2019.

许倬云．中国文化的发展过程［M］．北京：中华书局，2017.

徐岱．小说叙事学［M］．北京：商务印务馆，2010.

夏益群，蒋天平．十九世纪俄国小说儿童叙事中的"视点"问题研究［J］．社会科学家，2009（3）：146-149.

夏中华．关于小说视点冲突问题的探讨［J］．小说评论，2008（5）：151-155.

亚里士多德．诗学［M］．罗念生，译．上海：上海人民出版社，2006.

颜文洁．从乌斯宾斯基的符号学理论看《金色笔记》中的视点与对话［J］．俄罗斯文艺，2016（3）：107-112.

郭绍虞．沧浪诗话校释［M］．北京：人民文学出版社，1961.

岳士发．乌斯宾斯基文艺结构类型学思想研究［D］．济南：山东大学，2011.

姚斯，霍拉勃．接受美学与接受理论［M］．周宁，金元浦，译．沈阳：辽宁人民出版社，1987.

叶维廉．中国诗学［M］．增订版．北京：人民文学出版社，2006.

伊格尔顿．二十世纪西方文学理论［M］．2 版．伍晓明，译．北京：北京大学出版社，2018.

张杰．走向体系研究的艺术符号学与文化符号学：塔尔图-莫斯科符号学理论探索［J］．外国语（上海外国语大学学报），2000（6）：57-62.

张杰，汪介之．20 世纪俄罗斯文学批评史［M］．南京：译林出版社，2000.

张杰．符号学王国的构建：语言的超越与超越的语言——巴赫金与洛特曼的符号学理论研究［J］．南京师大学报（社会科学版），2002（4）：133-139.

张杰．康澄．结构文艺符号学［M］．北京：外语教学与研究出版社，2004.

张杰．巴赫金与中国文学［G］//张杰文学选论．上海：复旦大学出版

社，2007.

张杰. 陀思妥耶夫斯基小说创作艺术的"聚和性"[J]. 外国文学研究，2010（5）：73-78.

张杰，管月娥. 现实与真实之间：普希金创作叙述的时空视点分析[J]. 外国文学研究，2011（5）：65-71.

张杰，等. 20世纪俄苏文学批评理论史[M]. 北京：北京大学出版社，2017.

张冰. 苏联结构诗学：文学研究的符号学方法[J]. 苏联文学联刊，1991（2）：65-70，77.

张冰. 尤·米·洛特曼和他的结构诗学[J]. 外国文学评论，1994（1）：129-133.

张冰. 他山之石：俄国结构诗学[J]. 解放军外国语学院学报，2006（1）：110-113.

张首映. 西方二十世纪文论史[M]. 北京：北京大学出版社，1999.

张世普. 历史的仲裁者[J]. 廉政瞭望（综合版），2010（7）：65.

张德林. 现代小说美学[M]. 长沙：湖南文艺出版社，1987.

张玉能，陆扬，张德兴，等. 西方美学通史：第5卷[M]. 上海：上海文艺出版社，1999.

郑季文. 乌斯宾斯基与柄谷行人对"颠倒"的发现[J]. 俄罗斯文艺，2016（3）：113-118.

詹姆斯. 小说的艺术：亨利·詹姆斯文论选[M]. 朱雯，乔伽，朱乃长，等，译. 上海：上海译文出版社，2001.

朱立元. 当代西方文艺理论[M]. 上海：华东师范大学出版社，2014.

朱志荣. 西方文论史[M]. 北京：北京大学出版社，2007.

朱光潜. 西方美学史：上[M]. 北京：人民文学出版社，1979.

朱刚. 二十世纪西方文论[M]. 北京：北京大学出版社，2006.

赵毅衡. 符号学文学论文集[G]. 天津：百花文艺出版社，2004.

赵蓉晖. 索绪尔研究在中国[G]. 北京：商务印书馆，2005.

赵小琪. 西方话语与中国现代主义诗学的过滤机制[J]. 贵州社会科学，2008（1）：30-35.

赵晓彬. 洛特曼文化符号学理论的演变与发展[J]. 俄罗斯文艺，2003（3）：39-44，67.

周思源. 中国文化史论纲［M］. 福州：海峡文艺出版社，2014.

周启超. 俄罗斯学者论巴赫金［G］. 南京：南京大学出版社，2014.

周启超. 欧美学者论巴赫金［G］. 南京：南京大学出版社，2014.

周启超. 剪影与见证：当代学者心目中的巴赫金［G］. 南京：南京大学出版社，2014.

祖国颂. 叙事学的中国之路：全国首届叙事学学术研讨会论文集［C］. 北京：中国社会科学出版社，2006.

附录一：
乌斯宾斯基主要学术论著与论文目录

学术专著：

Принципы структурной типологии（《结构类型学原则》）. М.: Изд. Московского университета, 1962.

Структурная типология языков（《语言结构类型学》）. М.: Наука, 1965.

Архаическая система церковнославянского произношения (Из истории литургического произношения в России)（《教会斯拉夫语发音的古老体系（俄罗斯礼拜发音史）》）. М.: Изд-во МГУ, 1968.

Из истории русских канонических имен (История ударения в канонических именах собственных в их отношении к русским литературным и разговорным формам)[《从俄罗斯教名史谈起（针对俄罗斯标准语和口语形式中合乎教规的专有名词重音史）》]. М.: Изд-во МГУ, 1969.

Поэтика композиции: Структура художественного текста и типология композиционной формы（《结构诗学：艺术文本结构和结构形式类型学》）. М.: Искусство, 1970. / *Поэтика композиции*（《结构诗学》）. СПб.: Азбука, 2000.

Первая русская грамматика на родном языке: Доломоносовский период отечественной русистики（《用母语写成的第一部俄罗斯语法：祖国俄罗斯学的前罗蒙洛索夫时期》）. М.: Наука, 1975.

Филологические разыскания в области славянских древностей (Реликты язычества в восточнославянском культе Николая Мирликийского)[《斯拉夫古代语文学探索（尼古拉·米勒里季斯基的东斯拉夫祭祀仪式中多神教遗俗）》]. М.: Изд-во МГУ, 1982.

Языковая ситуация Киевской Руси и ее значение для истории русского литературного языка（《基辅罗斯的语言状况及其对俄罗斯标准语史的意义》）. М.: Изд. Московского университета, 1983.

Из истории русского литературного языка XVIII-начала XIX века: Языковая программа Карамзина и ее исторические корни（《从18世纪至19世纪初俄罗斯标准语史谈起：卡拉姆辛的语言纲要及其历史根源》）. М.: Изд-во МГУ, 1985.

История русского литературного языка（XI-XVII вв.）［《俄罗斯标准语史（11—17世纪）》］. München: Verlag Otto Sagner, 1987. / Изд. 3-е, испр. и доп. М.: Аспект Пресс, 2002.

Краткий очерк истории русского литературного языка（XI-XIX вв.）［《俄罗斯标准语史概论（11—19世纪）》］. М.: Гнозис, 1994.

Избранные труды（Т.1）: Семиотика истории. Семиотика культуры（《作品选集第一卷：历史符号学·文化符号学》）. М.: Гнозис, 1994. / 2-е изд., испр. и доп. М.: Языки русской культуры, 1996.

Избранные труды（Т.2）: Язык и культура（《作品选集第二卷：语言和文化》）. М.: Гнозис, 1994. / 2-е изд., испр. и доп. М.: Языки русской культуры, 1996.

Семиотика искусства: Поэтика композиции. Семиотика иконы. Статьи об искусстве（《艺术符号学：结构诗学·圣像符号学·有关艺术文章》）. М.: Языки русской культуры, 1995. / М.: Языки славянской культуры, 2005.

Избранные труды（Т.3）: Общее и славянское языкознание（《作品选集第三卷：普通语言学和斯拉夫语言学》）. М.: Языки русской культуры, 1997.

Царь и патриарх: харизма власти в России（Византийская модель и ее русское переосмысление）［《沙皇和宗主教：俄罗斯政权的神授性（拜占庭模式及俄罗斯对其的再认识）》］. М.: Языки русской культуры, 1998.

Борис и Глеб: Восприятие истории в Древней Руси（《鲍里斯和格列布：古罗斯对历史的理解》）. М.: Языки русской культуры, 2000.

Царь и император: Помазание на царство и семантика монарших титулов（《沙皇和皇帝：登极及君主称号的语义》）. М.: Языки русской культуры，2000.

Этюды о русской истории（《俄罗斯史论》）. СПб.：Азбука，2002.

История русского литературного языка（XI–XII）（《11–12 世纪俄罗斯标准语史》）. М.：Аспект-Пресс，2002.

Крестное знамение и сакральное пространство：Почему православные крестятся справа налево, а католики-слева направо? [《（基督教徒）画十字手势和神圣空间：为什么东正教徒画十字从右到左，而天主教徒从左到右?》] М.：Языки славянской культуры，2004.

Историко-филологические очерки（《历史语文学概论》）. М.：Языки славянской культуры，2004.

Часть и целое в русской грамматике（《俄语语法中的"部分"和"整体"》）. М.：Языки славянской культуры，2004.

Крест и круг：Из истории христианской символики（《十字形和圆形：从基督教象征符号史谈起》）. М.：Языки славянской культуры，2006.

Ego loquens：Язык и коммуникационное пространство（《我说：语言和交际空间》）. М.：Изд-во РГГУ，2007. ／ 2-е изд., испр. и доп. М.：Изд-во РГГУ，2012.

Вокруг Тредиаковского：Труды по истории русского языка и русской культуры（《涉及特列季亚科夫斯基的俄语和俄罗斯文化史论著》）. М.：Индрик，2008.

Гентский алтарь Яна ван Эйка：композиция произведения. Божественная и человеческая перспектива [《根特的扬凡埃克圣堂：作品结构（从神和人的视角）》]. М.：Индрик，2009. ／ 2-е изд., испр. и доп. М.：РИП-Холдинг，2013.

Иноческие имена на Руси（《罗斯修士的名字》）. СПб.：Нестор-История，2017.

主要学术论文:

Рец.: J. W Perry, A. Kent, M. M. Berry. Machine Literature Searching. *Вопросы языкознания*, 1958(5): 138-139.〈Совм. с Д. Г. Лахути〉.

Рец.: Syntax Patterns in English Studied by Electronic Computer. *Машинный перевод и прикладная лингвистика*, 1959(2): 70-73.〈Совм. с В.А. Успенским〉.

Рец.: H. Spang-Hanssen. Probability and Structural Classification in Language Description. Copenhagen. *Вопросы языкознания*, 1959(2): 107-110.

Типологическая классификация языков как основа языковых соответствий (Структура языка-эталона при типологической классификации языков). *Вопросы языкознания*, 1961(6): 51-64.

Лингвистическая жизнь Копенгагена. *Вопросы языкознания*, 1962(3): 148-151.

О семиотике искусства. *Симпозиум по структурному изучению знаковых систем: Тезисы докладов*. М.: Изд-во АН СССР, 1962: 125-128.

Семиотика у Честертона. *Симпозиум по структурному изучению знаковых систем: Тезисы докладов*. Москва: Изд-во АН СССР, 1962: 149-152.

Опыт трансформационного исследования синтаксической типологии. *Исследования по структурной типологии*. Отв. ред. Т. Н. Молошная. М.: Изд-во АН СССР, 1963: 52-60.

Мода как социальное явление. *Декоративное искусство*, 1963(4): 31.

Рец.: Universals of Language. *Вопросы языкознания*, 1963(5): 115-130.

Замечания по типологии кетского языка. *Вопросы структуры языка*. Отв. ред. Вяч. В. Иванов. М.: Наука, 1964: 144-156.

К системе передачи изображения в русской иконописи. *Труды по знаковым системам*, II. Тарту: Тартуский государственный университет, 1965: 248-257.

Описание одной семиотической системы с простым синтаксисом. *Труды по знаковым системам*, II. Тарту: Тартуский государственный университет, 1965: 94-105.〈Совм. с М. И. Лекомцевой〉.

Предварительные замечания к персонологической классификации.

Труды по знаковым системам, II. Тарту: Тартуский государственный университет, 1965: 91-93.

Предварительное сообщение об опыте семиотического исследования речевого потока под действием мескалина. *Труды по знаковым системам*, II. Тарту: Тартуский государственный университет, 1965: 345-346.〈Совм. с М. Даниловым, Ю. Либерманом, А. Пятигорским, Д. Сегалом〉.

О сосуществовании грамматических типов в языке (Расчленение языка на элементарные структуры и возможность типологической характеристики этих структур). *Лингвистическая типология и восточные языки: Материалы совещания.* Отв. ред. Л. Б. Никольский. М.: Наука, 1965: 178-188.

Несколько замечаний о языке-эталоне. *Лингвистическая типология и восточные языки: Материалы совещания.* Отв. ред. Л. Б. Никольский. Москва: Наука, 1965: 308-310.

Проблема универсалий в языкознании. *Проблемы исследования систем и структур: Материалы к конференции / Акад. наук СССР. Науч. совет по философским вопросам естествознания. Центр. бюро философских (методол.) семинаров АН СССР. Ред. коллегия*: М. Ф. Веденов и др. М., 1965: 139-141.

О новых работах по паралингвистике (Рец.: Approaches to Semiotics: Cultural Anthropology, Education, Linguistics, Psychiatry, Psychology. Ed. by T. A. Sebeok, A. S. Hayes, M. C. Bateson. London-The Hague-Paris, 1964.). *Вопросы языкознания*, 1965 (6): 116-122.〈Совм. с Т. М. Николаевой〉.

К типологии частей речи в хауса: Проблема прилагательного. *Языки Африки: Вопросы структуры, истории и типологии.* Отв. ред. Б. А. Успенский. М.: Наука, 1966: 264-283.〈Совм. с Г. П. Коршуновой〉.

Языкознание и паралингвистика. *Лингвистические исследования по общей и славянской типологии.* Отв. ред. Т. М. Николаева. М.: Наука, 1966: 63-74.〈Совм. с Т. М. Николаевой〉.

Некоторые гипотетические универсалии из области грамматики. *Конференция по проблемам изучения универсальных и ареальных свойств языков: Тезисы докладов.* М.: Наука, 1966: 86-93.

Изафет и связанные с ним универсалии. *Конференция по проблемам* изучения универсальных и ареальных свойств языков: Тезисы докладов. М.: Наука, 1966: 94-96.

Персонологические проблемы в лингвистическом аспекте. *Тезисы докладов во второй Летней школе по вторичным моделирующим системам (16—26 августа 1966 г.).* Тарту: Тартуский государственный университет, 1966: 6-12.

Структура художественного текста и типология композиций. *Тезисы докладов во второй Летней школе по вторичным моделирующим системам (16—26 августа 1966 г.).* Тарту: Тартуский государственный университет, 1966: 20-26.

Одна архаическая система церковнославянского произношения (Литургическое произношение старообрядцев-беспоповцев). *Вопросы языкознания*, 1967(6): 62-79.

Персонологическая классификация как семиотическая проблема. *Труды по знаковым системам*, Ⅲ. Тарту: Тартуский государственный университет, 1967: 7-29. 〈Совм. с А. М. Пятигорским〉.

П. А. Флоренский и его статья "Обратная перспектива". *Труды по знаковым системам*, Ⅲ. Тарту: Тартуский государственный университет, 1967: 378-380. 〈Совм. с А. А. Дороговым, В. В. Ивановым〉.

Проблемы лингвистической типологии в аспекте различения "говорящего" (адресанта) и "слушающего" (адресата). *To Honor Roman Jakobson: Essays on the Occasion of his Seventieth Birthday, vol.* Ⅲ. The Hague-Paris: Mouton, 1967: 2087-2108.

Кеты, их язык, культура, история. *Кетский сборник: Лингвистика*. Под ред. Вяч. В. Иванова, В. Н. Топорова, Б. А. Успенского. М.: Наука, 1968: 5-14. 〈Совм. с Вяч. В. Ивановым, В. Н. Топоровым〉.

О системе кетского глагола. *Кетский сборник: Лингвистика*. Под ред. Вяч. В. Иванова, В. Н. Топорова, Б. А. Успенского. Москва: Наука, 1968: 196-228.

Отношения подсистем в языке и связанные с ними универсалии. *Вопросы языкознания*, 1968(6): 3-15.

Кетские песни и другие тексты. *Кетский сборник: Мифология, этнография,* тексты. Под ред. Вяч. В. Иванова, В. Н. Топорова, Б. А. Успенского. М.: Наука, 1969: 213 – 216. 〈Совм. с Вяч. В. Ивановым, Т. Н. Молошной, Д. М. Сегалом, В. Н. Топоровым, Т. В. Цивьян〉.

Влияние языка на религиозное сознание. *Труды по знаковым системам*, *IV*. Тарту: Тартуский государственный университет, 1969: 159-168.

Семиотические проблемы стиля в лингвистическом освещении. *Труды по знаковым системам*. *IV*. Тарту: Тартуский государственный университет, 1969: 487-501.

"Грамматическая правильность" и понимание. *Проблемы моделирования языка*, III (1). Тарту: Тартуский государственный университет, 1969: 113 – 119.

Никоновская справа и русский литературный язык (Из истории ударения русских собственных имен). *Вопросы языкознания*, 1969 (5): 80-103.

Семиотические проблемы стиля в лингвистическом освещении. *Труды по знаковым системам*, *IV*. Тарту: Тартуский государственный университет, 1969: 487-501.

Языковые универсалии и актуальные проблемы типологического описания языка. *Языковые универсалии и лингвистическая типология*. Отв. ред. И. Ф. Вардуль. М.: Наука, 1969: 5-18.

К исследованию языка древней живописи. Л. Ф. Жегин. *Язык живописного произведения (Условность древнего искусства)*. М.: Искусство, 1970: 4-34.

Старинная система чтения по складам. *Вопросы языкознания*, 1970 (5): 80-100.

Условность в искусстве. *Философская энциклопедия*, т. V. М.: Советская энциклопедия, 1970: 287-288. 〈Совм. с Ю. М. Лотманом〉.

"Грамматическая правильность" и поэтическая метафора. *Тезисы докладов IV Летней школы по вторичным моделирующим системам (17—24 августа 1970 г.)*. Отв. ред. Ю. Лотман. Тарту: Тартуский государственный университет, 1970: 123-126.

Семиотика культуры. *Информационные процессы, эвристическое программирование*, *проблемы нейрокибернетики*, *моделирование автоматами*, *распознавание образов*, *проблемы семиотики*: V *Всесоюзный симпозиум по кибернетике*. Тбилиси, 1970: 307–308. 〈Совм. с Ю. М. Лотманом〉.

О семиотическом механизме культуры. *Труды по знаковым системам*, V. Тарту: Тартуский государственный университет, 1971: 144–166. 〈Совм. с Ю. М. Лотманом〉.

О семиотике иконы. *Труды по знаковым системам*, V. Тарту: Тартуский государственный университет, 1971: 178–222.

Мена имен в России в исторической и семиотической перспективе (к работе А. М. Селищева "Смена фамилий и личных имен"). *Труды по знаковым системам*, V. Тарту: Тартуский государственный университет, 1971: 481–492.

Структура художественного текста и текстология (Некоторые вопросы передачи прямой речи в "Войне и мире" Л. Н. Толстого). *Поэтика и стилистика русской литературы: Памяти акад. В. В. Виноградова*. Отв. ред. М. П. Алексеев. Ленинград: Наука, 1971: 219–230.

Первая грамматика русского языка на родном языке (Неизвестная русская грамматика 30-х годов XVIII в.). *Вопросы языкознания*, 1972 (6): 85–100.

Миф-имя-культура. *Труды по знаковым системам*, VI. Тарту: Тартуский государственный университет, 1973: 282–303. 〈Совм. с Ю. М. Лотманом〉.

К поэтике Хлебникова: проблемы композиции. *Сборник статей по вторичным моделирующим системам*. Отв. ред. Ю. М. Лотман. Тарту: Тартуский государственный университет, 1973: 122–127.

"Правое" и "левое" в иконописном изображении. *Сборник статей по вторичным моделирующим системам*. Отв. ред. Ю. М. Лотман. Тарту: Тартуский государственный университет, 1973: 137–145.

Центр и периферия в языке в свете языковых универсалий. *Вопросы языкознания*, 1973 (5): 24–35. 〈Совм. с В. М. Живовым〉.

Эволюция понятия "просторечия" ("простого" языка) в истории русского литературного языка. *Совещание по общим вопросам диалектологии и истории языка: Тезисы докладов и сообщений (Ереван, 2–5 октября 1973* г.). Москва, 1973:218—220.

Доломоносовский период отечественной русистики: Адодуров и Тредиаковский. *Вопросы языкознания*, 1974(2):15-30.

К семиотической типологии русской культуры XVIII века. *Художественная культура XVIII века: Материалы научной конференции [Гос. музея изобразительных искусств]* (1973). Под общ. ред. И. Е. Даниловой. М.: Сов. художник, 1974:259-282.〈Совм.с Ю.М.Лотманом〉.

Споры о языке в начале XIX века как факт русской культуры. ("Происшествие в царстве теней, или Судьбина Российского языка" — неизвестное сочинение Семена Боброва). *Труды по русской и славянской филологии, XXIV: Литературоведение.* Тарту: Тартуский государственный университет, 1975:168-322.〈Совм. с Ю. М. Лотманом〉.

Тредиаковский и история русского литературного языка. *Венок Тредиаковскому: Из неопубликованных сочинений. Тредиаковский и родной край. Вклад в развитие языка и литературы. Читатели и ценители. Из краеведческой хроники.* Ред. коллегия: ... Н.С. Травушкин (отв. ред.) и др. Волгоград: Волгоградский педагогический институт, 1976:40-44.

Пролегомена к теме "Семиотика иконы". *Россия*, III, 1977:189-212.

Роль дуальных моделей в динамике русской культуры (до конца XVIII века). *Труды по русской и славянской филологии, XXVIII: Литературоведение.* Тарту: Тартуский государственный университет, 1977:3-36.〈Совм. с Ю. М. Лотманом〉.

Новые аспекты изучения культуры Древней Руси. *Вопросы литературы*, 1977(3):148-166.〈Совм. с Ю. М. Лотманом〉.

Культ Николы на Руси в историко-культурном освещении (специфика восприятия и трансформация исходного образа). *Труды по знаковым системам*, X. Тарту: Тартуский государственный университет, 1978:86-140.

О старообрядчестве (По поводу статьи о. Александра Шмемана). *Вестник русского христианского движения*, № 125, 1978:98-107.〈Совм. с В. М. Живовым〉.

Вопрос о сирийском языке в славянской письменности: почему дьявол может говорить по-сирийски? *Вторичные моделирующие системы.* Ред. колл.: Б. Гаспаров и др. Тарту: Тартуский государственный университет, 1979:79-82.

О старообрядчестве (К продолжению полемики). *Вестник русского христианского движения*, № 128, 1979: 88–96. 〈Совм. с В. М. Живовым〉.

Рец.: Р. М. Цейтлин. Лексика старославянского языка: Опыт анализа мотивированных слов по данным древнеболгарских рукописей X – XI вв. Москва, 1977. *Вопросы языкознания*, 1979 (1): 140–145.

Некоторые вопросы текстологии и публикации русских литературных памятников XVIII века. *Известия Академии наук СССР: Серия литературы и языка*, 1981, 40 (4): 312–324. 〈Совм. с Ю. М. Лотманом, Н. И. Толстым〉

Описание языка и языковые универсалии. *Теоретические и прикладные аспекты вычислительной лингвистики*. Под ред. В. М. Андрющенко. М.: Изд-во Моск. ун-та, 1981: 3–28. 〈Совм. с В. М. Живовым〉.

"Изгой" и "изгойничество" как социально-психологическая позиция в русской культуре преимущественно допетровского периода (" свое " и "чужое" в истории русской культуры). *Труды по знаковым системам*, XV. Тарту: Тартуский государственный университет, 1982: 110–121. 〈Совм. с Ю. М. Лотманом〉.

Царь и самозванец: самозванчество в России как культурно-исторический феномен. *Художественный язык Средневековья*. Отв. ред. В. А. Карпушин. М.: Наука, 1982: 201–235.

Отзвуки концепции "Москва-Третий Рим" в идеологии Петра Первого (К проблеме средневековой традиции в культуре барокко). *Художественный язык Средневековья*. Отв. ред. В. А. Карпушин. М.: Наука, 1982: 236–249. 〈Совм. с Ю. М. Лотманом〉.

К символике времени у славян: "чистые" и "нечистые" дни недели. *Finitis duodecim lustris: Сборник статей к 60-летию проф. Ю. М. Лотмана*. Ред. кол. С. Г. Исаков и др. Таллин: Ээсти раамат, 1982: 70–75.

Диглоссия и двуязычие в истории русского литературного языка. *International Journal of Slavic Linguistics and Poetics*, vol. XXVII, 1983: 81–126.

Иван Грозный и Петр Великий: концепция первого монарха. Статья первая. *Труды Отдела древнерусской литературы [Ин-та русской литературы АН СССР]*. т. XXXVII. Ленинград: Наука, 1983: 54–78. 〈Совм. с А. М. Панченко〉.

К истории одной эпиграммы Тредиаковского (эпизод языковой полемики середины XVIII в.). *Russian Linguistics*, vol. VIII, 1984(2): 75-127.

Метаморфозы античного язычества в истории русской культуры XVII–XVIII вв. *Античность в культуре и искусстве последующих веков: Материалы научной конференции [Гос. музея изобразительных искусств]. 1982 г.* Под общ. ред. И. Е. Даниловой. М.: Сов. художник, 1984: 204-285. 〈Совм. с В. М. Живовым〉.

Типология языков. *Энциклопедический словарь юного филолога (Языкознание)*. Сост. М. В. Панов. М.: Педагогика, 1984: 303-305.

Старославянский и церковнославянский. *Актуальные проблемы изучения и преподавания старославянского языка: Материалы Первого научно-методического совещания-семинара преподавателей старославянского языка университетов (Москва, 16-18 окт. 1979 г.)*. Под ред. К. В. Горшковой. М.: Изд-во Моск. ун-та, 1984: 43-53.

Анти-поведение в культуре Древней Руси. *Проблемы изучения культурного наследия*. Отв. ред. Г. В. Степанов. М.: Наука, 1985: 326-336.

Царь и Бог: Семиотические аспекты сакрализации монарха в России. *Языки культуры и проблемы переводимости*. Отв. ред. Б. А. Успенский. Москва: Наука, 1987: 47-153. 〈Совм. с В. М. Живовым〉.

Языковые универсалии и актуальные проблемы типологического описания языка. *Общее языкознание: Хрестоматия*. Сост. Б. И. Косовский, Н. А. Павленко. Под ред. А. Е. Супруна. 2-е изд., перераб. и доп. Минск: Вышэйшая школа, 1987: 348-359.

Кавычные книги 50-х годов XVII в. *Археографический ежегодник за 1986 год*. Москва: Наука, 1987: 75-84. 〈Совм. с В. Г. Сиромахой〉.

К проблеме генезиса тартуско-московской семиотической школы. *Труды по знаковым системам, XX*. Тарту: Тартуский государственный университет, 1987: 18-29.

О семиотике иконы. *Символ: Журнал христианской культуры при Славянской библиотеке в Париже*, 1987(18): 143-216.

Религиозно-мифологический аспект русской экспрессивной фразеологии (Семантика русского мата в историческом освещении). *Semiotics and the His-*

tory of Culture: In Honor of Jurij Lotman. Studies in Russian. Ed. by M. Halle, K. Pomorska, E. Semeka-Pankratov, B. Uspenskij. Columbus: Slavica Publishers, Inc., 1988:197-302.

Одна из первых грамматик русского языка (Грамматика Жана Сойе 1724 г.). *Вопросы языкознания*, 1988(1):94-109.

Русское книжное произношение XI-XII вв. и его связь с южнославянской традицией. (Чтение еров). *Актуальные проблемы славянского языкознания*. Под ред. К. В. Горшковой, Г. А. Хабургаева. М.: Изд-во Моск. ун-та, 1988:99-156.

Отношение к грамматике и риторике в Древней Руси (XVI-XVII вв.). *Литература и искусство в системе культуры*. Отв. ред. Б. Б. Пиотровский. М.: Наука, 1988:208-224.

История и семиотика (Восприятие времени как семиотическая проблема). Статья первая. *Труды по знаковым системам*, XXII. Тарту: Тартуский государственный университет, 1988:66-84.

Адодуров. *Словарь русских писателей XVIII века*, вып. 1. Ленинград: Наука, 1988:21-23.〈Совм. с О. Я. Лейбман〉.

Круглый стол: 1000-летие христианизации Руси. *Советское славяноведение*, 1988(6):30-33.

Языковая ситуация и языковое сознание в Московской Руси: восприятие церковнославянского и русского языка. *Византия и Русь (Памяти Веры Дмитриевны Лихачевой. 1937—1981)*. Отв. ред. Г. К. Вагнер. М.: Наука, 1989:206-227.

История и семиотика (Восприятие времени как семиотическая проблема). Статья вторая. *Труды по знаковым системам*, XXIII. Тарту: Тартуский государственный университет, 1989:18-38.

Неизвестная русская грамматика петровской эпохи (Грамматика Ивана Афанасьева 1725 г.). *Russian Linguistics*, vol. XIII, 1989(3):221-244.

Солярно-лунарная символика в облике русского храма. *Тысячелетие крещения Руси: Международная церковная научная конференция "Богословие и духовность" (Москва, 11—18 мая 1987 года)*. М.: Моск. патриархия, 1989:306-310.

Экспрессивные выражения и культ Матери-Земли. *Язык*. М.: Знание,

1989:10-49.

Тредиаковский и янсенисты. *Символ: Журнал христианской культуры при Славянской библиотеке в Париже*, 1990(23):105-264.〈Совм. с А. Б. Шишкиным〉.

К вопросу о хомовом пении. *Музыкальная культура средневековья*, вып. 2 (Тезисы и доклады конференции). Сост. и отв. ред. Т. Ф. Владышевская. М.: Московская консерватория, 1991:144-147.

Раскол и культурный конфликт XVII века. *Сборник статей к 70-летию проф. Ю. М. Лотмана*. Тарту: Тартусский университет, 1992:90-129.

"Давнопрошедшее" и "второй родительный" в русском языке. *Исследования по славянскому историческому языкознанию: Памяти профессора Г. А. Хабургаева*. Отв. ред. Б. А. Успенский, М. Н. Шевелева. М.: Изд-во Моск. ун-та, 1993:118-134.

"Заветные сказки" А. Н. Афанасьева. *От мифа к литературе: Сборник в честь семидесятипятилетия Елеазара Моисеевича Мелетинского*. М.: Изд-во "Российский Университет", 1993:117-138.

История русского литературного языка как межславянская дисциплина. *Вопросы языкознания*, 1995(1):80-92.

Язык Державина. *Лотмановский сборник*. Вып. I. Редактор-составитель Е. В. Пермяков. М.: Иц-Гарант, 1995:334-352.

Восприятие истории в Древней Руси и доктрина "Москва-третий Рим". *Русское подвижничество*. Сост. Т. Б. Князевская. М.: Наука, 1996:464-501.

Древнерусское богословие: проблема чувственного и духовного опыта (представления о рае в середине XIV в.). *Русистика, славистика, индоевропеистика: Сборник к 60-летию Андрея Анатольевича Зализняка*. М.: Индрик, 1996:105-151.

Lingvistica sacra: Константин Философ как филолог (Богословские основания лингвистических решений). *Материалы международного конгресса "100 лет Р. О. Якобсону". Москва, 18—23 декабря 1996*. М.: Изд. центр Рос. гос. гуманитарного ун-та, 1996:57-60.

Свадьба Лжедмитрия. *Труды Отдела древнерусской литературы*. т. L. СПб.: Дмитрий Буланин, 1997:404-425.

Диалог у Бахтина. *Celebrating Creativity: Essays in honour of Jostein Børtnes.* Ed.by K.A.Grimstad & I.Lunde.Bergen,1997:299-305.

К истории троеперстия на Руси. *POLUTROPON. К 70-летию Владимира Николаевича Топорова.* М.: Индрик,1998:903-910.

Русская интеллигенция как специфический феномен русской культуры. *Русская интеллигенция и западный интеллектуализм: история и типология. Материалы международной конференции (Неаполь, май 1997).* Сост. Б. А. Успенский. Москва-Венеция: Объединенное гуманитарное издательство,1999:7-19.

Россия и Запад в XVIII в. *История продолжается: Изучение восемнадцатого века на пороге двадцать первого.* Сост.и отв. ред. С. Я. Карп. Москва-Санкт-Петербург-Ферней-Вольтер: Университетская книга,2001: 375-415.

Язык богослужения и проблема конвенциональности знака. *Язык церкви: Материалы международной богословской конференции (Москва 22-24 сентября 1998 г.).* М.: Издательство Свято-Филаретовской московской высшей православно-христианской школы,2002:45-51.

Европа как метафора и как метонимия (применительно к истории России). *Вопросы философии,* 2004(6):13-21.

О происхождении глаголицы. *Вопросы языкознания,* 2005(1):63-77.

"Хождение посолонь" и структура сакрального пространства в Московской Руси. *Иеротопия: Создание сакральных пространств в Византии и Древней Руси.* Редактор-составитель А. М. Лидов. М.: Индрик,2006: 534-555.

Обряд хождения на осляти в Вербное воскресенье и восприятие Московского Кремля как Нового Иерусалима. *Международная юбилейная научная конференция, посвященная 200-летию музеев Московского Кремля (13—15 марта 2006 года): Тезисы докладов.* Москва,2006:90-91.

Владимир Мономах и апостол Павел. *Вереница литер: К 60-летию В.М. Живова.* М.: Языки славянской культуры,2006:43-45.

О семиотике истории (Вместо предисловия). *Факты и знаки: Исследования по семиотике истории,* вып. I. М.: Языки славянских культур,

2008：7-8.〈Совместно с Ф.Б.Успенским〉.

Право и религия в Московской Руси. *Факты и знаки：Исследования по семиотике истории*, вып. I. М.：Языки славянских культур, 2008：122-179.

Вид и дейксис. *Динамические модели：слово, предложение, текст. Сборник статей в честь Е. В. Падучевой*. М.：Языки славянских культур, 2008：825-866.

Поставление на царство в русской и византийской традициях. *V Международная богословская конференция Русской православной церкви "Православное учение о церковных таинствах"（Москва, 13—16 ноября 2007 г.）, т. III：Брак, Покаяние, Елеосвящение, Таинства и тайнодействия*. Москва（Синодальная библейско-богословская комиссия）, 2009：416-440.

Неканоническое поведение святого в агиографических источниках（Пафнутий Боровский —Стефан Пермский —Климент Охридский —Никон Метаноите —Такла Хайманот —Бригита Ирландская）. *Факты и знаки：Исследования по семиотике истории*, вып. II. М.：Изд-во Российского гос. гуманитарного ун-та, 2010：7-41.〈Совместно с Ф.Б.Успенским〉.

Провиденциальные сюжеты истории. *Факты и знаки：Исследования по семиотике истории*, вып. II. М.：Изд-во Российского гос. гуманитарного ун-та, 2010：123-133.〈Совместно с Ф.Б.Успенским〉.

Дейксис и вторичный семиозис в языке. *Вопросы языкознания*, 2011（2）：3-30.

К истории форм обращения в итальянском языке. *LAUREA LORAE：Сборник памяти Ларисы Георгиевны Степановой*. Отв. редакторы Ст. Гардзонио, Н. Н. Казанский, Г. А. Левинтон. СПб.：Нестор-История, 2011：212-217.

Заумная речь у Сумарокова. *Библеистика. Славистика. Русистика：К 70-летию заведующего кафедрой библеистики профессора Анатолия Алексеевича Алексеева*. Отв. ред. Е. Л. Алексеева. СПб.：Филологический факультет СПбГУ, 2011：499-508.

Имя Бога в славянской Библии（К вопросу о славяно-еврейских контактах в Древней Руси）. *Вопросы языкознания*, 2012（6）：93-122.

Из истории имянаречения：Запрет на повторение имени отца при

наименовании ребенка. *Именослов: История языка, история культуры*. Отв. ред. Ф. Б. Успенский. М. : Университет Дмитрия Пожарского, 2012: 26-33.

Облик черта и его речевое поведение. *In Umbra: Демонология как семиотическая система: альманах*. Отв. ред. и сост. Д. И. Антонов, О. Б. Христофорова. М. : Изд-во Российского гос. гуманитарного ун-та, 2012: 17-65.

附录二：
乌斯宾斯基主要学习与工作经历

1937年3月1日出身于莫斯科知识分子家庭。

1955—1960年，莫斯科大学语文系罗曼-日耳曼语专业学习。

1960—1963年，莫斯科大学研究生部学习，其间，1961年赴哥本哈根大学进修，师从路易·叶尔姆斯列夫。

1963年，通过副博士论文《结构类型学的某些问题（针对语法层面的语言类型描述）》答辩，获得副博士学位。

1963—1965年，在苏联科学院非洲所工作，担任助理研究员和研究员。

1965—1992年，在莫斯科大学工作，其间，1972年通过博士论文《俄罗斯书面语的发音——历史研究经验》答辩，获得博士学位；1977—1992年，莫斯科大学语文系教授；1988年，维也纳大学客座教授；1990—1991年哈佛大学和康奈尔大学客座教授；90年代还作为客座教授访问过奥地利格拉茨大学、意大利罗马大学、澳大利亚墨尔本大学、匈牙利布达佩斯大学。

1992年起，俄罗斯国立人文大学高级研究员。

2011年起担任国立研究性大学高等经济学校（НИУ ВШЭ）语文系语言符号研究实验室主任。

《符号系统著作》系列刊物的编委会成员，杂志 *Arbor Mundi*，Зборник Матице српске за славистику（Нови-Сад）和 *Slověne = Словѣне* 国际编委会成员。

荣誉头衔：

欧洲科学院院士（伦敦，1990）

俄罗斯自然科学院院士（1990）

奥地利科学院外籍院士（1987）

挪威科学院外籍院士（1999）
波兰科学院外籍院士（2011）
国际视觉符号学协会荣誉会员
英国斯拉夫文化研究协会荣誉会员
国际符号学研究协会会员（1976）
瑞典隆德皇家人文研究协会会员
俄罗斯国立人文大学荣誉博士
保加利亚康斯坦丁·普雷斯拉夫大学荣誉博士
南斯拉夫贝尔格莱德大学荣誉博士
爱沙尼亚塔林大学荣誉博士

附录三：
文中所涉主要俄苏批评家及其论著索引

（按姓氏先后顺序）

米哈依尔·米哈依洛维奇·巴赫金

（Михаил Михайлович Бахтин，1895—1975）

《论行为哲学》
К философии поступка
《审美活动中的作者与主人公》
Автор и герой эстетической деятельности
《文学创作中的内容、材料和形式问题》
Проблема содержания, материала и формы в словесном художественном творчестве
《弗洛伊德主义批判纲要》
Фрейдизм: Критический очерк
《马克思主义与语言哲学》
Марксизм и философия языка
《文艺学中的形式主义方法》
Формальный метод в литературоведении
《陀思妥耶夫斯基创作问题》
Проблемы творчества Достоевского
《长篇小说的话语》
Слово в романе
《长篇小说的时间形式和时空体形式》
Формы времени и хронотопа в романе

《长篇小说的话语发端》

Из предыстории романного слова

《史诗与小说》

Эпос и роман

《言语体裁问题》

Проблемы речевых жанров

《语言学、语文学和其他人文科学中的文本问题》

Проблема текста в лингвистике, филологии и других гуманитарных науках

《文学与美学问题》

Вопросы литературы и эстетики

《语言创作美学》

Эстетика словесного творчества

《文学批评论集》

Литературно-критические статьи

《陀思妥耶夫斯基的诗学问题》

Проблемы поэтики Достоевского

《拉伯雷的创作以及中世纪和文艺复兴的民间文化》

Творчество Франсуа Рабле и народная средневековья и Ренессанса

《人文科学方法论》

К методологии гуманитарных наук

尼古拉·亚历山大诺维奇·别尔嘉耶夫

(Николай Александрович Бердяев, 1874—1948)

《社会哲学中的主观主义和个人主义》

Субьективизм и индивидуализм в общественной философии.

《为唯心主义而斗争》

Борьба за идеализм

《哲学的真理与知识分子的真理》

Философская истина и интерллигентская правда

《自由哲学》

Философия свободы

《创造的意义》

Смысл творчества

《俄罗斯命运》

Судьба России

《陀思妥耶夫斯基的世界观》

Миросозерцание Достоевского

《新的中世纪》

Новое средневековье

《文艺复兴的终结与人道主义的危机》

Конец Ренессанса и кризис гуманизма

《不平等哲学》

Философия неравенства

《新的中世纪：关于俄罗斯与欧洲命运的沉思》

Новое средневековье. Размышление о судьбе России и Европы

《20世纪初俄罗斯的精神复兴与杂志〈路〉》

Русский духовный ренессанс начала XX в. и журнал "Путь"

《俄国共产主义的起源与意义》

Истоки и смысл русского коммунизма

《俄罗斯思想：19世纪与20世纪初俄罗斯思想的基本问题》

Русская идея. Основные проблемы русской мысли XIX века и XX века

《自我认识：哲学自传试作》

Самопознание. Опыт философской автобиографии

谢尔盖·尼古拉耶维奇·布尔加科夫

（Сергей Николаевич Булгаков，1871—1944）

《经济哲学》

Философия хозяйства

《哲学的悲剧》

Трагедия философии

《作为哲学典型的伊凡·卡拉玛佐夫》

Иван Карамазов как философский тип

《赫尔岑的精神悲剧》

Душевная драма Герцена

《进步理论的基本问题》

Основные проблемы теории прогресса

《作为思想家的契诃夫》

Чехов как мыслитель

《费尔巴哈的人神说的宗教》

Религия человекобожия у Л. Фейербаха

《荆冠。纪念陀思妥耶夫斯基》

Венец терновый. Памяти Ф. М. Достоевского

《作为宗教典型的卡尔·马克思》

Карл Маркс как религиозный тип

《俄罗斯的悲剧》

Русская трагедия

《从马克思主义到唯心主义》

От марксизма к идеализму

《永不熄灭之光》

Свет невечерний

《静思录》

Тихие думы

德米特里·谢尔盖耶维奇·利哈乔夫

(Дмитрий Сергеевич Лихачёв, 1906—1999)

《俄罗斯编年史及其文化历史意义》

Русские летописи и их культурно-историческое значение

《古代罗斯文学中的人》

Человек в литературе Древней Руси

《安德烈 鲁勃廖夫和叶皮凡尼时代的文化（14世纪末—15世纪初）》

Культура Руси времени Андрея Рублева и Епифания Премудрого (конец XIV —начало XV в.)

《版本学：依据10—17世纪俄罗斯文学的材料》

Текстология: На материале русской литературы X —XVII вв.

《10—17世纪俄罗斯人民的文化》

Культура русского народа 10—17 вв.

《古代罗斯文学的诗学》

Поэтика древнерусской литературы

《利哈乔夫注释翻译的〈伊戈尔远征记〉》

《Слово о полку Игореве》 в серии 《Литературные памятники》 с переводом и комментариями Д. С. Лихачёва.

《诺夫哥罗德 17 世纪编年史会编》

Новгородские летописные своды XII века

《古代罗斯艺术遗产与现代性》

Художественное наследие Древней Руси и современность

《10—17 世纪俄罗斯文学的发展：时代与风格》

Развитие русской литературы X —XVII вв.：Эпохи и стили

《伟大的遗产：古代罗斯的经典作品》

Великое наследие：Классические произведения литературы Древней Руси

《古代罗斯的"笑世界"》

"Смеховой мир"Древней Руси

《〈伊戈尔远征记〉及其时代的文化》

"Слово о полку Игореве" и культура его времени

《文学—现实—文学》

Литература —реальность —литература

《古代俄罗斯文学研究》

Исследования по древнерусской литературе

《伟大的道路：11—17 世纪俄罗斯文学的形成》

Великий путь：Становление русской литературы XI—XVII вв.

《利哈乔夫文选》（3 卷本）

Избранных работ в 3-х тт.

《关于昨天 今天 明天的对话》

Диалоги о дне вчерашнем，сегодняшнем и завтрашнем

《杂记与观察：历年笔记选》

Заметки и наблюдения：Из записных книжек разных лет

《俄罗斯艺术 从古典文学到现代派》

Русское искусство от древности до авангарда

《伟大的罗斯：10—17 世纪的历史与艺术文化》

Великая Русь：История и художественная культура X—XVII века

《利哈乔夫回忆录》

Воспоминания

《论知识分子》（文集）

Об интеллигенции：Сборник статей

《伊戈尔远征记及其时代的文化。历年著作》

Слово о полку Игореве и культура его времени. Работы последних лет

《沉思俄罗斯》（今译本为《解读俄罗斯》）

Раздумья о России

尤利·米哈依洛维奇·洛特曼

（Михайлович Юрий Лотман，1922—1993）

《安德烈·谢尔盖耶维奇·凯萨罗夫及其时代的文学社会斗争》

Андрей Сергеевич Кайсаров и литературно-общественная борьба его времени

《诗体小说〈叶甫盖尼·奥涅金〉——专题课程：文本研究导论讲稿》

Роман в стихах "Евгений Онегин". Спецкурс. Вводные лекции в изучение текста

《第二模式系统论文集》

Сборник статей по вторичным моделирующим системам

《论结构的语言学概念和文艺学概念的区别》

О разграничении лингвистического и литературоведческого понятия структуры

《结构诗学讲义》

Лекции по структуральной поэтике

《诗歌文本分析：诗的结构》

Анализ поэтического текста：Структура стиха

《文化类型学论文集》（1—2 册）

Статьи по типологии культуры（вып. 1—2）

《第二模式系统》

Вторичные моделирующие системы

《1992—1993 年的论文和演讲选集》

Избранные статьи и выступления 1992—1993гг.

《符号系统著作》（1—6 辑，12—15 辑，17 辑，19—21 辑）

Труды по знаковым системам（1-6，12-15，17，19-21）

《卡拉姆辛的创作》

Сотворение Карамзина

《文化与爆炸》

Культура и взрыв

《尤·米·洛特曼的三卷本论文选集》

Лотман Ю. М., Избранные статьи в трех томах

《俄罗斯文学讲座》

Беседы о русской литературы

《普希金》

Пушкин

《论诗人和诗歌 ——诗歌文本分析、论文、研究、评论》

О поэтах и поэзии. Анализ поэтического текста. Статьи. Исследования. Заметки

《书信》

Письма

《艺术文本结构》

Структура художественного текста

《论艺术》

Об искусстве

《在思维的世界里：人—文本—符号圈—历史》

Внутри мыслящих миров: Человек – текст – семиосфера-история

《符号圈》

Семиосфера

《俄罗斯文化历史和类型学》

История и типология русской культуры

《培育心灵》

Воспитание души

《文化的不可预见机制》

Непредсказуемые механизмы культуры

弗拉基米尔·弗拉基米洛维奇·纳博科夫

(Владимир Владимирович Набоков / Vladimir Vladimirovich Nabokov, 1899—1977)

《尼古拉·果戈理》

Николай Гоголь

《符号与象征》

Signs and Symbols

《说吧，记忆》

Другие берега（俄文版）Speak, Memory（英文版）

《洛丽塔》

Lolita

《普宁》

Pnin

《独抒己见》

Strong opinions

《文学讲稿》

lectures on Literature

《俄罗斯文学讲稿》

lectures on Russian literature

《堂吉诃德讲稿》

lectures on Don Quixote

《劳拉的原型》

The Original of Laura

维亚切斯拉夫·伊凡诺维奇·伊凡诺夫

(Вячеслав Иванович Иванов, 1866—1949)

《引航的星斗》

Кормчие звезды

《通体清澈》

Прозрачность
《古希腊的拜受难神教》
Эллинская религия страдающего бога
《尼采与狄奥尼索斯》
Ницше и Дионис
《雅典娜之矛》
Копье Афина
《狄奥尼索斯宗教》
Религия Диониса
《个人主义的危机》
Кризис индивидулизма
《愤怒的彩虹》
Година гнева
《温馨的秘密》
Нежная тайна
《当代象征主义的两大本原》
Две стихии в современном символизме
《论俄罗斯思想》
О русской идее
《向着群星》
По звездам
《陀思妥耶夫斯基与悲剧式小说》
Достоевский и роман-трагедия
《弗·索洛维约夫的宗教事业》
Религиозное дело Владимира Соловьева
《列夫·托尔斯泰与文化》
Лев Толстой и культура
《美学与信仰》
Эстетика и исповедания
《垄沟与阡陌》
Борозды и межи
《象征主义的遗训》

Заветы символизма

《关于象征主义的沉思》

Мысли о символизме

《论艺术的界限》

О границах искусства

《祖国的与世界的》

Родное и вселенское

《俄罗斯的面貌与面目——陀思妥耶夫斯基思想体系研究》

Лик и личины России. К исследованию идеологии Достоевского

《俄罗斯灵魂的两种形式》

Два лада русской души

《两地书简》

Переписка из двух углов

《狄奥尼索斯与原初的狄奥尼索斯崇拜》

Дионис и прадионисийство

《陀思妥耶夫斯基：悲剧—神话—神秘论》

Достоевский. Трагдия—Миф—Мистика

《黄昏的光》

Свет вечерний

巴维尔·亚力山德罗维奇·弗洛连斯基

（Павел Александрович Флоренский，1882—1937）

《真理的柱石与确立———东正教神正论的体验（十二封信）》

Столп и утверждение истины. Опыт православной теодицеи в двенацати письмах

《造型艺术作品中的空间和时间分析》

Анализ пространственности и времени в художественно-изобразительных произведениях

《在思想的分水岭旁》

У водоразделов мысли

《文化哲学概述》

Очерки философии культа

《圣像壁》

Иконостас

维克多·鲍里索维奇·什克洛夫斯基

(Виктор Борисович Шкловский, 1893—1984)

《罗赞诺夫》

Розанов

《感伤的旅行》

Сентиментальное путешествие

《动物园，或非关爱情书信》

Zoo，или Письма не о любви

《第三种制作》

Третья фабрика

《汉堡账户》

Гамбургский счёт

《散文理论》

Теория прозы

《托尔斯泰的小说〈战争与和平〉中的材料与风格》

Материал и стиль в романе Льва Толстого "Война и мир"

《论马雅可夫斯基》

О Маяковском

《赞成与反对：陀思妥耶夫斯基评论》

За и против. Заметки о Достоевском

《陀思妥耶夫斯基》

Достоевский

《论散文》

Повести о прозе

《列夫·托尔斯泰》

Лев Толстой

《艺术散文——思考与选择》

Художественная проза. Размышление и разборы

《弦：论相似的不相似之处》

Тетива. О несходстве сходного

鲍里斯·米哈伊洛维奇·艾亨鲍姆

(Борис Михайлович Эйхенбаум, 1886—1959)

《卡拉姆辛》

Карамзин

《民间故事的幻想》

Иллюзия сказа

《果戈理的〈外套〉是怎样写成的》

Как сделана "Шинель" Гоголя

《俄国抒情诗的旋律》

Мелодика русского лирического стиха

《涅克拉索夫》

Некрасов

《安娜·阿赫玛托娃》

Анна Ахматова

《论诗歌》

О поэзии

《论散文》

О прозе

《文学》

Литература

《论马雅可夫斯基》

О Маяковском

《列夫·托尔斯泰》（1—3卷）

Лев Толстой（1—3）

《莱蒙托夫：文学史评述的尝试》

Лермонтов: Опыт историко-литературной оценки

罗曼·奥西波维奇·雅各布森

(Роман Осипович Якобсон, 1896—1982)

《回顾》

Retrospect
《14 世纪俄罗斯音节体诗》
Русские вирши XIV века
《语言学与诗学》
Лингвистика и поэтика
《论俄罗斯童话》
On Russian fairy tales
《最近的俄罗斯诗歌》
Новейшая Русская поэзия
《论主要与俄罗斯相比较的捷克诗歌》
О чешском стихе преимущественно в сопоставлении с русским
《论艺术现实主义》
О художественном реализме
《语法的诗歌与诗歌的语法》
Поэзия грамматики и грамматика поэзии
《欧亚语言的联系评述》
К характеристике евразийского языкового союза
《比较斯拉夫语音韵学研究》
Studies in comparative Slavic metrics
《普通语言学论文集》
Essais de linguistique generale
《诗学的问题》
Questions de poetique
《儿童语言，失语症及语音共性》
Child Language, Aphasia and Phonological Universals
《语言的基础》
Fundamentals of Language
《论声音与意义的六次讲座》
Six Lectures of Sound and Meaning
《罗曼·雅各布森选集一：语音学研究》
Jakobson, Roman. Selected Writings I: Phonological Studies
《罗曼·雅各布森选集二：词和语言》

Jakobson, Roman. Selected Writings II: Word and language

《罗曼·雅各布森选集三：语法的诗歌和诗歌的语法》

Jakobson, Roman. Selected Writings III: Poetry of Grammar and Grammar of Poetry

《罗曼·雅各布森选集四：斯拉夫史诗研究》

Jakobson, Roman. Selected Writings IV: Slavic Epic Studies

《罗曼·雅各布森选集五：论诗及其创造者与研究者》

Jakobson, Roman. Selected Writings V: On Verse, Its Masters and Explorers

《罗曼·雅各布森选集六：早期斯拉夫道路与十字路口》

Jakobson, Roman. Selected Writings VI: Early Slavic Paths and Crossroads

《罗曼·雅各布森选集七：比较神话学研究》

Jakobson, Roman. Selected Writings VII: Contributions to Comparative Mythology

《对话》

Dialogues

《语言艺术、语言符号与语言时间》

Verbal Art, Verbal Sign, Verbal Time

《文学中的语言》

Language in Literature

《论语言》

On Language

《我的未来主义者岁月》

My Futurist Years

附录四：
相关术语、概念的中俄文对照表

B

表达 изображение, выражение

表现性 выраженность

布拉格语言小组 Пражский лингвистический кружок

C

超语言学 металингвистика

层级 уровень

层面 план

次要人物 второстепенная фигура

抽象性 абстрактность

重构 реконструкция

创作方法 творческий метод

词的内在形式 внутренняя форма слова

存在 бытие

D

单声语 одноголосое слово

第二模式系统 вторичная моделирующая система

第二性语言 вторичный язык

典型 тип

典型化 типизация

典型性格 типичный характер

电影艺术 киноискусство

东正教 православие

对话 диалог

对话语 диалогическая речь

独白 монолог

对立视点 противопостоящие друг другу точки зрения

多层面性 многоплановость

多神教 язычество

多维空间 многомерное пространство

多元论 плюрализм

多样性 множественность

多面性 универсальность

读者期待结构 структура читательского ожидания

E

俄国形式主义学派 Русская формальная школа

二律背反 антиномия

二元论 дуализм

二元性 дуалистический характер

二维平面 двумерная плоскость

F

反映论 теория отражения

方法 подход

方法论 методология

风格 стиль

分析 анализ

讽刺 сатира

讽喻，反讽 ирония

非艺术文本 нехудожественный текст

复调 полифония

复调性 полифоничность

复调作品 полифоническое произведение

符号 знак

符号系统 знаковая система

符号学 семиотика

符号结构 семиотическая структура

符号关系学，语构学 синтактика

G

概念化 концептирование

个性 индивидуальность，личность

构思 замысел

共时性 синхронность

共时视点 синхронная позиция（точка зрения）

固定修饰语 постоянный эпитет

古典主义 классицизм

古典透视 классическая（линейная）перспектива

古希腊罗马神话 античная мифология

官方化 официализация

H

含义 смысл

绘画 живопись

话语（某作家、人物、时期的用语，语言）фразеология

话语特征层面 план фразеологической характеристики

话语手段 фразеологическое средство

回溯视点 ретроспективная позиция（точка зрения）

J

基督教 христианство

建构 построение

假定性 условность

假定性话语 условное слово

交际系统 коммуникационная система
兼容性，一致性 совместимость
讲述者 рассказчик
讲述者视点 точки зрения рассказчика
接受理论 теория восприятия
集体无意识 коллективное бессознание
结构 композиция，структура
结构诗学 поэтика композиции
结构方法 структурный подход
结构共性 структурная общность
结构规律性 композиционная закономерность
结构建构 композиционное построение
结构类型学 типология композиционных возможностей
结构主义 структурализм
结构组织 структурная организация
结构性 структурность
结构描写方法 метод описания структуры
结构语言学 структурная лингвистика
结构主义 структурализм
结构主义诗学 поэтика структурализма
聚和性 соборность
聚合体 парадигма
聚合体关系，聚合体学 парадигматика
聚合轴 парадигматическая ось
聚合关系 парадигматические отношения

K

客观层面 план объективности
客观叙述 объективное изложение
空间 пространство
空间时间特征 пространственно-временная характеристика
空间时间特征层面 план пространственно-временной характеристики

空间透视 пространственная перспектива

控制论 кибернетика

狂欢 карнавал

狂欢化 карнавализация

L

浪漫主义 рамантизм

领域 сфера

类比 аналогия

类型学 типология

理性 разум

理性主义 рационализм

理念 идея

理想化 идеализация

历时性 диахронность

历史诗学 историческая поэтика

历史文化批评 историко-культурная критика

两极性 биполярность

逻各斯 логос

逻辑思维 логическое мышление

M

美 красота

美学 эстетика

美学标准 эстетический критерий

美学分析 эстетический анализ

梅尼普（体）мениппея

蒙太奇 монтаж

蒙太奇手法 приём монтажа

弥赛亚说（救世主说）мессианизм, мессианство

弥赛亚意识 мессианское сознание

描写主体 описывающий субъект

描写客体 описываемый объект
描写对象 предмет описания
描写的客观化 объективизация описания
民间文学 фольклор
民间笑谑文化 смеховая народная культура
陌生化 остранение
陌生化视点 остраненная точка зрения
陌生化语词 слова остранения
莫斯科语言学小组 Московский лингвистический кружок
模式系统 моделирующая система
模式 модель

N

内容 содержание
内部视点 внутренняя точка зрения
（话语的）内涵面，内容层面 план содержания
内心独白 внутренний монолог
内在的批评 имманентная критика
能指 обозначающее，выражающее
逆向透视 обратная перспектива
"鸟瞰"视点 точка зрения "птичьего полёта"

O

欧亚大陆主义 евразийство

P

旁观者 посторонний наблюдатель
配角 эпизодическая фигура
片段（文艺作品等的）фрагмент
评价层面 оценочный уровень
评价主体 оценивающий субъект
评价对象 объект оценки

平行法 приём параллелизма

Q

潜意识 подсознание

潜在载体 потенциальный носитель

情节 сюжет, мотив

权能 правомочность

全知全能视点 всеохватывающая точка зрения

R

人本主义 антропологизм

人道主义 гуманизм

人工语言 искусственный язык

人类学 антропология

人民性 народность

人神论 человекобожество

人文主义 гуманизм

人物 герой（героиня）, действующее лицо, персонаж

人性 человечность

人学 человековедение

任意性 произвольность

认识论 гносеология, теория познания

认知 осознание

日常言语 повседневная бытовая речь

S

散文 проза

三位一体 триада

三维空间 трёхмерное пространство

四维空间 четырехмерное пространство

上下文 контекст

思想性 идейность

社会评价 социальная оценка

社会学 социалогия

社会学批评 социалогическая критика

神话 миф

神话化 мифологизация

神话学 мифология

神秘论 мистика

神秘主义 мистицизм

神权政治 теократия

神人论 богочеловечество

神学 богословие, теология

审美价值 эстетическая ценность

生命哲学 философия жизни

视点 точка зрения, позиция

视点不一致 несовпадение точек зрения

视点重合 совмещение точек зрения

视点的多样性 множественность точек зрения

视点类型 типы точек зрения

视点交替 чередование точек зрения

时空体 хронотоп

时间透视 временная перспектива

时间层面 временной план

时空关系 пространственно-временные отношения

实用艺术 прикладное искусство

实证主义 позитивизм

诗歌研究会 Поэтическая академия

诗歌语言研究会 ОПОЯЗ（Общество изучения поэтического языка）

史诗 эпопея

世俗化 приземление

斯拉夫主义，斯拉夫派 славянофильство

抒情风格 лиризм

抒情诗 лирика

所指 обозначаемое, выражаемое
双声语 двуголосое слово
双面的 двуплановый
双重视点 двойная точка зрения
双中心性 двуцентровость
宿命论 фатализм

T

他者言语 чужая речь
塔尔图-莫斯科符号学派 Тартуско-московская семиотическая школа
同一性 тождество
透视法 перспектива
透视建构 перспективное построение

W

外部视点 внешняя точка зрения
外部结构手法 внешний композиционный приём
文本 текст
唯物主义 материализм
唯心主义 идеализм
文化模式 культурная модель
文学 литература
文学理论 теория литературы
文学流派 литературное направление
文学批评 литературная критика
文学性 литературность
文学遗产 литературное наследие (наследство)
文学语言 литературный язык
文艺复兴 Ренессанс, Возрождение
文艺思潮 литературное течение
文艺学 литературоведение
文艺作品 художественная литература

X

细节 деталь

喜剧 комедия

系统因素 системные элементы

现代主义 модернизм

现实主义 реализм

现实片断 фрагмент действительности

现实载体 актуальный носитель

线性透视 линейная перспектива

想象 воображение

相互关系 взаимоотношения，взаимность

相互作用 взаимодействие

象征 символ

象征主义 символизм

心理 психология

心理层面 план психологии

心理分析 психоанализ

心理描写 психологическое описание

心理主义 психологизм

心理视点 психологическая точка зрения

新批评 новая критика

性格 характер

信息传达者 передающий информации，отправитель сообщения

信息接受者 принимающий информации，адресат сообщения

信息量 объём информации

信息论 теория информации

信仰 вера

形而上学 метафизика

形式 форма

形式化 формализация

形式主义 формализм

形式主义学派 формальная школа

（话语的）形式表达面，表达层面 план выражения

形式元素 формальные элементы

形式因素语义化 семантизация формальных элементов

形象 образ

形象（艺术）изображение

形象思维 образное мышление

修辞学 стилистика

虚构 вымысел

虚无主义 нигилизм

叙事文学 эпос

叙述 повествование

叙述建构 построение повествования

叙述人 повествователь

叙述人视点 точка зрения повествователя

叙述者形象 образ рассказчика

Y

哑场 немая сцена

言语 речь

言语体式 речевой стиль

艺术 искусство

艺术种类 вид искусства

艺术结构 художественная структура

艺术文本 художественный текст

艺术文本的多层面性 многоплановость художественного текста

艺术文本的结构 структура художественного текста

艺术特点 художественная особенность

艺术技巧 художественное мастерство

艺术手法 художественный приём

艺术性 художественность

艺术形态学 морфология искусства

艺术真实 художественная правда
艺术的审美本质 эстетическая сущность искусства
一元论 монизм
意识 сознание
意识形态 идеология
意识形态层面 план идеологии, идеологический уровень
意识形态（评价）视点 идеологическая（ценностная）точка зрения
意识形态视点载体 носитель идеологической точки зрения
意向 интенция
意象主义 имажинизм
隐喻 метафора
语词艺术 словесное искусство
语构层 синтактический уровень
语言 язык
语义学 семантика
语义层 семантический уровень
语义联系 семантические связи
语用学 прагматика
语用层 прагматический уровень
意义携带者 носитель значений
意义元素 смысловые элементы
原则 принцип
原型 прототип
元语言 метаязык

Z

造型艺术 изобразительное искусство
作品 произведение
作品组织原则 принцип организации произведения
作品深层结构 глубинная композиционная структура произведения
哲学 философия
自我意识 самосознание

自然科学 естественные науки

自然语言 естественный язык

自然性 естественность

子系统 подсистема

真实性 правдивость

直觉 интуиция

直接透视法 прямая перспективная система

主题 тема

转喻 метонимия

作者言语 авторская речь

作者视点 авторская позиция（точка зрения）

作者视点变换 смена авторской позиции

作者视点的多样性 множественность авторских позиций（точек зрения）

准直接引语 несобственно-прямая речь

宗教哲学 религиозная философия

综合 синтез

综合视点 синтетическая точка зрения

中心人物 центральная фигура

主人公 главный герой

主观视点 субъективная точка зрения

主观层面 план субъективности

组合轴 синтагматическая ось

组合关系 синтагматические отношения

后 记

犹豫半天，思考要不要写上后记。按道理，写到后记应该意味着一段研究工作的结束，可以轻松一把才是。然而，不知怎的，很难有轻松之感，总觉得自己的研究还比较肤浅，不够深入和成熟，还有很多工作要做。

科学研究工作虽然充满艰辛、迷茫与困惑，但是汲取知识、不断钻研探索的过程是一个令人心灵不断充实、自我不断完善、精神不断愉悦的过程。十多年前，乌斯宾斯基学术研究的博大精深和他作为一位语言学家对诗学理论研究的独特视角吸引了我的关注。记得 2008 年深秋的一个夜晚，我在网上搜寻有关他的资料时，惊喜地发现了他的 E-mail 地址，当时就忍不住尝试给他发了一封邮件，告诉他我想研究他的结构诗学理论，希望能够得到他的帮助，而当时的我根本就没指望能收到他的回信。出乎我意料的是，第二天我就收到了他的回邮，他很惊讶在遥远的中国还有人要研究他的学术思想。从那时起，我就经常与他保持联系，并不时地就他的诗学理论思想与他进行学术探讨。我曾于 2009 年 6 月至 12 月在莫斯科国立师范大学访学，其间曾多次到他在莫斯科的居所进行拜访，并面对面地与他进行交流。他不仅给了我大量的有关他的结构诗学理论研究的第一手资料，还指导我如何开展研究及如何进一步查找资料，这一点在很大程度上保证了我的研究的顺利开展和成果的确凿与可靠。同时，乌斯宾斯基教授那种"我的生命属于科学研究"的学术精神，以及他渊博的知识和严谨的学风对我也产生了深远的影响。在此，我想对远在莫斯科的乌斯宾斯基教授表达由衷的感谢。

在我的学术研究生涯中，我还要感谢我的恩师，南京师范大学外国语学院张杰教授，感谢他在百忙中为我的书写序，正是他在我博士毕业之后多年还在学术研究上不断地鼓励我、帮助我、提携我，他对我影响之深远，我将终生铭记。他富有魅力的人格、敏捷的思维、清晰的思路，总能在我迷惘不前时，给我及时的点拨，激发我内在的科研潜力和信心，使我逐渐固化的思维方式又渐渐充满活力。近几年，我能在科研上有些许成果，包括今日书稿的完成，都凝聚着恩师的智慧和心血。他独到的学术见解和科研方法常常使我叹服，并深深地启发了我，也将终生影响着我。

此外，本书稿的前期成果曾在《外国文学研究》《江海学刊》《俄罗斯文艺》等期刊上发表，在此谨向编辑部的同人表达深深的谢意。最后，还要感谢国家社会科学基金委员会、江苏省社科规划办和南京师范大学社科院，正是他们所提供的各方面支持，才使得本书能够顺利完成。

与此同时，我的家人始终在我身后默默地支持我，给了我莫大的精神安慰和情感支持。我感谢年迈的父母谅解我因忙于自己的学习与工作，而对他们疏于看望，感谢爱人的理解和关爱，更要感谢懂事的儿子，这么多年不仅能够独立地管好自己的学习和生活，还经常督促我赶紧忙自己的事，而我只能以自己对学术研究的执着和勤奋为他树立榜样。

谨以此书感谢所有在我的学术研究道路上帮助过我的人！

笔者

2022 年 1 月 10 日于南京秦淮河畔凤凰熙岸